# Kiran Millwood Hargrave

Née en 1990 à Londres, Kiran Millwood Hargrave est une dramaturge et romancière reconnue. Elle écrit également de la poésie, et est publiée à travers le monde dans des revues telles que *Magma*, *Room*, *Agenda*, *Shearsman*, *The Irish Literary Review* ou *Orbis*. *Les Graciées* est son premier roman pour adultes, paru chez Robert Laffont en 2020. Il a reçu le Prix Rive Gauche à Paris du roman étranger, a été finaliste du Femina 2020, a fait partie de la sélection Prix du Roman Fnac 2020 et de celle du Prix Libraires en Seine Rentrée littéraire 2020. Elle vit à Oxford avec son mari.

# LES GRACIÉES

KIRAN MILLWOOD HARGRAVE

# LES GRACIÉES

*Traduit de l'anglais*
*par Sarah Tardy*

Robert
Laffont

Titre original :
*THE MERCIES*

MIXTE
Papier issu de sources responsables
FSC® C003309

L'éditeur de cet ouvrage s'engage dans une démarche de certification FSC® qui contribue à la préservation des forêts pour les générations futures.

Pour en savoir plus :
www.editis.com/engagement-rse/



ISBN : 978-2-266-29791-2
Dépôt légal : septembre 2021

*À ma mère, Andrea,*
*et à toutes les femmes qui m'ont élevée.*

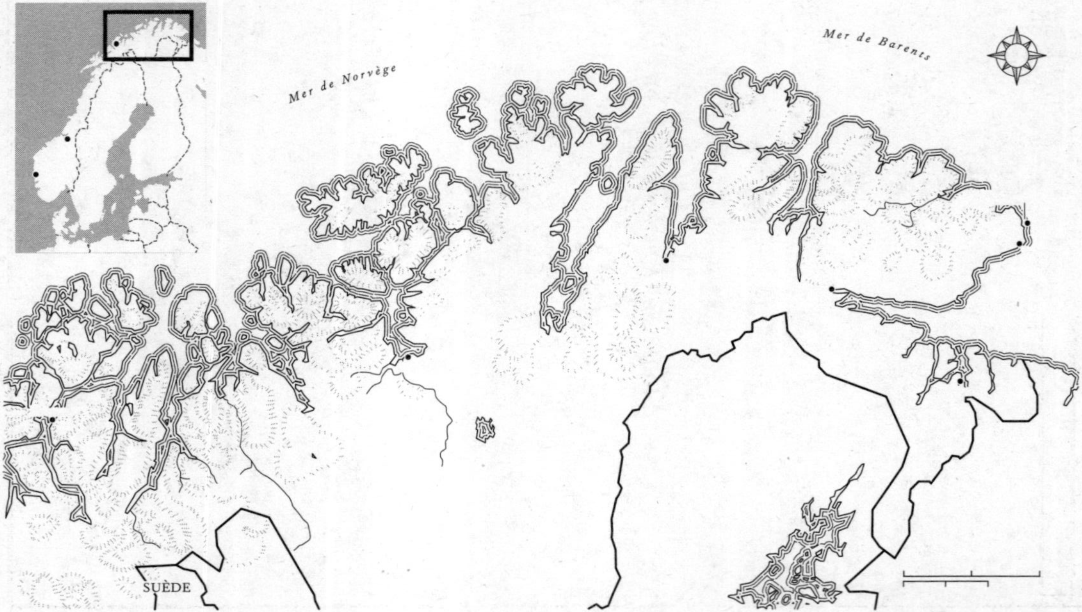
Mer de Norvège
Mer de Barents
SUÈDE

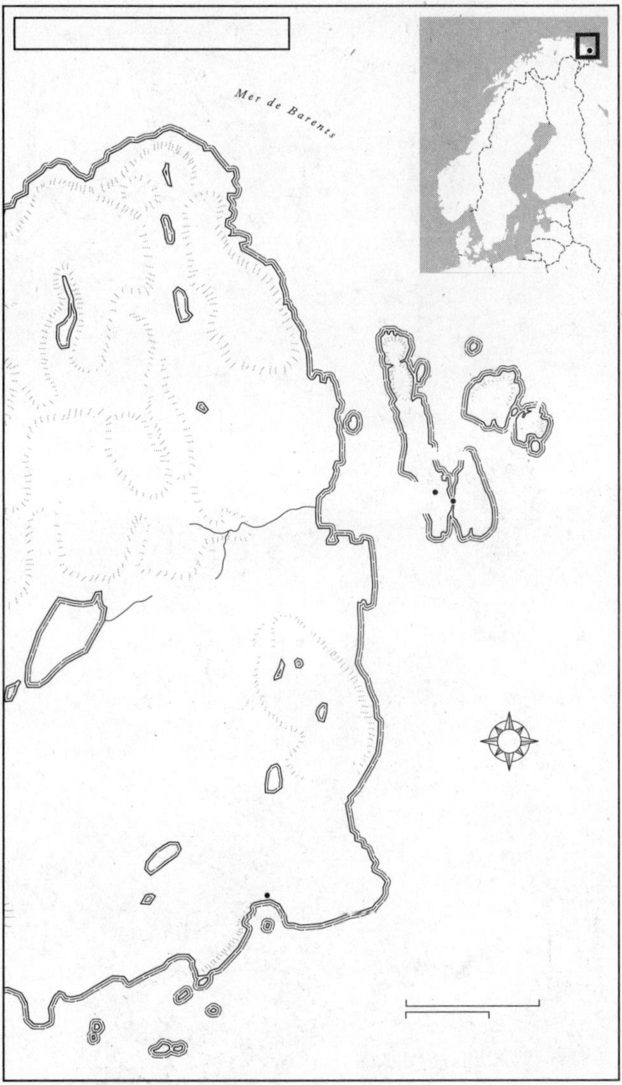
Mer de Barents

PAR ORDRE DU ROI

*Tout sorcier ou homme de foi qui aura renoncé à Dieu et sa parole sacrée, et à sa christianité, et qui se vouera au diable devra être jeté au feu et brûlé.*

Extrait du *Décret sur la sorcellerie (Trolddom) au Danemark-Norvège* de 1617, entré en vigueur dans le comté de Finnmark en 1620

# LA TEMPÊTE

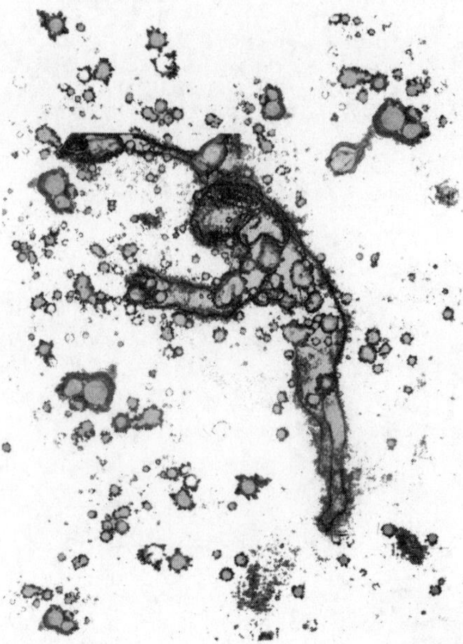

## Vardø, comté de Finnmark
## Nord-est de la Norvège
## 1617

La veille, Maren avait rêvé qu'une baleine s'était échouée sur les rochers en face de chez elle.

Elle descendait la falaise, marchait jusqu'à elle et, œil contre œil, enroulait ses bras autour de cette grande masse nauséabonde. Elle ne pouvait rien faire d'autre pour elle.

Les hommes accouraient sur les rochers noirs, sombre procession d'insectes vifs munis de lames et de faux luisantes. La baleine n'était pas encore morte que la chaîne humaine avait déjà commencé et la découpe avec elle, la baleine se débattant et eux, visages fermés, déployés sur son corps comme un filet sur un banc de poissons. Les bras de Maren étaient raides et tendus – car elle s'accrochait ferme, en les ouvrant tout grands – depuis si longtemps qu'elle n'aurait su dire si son étreinte était perçue comme un réconfort ou une menace, mais elle s'en moquait désormais, immobile, œil contre œil, sans ciller. La baleine finissait par s'immobiliser, sa respiration faiblissant à mesure qu'ils hachaient, sciaient. Maren avait senti l'odeur de la graisse brûlant dans les lampes avant même que le corps ne se fige, bien avant que le brillant de l'œil collé contre le sien ne devienne terne.

Elle s'enfonçait au milieu des rochers, jusqu'au fond de la mer. Le ciel au-dessus d'elle était noir, un ciel sans lune criblé d'étoiles. Elle se noyait. Elle s'était réveillée en aspirant une grande bouffée d'air, les narines et la gorge encore piquantes de fumée. Le goût de la graisse animale imprégnait sa langue, un goût persistant, impossible à effacer.

# 1.

La tempête arrive en un claquement de doigts. C'est ainsi qu'ils en parleront, des mois, des années après, quand cela aura cessé de n'être qu'une douleur derrière les yeux et une boule dans la gorge. Quand ils pourront enfin raconter. Mais même à ce moment-là, les mots ne diront pas comment les choses se sont réellement passées. Car les mots ne sont pas toujours fiables : ils donnent forme trop facilement, trop superficiellement. Et ce que Maren avait vu ne renfermait aucune légèreté, aucune grâce.

Cet après-midi-là, leur meilleure voile est étalée comme un plaid sur ses genoux, Mamma et Diinna en tiennent chacune un coin. Leurs doigts plus petits, plus délicats, piquent des points plus petits, plus délicats dans le tissu déchiré par le vent, tandis qu'elle-même rapièce les parties trouées par les cordes du mât.

Près du feu sèche un fagot de bruyère blanche que son frère Erik a coupé sur la petite montagne, sur le continent. Demain, après, Mamma lui en donnera trois poignées pour son oreiller. Maren séparera les branches, les enfouira dans sa taie avec la terre et tout le reste, presque écœurée par l'entêtant parfum de miel après des mois passés à ne sentir que l'âcre odeur du sommeil et celle de ses cheveux sales. Elle mordra cet oreiller et hurlera jusqu'à ce que ses poumons sifflent à cause des effluves sucrés et piquants.

Quelque chose attire son regard vers la fenêtre. Est-ce un oiseau, corps noir sur fond noir, est-ce un bruit ? Elle se lève pour s'étirer et contempler la baie, cette ligne grise monotone qui précède le large. Les crêtes des vagues scintillent comme des bris de verre. Les bateaux bercés mollement semblent suspendus par leurs deux petites lumières, une à la proue, une à la poupe, à peine visibles.

Elle pense à Pappa et Erik, croit pouvoir distinguer leur bateau et leur voile, leur deuxième meilleure voile tendue sur le mât, et les coups de rames qu'ils donnent par saccades, leur dos tourné vers l'horizon derrière lequel rôde ce soleil qui restera encore caché un mois, puis un autre. Eux doivent voir les lueurs immobiles qui brillent derrière les fenêtres sans rideaux des maisons de Vardø, perdues au milieu d'une mer de terre. Ils ont déjà dépassé l'île d'Hornøya, ont presque atteint l'endroit où le banc de poissons a été repéré plus tôt, avant qu'une baleine ne les arrête en pleine action.

« Les poissons ne seront plus là », avait dit Pappa. Mamma a grand-peur des baleines. « Même avec les bras d'Erik, elle aura déjà tout englouti le temps que nous arrivions là-bas. »

Erik avait simplement répondu en baissant la tête pour que Mamma l'embrasse et que sa femme Diinna presse son pouce contre son front pour tirer le fil imaginaire qui, comme disent les Samis, ramène les hommes partis en mer. Pendant quelques instants, la main d'Erik s'était posée sur son ventre, accentuant la courbe qui se dessinait sous sa tunique en maille. Diinna avait repoussé sa main, mais gentiment.

« Tu vas le faire venir trop tôt. Laisse-le. »

Maren regrettera de ne pas s'être levée, ce jour-là, pour les embrasser tous les deux sur leurs joues rêches. Elle regrettera de ne pas les avoir regardés partir, vêtus de leur peau de phoque, son père marchant d'un pas vif, Erik derrière, à la traîne. Elle regrettera de n'avoir rien ressenti en les voyant partir, si ce n'est la joie de se retrouver seule avec sa mère et Diinna, entre femmes.

Entre femmes, car, à vingt ans, et demandée pour la première fois en mariage trois semaines plus tôt, Maren se considérait enfin comme une femme. Dag Bjørnsson aménageait une maison pour eux, dans le deuxième hangar à bateaux de son père. La maison devait être prête d'ici à la fin de l'hiver, et le mariage pourrait avoir lieu.

Il y aurait à l'intérieur une cheminée, une vraie, lui avait-il dit, son souffle chaud dans l'oreille de Maren, et un garde-manger séparé pour ne pas être obligé de traverser la maison la hache à la main, comme Pappa le faisait. L'éclat redoutable de la lame, même entre les mains soigneuses de Pappa, lui faisait monter la nausée. Dag le savait et l'avait pris en considération.

Dag était blond comme sa mère et avait les traits fins, trop fins aux dires des autres hommes, mais Maren s'en moquait. Comme elle se moquait que sa grande bouche lui frôle le cou tandis qu'il lui parlait du drap qu'elle allait tisser pour le lit qu'il leur construirait. Et même si elle n'était parcourue d'aucun frisson lorsque sa main hésitante, trop délicate et placée trop haut, lui caressait le dos à travers sa robe d'hiver marine, le simple fait d'imaginer que cette maison serait bientôt à elle – et cette cheminée, et ce lit – lui procurait des sensations dans le bas du ventre. La nuit, elle posait ses mains là où s'était diffusée cette douce chaleur, ses doigts froids comme des barreaux, aussi raides que s'ils appartenaient à quelqu'un d'autre.

Même Erik et Diinna ne possèdent pas leur propre maison : ils habitent dans la petite dépendance que leur père et Erik ont clouée au mur extérieur, à l'arrière de la maison. Leur lit occupe toute la largeur de la pièce, collé à celui de Maren de l'autre côté de la paroi. Les premières nuits, Maren cachait sa tête dans ses bras pour ne pas les entendre, le visage enfoui dans le matelas en foin à l'odeur poussiéreuse, mais aucun bruit n'avait jamais filtré, pas même celui de leur respiration. On aurait cru à un miracle lorsque le ventre de Diinna avait commencé à grossir. Le bébé devait arriver juste à la fin de l'hiver ; ils partageraient alors ce lit exigu à trois.

Elle se dira après coup qu'elle aurait peut-être dû regarder Dag partir aussi.

Mais au lieu de le regarder, elle était allée chercher la voile abîmée, l'avait déployée sur leurs genoux et n'avait plus levé les yeux jusqu'à ce que le chant de l'oiseau, un autre bruit ou peut-être un changement dans l'atmosphère l'appelle à se lever et à aller regarder à la fenêtre les lumières bercées par la mer noire.

Ses bras se couvrent de chair de poule – elle joint ses doigts calleux à cause des aiguilles et les glisse à l'intérieur de sa manche en laine, où ses poils se sont dressés et sa peau s'est tendue. Les rames des bateaux s'activent toujours, dessinant une trajectoire régulière sous cette lumière incertaine tandis que les lanternes vacillent.

Et tout à coup, la mer s'élève, le ciel s'abat, des éclairs aux reflets verts jaillissent partout, les ténèbres se figent sous leur clarté terrible, instantanée. Mamma se rend à la fenêtre, attirée par la lumière et par le bruit, par cette mer et ce ciel qui se percutent, aussi puissants qu'une montagne qui se fend. Les vibrations résonnent dans la plante de leurs pieds, dans leur colonne vertébrale, et les dents de Maren plongent dans sa langue, envoyant un filet de salive salée dans sa gorge.

Peut-être sont-elles en train de crier toutes les deux, mais plus aucun bruit ne résonne hormis ceux de la mer et du ciel et de toutes ces lumières soudain avalées et des bateaux qui scintillent et des bateaux qui tourbillonnent, bateaux qui volent, qui virevoltent puis disparaissent, engloutis. Maren se précipite dehors dans les bourrasques, ralentie par ses jupons soudain trempés de pluie, Diinna l'appelle, la supplie de revenir, tout en tirant violemment sur la porte pour préserver le feu. La pluie pèse sur ses épaules, le vent la repousse, les mains de Maren luttent, luttent contre du vide. Ses hurlements sont si violents que sa gorge en portera les séquelles pendant plusieurs jours. Tout autour d'elle, d'autres mères, d'autres sœurs, d'autres filles se jettent dans la tempête, formes noires luisantes de pluie, aussi maladroites que des phoques sur terre.

La tempête se calme avant d'atteindre le port, à deux cents pas de chez elle, sa bouche béante au-dessus de la mer. Les nuages s'enroulent sur eux-mêmes, les vagues retombent, repartent vers l'horizon, aussi dociles qu'un troupeau qui se range.

Les femmes de Vardø se regroupent sur la pointe de leur île et, bien que certaines crient encore, un silence assourdissant résonne dans les oreilles de Maren. Devant elle, le port balayé est aussi lisse qu'un miroir. Sa mâchoire est crispée, et de sa langue coule un filet de sang chaud sur son menton. L'aiguille qu'elle tenait entre son pouce et son index s'est plantée dans sa chair, imprimant un point rose parfaitement défini.

Alors qu'elle contemple l'horizon, un dernier éclair illumine la mer atrocement immobile, et soudain les ténèbres laissent place à des rames, à des gouvernails, à un mât soigneusement protégé sous un rouleau de voiles, telle une forêt sous-marine déracinée. Des hommes, Maren ne voit aucune trace.

Nous sommes à la veille de Noël.

## 2.

Pendant la nuit, le monde devient blanc. La neige s'entasse sur la neige, investit le rebord des fenêtres, le pas des portes. En ce jour de Noël, ce premier jour d'après, l'église est une silhouette noire, un trou entre les maisons éclairées qui avale la lumière.

Trois jours, la neige les retient prisonnières, Diinna claustrée dans sa minuscule dépendance, Maren incapable de se lever, de même que Mamma. Elles ne mangent rien, juste du pain rassis qui leur remplit le ventre comme des cailloux. Maren se voit comme une masse seulement retenue sur Terre par ces vieux morceaux de pain que sa mère lui donne, tant leur poids pèse dans son corps. Sans eux, elle deviendrait fumée et s'échapperait par le toit.

Mais elle survit en se remplissant le ventre au point d'en avoir mal, et en passant le plus de temps possible près du feu. Chaque partie réchauffée de son corps est réelle, se dit-elle. Devant les flammes, elle relève ses cheveux, expose sa nuque crasseuse, écarte les doigts, relève ses jupons et approche ses bas de laine si près qu'une odeur de roussi commence à s'élever jusqu'à elle. *Ici, ici et là.* Elle enferme ses seins, son dos et, entre les deux, son cœur dans sa veste d'hiver, qu'elle serre fort contre elle.

Le deuxième jour, pour la première fois depuis des années, le feu s'éteint. Pappa l'allumait toujours, elles n'avaient plus qu'à l'entretenir, à le tisonner la nuit et à casser chaque matin la croûte de cendres pour laisser respirer son cœur brûlant. En quelques heures, une couche de givre s'est formée sur les couvertures que Maren et sa mère partagent. Elles ne parlent pas, ne se déshabillent pas. Maren s'enroule dans le vieux manteau en peau de phoque de Pappa. Une légère odeur de graisse pourrie émane du manteau, car l'animal n'a pas été correctement écorché.

Mamma s'est couverte avec le manteau que portait Erik lorsqu'il était enfant. Ses yeux sont aussi morts que ceux d'un poisson fumé. Maren tente de la faire manger, mais elle reste recroquevillée de son côté du lit en soupirant comme une petite fille. Le givre qui les empêche de voir par la fenêtre, qui leur cache la mer, est pour Maren un soulagement.

Ces trois jours sont un puits sans fond. Elle regarde la hache de Pappa luire avec malice dans le noir. Sa langue sèche gonfle dans sa bouche, la partie où Maren s'est mordue pendant la tempête est enflée, spongieuse et dure au milieu. Cette plaie l'inquiète et le sang accroît sa soif.

Elle rêve de Pappa et d'Erik, se réveille glacée et humide, les mains gelées. Elle rêve de Dag, mais lorsqu'il ouvre la bouche, elle est remplie de clous, ceux-là mêmes qu'il destinait aux planches de leur lit. Elle se demande si elles périront ici, si Diinna est déjà morte, son bébé agitant ses petits membres à l'intérieur de son ventre de plus en plus lentement. Elle se demande si Dieu viendra à elles, leur demandera de vivre.

Maren et sa mère puent autant l'une que l'autre quand Kirsten Sørensdatter les tire de leur lit le troisième soir. Kirsten les aide à réunir de nouvelles bûches et à rallumer le feu, enfin. Quand elle dégage le passage pour accéder à la porte de Diinna, celle-ci semble presque furieuse, sa bouche tordue en une moue visible à la lueur de la torche, ses mains crispées autour de son ventre rond.

« À l'église, leur ordonne Kirsten à toutes les trois. C'est le jour du sabbat. »

Même Diinna, qui pourtant ne croit pas en leur Dieu, ne proteste pas.

Ce n'est qu'une fois le village réuni dans l'église que Maren finit par comprendre : presque tous les hommes sont morts.

Toril Knudsdatter allume toutes les bougies jusqu'à la dernière. La lumière des flammes est si vive que Maren a les yeux qui piquent. Elle compte en silence. Il y avait autrefois cinquante-trois hommes ; il n'en reste plus que treize : deux bébés dans les bras de leur mère, trois vieillards et des garçons trop jeunes pour ramer. Même le pasteur manque à l'appel.

Les femmes s'assoient sur leur banc, à côté des places vides où fils et maris s'installaient habituellement, mais Kirsten leur demande d'avancer. Toutes à l'exception de Diinna s'exécutent, hagardes comme les moutons d'un troupeau. Sur les sept rangs de l'église, les trois premiers sont désormais remplis.

« Ce n'est pas la première catastrophe que nous essuyons, déclare Kirsten. Nous avons déjà perdu des hommes et nous avons survécu.

— Mais jamais autant, répond Gerda Folnsdatter. Et mon mari n'en faisait pas partie. Ni le tien, Kirsten, ni celui de Sigfrid. Ni le fils de Toril. Ils sont tous... »

Ses mains se posent sur sa gorge, sa voix se coupe.

« Prions, chantons », demande Sigfrid Jonsdatter, et toute l'assemblée la fusille du regard.

Après trois jours de solitude, d'enfermement, les femmes ne veulent parler que d'une chose : la tempête.

Toutes cherchent des signes. La tempête en était un. Les corps que la mer n'a pas encore rejetés en seront un autre. Gerda parle maintenant de la sterne qu'elle a vue voler au-dessus de la baleine.

« Elle décrivait des huit, dit-elle, et ses mains rougeaudes se lèvent pour mimer le geste. Une, deux, trois, six fois – j'ai compté.

— Huit fois six ne veut rien dire du tout », rétorque Kirsten avec mépris, debout près du pupitre sculpté du pasteur Gursson.

Sa large main est posée sur le meuble, et seul son pouce, qui en caresse la surface gravée, trahit sa peur, son chagrin.

Son mari fait partie des noyés, ses enfants ont tous été enterrés avant d'avoir pris leur première bouffée d'air. Maren l'a toujours appréciée et se joint souvent à elle pour accomplir ses tâches, mais à ce moment précis Kirsten lui apparaît comme elle est toujours apparue aux yeux des autres : une femme à part. Et si elle se tient à côté du pupitre, Kirsten aurait tout aussi bien pu se placer directement derrière : le regard qu'elle jette sur l'assemblée est identique à celui du pasteur.

« Mais la baleine », intervient Edne Gunnsdatter. Ses larmes ont rendu son visage si bouffi qu'elle semble avoir été battue. « La baleine, elle nageait sur le dos. J'ai vu son ventre blanc qui luisait sous l'eau.

— Elle allaitait son petit, répond Kirsten.

— Elle voulait appâter les hommes, répond Edne. Six fois, elle a repoussé le banc vers Hornøya pour être sûre qu'on la verrait.

— Je l'ai vue faire, acquiesce Gerda en se signant. Je l'ai vue faire, moi aussi.

— C'est faux, répond Kirsten.

— Et le sang que Mattis a craché sur la table en toussant, la semaine dernière ? dit Gerda. La tache n'est jamais partie.

— Je te la décaperai, propose Kirsten d'une voix plus douce.

— La baleine n'avait rien à faire là », remarque Toril. Sa fille est blottie contre elle si fort qu'on la croirait cousue à sa hanche. « Si ce que dit Edne est vrai, elle a été envoyée.

— Envoyée ? s'étonne Sigfrid, et à cette question, Maren voit Kirsten se retourner avec un regard reconnaissant, pensant avoir trouvé une alliée. Une telle chose est possible ? »

Depuis le fond de l'église, un soupir s'élève. L'assemblée se tourne comme un seul homme vers Diinna qui se contente de pencher la tête en arrière, les yeux clos, révélant son cou dont la peau brune semble dorée à la lueur des bougies.

« Le diable œuvre sournoisement », répond Toril. Sa fille enfouit son visage dans son aisselle en poussant un cri de terreur. Maren se demande quelles horreurs Toril a bien pu planter dans la tête de ses deux enfants restants au cours de ces trois derniers jours. « Ses pouvoirs ne sont vains que sur Dieu. Une telle créature aurait pu nous être envoyée par lui. À moins qu'il ne l'ait appelée.

— Assez. » Kirsten brise le silence avant qu'il ne s'installe. « Cela ne sert à rien. »

Maren aimerait avoir ses certitudes, mais son esprit est occupé par l'image de cette forme, par ce bruit qui l'a appelée à la fenêtre. Elle croyait à un oiseau, mais voit désormais une silhouette bien plus grosse, lente, à cinq nageoires, se déplaçant sur le dos. Une silhouette surnaturelle. Même au milieu de la lumière bénie de l'église, impossible d'empêcher cette image de se répandre dans sa tête.

Mamma se met à remuer, comme tirée du sommeil – depuis qu'elles se sont assises, ses yeux restés ouverts brillent pourtant à la lueur des bougies. Lorsque sa voix s'élève, Maren mesure les dégâts qu'un si long silence a provoqués chez elle.

« La nuit où j'ai donné naissance à Erik, dit-elle, il y avait un point rouge dans le ciel.

— Je m'en souviens, dit tout bas Kirsten.

— Moi aussi », dit Toril.

*Et moi aussi*, pense Maren, même si elle n'avait alors que deux ans.

« J'ai suivi sa trajectoire jusqu'à ce qu'il finisse par tomber dans la mer », poursuit Mamma. Ses lèvres bougent à peine. « Il projetait sa lumière rouge partout sur les flots. Erik a été marqué – tout était écrit. » Elle gémit, se cache le visage. « Je n'aurais jamais dû le laisser prendre la mer. »

À ces mots, une nouvelle vague de gémissements balaie l'assemblée. Même Kirsten ne peut y résister.

Les flammes des bougies vacillent, une bouffée d'air glacé agite la salle. Maren se retourne et voit Diinna sortir de l'église à grands pas. Les seules paroles qu'elle voudrait offrir à Mamma lui seraient de bien peu de réconfort : *Il n'y avait rien d'autre pour lui que la mer*.

Vardø est une île, son port comme une morsure d'un côté de la rive, le reste de la côte trop élevé ou trop rocailleux pour faire partir les bateaux. Maren a appris à manier les filets avant d'apprendre les blessures de la vie, à connaître les caprices du ciel avant de connaître l'amour. L'été, les mains de sa mère sont constellées d'écailles comme de minuscules étoiles, la chair salée des poissons suspendue comme les langes blancs des bébés ou enveloppée dans des peaux de renne pour pourrir enterrée.

Pappa disait souvent que la mer façonnait leur existence. Que les gens avaient toujours dépendu de sa grâce, qu'elle avait toujours pris des vies. Mais la tempête a désormais fait d'elle un ennemi. Un instant, on évoque la possibilité de partir.

« J'ai de la famille à Alta, déclare Gerda. Il y a assez de terres et de travail, là-bas.

— La tempête n'est pas allée jusque-là ? demande Sigfrid.

— Nous le saurons bientôt, répond Kirsten. Je suppose que nous recevrons des nouvelles de Kiberg – la tempête a dû les frapper aussi.

— Ma sœur va m'envoyer un message, acquiesce Edne. Elle a trois chevaux, et ce n'est qu'à une journée de voyage.

— Sans compter la traversée, remarque Kirsten. La mer est toujours agitée. Nous devons leur laisser le temps d'arriver. »

Maren écoute les autres femmes parler de Varanger et même de Tromsø, comme si elles pouvaient réellement s'imaginer vivre dans une ville, si loin. Une petite discorde éclate au moment de savoir qui reprendra les rennes que l'on utilise pour le transport, car les bêtes appartenaient à Mads Petersson, qui s'est noyé avec le mari et les fils de Toril. Toril semble croire que ces circonstances lui donnent certaines prérogatives, mais quand Kirsten déclare qu'elle reprendra le troupeau, personne ne proteste. Maren est déjà à peine capable d'allumer un feu, alors s'occuper de tout un troupeau aussi nerveux en plein hiver... Toril doit penser la même chose, car elle cesse d'exiger son dû aussi vite qu'elle l'avait réclamé.

Finalement, la discussion s'étiole, s'éteint. Aucune décision n'est prise, si ce n'est qu'elles attendront de recevoir des nouvelles de Kiberg ou enverront quelqu'un si rien n'arrive avant la fin de la semaine.

« En attendant, le mieux serait de nous réunir chaque jour à l'église, propose Kirsten, et Toril hoche la tête avec ferveur pour montrer, pour une fois, son approbation. Nous devons veiller les unes sur les autres. On dirait que la neige s'est arrêtée, mais on ne sait jamais.

— Ouvrez l'œil, guettez les baleines », dit Toril, et la lumière des bougies fait ressortir les os de ses pommettes.

En voyant son air menaçant, Maren s'empêche de rire en mordant sa langue à peine cicatrisée.

Il n'est plus question pour personne de quitter l'île. Sur le chemin du retour, en descendant la colline, tandis que Mamma s'agrippe à son bras si fort qu'elle lui fait mal, Maren se demande si les autres femmes partagent son sentiment – celui d'être enracinée à cette terre, plus que jamais. Baleine ou pas, signes ou pas, Maren a été témoin de la mort de quarante hommes. Désormais, quelque chose en elle la relie à cette île, la retient prisonnière.

# 3.

Neuf jours après la tempête, alors que commence une nouvelle année, les hommes leur sont rendus. Presque tous, presque entiers. Déposés comme des offrandes dans la petite crique noire ou soulevés par les vagues jusqu'aux rochers qui précèdent la maison de Maren. Il faut grimper pour aller les chercher, utiliser les cordes qu'Erik avait solidement nouées pour récolter les œufs à l'intérieur des nids logés dans la falaise.

Erik et Dag font partie des premiers, Pappa des derniers. Il n'a plus qu'un bras, Dag est brûlé, une ligne noire s'étire de son épaule gauche à son pied droit, une ligne qui, d'après Mamma, montre que la foudre l'a frappé.

« Ça a dû être rapide, dit-elle sans cacher son amertume. Il n'a pas dû souffrir. »

Maren enfouit son nez dans son aisselle pour ne rien sentir d'autre que sa propre odeur.

Son frère a l'air de dormir, mais de sa peau émane cette terrible lueur verte, celle qu'elle a vue sur les autres corps rendus par la mer. *Noyé*. Il n'aurait pas souffert ? Elle ne dirait pas cela.

Quand son tour arrive de descendre la falaise, elle retrouve le corps du fils de Toril, coincé comme un morceau de bois flotté entre les roches acérées. Il a l'âge d'Erik, sa chair semble avoir fondu sur ses os, aussi molle que de la viande dans un sac. Maren dégage ses cheveux bruns de son visage, retire une fronde d'algue de sa clavicule. Edne l'aide à passer une corde autour de sa taille, de ses côtes et de ses genoux pour que le corps tienne pendant la remontée : en haut attend la mère du garçon. Maren est soulagée de ne pas voir le visage de Toril quand il parvient jusqu'à elle. Elle a beau ne l'avoir jamais beaucoup appréciée, ses cris de lamentation lui transpercent la poitrine comme autant de minuscules aiguilles.

Puisque le sol est trop dur pour creuser des tombes, il est entendu que les morts seront gardés dans le premier hangar du père de Dag ; le froid les conservera aussi bien que la terre. Il faudra des mois avant de pouvoir creuser.

« On pourrait se servir de la voile comme linceul », propose Mamma une fois qu'Erik a été emporté dans le hangar.

Elle regarde la voile recousue posée par terre au milieu de la pièce comme si Erik se trouvait déjà en dessous. Celle-ci est exactement à l'endroit où ils l'avaient laissée deux semaines plus tôt. Maren et Mamma avaient dansé autour, sans oser la toucher. À présent, Diinna la ramasse d'un geste sec en secouant la tête.

« Ce serait la gâcher », dit elle, et Maren la remercie tout bas – elle ne supporterait pas que la mer poursuive encore son père et son frère sous terre.

Diinna plie la voile d'une main habile, la faisant reposer sur son ventre. En la regardant faire, en voyant sa détermination, Maren retrouve quelque chose de la fille rieuse que son frère a épousée l'été précédent.

Mais au lendemain du jour où Dag et Erik ont été ramenés, Diinna disparaît. Mamma est folle de panique à l'idée qu'elle soit partie élever l'enfant aux côtés de sa famille, chez les Samis. Elle prononce des mots terribles, même si Maren sait qu'elle n'en pense rien. Elle traite Diinna de Lapone, de sauvage, de catin, des mots que l'on pourrait entendre dans la bouche de Sigfrid ou de Toril.

« Je le savais depuis le début, dit-elle en se lamentant. Je n'aurais jamais dû le laisser épouser une Lapone. Ces gens ne sont pas honnêtes, ils ne sont pas faits comme nous. »

Maren ne peut que tenir sa langue et lui caresser le dos. Il est vrai que Diinna a passé son enfance à voyager, à vivre sous les étoiles, même en hiver. Son père est un *noaidi*, un important chamane. À l'époque où l'église ne faisait pas pleinement autorité, Baar Ragnvalsson et beaucoup d'autres allaient lui demander des amulettes pour se protéger du mauvais temps. Tout s'est arrêté récemment, quand les nouvelles lois ont été promulguées, mais devant la plupart des maisons Maren aperçoit encore les petits personnages en ossements dont les Samis disent qu'ils protègent les gens du mauvais sort. Le pasteur a toujours fermé les yeux, malgré les réclamations de Toril et de ses congénères pour durcir la répression.

Maren sait que Diinna n'est restée vivre à Vardø que par amour pour Erik, mais elle ne la croit pas capable de partir comme ça, alors qu'elles ont déjà tant perdu. Alors qu'elle porte en elle l'enfant d'Erik.

Diinna ne serait pas assez cruelle pour éloigner d'elles la dernière chose qu'il leur reste de lui.

La même semaine, un message de Kiberg arrive. Le beau-frère d'Edne vient leur annoncer qu'ils ont perdu de nombreux bateaux amarrés dans le port, mais seulement trois hommes. Une vague d'incompréhension s'élève parmi les femmes réunies dans l'église pour entendre la nouvelle.

« Pourquoi n'étaient-ils pas en mer ? demande Sigfrid. Ils n'ont pas vu les poissons, à Kiberg ? »

Edne secoue la tête.

« Ni la baleine.

— C'est pour nous qu'elle a été envoyée », souffle Toril, et sa peur se répand parmi les bancs de l'église.

Cette discussion n'a pas lieu d'être entre ces murs sacrés, au milieu des reliques, mais la tentation de médire est trop forte. Les mots des femmes sont comme des cordes qu'elles se jettent et qui se tendent sous le poids des ragots. Beaucoup d'entre elles se moquent de savoir si ce qui est dit est vrai ou non ; elles veulent une raison, veulent donner un sens à la tournure qu'a prise leur vie, même si tout repose sur un mensonge. Il n'est maintenant plus question de mettre en doute le fait que la baleine nageait sur le dos. Maren aimerait pouvoir dominer la terreur qui la gagne en les écoutant, mais elle ne parvient pas à rester impassible comme Kirsten.

Cette dernière habite désormais chez Mads Petersson afin de pouvoir s'occuper des rennes. Maren la regarde, postée derrière le pupitre. C'est à peine si elles se sont adressé la parole depuis que Kirsten les a sorties de la neige, seulement quelques mots de condoléances quand les cadavres pourrissants de leurs hommes ont été sortis de la mer. Alors que, dans l'église, la discussion touche à sa fin, Maren hésite à aller lui parler, mais Kirsten est déjà dehors, marchant à grands pas vers son nouveau foyer, courbée contre le vent.

Diinna revient le jour où l'on retrouve Pappa. Son retour est d'abord annoncé par des cris que Maren entend résonner depuis le hangar, vers lequel elle accourt tout en imaginant l'impossible : une nouvelle tempête qui s'annonce – pourtant, le ciel est calme –, un homme repêché vivant.

Un petit attroupement de femmes s'est formé devant la porte, Sigfrid et Toril au premier rang, le visage tordu de fureur. Devant elles se trouve Diinna, à côté d'un autre Sami, un homme petit, râblé, qui observe les femmes calmement. Ce n'est pas son père, mais, à en croire le tambour suspendu à sa hanche, il est aussi chamane. Un rouleau de tissu argenté est posé entre eux. En approchant, étourdie par sa course folle, Maren s'aperçoit qu'il s'agit en réalité d'écorce de bouleau.

« Que se passe-t-il ? » demande-t-elle à Diinna.

Toril répond à sa place :

« Elle voudrait les enterrer là-dedans. » Sa voix est proche de l'hystérie, son menton couvert de postillons. « Comme chez *eux*.

— Utiliser du tissu n'aurait aucun sens, ils sont trop nombreux, explique Diinna. C'est…

— Et moi, je vous dis que vous n'approcherez pas mes garçons avec ça. » Toril est encore plus essoufflée que Maren. Elle regarde le tambour comme une arme. Sigfrid Jonsdatter hoche la tête au moment où Toril ajoute : « Ni mon mari. Mon mari a toujours vécu dans la crainte de Dieu, vous ne l'approcherez pas.

— Mon aide ne t'a pourtant pas dérangée à l'époque où tu voulais un autre enfant », rétorque Diinna.

Toril pose une main sur son ventre, quoiqu'il n'ait pas accueilli d'enfant depuis bien longtemps.

« Je ne t'ai jamais rien demandé de tel.

— Je sais aussi bien que nous toutes que tu l'as fait, intervient Maren, incapable de se taire devant un tel mensonge. Comme toi, Sigfrid. Beaucoup d'entre vous ont fait appel à elle ou à son père. »

Toril plisse les yeux.

« Jamais je n'aurais mis les pieds chez une sorcière lapone. »

Un sifflement de haine s'élève de l'attroupement. Maren s'avance, mais Diinna la retient d'une main.

« Tu mériterais que je te troue la langue, Toril. Peut-être alors que ton venin s'écoulerait. » C'est au tour de Toril de se faire toute petite. « Et ce n'est pas de la sorcellerie. Et cette écorce n'est pas pour eux. »

Diinna se tourne vers Maren, sublime dans cette lumière bleutée, visage sculpté, cils épais.

« C'est pour Erik, dit-elle.

— Et pour mon père. »

La voix de Maren déraille. Les séparer lui serait insupportable, et Pappa adorait Diinna, était fier que son fils se soit uni à la fille d'un *noaidi*.

« Ton père est revenu ? » Maren opine de la tête. Diinna lui attrape fermement les épaules avant d'ajouter : « Et pour M Magnusson, bien sûr. Nous veillerons sur eux. Et sur tous ceux que vous voudrez.

— Et tu crois que ta mère vous laissera faire ? »

Toril tourne autour de Maren, qui, trop épuisée pour réagir, se contente d'acquiescer. Sa tête pèse sur son cou.

Il est finalement décidé que celles qui acceptent que l'enterrement de leurs hommes se déroule selon les rites samis les emmènent dans le second hangar, celui qui devait servir de maison à Maren. On y transporte seulement deux corps en plus d'Erik et Pappa : celui du pauvre Mads Petersson, qui n'a pas de famille pour parler en son nom, et de Baar Ragnvalsson, que l'on voyait souvent descendre au pied de la montagne et porter des habits de Sami.

Le second hangar aurait été une maison idéale. L'entrée faisait à elle seule la taille de la dépendance d'Erik et de Diinna, et la partie principale était aussi grande que la maison du père de Dag, la plus imposante du village. Les planches de leur lit sont restées par terre en attendant que Dag les cloue de ses mains habiles.

Elles récupèrent le bois pour nourrir le feu et déposent Erik et Pappa sur le sol nu. Maren doit abandonner Dag, resté dans le premier hangar : sa mère, Mme Olufsdatter, ne lui a pas adressé un mot, a refusé de croiser son regard.

Maren coupe une mèche gelée de la chevelure noire d'Erik, la range dans sa poche avec soin. Après avoir laissé Diinna et le *noaidi* seuls dans le hangar silencieux, elle contourne le premier bâtiment. Elle découvre que l'une des femmes a cloué sur sa porte une croix, sans doute davantage destinée à protéger ceux qui se trouvent à l'intérieur qu'à éloigner ceux qui passent dehors.

De retour chez elle, elle trouve sa mère endormie, un bras sur le visage, comme pour se protéger dans un cauchemar.

« Mamma ? » Maren aimerait lui parler du *noaidi*, du second hangar. « Diinna est revenue. »

Pas de réponse. Mamma semble à peine respirer. Maren a presque envie de poser sa joue contre sa bouche pour vérifier si elle est encore en vie, mais elle s'abstient. À la place, elle sort de sa poche la mèche de cheveux pour la tenir devant le feu. En fondant, la glace révèle les boucles délicates d'Erik. Maren fait une entaille dans son oreiller et place la mèche à l'intérieur, au milieu de la bruyère.

Chaque jour, après l'église, elle se rend dans le second hangar. Elle ne parvient pas à dormir là-bas, comme Diinna et l'homme au tambour. Lui ne parle pas norvégien et son prénom semble imprononçable. Elle décide donc de l'appeler Varr, « vigilant », car cette première syllabe ressemble à celle qu'elle entend avant que le reste ne se perde sur sa langue peu habituée à prononcer de tels sons.

Chaque fois qu'elle rend visite à son père et à Erik, elle attend dehors et écoute Varr et Diinna parler dans leur langue. Le silence retombe toujours à l'instant où elle pose la main sur la porte et, toujours, Maren a l'impression d'interrompre quelque chose d'interdit ou d'extrêmement intime, d'avoir brisé ce moment, de l'avoir pollué par sa simple présence.

Elle s'adresse en norvégien à Diinna et Diinna traduit à Varr, ses phrases toujours plus courtes, comme si leur langue possédait des mots plus appropriés, plus précis pour dire ce que Maren veut exprimer. Quel effet cela peut-il faire d'avoir deux langues dans sa tête, dans sa bouche ? d'en garder une cachée au fond de la gorge comme un sombre secret ? Diinna a toujours vécu entre ici et ailleurs, n'a jamais été à Vardø que par intermittence depuis que Maren est petite, suivant son père taiseux lorsqu'il venait réparer des filets ou tisser des amulettes.

« Nous avons vécu ici », lui avait dit un jour Diinna à l'époque où elle lui faisait encore un peu peur, avec son pantalon et son manteau bordé de fourrure d'ours – un ours qu'elle avait elle-même écorché avant d'en coudre la peau.

« Cette terre appartient à ton peuple ?

— Non. » Le ton de la jeune fille était aussi dur que son regard. « Nous avons seulement vécu ici. »

De temps en temps, Maren entend résonner les coups du tambour, aussi réguliers que des battements de cœur. Ces nuits-là, son sommeil est plus lourd, malgré les ragots des plus ferventes croyantes, alors plus nombreux. Diinna lui raconte que le tambour ouvrira le chemin aux esprits afin qu'ils sortent paisiblement de leur corps. Mais Varr ne joue jamais lorsque Maren se trouve dans les parages. Son tambour est aussi large qu'une auge, la peau tendue sur une caisse peu profonde, en bois clair. Plusieurs motifs sont gravées à la surface : un renne qui porte un soleil et une lune dans ses bois, au centre, des hommes et des femmes se donnant la main comme les personnages d'une guirlande et, en bas, d'horribles créatures, mi-hommes mi-bêtes, qui semblent se tordre de douleur.

« C'est l'enfer ? demande-t-elle à Diinna. Et là le paradis, et nous au milieu ? »

Au lieu de traduire cette question à Varr, Diinna se contente de répondre :

« Tout est là. »

# 4.

Tandis que l'hiver desserre son étreinte et que les étals des marchands se vident, le soleil se hisse plus près de l'horizon. À la naissance du bébé d'Erik et Diinna, la lumière devrait inonder leurs journées.

Un rythme étrange s'empare de Vardø. Pour Maren, le temps commence à prendre forme. Église, hangar, tâches ménagères, repos. Même si une frontière se dessine désormais entre Kirsten et Toril, Diinna et les autres, les femmes vivent dans un seul et même mouvement, comme des hommes aux rames d'un bateau. Cette proximité est née d'une nécessité : plus que jamais, les femmes ont besoin les unes des autres, surtout maintenant que la nourriture commence à manquer.

D'Alta, elles reçoivent des céréales ; de Kiberg, un peu de *tørrfisk*. De temps en temps, des marins jettent l'ancre dans le port, rament jusqu'à la côte avec des peaux de phoque et de l'huile de baleine. Kirsten, audacieuse, leur adresse la parole et négocie habilement, mais les femmes n'ont presque plus rien à troquer. Il devient évident qu'au moment d'ensemencer les champs personne ne viendra les aider.

Pendant ses heures de temps libre, Maren s'en va marcher là où Erik et elle avaient l'habitude de jouer lorsqu'ils étaient petits, sur la pointe de l'île couverte de bruyère qui commence tout juste à renaître après cet hiver sans soleil. Bientôt, les buissons arriveront à hauteur des genoux et l'air sera chargé d'un parfum si capiteux qu'elle sera parfois étourdie.

Le soir, la peine est plus dure à gérer. La première fois que Maren reprend son aiguille, ses poils se dressent sur son bras et elle la lâche comme si le métal l'avait brûlée. Ses rêves sont toujours sombres, inondés d'eau. Elle y voit Erik prisonnier au milieu des dames-jeannes et le trou béant à la place du bras de son père arraché par les flots, avec ses os blancs, si blancs. Il y a, bien sûr, la baleine qui vient à elle, la coque sombre de son ventre qui se fracasse contre les parois de son crâne et ne laisse dans son sillage rien de vivant, rien de bon. Parfois, elle l'avale tout entière ; parfois, elle est échouée sur la plage et Maren est étendue à ses côtés, œil contre œil, les narines remplies de son odeur nauséabonde.

Mamma aussi fait des cauchemars. Mais, contrairement à Maren, elle ne semble pas se réveiller avec du sel sur la langue ni l'odeur de la mer dans son haleine. Maren se demande parfois si ce n'est pas à cause d'elle que leur vie a pris ce tour, elle qui voulait si souvent rester seule avec Diinna et sa mère. Kiberg se situe à côté, Alta n'est pas si loin, mais aucun homme n'est venu s'installer dans leur village. Maren voulait passer du temps entre femmes, la voilà servie.

Elle commence à se dire que Vardø pourrait continuer ainsi : sans hommes, elle survit. Le froid n'est plus aussi mordant, les corps commencent à ramollir. Quand le dégel aura libéré les racines, les femmes enterreront leurs morts, et avec eux, peut-être, leurs querelles.

Maren brûle de sentir la terre sous ses ongles, le poids de la pelle, de savoir qu'Erik et Pappa reposeront enfin en paix, bien installés dans leurs linceuls d'écorce argentée. Dans le petit potager devant leur maison, elle vérifie chaque jour la terre en la grattant avec ses ongles.

Quatre mois après la tempête, le jour où sa main s'enfonce dans la terre, elle court jusqu'à l'église pour annoncer qu'il est possible de creuser, enfin. Mais les mots s'égarent dans sa gorge : derrière le pupitre se trouve un homme.

« Voici le pasteur Nils Kurtsson, annonce Toril d'une voix chargée de respect. Il nous a été envoyé de Varanger. Remercions Dieu : nous n'avons pas été oubliées, finalement. »

Le regard pâle du pasteur se tourne vers Maren. Sa carrure n'est pas plus large que celle d'un garçon.

Délogée de sa place habituelle, Kirsten se glisse à côté de Mamma et Maren. Une fois la messe terminée, elle se penche vers Maren pour lui souffler à l'oreille :

« J'espère qu'il sera plus agréable à écouter qu'à regarder. »

Et lorsqu'il s'avère que le pasteur délivre de beaux sermons, Maren se dit qu'il doit avoir commis un crime terrible pour avoir été envoyé à Vardø. Kurtsson est un homme maniéré, de toute évidence peu habitué à la vie marine. Pas un mot de réconfort ne leur est adressé au sujet de l'épreuve qu'elles viennent de traverser, et à chaque sabbat il semble toujours un peu effrayé de voir les bancs de son église envahis par des femmes. Sitôt le dernier *amen* prononcé, il se sauve dans sa maison, à quelques mètres de là.

Maintenant que l'église est redevenue un lieu sacré, les femmes se réunissent chez Dag le mercredi. Dans cette maison trop grande pour elle, la voix de Mme Olufsdatter n'est qu'un murmure. Les ragots vont toujours bon train, mais les femmes font davantage attention. Comme l'a dit Toril, elles n'ont pas été oubliées, et Maren est certaine de ne pas être la seule à ressentir un certain malaise à cette idée.

Quelques jours après son arrivée, le pasteur envoie une lettre pour demander dix hommes de Kiberg, parmi lesquels le beau-frère d'Edne. Lorsque le renfort arrive pour enterrer les morts, Maren sent naître en elle une jalousie inattendue. Deux jours leur sont nécessaires pour creuser les tombes, et le travail se poursuit tard grâce aux journées qui rallongent. Ces hommes parlent fort, rient trop pour les circonstances. Ils dorment dans l'église et regardent, appuyés sur leur pelle, les femmes défiler. En veillant à garder la tête baissée, Maren passe néanmoins devant les tombes toutes les heures pour surveiller la progression du chantier.

Le site se trouve dans l'est de l'île. Les uns après les autres, des trous noirs apparaissent, si nombreux que Maren en est étourdie. Les tas de terre s'amoncellent. En observant les hommes de loin, elle sent dans ses propres bras la douleur qui doit les habiter. Ruisselante de sueur, elle goûte la terre sur sa langue, pareille à une pièce de métal. Après tout ce que ces femmes ont vu, elles qui ont hissé les corps à travers les rochers, les ont veillés l'hiver entier, il n'est pas normal qu'il revienne à ces inconnus de creuser les tombes, pense Maren. Kirsten serait sans doute d'accord, mais elle ne veut pas d'histoires. Elle veut que son père et son frère soient mis en terre, que l'hiver s'achève, que les hommes de Kiberg s'en aillent.

Au matin du troisième jour, on apporte les corps du premier hangar. Ils sentent déjà un peu et, sous les linceuls en tissu cousus par Toril, les ventres sont gonflés. Ils sont étendus dans les tombes ouvertes, immaculés contre la terre fraîchement retournée.

« Pas de cercueils ? demande l'un des hommes en soulevant un linceul.

— Quarante morts, répond un autre. Ce serait beaucoup de travail pour un village peuplé de femmes.

— Il faut plus de travail pour fabriquer un linceul qu'un cercueil, répond Kirsten d'une voix égale, et sous l'effet de la surprise les joues de Toril s'empourprent. Et je vous serais reconnaissante de ne pas toucher mon mari. »

Kirsten est assise au bord de la tombe quand, tout à coup, sans crier gare, Maren la voit sauter à l'intérieur. Un instant plus tard émergent sa tête, ses épaules et ses bras tendus.

Et tandis que les hommes se regardent, bouche bée, Kirsten attrape son mari et disparaît pour l'allonger. De nouveau visible lorsqu'elle se relève pour se hisser hors de la tombe, elle dévoile une partie de son bas.

Toril fait résonner un claquement de langue désapprobateur et se détourne ; un des hommes éclate de rire, mais Kirsten, impassible, attrape une poignée de terre sur le monticule et la jette sur son mari. Puis elle s'en va, passe devant Maren d'un pas résolu, la frôlant de si près que Maren aperçoit ses larmes. Elle aimerait la retenir, lui dire quelque chose, mais sa langue est aussi lourde qu'un galet.

« Ainsi donc, elle l'aimait », murmure Mamma.

Maren se retient de lui retourner une réponse cinglante. L'amour que Kirsten portait à son mari était évident. Maren les voyait souvent, marchant main dans la main, riant comme deux amis. Son mari l'emmenait dans les champs, parfois même en mer. Si Kirsten était sortie avec lui le jour de la tempête, les femmes de Vardø seraient encore plus démunies.

Le pasteur s'avance pour bénir la tombe. Sa mâchoire est serrée, sans doute à cause de l'embarras que lui a causé Kirsten en se montrant si audacieuse devant ces hommes.

« Que Dieu t'accorde sa clémence », commence-t-il de sa voix tremblante, sans rien dire de plus à propos de cet homme qu'il n'a pas connu.

« Kirsten s'y serait prise autrement. »

Diinna est apparue à côté de Maren, les yeux rivés sur le pasteur. Sa main repose sur son ventre. Désormais, le bébé peut arriver à tout moment. Maren sent sa gorge se serrer de tristesse : son frère, couché sous terre avant même que son enfant ait pris sa première respiration. Une envie soudaine l'étreint, celle de toucher Diinna, de sentir la chaleur de son ventre et le bébé à l'intérieur, mais même la femme qu'elle était avant n'aurait jamais toléré un tel geste. La nouvelle Diinna est aussi dure que la pierre ; Maren n'ose pas lui demander la permission.

Le reste des femmes ne participe pas aux enterrements. Les hommes travaillent méthodiquement : deux d'entre eux passent le corps à deux autres dans la tombe. Les familles s'avancent pour jeter une poignée de terre, le pasteur donne sa bénédiction, on couvre à nouveau. Aucun cri de lamentation ne résonne, personne ne tombe à genoux. Les femmes sont fatiguées, lasses, étourdies. Toril ne cesse de prier ; ses mots s'élèvent et s'en vont dans le vent.

Le processus se répète, puis arrive le moment de vider le second hangar. Le pâle sourcil du pasteur se lève à la vue des linceuls en écorce de bouleau. Mamma frôle celui de Pappa du bout des doigts, regarde tour à tour le pasteur et Maren.

« Il faudrait peut-être demander à Toril de…

— Je n'ai plus de tissu, répond Toril.

— Il me reste une voile…

— Je n'ai plus de fil non plus », répond Toril avant de tourner les talons et de partir vers chez elle en tirant derrière elle son fils et sa fille.

Sigfrid lui emboîte le pas, Gerda aussi. Maren s'attend à enterrer ses morts seule avec Diinna et Mamma, mais les autres femmes restent et regardent Mads, Pappa, Erik et, enfin, Baar être mis en terre, puis recouverts.

Ce soir-là, une fois les hommes de Kiberg partis, Maren se rend sur les tombes avec la mèche d'Erik dans sa poche, en pensant l'enterrer avec lui. Garder ce souvenir serait trop macabre, et peut-être est-ce la mèche qui empoisonne ses rêves, qui permet à la mer d'infiltrer son esprit. Les nuits noires d'hiver sont finies ; dans la pénombre, les tombes ressemblent à une colonie de baleines, bossues et menaçantes. Impossible d'approcher plus près.

Maren sait pourtant ce qui se trouve devant elle : de la terre creusée, bénite par un homme de Dieu, qui ne renferme rien d'autre que les restes de leurs hommes. Mais là, tandis que le vent siffle dans les chenaux de leur île, les lueurs des maisons dans son dos, avancer vers ces tombes lui semble aussi funeste qu'avancer vers le bord d'une falaise. Et soudain, dans sa tête, les tombes explosent, la terre jaillit, et sous ses pieds le monde tremble. Sous le coup de l'émotion, sa main se desserre. Le vent cueille la mèche de cheveux entre ses doigts et l'emporte.

Plus tard dans la nuit, le bruit de la porte la réveille. Mamma, recroquevillée sous ses couvertures comme un escargot dans sa coquille, lui souffle son haleine rance à la figure. Même si sa mère l'empêche de trouver le sommeil, Maren a insisté pour qu'elles continuent à partager le même lit.

Maren s'assoit. Son corps tout entier crépite quand la porte se referme. Elle ne voit personne, ressent seulement une présence. Un grognement résonne, puis des halètements, un bruit presque animal. Celui de quelqu'un qui s'étouffe avec de la terre.

« Erik ? »

Elle craint de l'avoir appelé à elle, de l'avoir conjuré avec ses rêves et ses prières, le craint au point de se redresser, de grimper par-dessus sa mère pour aller attraper la hache de Pappa. Puis elle entend le cri étouffé de Diinna, le pic de douleur qui la fait tomber à genoux, et commence à distinguer sa silhouette dans le noir. Un esprit n'aurait pu ouvrir la porte, se dit-elle, furieuse contre elle-même, et, quand bien même, une hache ne lui aurait été d'aucune aide.

« Je vais chercher Mme Olufsdatter.

— Non, pas elle, répond Diinna dans un souffle. Toi. »

Maren la guide jusqu'au tapis, au pied de la cheminée. Mamma s'est réveillée, elle tisonne le feu pour que sa lumière éclaire le sol, apporte des couvertures, va faire chauffer de l'eau, rapporte une lanière de cuir que Diinna pourra mordre, tente de l'apaiser en chuchotant.

La lanière se révèle inutile – en dehors des halètements, Diinna ne produit presque aucun bruit. Ses plaintes ressemblent à celles d'un chien battu : elle gémit puis se mord la lèvre. Maren se place à côté de sa tête, Mamma lui retire sa culotte. Ses sous-vêtements sont mouillés, dans toute la pièce flotte l'odeur de sa transpiration. Diinna ruisselle, Maren lui éponge le front, s'efforce de ne pas regarder la masse noire qui apparaît entre ses jambes ni les mains de sa mère qui luisent en s'attelant à la tâche. Elle n'a jamais vu naître un enfant, seulement des animaux qui, souvent, ne survivent pas. Elle tente de chasser de son esprit l'image de leur langue molle pendant de leur gueule béante.

« Il est déjà presque sorti, dit Mamma. Pourquoi n'es-tu pas venue plus tôt ? »

Diinna est sur le point de perdre connaissance tant la douleur est forte, mais elle murmure malgré tout :

« J'ai cogné au mur. »

Maren lui tamponne le front et souffle à son oreille, savourant cette proximité que la situation lui permet, la même qu'au bon vieux temps. Peu après, la lumière qui commence à filtrer à travers le voile fin des rideaux se mêle à celle du feu, et les trois femmes se retrouvent au milieu d'un halo blanc. Maren a l'impression d'être enveloppée dans les embruns, avec Diinna accrochée à elle comme à une ancre qui la tient immobile face aux vagues de douleur. Ses lèvres se posent sur son front, en goûtent le sel.

Quand vient finalement le moment de pousser, Diinna se tord comme un poisson hors de l'eau, son corps bat contre le sol.

« Tiens-la », ordonne Mamma, et Maren tente de s'exécuter, même si elle n'a jamais eu la force de Diinna et ne l'aura jamais, surtout pas maintenant.

Elle s'assoit derrière sa tête pour que Diinna puisse se reposer sur elle et murmure dans le creux de son cou. Ses larmes se mêlent à celles de Diinna lorsque, une fois encore, celle-ci se tord et qu'enfin un cri, comme une réponse à ses gémissements, résonne entre ses jambes.

« Un garçon. » Il y a dans la voix de Mamma une joie lumineuse et une pointe de douleur. « Un garçon. Mes prières ont été entendues. »

Diinna retombe en arrière et Maren l'aide à se coucher par terre. Elle la serre, l'embrasse, écoute le bébé pleurer, le métal tinter lorsque sa mère se sert d'une lame pour couper le cordon ombilical avant d'essuyer le sang avec un linge. Diinna s'accroche à elle, ses pleurs redoublent, leurs corps tremblent, humides, épuisés, jusqu'à ce que Mamma repousse Maren d'un coup de coude pour mettre le bébé au sein de Diinna.

Son corps est minuscule, fripé, crémeux. Ses cils noirs contrastent avec le blanc de ses joues. Son image rappelle à Maren celle d'un oisillon tombé du nid qu'elle avait trouvé, une fois, dans la mousse du toit, un oisillon à la peau si fine que l'on distinguait ses yeux qui bougeaient sous ses paupières closes et les battements de son cœur dans sa cage thoracique. À l'instant où elle l'avait touché, l'oisillon avait cessé de bouger.

Ses minuscules épaules sont secouées par ses pleurs, sa petite bouche s'arrondit pour crier. Diinna défait sa chemise de nuit, place son téton à la peau sombre dans sa bouche. Une cicatrice traverse la clavicule de Diinna, une brûlure causée par une marmite d'eau bouillante – quant à savoir qui la lui avait jetée, Maren ne s'en souvient plus. Elle aurait envie de déposer un baiser ici aussi, de l'effacer.

Mamma finit de laver Diinna. En pleurs, elle se relève pour aller se coucher près d'elle, de l'autre côté, et recouvre la main de Diinna, sur le bébé, avec la sienne. Maren hésite un instant avant de l'imiter. La chaleur qu'il dégage la surprend, il sent le pain chaud et le linge propre. Sa poitrine se serre, son amour est fort au point d'en avoir mal.

*Le 3 juin 1618*

*Au très respecté M. Cornet*

*Deux raisons m'amènent à vous écrire.*

*La première afin de vous remercier de votre généreuse lettre en date du douzième jour du mois de janvier de la présente année. Vos compliments ont été grandement appréciés. Ma nomination au titre de seigneur de Finnmark est un grand honneur et, comme justement souligné dans votre lettre, une chance de servir notre Créateur en ces lieux troubles. Le souffle pestilentiel du diable flotte dans cette contrée ; un important travail reste à accomplir. Christian IV œuvre pour affirmer la place de l'Église, mais cela ne fait qu'un an que sont entrés en vigueur ses décrets contre la sorcellerie, et, bien qu'ils aient été écrits selon les préceptes du* Traité de démonologie, *leur sévérité est autrement moindre que celle des lois que notre roi Jacques est parvenu à imposer en Écosse et dans les îles. Ils ne sont même pas appliqués sur les terres qui m'ont été confiées. Je veillerai, bien entendu, à remédier à cette situation dès lors que je prendrai mes fonctions, l'an prochain.*

*Ce qui m'amène à la deuxième raison. Comme vous le savez, je porte une grande admiration au travail que vous avez mené lors du procès de la sorcière Elspeth Reoch en 1616 à Kirkwall. Vos mérites nous sont parvenus jusqu'ici. Comme je l'avais écrit à l'époque déjà, même si l'opinion publique n'avait d'yeux que pour ce freluquet de Coltart, je sais quelle a été votre importance auprès de lui et que la promptitude dont vous avez fait preuve a permis de traiter la situation sans délai. C'est précisément de cette réactivité dont nous avons besoin à Finnmark, et d'hommes capables de suivre le précepte donné dans le* Traité de démonologie *: « Repérer, appréhender et exécuter ceux qui pratiquent le mal. »*

*Je vous écris donc afin de vous proposer une place à mes côtés, dans le but d'éradiquer ceux qui répandent le mal par cette voie. Un grand nombre des problèmes que nous rencontrons à Finnmark proviennent d'une petite partie de la population locale, endémique ici – une communauté de voyageurs que l'on appelle les Lapons. Ces gens sont comparables à des nomades, à ceci près qu'ils pratiquent la magie, une magie qui agit sur le ciel et sur les vents. Je vous le disais plus haut : bien que la législation contre la sorcellerie soit désormais en vigueur, elle n'est que rarement appliquée.*

*Nul besoin de dire à un homme des Orcades l'influence que peuvent avoir le temps et les saisons dans une région comme la nôtre. L'heure est grave. Depuis la tempête de 1617, cette tempête qui est allée jusqu'à faire les titres des journaux d'Édimbourg, souvenez-vous*

*– j'étais alors moi-même en mer, et nous l'avons ressentie jusqu'au Spitzberg et à Tromsø –, les femmes qui peuplent l'île sont livrées à elles-mêmes. La population lapone, barbare, se mêle librement aux Blancs. Sa magie reste en grande partie ce contre quoi nous devons lutter. Certains marins cherchent à solliciter les chamanes pour influer sur le temps. Mais j'ai la conviction qu'avec votre aide, et celle d'un petit nombre d'hommes capables vivant dans la crainte de Dieu, nous parviendrons à repousser les ténèbres, même au plus sombre de l'hiver. Car même ici, aux confins de la civilisation, les âmes méritent d'être sauvées.*

*Vos efforts, bien entendu, seront récompensés. Mon idée serait de vous installer dans une petite demeure de Vardø, proche de la forteresse où j'établirai mes quartiers. Cinq années de poste et je vous écrirai une lettre de recommandation, quelle que soit la position que vous souhaiterez obtenir.*

*Je me permets un conseil : abstenez-vous de parler de ma proposition autour de vous. Coltart pourrait convoiter cette place, mais il n'est pas le genre d'homme dont j'ai besoin.*

*Réfléchissez-y, monsieur Cornet. J'attendrai votre réponse.*

*John Cunningham (Hans Køning)*
*Seigneur de Vardø*

# 5.

À la naissance de son neveu, Maren sent son propre corps devenir une sorte de fardeau, une chose qui la désole, la dégoûte. Ce corps a faim, désobéit. Lorsqu'elle se lève, elle a l'impression que des bulles s'immiscent entre ses os et qu'elles éclatent à ses oreilles.

Le chagrin ne peut nourrir un corps, mais il peut le remplir. Elle l'a longtemps ignoré, mais lorsque Kirsten Sørensdatter demande la parole à l'église, six mois précisément après la tempête, Maren finit par s'en apercevoir en remarquant la peau flasque de son visage et les veines saillantes sur les bras de Mamma. Peut-être les autres femmes le voient-elles aussi, car sur les bancs les dos se redressent et toutes écoutent attentivement.

« Attendre davantage ne changera rien », commence Kirsten, comme si elle reprenait une conversation interrompuc. Au-dessus de ses petits yeux bleus, son front s'est plissé. « Nos voisins se sont montrés généreux avec nous, mais qui ne le serait pas par des temps pareils ? Nous devons commencer à nous occuper de nous. » Elle se redresse – quelque chose craque.

« La glace a fondu, le soleil de minuit est revenu et nous possédons quatre bateaux capables d'aller en mer. Le temps est venu de pêcher. Il nous faut vingt femmes – seize pourraient faire l'affaire. J'en suis. »

Elle parcourt la salle des yeux. À la lueur des bougies, son regard est tranchant.

Maren s'attend à ce que les autres, Sigfrid ou Toril, ou peut-être même le pasteur, élèvent la voix, protestent. Mais lui aussi a maigri et ne tient pas à perdre davantage de poids. Les propos de Kirsten ne sont que bon sens, même prononcés abruptement. Le bras de Maren se lève, et dix autres avec lui. Tandis qu'elle le brandit, un vertige l'envahit, le même qu'elle éprouve lorsqu'elle manque de se faire balayer par le vent et se sent faiblir avant de retrouver de justesse l'équilibre. Mamma se tourne vers elle sans rien dire.

« Personne d'autre ? Il n'y a là que de quoi remplir deux bateaux », dit Kirsten.

Les yeux se baissent, les femmes se tortillent sur les bancs.

La décision semblait prise. Le pasteur n'a émis aucune objection à l'église, mais le mercredi suivant, en arrivant à leur rassemblement, Toril annonce que Kurtsson a retrouvé sa voix et écrit une lettre.

« Comme c'est intelligent », ironise Kirsten sans lever les yeux de son ouvrage.

Elle confectionne une paire de gants en peau de phoque, sans doute pour mieux agripper les rames.

« Il a écrit à l'homme qui investira bientôt la forteresse de Vardø », ajoute Toril.

À ces mots, même Kirsten se fige et lève les yeux.

« La forteresse ? Notre forteresse ? demande Sigfrid, les yeux luisants d'excitation. Tu en es sûre ?

— Quelle autre forteresse voudrais-tu qu'il investisse ? » rétorque Toril, mais Maren comprend pourquoi Sigfrid a posé la question. Cela fait des années que le fort est vide.

À côté de Maren, Diinna et Mamma ont elles aussi interrompu leur travail – les trois femmes réparent un vieux filet. Diinna l'a reposé sur ses genoux, sous le petit Erik qu'elle porte dans une écharpe. Elle penche la tête, si bas que l'on croirait voir une mère oiseau en train de nourrir son petit.

Impossible d'oublier la dernière fois où toutes les trois se sont réunies pour coudre ensemble ; l'aiguille récalcitrante semble s'en souvenir également. Maren garde une main sur le fil pour ne pas perdre sa position. La mère de Dag, Mme Olufsdatter, a disposé des bancs tout autour de sa cuisine ; elles s'y sont installées comme sur les banquettes d'un bateau. Le sol est éclairé par la lumière vacillante du feu.

« Un seigneur a été nommé ici, Hans Køning, placé sous les ordres directs du roi Christian. D'après le pasteur, il apportera de grands changements, notamment en ce qui concerne l'église. » Le regard de Toril se braque sur Diinna. « J'ai par ailleurs entendu dire qu'il comptait mettre les Lapons sur le droit chemin et les mener vers Dieu. »

Diinna remue à côté de Maren, sans quitter Toril des yeux.

« Ce n'est pas avec des hommes comme Nils Kurtsson qu'il y arrivera, répond Kirsten. Ce type ne serait pas fichu de conduire une vache au pâturage. »

Diinna ricane, puis retourne à sa couture.

« Le pasteur m'a dit qu'il parlerait de l'importance de rester soi-même dans son prochain sermon, annonce Toril, les yeux plissés vers Diinna. Je crains donc que le seigneur ne voie pas d'un très bon œil notre idée d'aller pêcher.

— Il n'est pas encore notre seigneur, répond Kirsten. Et la bienséance, ça ne remplit pas les ventres. Il faut qu'on mange, et il n'y a que le poisson qui nous nourrira. Je me moque bien que cet Écossais ne soit pas d'accord avec ça.

— Un Écossais ? s'étonne Sigfrid. Pourquoi n'ont-ils pas envoyé un Norvégien ou un Danois ?

— Il a servi pendant plusieurs années dans la flotte danoise, répond Kirsten sans quitter des yeux son ouvrage. Il a aidé à débarrasser le Spitzberg des pirates. C'est le roi en personne qui l'a choisi et placé à la forteresse de Vardø.

— Comment le sais-tu ? » demande Toril.

Kirsten ne lève pas les yeux.

« Tu n'es pas la seule à avoir des oreilles, Toril. Il m'arrive de parler aux marins qui passent au port.

— Je te vois faire, répond Toril. Et c'est parfaitement incorrect. »

Kirsten l'ignore.

« Quoi qu'il en soit, si nous restons ainsi, le pasteur pourra toujours baragouiner ce qu'il voudra lors du prochain sabbat, je sais que mon ventre gargouillera si fort que je ne l'entendrai pas. »

Maren étouffe un rire. Si l'idée de prendre les rames avait été émise par une autre que Kirsten, personne ne l'aurait considérée. Mais Kirsten a toujours été une femme particulière, forte et entêtée, et, le jour du sabbat venu, les tièdes avertissements proférés par le pasteur ne dissuadent personne. Et puisque le seigneur ne lui a pas fait parvenir sa réponse, Kirsten insiste pour que les femmes poursuivent leur projet.

Le mercredi venu, au lieu de se rendre à leur rassemblement, huit d'entre elles se réunissent sur les quais. Quelques volontaires se sont désistées après avoir appris que le pasteur avait envoyé sa lettre. Un seul bateau sortira en mer, finalement.

Les femmes ont revêtu les peaux de phoque et les bonnets de leurs hommes. Leurs mains flottent dans les immenses gants, et les rames qu'elles tiennent à côté d'elles arrivent plus haut que leur tête tandis qu'elles considèrent les paquets de filets réparés, aussi entortillés que les cheveux que Maren s'échine à démêler chaque matin avec le peigne en arêtes de Mamma.

« Très bien, dit Kirsten en frappant des mains. Il nous en faut trois. Maren ? Aide-moi. »

Ses mains ont beau être larges, elles sont plus habiles que celles de Maren, dont les doigts se prennent dans la trame des filets et brûlent à leur contact. C'est une bonne journée, le ciel est clair, malgré quelques nuages, et le froid mordant avec lequel les femmes ont vécu de si longs mois, ce froid qui leur collait aux os, a disparu.

Elles étalent trois filets par terre, sur le quai, tandis que les autres se chargent de les maintenir à l'aide de pierres noires et lisses. Puis, une par une, Kirsten leur montre comment les plier pour les déployer ensuite facilement.

« Où as-tu appris ça ? lui demande Edne.

— Mon mari m'a montré.

— Pourquoi ? demande-t-elle, sans cacher son étonnement.

— Il m'a montré, c'est tout, lui rétorque Kirsten. Allez, au suivant. »

On les observe depuis toutes les fenêtres des maisons alentour, et surtout depuis la porte de l'église. La frêle silhouette du pasteur se détache dans la clarté des bougies, et derrière lui brille la croix en bois. On les juge – négativement.

Elles chargent enfin les filets dans le bateau et montent à bord. Mamma a préparé son repas à Maren, exactement comme elle le faisait pour son fils et son mari, du pain croustillant saupoudré de graines de lin et un morceau de cabillaud séché, pris lors de la dernière pêche de Pappa. Elle le précise fièrement à Maren, comme si ce détail était une bénédiction plutôt qu'un signe de mauvais augure, ainsi que Maren le ressent. Dans une gourde en peau qu'elle porte en bandoulière clapote une bière légère.

Au moment de monter sur le bateau, Maren fait ce qu'elle évite de faire depuis des mois : regarder directement la mer, cette mer qui lèche par petites touches insouciantes la coque du bateau de Mads. *Ces vagues*, corrige Maren. La mer n'a pas de doigts ni de mains, ni de bouche prête à s'ouvrir et à l'avaler. La mer ne l'observe pas : elle n'a pas la moindre opinion sur Maren.

Elle attrape une rame et, Edne à ses côtés, commence à s'activer. Parmi les spectatrices, aucune des villageoises ne pousse de cri d'encouragement, ni ne leur fait un signe de la main. Une fois les femmes parties en mer, elles tournent les talons.

Kirsten a placé les rameuses en fonction de leur taille. Edne et Maren ont la même taille et le même âge, bien qu'Edne soit un peu plus mince. Maren veille à ne pas ramer trop fort afin de rester calée sur elle. À voir la trajectoire sinueuse que dessine le bateau, elle devine que les autres n'ont pas encore compris l'importance d'ajuster leurs coups, de s'adapter au rythme de leur partenaire. Cette tâche l'absorbe tellement qu'elle se rend à peine compte de la distance qui la sépare désormais de la terre, de l'entrée du port qu'elles franchiront bientôt pour gagner la mer, la pleine mer, avec ses baleines et ses phoques et ses tempêtes, et ses hommes noyés jamais revenus à quai.

Au bout de quelques minutes, ses bras lui font mal. Les femmes du village sont pourtant actives, mais ce mouvement-là est d'un genre différent, cette façon de se plier en avant, de tirer vers l'arrière, avec tout dans les épaules et dans les bras, le cou qui se contracte, le dos qui se tend et le bois dur de la banquette sous les fesses. Les oiseaux commencent à les encercler, si proches qu'Edne ne peut s'empêcher de crier.

Un chant s'est formé dans la respiration de Maren, un sifflement qu'elle parvient à retracer jusqu'à ses poumons. Avec lui remonte de l'air âcre, laissant sur sa langue un goût de poussière. Ses cheveux gorgés de sueur et de brume marine ruissellent dans le dos de son ciré, son visage est déjà anesthésié, sous son souffle rance ses lèvres craquellent. Voilà donc pourquoi les hommes gardaient la barbe longue : la peau nue de son visage lui donne l'impression d'être aussi peu faite pour la mer que celle d'un nouveau-né.

Elles atteignent l'entrée du port et se retrouvent soudain en pleine mer. Dès la sortie de la crique, le vent redouble. Plusieurs femmes poussent un cri au moment où le bateau tangue dans les vagues désormais puissantes.

« Premier filet », lance Kirsten d'une voix qu'elle parvient encore à maîtriser.

Edne et Maren le déploient tandis que les autres continuent à ramer. Elles l'étalent comme un drap propre sur un lit, et le filet se pose telle une couverture sur les vagues avant de commencer à sombrer. Retenu à la surface par des bouchons de liège et accroché au bateau par une corde, il traîne à l'arrière ; elles en lâchent un deuxième à l'eau, de l'autre côté.

« Jetez l'ancre », ordonne Kirsten.

Magda et Britta soulèvent la lourde masse de métal et la laissent tomber par-dessus bord. Les hommes seraient partis plus loin, auraient déployé d'autres filets, mais les femmes ne sont pas encore prêtes à dépasser l'île d'Hornøya. Dans les bras de Maren, la douleur s'est muée en un poids ; elle s'efforce de ne pas regarder l'aiguille rocheuse qui se dresse à moins de trente mètres de là.

Une fois l'ancre jetée et les filets déployés, un sentiment proche de la joie se répand parmi elles. Magda rit devant les oiseaux qui virevoltent, un rire que Maren entend résonner dans sa propre bouche. Le silence retombe vite, mais quelque chose a changé. Réfugiées dans les courbes du bateau, elles partagent leur repas. Le vent balaie les nuages et, même si sa chaleur ne lui parvient pas, le soleil commence à faire rougir le nez de Maren. Elle se sent fatiguée et heureuse, et pas une fois elle ne pense à la baleine.

Au bout d'une heure environ, une ombre passe devant le soleil, les nuages filent et la mer recommence à gonfler. Un silence s'installe, glaçant, mais il n'y a rien d'autre à faire que d'attendre. L'île du Spitzberg, d'où d'après Kirsten le seigneur avait chassé les pirates, se dresse à l'horizon, toute de glace étincelante. De là où elles se trouvent, on croirait voir le bout du monde.

« Filets, dit Kirsten. Allez ! »

Maren sait que le moment est bien choisi pour commencer à tirer. Le filet est lourd et leurs bras douloureux peinent à le remonter, mais, à l'instant où le vert de l'eau est brisé par le premier mouvement, le premier frétillement d'un poisson, des cris de joie perçants jaillissent de leurs gorges desséchées. Les femmes tirent plus fort, plus vite, et déposent bientôt un filet à moitié plein sur le plancher du bateau.

En dehors du *skrei* et des autres poissons blancs qu'elles feront sécher, elles ont pêché des harengs aussi argentés et effilés que des aiguilles, et des saumons qui se débattent jusqu'au moment où Kirsten les attrape un par un pour les assommer contre la paroi du bateau. Edne se met en retrait, mais Maren crie avec les autres. L'autre filet est presque aussi plein : un seul sébaste frétille au milieu des cabillauds. Maren le soulève presque avec tendresse, en lui tenant fermement la queue. Un frisson traverse son ventre tordu par les crampes lorsque la tête du poisson se fracasse avec un bruit sourd contre la paroi du bateau.

« Bien joué », dit Kirsten, une main sur son épaule.

L'espace d'un instant, l'idée traverse Maren de se badigeonner les joues de sang comme un homme au retour de la chasse.

Il fait encore assez jour pour jeter un filet, mais les femmes ne veulent pas tenter le diable. Elles décident de rentrer au port, et se trouvent de nouveau face à l'immensité de la mer, seulement rompue par l'île d'Hornøya et ses colonnes rocheuses. Edne murmure une prière. Maren ferme les yeux pour respirer l'air à pleins poumons et sentir la force que la rame exerce sur elle.

Le retour semble rapide, le rythme s'installe plus facilement, comme dans une chanson bien connue. Personne ne les attend, cette fois-ci ; Kirsten saute sur le quai pour les amarrer. En contemplant l'eau noire, Maren se demande si l'ombre de la baleine ne les suivait pas depuis le début. Le monstre est peut-être tapi sous la coque à présent, prêt à surgir pour les briser contre son dos.

Mais une main se tend et la hisse sur la terre ferme, qui vacille sous ses pieds. Même après une simple demi-journée en mer, la terre lui semble désormais étrangère : Comment les marins peuvent-ils supporter de revenir ? Maren l'ignore. Les autres villageoises, Toril en tête, affluent lorsque l'équipée dépose sa prise près de l'abreuvoir. Un cri ébahi s'élève au moment où l'on vide les filets ; Maren parvient à peine à croire au nombre de poissons qu'elles ont rapportés.

« Dieu nous a nourries », dit Toril, mais les muscles endoloris de Maren lui rappellent aussitôt que Dieu n'a rien à voir là-dedans.

Mamma arrive sur le port comme une infirme, épaulée par Diinna, derrière laquelle dépasse le bonnet du petit Erik. Une moue est imprimée sur les lèvres de Diinna. Elle n'apprécie guère d'être laissée seule à la maison avec sa belle-mère. Depuis peu, Mamma est étourdie. Ses tâches ménagères sont mal exécutées, elle s'attelle à réparer des chaussettes déjà reprisées, gâche de la nourriture en oubliant de refermer les bocaux. Sans nul doute, Diinna préférerait se trouver sur un bateau plutôt qu'à la maison avec son bébé et sa belle-mère.

Maren aide à trier les poissons. En plus de la part qui lui revient, Kirsten lui offre le sébaste qu'elle a tué.

Mais alors qu'elle s'apprête à raconter ce moment à sa mère, cette dernière s'écarte du poisson, et de Maren.

« Tu as du sang sur la joue », dit-elle avant de se détourner pour suivre Diinna, qui, chargée de leur butin, se remet en marche vers la maison, laissant Maren seule, une main sur la joue.

De retour chez elle, Maren accepte que Diinna l'aide à préparer tous les poissons sauf le sébaste. Celui-ci, elle l'écaille elle-même, creuse une entaille allant de sa tête fracassée à sa queue étroite, puis le vide. Elle dépose les entrailles près de la planche, empêche Diinna de les emporter. Ces entrailles bleu, rouge et translucides, Maren les jette dans le feu, les regarde crépiter et se dissoudre.

Après avoir utilisé la pince de Pappa taillée dans des défenses de morse pour retirer les arêtes les plus fines, elle le fait cuire aussitôt, même si ce poisson aurait été meilleur fumé. Elle désire le manger sans attendre, encore tout frais, tant qu'elle se souvient encore de la sensation qu'elle a éprouvée en le tenant, vivant, entre ses mains.

Depuis leur lit, Mamma la regarde, les sourcils froncés par une expression proche de la désapprobation. Elle refuse de goûter le poisson, refuse de manger ce soir-là. Elle ne pose aucune question à Maren sur la sortie en bateau, ne lui dit pas non plus qu'elle est fière. Dans le lit, elle lui tourne le dos, fait semblant de dormir.

Maren rêve, comme toujours, de la baleine. Il y a du sel dans sa bouche et ses bras brûlent sous l'effort. Mais la baleine nage, elle n'est pas échouée, et même si l'animal est noir et qu'il possède cinq nageoires, elle n'a pas peur. Sa main se pose sur lui : il se révèle aussi chaud que du sang.

## 6.

Les mois s'écoulent, à la fois informes et tranchants. Personne ne discute plus pour savoir s'il faut sortir en mer ou non : chaque semaine, les femmes y vont. D'autres se joignent à elles, et bientôt trois bateaux sont affrétés régulièrement, alors même que l'année avance et que, aux coins du ciel, l'obscurité s'installe peu à peu, comme les ombres sur les chevrons d'une grande maison.

Le pasteur les observe depuis son petit perron, délivre ses sermons sur les vertus de l'Église et de ses serviteurs avec une ferveur croissante. Et pourtant, Maren sent parmi les femmes un changement, un revirement. Quelque chose semble se tramer, quelque chose de sombre. De moins en moins intéressée par les paroles du pasteur, elle s'absorbe dans son travail : pêcher, couper du bois, préparer les champs. À l'église, son esprit dérive comme un bateau détaché. Son esprit est en mer, avec des rames à la main et des crampes dans les bras.

Maren n'est pas la seule que l'église intéresse moins qu'auparavant. Le mercredi, pendant le rassemblement hebdomadaire, Mme Olufsdatter pose des questions à

Diinna sur les Samis et les techniques qu'ils utilisent pour trouver de l'eau douce, et sollicite Kirsten pour fabriquer des figurines en ossements à l'effigie de son fils et de son époux. Lorsque Maren se rend sur les tombes de Pappa et Erik, elle découvre des pierres runiques grossièrement taillées posées sur la terre tassée comme des dalles. Plus d'une fois, en se promenant sur le cap, elle retrouve une peau de renard dont le corps a été abandonné au point le plus élevé de la colline. Actes de commémoration, grigris : Maren se souvient d'avoir connu ces choses pendant son enfance.

Elle observe les femmes à l'église, se demande qui a posé le collet, qui a saigné le renard. Qui l'a écorché, a jeté le cadavre, a étendu la peau en posant dessus des pierres pour l'offrir au vent. Elle demande à Diinna ce qu'un renard écorché signifie ; Diinna lève les sourcils, hausse les épaules. Peu importe ce que l'on voulait faire d'elles, les femmes de Vardø reprennent peu à peu les manières d'antan, prêtes à se raccrocher à n'importe quoi.

Sans doute Toril ne l'a-t-elle pas remarqué ; autrement, elle aurait averti le pasteur. À mesure que l'hiver se dessine et se referme sur l'île, elle et ses « dévotes », comme Kirsten les appelle, passent de plus en plus de temps à l'église pour expier les péchés qui leur ont fait perdre leurs maris.

Entre les deux clans, le gouffre se creuse, sûrement et régulièrement, comme une fissure dans un mur qui s'agrandit sous les coups d'une main acharnée. Il n'y a que lorsque les ventres sont un peu plus pleins que les tensions s'apaisent. Et pourtant, toutes habitent encore l'île, songe Maren. Toutes vivent encore. Et suivent une organisation bien précise : pour avoir une peau, il faut aller voir Kirsten, lui donner en échange du poisson séché ou un ouvrage à coudre qui sera à son tour troqué avec Toril pour obtenir du fil fabriqué avec des boyaux ou de la mousse fraîche récoltée au pied de la montagne, où Toril refuse de se rendre, car les Samis y sont installés et des sorcières s'y réunissent, selon une vieille rumeur. Chacune a ses compétences, son utilité, qui s'entrelacent et se complètent comme dans une échelle folle, empilées les unes sur les autres.

« C'est une forme de victoire, lance Kirsten un mercredi. Que diraient nos maris s'ils nous voyaient ?

— Rien de bon », répond Sigfrid. Sigfrid appartient désormais ouvertement au camp de Toril, mais ne manquerait pour rien au monde l'occasion d'entendre les ragots du mercredi. « Le pasteur dit que…

— Le pasteur a-t-il prévu un sermon pour le réveillon de Noël ? demande Kirsten.

— J'imagine que oui, répond Sigfrid.

— J'aimerais dire quelque chose à cette occasion, poursuit Kirsten. Parler de la tempête. Je ne crois pas être la seule à en avoir envie. Il est temps. Je suis prête. »

Maren regarde autour d'elle. Personne d'autre que Kirsten ne serait capable de le faire. Elle-même ne saurait comment en parler, même un an après. Tout le monde raconte désormais la tempête de la même manière, maintenant que l'histoire est passée par un si grand nombre de langues qu'elle s'est usée, ses angles érodés comme du verre de mer.

« Maren ? »

Kirsten lui lance un regard, cherche son soutien. Mais Maren n'a aucun soutien à lui apporter, pas plus qu'Edne ou Mme Olufsdatter.

Les autres doivent ressentir, comme elle, quelque chose de réconfortant dans la cohésion de ce groupe rassemblé là, sur le point le plus plat de la baie, comme sous l'effet d'une force extérieure, les femmes serrées les unes contre les autres pour voir à travers le même prisme. *La tempête est arrivée d'un coup, comme ça.* En un claquement de doigts. Dans quelle bouche avait-elle entendu cette formule ? Peut-être celle de Toril, ou alors de Kirsten. Ou peut-être la sienne. Cette version avait fait l'unanimité, la tempête était arrivée en un claquement de doigts, comme par enchantement – même si cette conception des choses n'est pas dénuée de lâcheté. Maren est certaine que les autres la méprisent à cet instant, mais elle les méprise tout autant. Ces femmes se cachent les yeux, tiennent leur langue pour ne pas être obligées de se souvenir vraiment. De se rappeler comment les bateaux ont disparu, en une seconde.

Elle se tourne vers la fenêtre. L'obscurité qui s'installe, inexorablement, porte des notes de gris : un brouillard arrive du nord. Il tombe toujours soudainement ; affamé, il engloutit jupons et bas, sa fraîche humidité les pénètre, et le sol pourtant familier devient étrange, méconnaissable. Dehors, passé la dernière rangée de maisons, se trouve le port. Maren observe la mer encore plus attentivement désormais. Elle apprend à modérer les sentiments qu'elle éprouve pour elle grâce à ses sorties régulières en bateau. Mais, le premier anniversaire arrivant, elle se rend compte qu'elle n'a aucun désir de repenser longuement à ce qu'elle leur a enlevé, et encore moins d'en parler à l'église.

Elle ressent la déception de Kirsten, et s'en va la voir au moment où Mme Olufsdatter réduit l'intensité des lampes et annonce qu'il est temps de partir.

« Je suis désolée, dit-elle en lui touchant l'épaule. Je suis sûre que le pasteur te laissera prendre la parole.

— Je n'ai pas besoin de sa permission, répond Kirsten en plissant ses yeux bleus. Je vais y réfléchir. »

À la veille de Noël, Kirsten ne prend pas la parole, au grand regret de Maren. Le sermon du pasteur n'est qu'une suite de platitudes, vague redite du discours prononcé sur les tombes de leurs fils et de leurs époux. Il n'apporte à Maren aucun réconfort : pas un mot sur les hommes que les femmes ont perdus, pas un mot sur elles, que ces disparitions ont laissées seules. Combien de fois a-t-elle pleuré Erik et Pappa ? Le pasteur ne pourrait jamais comprendre. Aucun homme ne le pourrait.

Tandis qu'elle le regarde se pencher pour atteindre l'étagère sous son pupitre, et en sortir une lettre portant un sceau et un ruban, elle se rend soudain compte qu'elle éprouve une certaine haine envers lui : pour sa faiblesse, pour le pouvoir qu'il détient sur elles. Pour ses discours continuels sur la grâce de Dieu, qui ne semble pourtant pas s'étendre si loin au nord. Son œil est-il sur elle ? Son œil est-il dans sa tête, lisant ses pensées, à cet instant même ? Retenant son souffle, Maren sonde son propre esprit, prête à y trouver Dieu.

« Ceci est arrivé hier », annonce le pasteur en dépliant la lettre. Le cachet est si épais que le parchemin refuse de s'ouvrir entièrement, et Kurtsson doit l'étendre devant lui, cachant son visage du même coup. « Notre seigneur entrera bientôt en poste à la forteresse de Vardø, depuis laquelle il régira l'ensemble du comté de Finnmark. »

Toril s'agite sur son banc, parcourt la salle du regard comme pour s'assurer que tout le monde sait qu'elle a été la première à annoncer la nouvelle.

« En complément, poursuit le pasteur, un délégué, missionné par le seigneur, viendra vivre parmi vous – autrement dit, parmi nous – pour veiller de plus près sur le village.

— Mais n'est-ce pas là le rôle de notre pasteur, le vôtre en l'occurrence ? demande Kirsten.

— Il est vrai qu'il nous apportera son aide sur les questions spirituelles, répond Kurtsson, visiblement agacé par cette intervention. Mais je reste votre pasteur.

— Dieu soit loué », répond Kirsten, trop vivement pour que le trait d'ironie échappe au pasteur.

Une fois la lettre repliée et les dévotes à genoux pour de longues prières, Kirsten et Maren s'attardent dehors. La nuit est si noire qu'elles sont obligées de se tenir très près l'une de l'autre, comme deux animaux qui se serrent pour avoir chaud. Les yeux de Kirsten sont cernés.

« "Missionné par le seigneur", répète-t-elle. J'aimerais bien connaître le montant de sa mission.

— Son travail ressemblera peut-être à celui d'un gouverneur, avance Maren. Comme à Alta.

— Un gouverneur ? Alta est bien plus peuplée que Vardø. Qu'avons-nous besoin de quelqu'un pour nous superviser, surtout si le seigneur Cunningham investit déjà la forteresse ? »

Par réflexe, toutes deux lèvent la tête vers la forteresse de Vardø, mais il règne un brouillard si épais que les yeux de Maren piquent. Kirsten se retourne vers elle, puis finit par lui demander :

« Veux-tu venir chez moi ? J'ai de la bière, du fromage. »

Maren aimerait beaucoup voir ce que Kirsten a fait de la maison de Mads Petersson. Comment parvient-elle à vivre là-bas, sans l'aide d'aucun fermier ? Maren se l'est souvent demandé. Elle aimerait aussi voir les rennes. Mais elle pense à Mamma, chez elles, occupée à pleurer son père, et secoue la tête.

« Merci, mais je dois partir. »

Kirsten hoche la tête.

« Que l'annonce du délégué ait eu lieu aujourd'hui… doit-on y voir un signe ? »

Maren la regarde en clignant des yeux, interdite.

« Je ne te croyais pas superstitieuse.

— Je me demande seulement de quoi cela annonce le commencement.

— Il faut peut-être y voir une fin, répond Maren, déstabilisée par son ton. Comme un cercle qui se ferme.

— Un cercle n'a pas de fin, répond Kirsten en se redressant soudain. À demain. »

Elles se détournent l'une de l'autre dans le brouillard qui les avale. Les maisons sont plongées dans le silence tandis que Maren s'éloigne de l'église et passe devant chez Mme Olufsdatter, devant chez Toril, puis marche jusqu'à la côte, là où la lumière de leur feu luit faiblement derrière les persiennes, dispersée dans la blancheur surnaturelle du brouillard.

Maren voudrait continuer, dépasser la maison vide de Baar Ragnvalsson pour se rendre jusqu'à la pointe de l'île. Poser la main sur leur porte, se frayer un chemin dans la chaleur qui l'enveloppe aussitôt est pour elle un effort. Mamma est occupée à tisonner le feu, inquiète à cause de la peau qui a séché à la commissure de ses lèvres, et Diinna est là, avec Erik serré contre sa poitrine.

« Je lui ai parlé du délégué, dit Mamma sans même lever les yeux.

— Qu'en penses-tu ? demande Maren à Diinna.

— Pas grand-chose », répond celle-ci.

Elle masse les gencives d'Erik avec de la pâte de clou de girofle. De grands filets de bave s'échappent de sa bouche, rouge à la lumière du feu. Maren est prise d'une envie de la secouer. Leurs discussions d'avant lui manquent. Elle qui pensait que la naissance d'Erik la consolerait de la mort de son mari trouve Diinna plus taciturne que jamais.

« Au moins, cela fera quelqu'un de nouveau, remarque-t-elle. Une paire de bras en plus. »

Mamma passe la langue sur sa commissure craquelée, puis le silence retombe, ce silence qui règne sur chacune de leurs soirées ; l'arrivée du délégué n'est plus évoquée.

Elles imaginent qu'il sera comme leur pasteur, qu'il aura aussi peu d'impact que la neige tombant sur la mer. Elles imaginent que leur vie va continuer, que le pire est derrière elles. Elles imaginent toutes sortes de choses idiotes, sans importance, sans penser un instant pouvoir se tromper.

*Le 15 janvier 1619*

*Au très respecté délégué de la forteresse de Vardø, M. Cornet,*

*Tous mes vœux de nouvelle année. Je vous remercie de votre lettre du 19 octobre. J'ai été très agréablement surpris qu'elle me parvienne avec une si grande rapidité. Qui eût cru que les navires feraient si vite la traversée ?*

*C'est avec joie que j'ai appris votre réponse favorable, sur laquelle je vous implore de ne pas revenir. J'informerai le roi Christian de votre acceptation – son oreille m'est acquise et votre nom y sera versé, soyez-en sûr. Le pasteur de Vardø a déjà été mis au courant et préparera votre arrivée. De grandes choses vous attendent ici, et j'espère que l'amour que porte le Seigneur au peuple d'Écosse saura s'étendre encore plus loin.*

*Je joins à cette lettre votre autorisation de passage jusqu'à Bergen, d'où vous pourrez vous rendre jusqu'à*

*Trøndheim, puis Vardø, en espérant que votre voyage ne sera pas trop ardu.*

*Votre idée de trouver une femme en Norvège me semble bonne, bien que je vous conseille de ne pas attendre d'être arrivé si loin au nord pour vous mettre en quête. Bergen regorge de jeunes femmes tout à fait convenables, désireuses de trouver un mari de votre rang. Faites usage de votre titre et de la somme qui accompagne cette lettre pour emmener avec vous quelqu'un qui réchauffera votre lit. Et peut-être même vous chantera-t-elle des chansons ? Car sachez que les divertissements manquent à Vardø.*

*Mes hommages à M. Coltart, dont j'ignorais qu'il lisait vos lettres – chose qui ne sera plus ici.*

*Faites bon voyage, et rejoignez-nous vite.*

*Hans Køning*
*Seigneur de Vardø*

## Bergen, Hordaland
## Sud-ouest de la Norvège
## 1619

### 7.

En voyant que Siv a allumé les cheminées du salon et pendu leurs plus beaux rideaux, Ursa conclut qu'il y a eu un mort, ou bien qu'un mariage se prépare.

« À moins que nous n'attendions la visite d'un seigneur, remarque Agnete une fois Ursa remontée avec une dernière carafe d'eau chaude et ces informations. Ou d'une actrice ? »

Agnete a récemment appris ce qu'était une actrice, grâce à leur père qui a organisé le passage d'une troupe de théâtre voyageant vers Édimbourg sur l'un de ses derniers bateaux.

« Ce sera donc un seigneur rapatrié mort ou venu prendre l'une de nous pour épouse, répond Ursa en versant l'eau de la carafe dans la baignoire. Et si c'est une actrice, elle sera venue prendre notre père pour époux ! »

Agnete éclate de rire, avant de grimacer. Ursa entend ses poumons encombrés crépiter.

« Calme-toi, je n'aurais pas dû t'exciter. » Elle aide Agnete à se redresser contre son oreiller et à ramener sa jambe, puis lisse la couverture. « Siv serait furieuse. Tiens, voilà. »

Elle pose une main sur la poitrine amaigrie d'Agnete et l'autre sur son dos pour la pencher au-dessus de la bassine en fer-blanc. Les poumons de sa sœur se soulèvent sous sa paume en même temps que jaillit le crachat. Ursa couvre la bassine sans regarder son contenu, comme Siv le lui a appris. À la respiration chargée que sa sœur a laissé entendre toute la nuit, elle sait de quelle couleur seront les sécrétions.

Ursa l'aide alors à retirer sa chemise de nuit. Ses vêtements sentent la vieille sueur et la maladie, une odeur désormais si familière qu'Ursa ne la remarque plus que dans les moments où flotte le bon parfum de l'eau florale de lavande. Elle soutient Agnete tandis qu'elle s'installe dans la baignoire, soulevant sa jambe infirme par-dessus le rebord spécialement retaillé pour elle.

Sa sœur est toujours aussi mince qu'une enfant, la taille et les hanches droites, tandis qu'Ursa avait déjà des formes à treize ans. Les médecins qui lui rendent visite tous les mois la mesurent chaque fois, mais aucun ne la voit jamais nue comme Ursa, aucun ne voit les creux là où son corps anguleux devrait être plein, ni sa jambe rabougrie comme un fruit sec.

« De toutes façons, nous n'avons plus personne à perdre, remarque Agnete une fois qu'Ursa a posé la planche en travers de la baignoire afin d'y prendre appui pendant qu'elle la savonne. Ce doit être pour un mariage. »

Ursa, qui pensait la même chose, espère qu'Agnete n'entendra pas les battements puissants et douloureux de son cœur.

« Qu'en penses-tu, Ursa ? Notre père t'a trouvé un mari ! »

Sa voix est brillante et creuse comme une cloche. Bien que sept années les séparent, Ursa a souvent l'impression qu'Agnete ressent les choses comme elle, ainsi qu'on le dit des jumeaux. La main d'Agnete est à présent posée sur sa poitrine nue, à l'endroit exact où celle d'Ursa la fait souffrir.

« Peut-être. »

Cela signifie qu'Agnete se retrouvera bientôt seule à la maison, confinée à l'étage, sans personne d'autre que Siv pour s'occuper d'elle. Leur père ne lui rend visite que pour lui souhaiter bonne nuit. Même si le promis d'Ursa est originaire de Bergen, Agnete devra apprendre à dormir seule dans cette chambre, à passer ses journées avec elle-même pour unique compagnie. Mais Agnete ne dit rien de tout cela et se contente de hocher la tête pour demander à Ursa de lui verser une carafe d'eau sur les cheveux.

Une fois sortie du bain, séchée et vêtue d'une chemise de nuit propre, elle arrête la main d'Ursa, qui la peigne, pour lui dire :

« Viens, laisse-moi te faire des tresses. Tu as l'air si sévère lorsque Siv te coiffe. »

Avec douceur elle enroule, tisse les cheveux d'Ursa pour former une grande couronne qui descend au ras de sa nuque et qu'elle fixe derrière chaque oreille. Son regard est empli d'une telle fierté qu'Ursa en est embarrassée.

Au moment où Siv arrive dans la pièce pour habiller Ursa, son sourcil se hausse. Siv est une femme stricte comme savent l'être les luthériens, qui ne porte que du marron et un carré de tissu blanc amidonné dans ses cheveux grisonnants. Elle renifle en mettant de côté la robe en coton rose pâle qu'Ursa s'apprêtait à revêtir, et traverse la chambre pour se rendre jusqu'à l'armoire massive qu'elles partageaient, autrefois, avec leur mère.

C'est une armoire en bois de cerisier récupérée dans un bateau arrivé de Nouvelle-Angleterre, enduite d'un vernis brun foncé qui lui a ôté tout éclat – un peu comme Siv avec ses vêtements –, à l'exception de ses charnières et de ses pieds sculptés et usés, qui sont d'un rouge on ne peut plus doux et profond.

Siv sort la robe préférée de leur mère – jaune, avec des manches froncées.

« Ton père voudrait que tu portes ça, dit-elle avec réticence. Tu vas faire la rencontre d'un jeune homme.

— Un jeune homme ! » Agnete s'est dressée sur son lit en joignant les mains. « Et dans la robe de maman, Ursa ! Je vais m'étouffer de jalousie.

— Être jaloux n'a jamais rien apporté de bon à personne, Agnete, et s'étouffer non plus.

— Qui est donc ce jeune homme, Siv ? demande Ursa.

— Je ne sais rien de plus. Mis à part que c'est un bon chrétien. Votre père a jugé utile de partager cette information avec moi. Ce n'est pas un papiste. »

Agnete lève les yeux au ciel lorsque Siv se tourne pour défaire les boutons de soie.

« N'as-tu rien appris d'important, Siv ?

— Je ne vois pas ce qu'il pourrait y avoir de plus important que cela.

— Oh, est-il grand, riche ? A-t-il une barbe ? »

Siv pince les lèvres.

« Elle sera un peu petite, mais je n'ai pas le temps de la reprendre. »

Elle fait signe à Ursa de s'accroupir et tend la robe au-dessus de sa tête.

Ursa attend, immobile, au milieu des froufrous du tissu pendant que les mains de Siv tâtonnent. Elle respire profondément, espérant sentir le parfum de lilas de leur mère dans la pénombre. Mais la robe ne sent que la poussière.

Lorsqu'on l'appelle, la porte du salon est ouverte ; les flammes miroitent jusque sur le tapis du couloir. Quelques instants plus tôt, Ursa et Agnete l'ont entendu arriver, se sont précipitées à la fenêtre pour épier. En bas, sous l'auvent, attendait un grand chapeau noir retiré juste au moment où la silhouette s'engouffrait à l'intérieur, dans l'ombre, sans laisser voir la tête qu'il couvrait. Agnete serre la main d'Ursa.

« N'oublie aucun détail. »

La rampe est parfaitement lisse et sent la cire que Siv a mal étalée par endroits. Ursa espère qu'ils n'auront pas à se toucher. Bien sûr que non. Elle imagine tout de même le jeune homme tentant de lui prendre la main, qui, grasse de cire, glisserait aussitôt. Il n'a pas de visage – pas encore. Et il aura bientôt un corps, une voix et un parfum aussi.

Elle qui n'a jamais auparavant rencontré de prétendant regrette que son père ne soit pas venu lui parler de lui, ne lui ait pas dit comment il l'a rencontré, ni même s'il s'agit de quelqu'un qu'elle connaît. Peut-être est-ce M. Kasperson, l'employé de son père, un jeune homme aux joues roses et au sourire timide. M. Kasperson a vingt-cinq ans, seulement cinq de plus qu'Ursa. Elle pourrait apprécier un homme comme lui, malgré son étrange habitude de se frotter la lèvre avec le pouce, qui lui donne un air fuyant. Sans doute finirait-elle par lui demander d'arrêter s'ils étaient mariés. Il semble être le genre d'homme qui l'écouterait.

L'escalier grince. Elle lève les yeux en direction de leur chambre, dont la porte est restée entrouverte, imagine Agnete à l'affût, retenant sa respiration. Avant de descendre, Ursa a allumé autant de bougies qu'elle le pouvait, mais, malgré tout, Agnete demeure engloutie dans les ténèbres. L'hiver a été long, débordant sur le printemps, et le gel a condamné les fenêtres. De toute façon, dans cette maison, le fond des pièces est toujours sombre, même en été, même lorsque toutes les tentures sont tirées et que la lumière est si vive qu'elle fait éternuer Ursa. Peut-être est-ce la dernière saison qu'elle passe dans cette maison. Celle-ci lui manquera-t-elle, ou bien seulement les gens qui l'habitent ?

Elle tourne au pied de l'escalier et redresse les épaules. Il est étrange de marcher avec ces chaussons en soie si étroits, avec le poids de la robe de leur mère qui manque de lui glisser des épaules.

Des voix graves vacillent avec la lueur du feu. Ce n'est pas la voix de M. Kasperson qui répond à celle de son père, ni la voix de quelqu'un qu'elle connaît. Ce n'est même pas, remarque-t-elle alors qu'elle s'apprête à entrer, du norvégien. *De l'anglais*, pense-t-elle, déterrant des sons de ce lieu étriqué et douloureux dans lequel elle renferme tous les souvenirs de sa mère. Sa mère ne savait ni lire ni écrire mais, étant la fille d'un marchand, elle avait appris l'anglais, qu'elle maîtrisait passablement, et avait élevé Ursa et Agnete dans cette langue. Elles le parlaient autour de la table de la salle à manger, travaillaient jusqu'à ce que les mots coulent et qu'il ne demeure plus qu'un très léger accent. Ursa fait claquer sa langue, une fois, deux fois, et franchit le seuil de la porte.

L'inconnu est aussi grand que son père, sa carrure plus large que celle de tous les hommes de sa connaissance. Il s'incline au moment où son père pose une main ferme dans le dos d'Ursa pour l'inviter à s'avancer dans la pièce, si bien que, lorsqu'elle s'assoit, elle n'a toujours pas vu son visage.

Son père et l'étranger étaient assis côte à côte, dans les fauteuils en velours pourpre aux bras sculptés ; elle se retrouve donc devant eux, sur une simple chaise. Elle veille à garder le dos droit, les mains posées sur les genoux.

« Ursula. Comme la sainte, je présume. »

Son accent l'oblige à tendre l'oreille à chacun de ses mots, malgré son débit peu rapide. Il parle même trop lentement, et déforme les mots. Assis de côté, il fait face à son père et au feu. Sa voix vrombit, s'abîme dans les profondeurs. Ursa sent le rouge lui monter au cou.

Son père lui adresse un signe de tête. On attend qu'elle réponde ; pourtant, le ton n'indiquait aucune question.

« Oui, monsieur. Et comme les étoiles.

— Les étoiles ? »

Son père tousse, gêné.

« Ursula, voici M. Cornet.

— Le délégué Cornet, rectifie l'inconnu. Absalom. »

Quelques instants sont nécessaires à Ursa pour comprendre qu'il doit s'agir de son prénom, car il le prononce sur le ton d'un *amen* ou d'un *alléluia*. Elle ose le regarder plus franchement.

C'est un homme de grande taille, aux yeux foncés. Difficile de lui donner un âge : il n'est pas aussi jeune que M. Kasperson, ni aussi âgé que son père. C'est un bel homme, à sa manière. Ses vêtements austères, pourtant bien coupés, ne parviennent pas à cacher le petit amas de graisse qu'il porte autour du ventre – plus petit que celui d'Ursa, cependant. Elle observe son profil, sa mâchoire et son front quelque peu grossiers équilibrés par son nez droit et ses cheveux noirs, légèrement bouclés.

« Le délégué Cornet nous vient spécialement d'Écosse, annonce son père. Il occupera bientôt un poste prestigieux à la forteresse de Vardø.

— Envoyé sur ordre de John Cunningham en personne, qui lui-même répond aux ordres de votre roi », précise fièrement M. Cornet. Elle n'a jamais entendu parler de John Cunningham, pas plus que de la forteresse de Vardø. « Et j'ai besoin d'une épouse. »

Elle ne comprend qu'un instant plus tard qu'il s'agit d'une demande en mariage.

« La femme d'un délégué, dit gaiement son père. Ursula ? » Elle entend son ton interrogateur, sait qu'elle devrait lever la tête et sourire, le rassurer, lui faire comprendre qu'elle est aussi heureuse que lui. Elle tente de se ressaisir, baisse les yeux vers ses genoux. Ses doigts crispés sont exsangues. « Nous organiserons les noces le plus vite possible. »

Les deux hommes poursuivent la discussion, son père pose des questions sur le poste, M. Cornet lui demande en retour s'il est vrai que l'île est située si loin au nord que les arbres n'y poussent pas. Le passage se fera sur l'un des bateaux de son père ; Ursa écoute la marée qui monte à ses oreilles. Siv a serré son corset si fort qu'elle peut à peine respirer. Elle pense à Agnete, à son souffle mouillé. Le Nord. Jamais Ursa n'aurait pensé que le mariage l'emmènerait si loin. Des images de glace, d'obscurité lui viennent. Puis son père semble se souvenir de sa présence, la congédie. Elle se lève si vite que la tête lui tourne, et sort en trébuchant.

La femme d'un délégué. Elle sait qu'elle ne pourrait pas espérer mieux, et pourtant, l'angoisse est si forte que des frissons lui parcourent le corps. Depuis la mort de sa mère, son père n'a cessé de prendre de mauvaises décisions. Il a renvoyé tous ses employés à l'exception de M. Kasperson, tout son personnel de maison sauf Siv, a transformé les visites hebdomadaires du médecin en rendez-vous mensuels. Cette sombre période, Ursa la voit aux portes du salon qui, désormais, ne s'ouvrent plus qu'à l'occasion de visites importantes ou à Noël, aux épaules de son père qui s'affaissent et à la bière qu'elle sent dans son haleine. Cette union est un mariage avantageux, qui, peut-être, rapportera un peu.

En passant devant le portemanteau, elle s'arrête et se penche sur le pardessus de M. Cornet. Il sent les feuilles mouillées ; ses doigts sont attirés vers les poches, mais elle n'ose pas les toucher.

Elle repart vers l'escalier, monte les marches trop vite, trop fort. Agnete semble surprise lorsque sa sœur referme la porte et commence aussitôt à déboutonner sa robe.

« Qu'y a-t-il ? Était-il laid ? »

Il faut enlever cette robe. Elle ne peut plus respirer. Son corps semble grossir à l'intérieur, la robe a rétréci, son cuir chevelu tire, tout doit être défait : ses cheveux que sa sœur a soigneusement tressés, la robe de feu sa mère. Comment est-il arrivé ici ? Comment l'a-t-il trouvée, dans cette maison calme d'une rue animée de Bergen ?

« Veux-tu bien m'aider ? »

Elle s'assoit sur le lit à côté d'Agnete, qui se tortille pour se redresser, s'efforce de dénouer les lacets d'une main maladroite, mais les trouve trop serrés à la taille.

« Il faut faire venir Siv. »

Cette sensation d'étouffement lui donne la nausée. Ursa se lève, va vers la fenêtre, le regarde s'en aller. Son cœur bat aussi fort que les coups d'une horloge.

« Ursa ? Que s'est-il passé ? »

La porte s'ouvre, son prétendant descend dans la rue, ne prend pas la peine de héler un fiacre. Elle regarde sa tête surmontée de son chapeau noir se fondre au milieu des autres têtes surmontées de chapeaux noirs.

« Ursa ? »

Absalom Cornet. Ce nom résonne comme une prière, et pis encore : il résonne comme un glas.

# 8.

Le lendemain matin, en ouvrant les yeux, Ursa s'attend à se sentir différente, mais rien ne semble indiquer que cette journée sera particulière. Siv les réveille de bonne heure, comme d'habitude, en tirant les rideaux, même si la lumière passe de toute façon à travers depuis qu'ils ont été troqués contre un voilage moins cher. Ursa se rappelle les beaux rideaux en velours bleu de son enfance, ceux derrière lesquels elle se cachait pendant que sa mère, assise devant sa coiffeuse, brossait son épaisse chevelure blonde, dont ses deux filles ont hérité. Mais ces rideaux ont dû être vendus il y a cinq ans, avec la coiffeuse et les peignes au dos argenté, alors que leur père avait, une fois de plus, fait un mauvais investissement. Cette pièce, qui servait autrefois de vestiaire à leur mère, était devenue leur chambre ; le dernier étage de la maison avait été condamné.

« Cela n'aurait aucun sens dans l'état où se trouve Agnete », avait dit son père à Ursa lorsqu'elle s'était plainte d'avoir dû abandonner sa grande chambre. « Tous ces escaliers. Et faire fonctionner les cheminées, entretenir tous ces meubles dans ces pièces vides coûterait trop cher. Pour l'instant, nous nous contenterons de les mettre en location, mais je compte en vendre la majeure partie. »

Au grand soulagement d'Ursa, aucun pensionnaire n'a encore montré le bout de son nez. L'idée qu'un étranger dorme dans leur maison l'épouvante. Mais voilà une chose dont elle n'aura plus jamais à se soucier, puisqu'elle dormira bientôt à côté d'un étranger, dans sa propre maison. À cette idée, ses mains se mettent à trembler. Elle espère qu'Absalom Cornet sera un homme auquel il est facile de s'habituer.

Siv dépose un plateau de petit déjeuner devant Agnete, le même qu'hier, l'argenté sur lequel elle a servi le thé. Remarquant cette attention, Ursa lui sourit. Agnete a encore passé une mauvaise nuit, les draps sont entortillés autour de ses jambes. Ursa les démêle et aide sa sœur à s'asseoir pendant que Siv, le front plissé d'inquiétude, nettoie le bol destiné à recueillir ses crachats.

« Je crois qu'une nouvelle série d'inhalations serait nécessaire, dit-elle.

— Non, par pitié, Siv », répond Agnete. Sa voix est épaisse, sa poitrine siffle. « Je vais bien, vraiment.

— Son nez lui fait encore mal à cause de la dernière fois, dit Ursa. N'est-il pas possible de faire une trêve aujourd'hui ?

— Le médecin a donné des consignes, répond Siv. Vous savez que les inhalations lui font du bien.

— Elles me font mal », répond Agnete au moment où Siv s'en va chercher le bol.

Elle pose ses doigts sous son nez, à l'endroit où la peau est craquelée et irritée.

« Je sais », dit Ursa en caressant les cheveux de sa sœur. Malgré son bain, une forte odeur de sueur se dégage déjà d'elle. « Nous pourrions prendre l'un des mouchoirs en soie de maman pour te couvrir le nez.

— Le bleu ? »

Sans attendre, Ursa se lève et se dirige vers l'armoire de leur mère. Sur l'étagère au-dessus du portant se trouve une boîte en bois contenant ses mouchoirs et d'autres effets qui ont échappé à la grande purge de leur père. À l'intérieur, Ursa prend le mouchoir préféré de sa sœur. Elle lui attache les cheveux en arrière pendant qu'Agnete enfouit son visage dedans, le malaxe.

« N'oublie pas de manger, Agnete.

— Et si nous parlions anglais ? propose cette dernière. Il faut que tu pratiques un peu.

— Il est écossais.

— Mais il parle anglais, n'est-ce pas ?

— Oui.

— Dans ce cas…

— *Well then*…, répond Ursa en anglais. Mange, Agnete. »

Du bout des dents, Agnete mord dans son *knekkebrød*.

« Il est tout sec.

— Il n'y a pas de plus beau cadeau de Dieu que le pain », se moque Ursa d'une voix austère en imitant le ton de leur gouvernante.

Mais il est de plus en plus difficile de faire sourire Agnete depuis que tous ses petits plaisirs lui ont été retirés un à un. Il y a environ un mois, les médecins lui ont interdit la nourriture humide ; Agnete commence tout juste à s'y faire. Ursa les soupçonne d'improviser au fil de l'évolution de la maladie. Comment les poumons de sa sœur pourraient-ils être dans cet état à cause d'une trop grande consommation de bouillon ?

Siv revient avec un linge, un grand bol d'eau bouillante et le petit flacon que leur a laissé le médecin. Au moment où elle commence à dévisser le bouchon, Ursa tend la main pour qu'elle le lui donne.

« Je peux le faire, merci, Siv. »

Siv la regarde d'un air dubitatif.

« Sept gouttes, a dit le médecin. Sept gouttes, sinon cela ne sert à rien.

— Je sais. »

La gouvernante dépose le flacon dans sa main tendue, plante un baiser sur le front d'Agnete et sort de la chambre.

« Tu ne vas pas en mettre sept, n'est-ce pas ? Une seule suffira très bien », dit Agnete en la scrutant d'un regard inquiet.

Ursa laisse tomber quatre gouttes d'huile dans le bol, remue pour que le jaune se dissolve. L'odeur lui emplit aussitôt les narines, lui pique les yeux. Elle pose le bol sur la table à côté d'Agnete, puis l'aide à se redresser afin qu'elle se penche au-dessus de la vapeur, son mouchoir sur le nez.

Elle place une main sur le front de sa sœur pour la soutenir avant de lui couvrir la tête avec le linge afin de piéger la vapeur.

« Respire bien fort. »

La main posée à plat sur le dos d'Agnete, Ursa entend autant qu'elle ressent ses inspirations douloureuses et les crépitements mouillés de ses expirations. Au bout de cent respirations, comptées à voix haute par Ursa, Agnete émerge, le visage rubicond, les yeux larmoyants, le mouchoir trempé. Elle tousse, crache dans le bol propre que Siv a apporté sur le plateau avec son petit déjeuner.

« Comment te sens-tu ? demande Ursa en couvrant le bol avant de le mettre de côté.

— J'allais te demander la même chose. Ça pique, c'est atroce, et je regrette que les médecins ne m'écoutent jamais quand je le leur dis. Et toi ?

— Comment je me sens ? »

Agnete lève ses yeux mouillés vers le ciel.

« Comment te sens-tu, maintenant que tu vas te marier ? »

Agnete a beau se plaindre, Ursa entend qu'elle respire avec moins de difficulté.

« Plus ou moins pareil. Aimerais-tu descendre aujourd'hui ?

— Non. Raconte-moi : à quoi ressemble-t-il ?

— Je ne sais pas grand-chose de lui pour le moment, répond Ursa. Seulement ce que je t'ai dit hier.

— Alors, répète. »

À la fin de la journée, Ursa a raconté trois fois le bref épisode. Leur père ne les appelle pas ce jour-là, ni le lendemain. Siv leur apprend qu'il est à l'extérieur, parti régler certains détails sur le lieu de résidence d'Absalom, laissant Ursa en tête à tête avec une Agnete frustrée de ne pas voir sa sœur davantage courtisée.

« Pourquoi n'écrit-il pas ?

— Cela ne fait que deux jours que nous nous sommes rencontrés.

— Tout de même.

— À quoi cela servirait-il ? Je ne sais même pas lire.

— Une chanson, alors. Quelque chose. »

Ursa hausse les épaules.

« Ça n'a peut-être pas d'importance, poursuit Agnete. Il a vu ton visage, il te veut comme femme. C'est peut-être suffisant. »

Qu'une personne vous aime sans même vous connaître présage peut-être une grande histoire d'amour, présume Ursa.

« Crois-tu que notre père écrivait à notre mère ?

— Elle ne savait pas lire non plus. » Le visage d'Agnete se ferme, Ursa prend pitié d'elle. « Mais c'est possible, ajoute-t-elle. Tu devrais le lui demander. »

Elle sait qu'Agnete ne le fera pas. Elle non plus, d'ailleurs. Leur père s'effondre chaque fois qu'on évoque leur mère, même après tout ce temps. Depuis peu, Ursa le surprend parfois à la regarder avec une horrible tristesse au fond des yeux – elle sait que plus les années passent, plus elle ressemble à sa mère. Peut-être est-ce pour cette raison que leur père garde désormais ses distances avec elle, lui qui, autrefois, lui parlait de tout, tout le temps. Ils étaient si proches, mais aujourd'hui son silence semble l'avoir contaminée.

Ursa se demande en quoi ce moment de sa vie serait différent si sa mère n'était pas morte en donnant naissance à leur frère. S'ils avaient survécu tous les deux, si un petit garçon était désormais en train de courir partout dans la maison. Si son père ne s'était pas ruiné ; s'ils s'étaient cachés tous les trois derrière les rideaux de velours pour regarder leur mère se coiffer jusqu'à ce que leurs bruits attirent son attention. Mais cela n'aurait pas empêché Agncte de tomber malade, ne l'aurait pas empêchée, elle, d'épouser un inconnu, de partir pour un lieu dont elle n'a jamais entendu parler.

Tout à coup, la main d'Agnete se pose sur la sienne.

« Vais-je te manquer ? »

Ursa aimerait lui dire que oui. Elle aimerait dire à sa sœur qu'elle est son oxygène, qu'elle n'a pas au monde de meilleure amie qu'elle. Mais elle se contente de prendre entre ses mains son visage amaigri, en espérant qu'elle comprendra.

La veille du mariage, tous portent Agnete dans l'escalier afin qu'elle se joigne à eux à la table du dîner pour la première fois depuis des mois. C'est une tâche ingrate ; tout le monde transpire lorsque Agnete est enfin installée au coin du feu, calée dans un fauteuil, enveloppée sous des châles. Siv, qui la regarde en chancelant sur ses jambes, ressemble à un bateau près de chavirer.

Mais Agnete reste droite, tousse à peine. Leur père sert à Ursa un petit verre d'aquavit. Le goût est aussi amer qu'un médicament, mais elle l'avale d'une traite, savourant la douce chaleur qui, une fois la brûlure passée, se diffuse à l'intérieur de son ventre.

Enhardie par l'alcool et la présence de sa sœur, Ursa demande à leur père comment Absalom Cornet est arrivé jusqu'à leur porte. Agnete cesse de mastiquer pour écouter. Ursa sait que sa sœur a échafaudé toutes sortes de théories délirantes.

« Je l'ai rencontré au port, répond leur père sans regarder Ursa. C'est lui qui m'a abordé. Il m'a complimenté au sujet de ma croix. »

Sa chaîne brille dans la poche de son veston. Il lui arrive souvent de la sortir pour la garder à la main, machinalement : la piété comme tic.

« Il m'a dit qu'il partait s'installer à Vardø pour une mission, que Dieu l'avait appelé pour servir là-bas.

— Il me semble que c'est le seigneur qui l'a appelé, remarque Ursa en lançant un clin d'œil à Agnete, mais leur père ne relève pas le trait d'humour et se verse un autre verre d'aquavit.

— Le seigneur est en dessous du roi, et le roi est en dessous de Dieu.

— Gare à ce que tout ce poids n'écrase pas ton mari », souffle Agnete en lui lançant à son tour un clin d'œil.

Ursa attrape sa main sous la table. Elle est si douce qu'elle brûle de la porter à sa joue, de l'embrasser, de la garder serrée.

« Il avait besoin d'un bateau et d'une femme…

— Dans cet ordre ? » murmure Ursa, et Agnete rit par le nez, si fort qu'elle se déclenche une quinte de toux.

Siv se rue vers elle avec le bol, et Ursa serre fort sa main jusqu'à ce que le pic de la quinte soit passé. Leur père descend son aquavit avant de continuer à parler, plus à lui-même qu'à ses filles.

« Je lui ai proposé un bon prix pour le passage. »

*Et pour moi*, pense Ursa.

Il faut remonter Agnete ; Ursa insiste pour le faire. Elle grimpe l'escalier en relevant ses jupes pour ne pas trébucher. Sa sœur est chaude et trop légère, comme un chiot juste né. De ses bras maigres, elle s'accroche au cou d'Ursa.

« Pas très romantique, hein ? murmure-t-elle d'une voix crépitante.

— Ne t'inquiète pas », répond Ursa, et Agnete fronce le nez.

Pour une fois, Agnete passe la nuit sans encombre, mais l'aquavit pétille dans le corps d'Ursa, lui agite les jambes. Elle se lève pour faire les cent pas, appuie son front contre la vitre fraîche de leur fenêtre. Elle aperçoit le port au loin, et les bateaux comme des jouets à l'horizon. Il y a toujours des hommes là-bas qui fourmillent, qui s'affairent. *Le monde continue de tourner*, pense-t-elle, et sous le poids qui pèse dans son ventre, causé par la cuisine de Siv, mais aussi par la peur, se cache l'excitation d'en faire bientôt partie.

Le matin venu, le départ de la maison se déroule comme dans un rêve : cet environnement familier lui semble désormais complètement étranger, car Ursa sait qu'elle ne le reverra plus, du moins avant longtemps. *Plus jamais ?* Elle chasse cette idée. Elle est la fille d'un propriétaire de navires : bien sûr qu'elle reviendra.

Dans le vestibule, son père l'arrête en lui prenant la main – un geste devenu rare.

« Ta mère… », commence-t-il, et Ursa entend sa gorge se serrer.

Elle pense qu'il n'en dira pas plus, l'espère, car ses propres yeux, malgré les compresses de Siv, ont déjà été suffisamment rougis par les larmes versées avec Agnete. Mais, au lieu de poursuivre, son père la conduit dans la pénombre de son cabinet d'études, allume une lampe et referme la porte derrière lui.

« Je dois te donner ceci. »

C'est un petit flacon en verre, celui que sa mère posait toujours sur sa coiffeuse avant qu'elle ne soit vendue. Ursa le prend, dévisse le bouchon et verse à l'intérieur de ses poignets l'eau au parfum de lilas défraîchi.

« Merci, père. »

Elle espère que son départ lui rendra la vie plus facile, avec une personne en moins à vêtir et à nourrir.

Peut-être pourra-t-il employer quelqu'un pour assister Agnete. Car même si les bans n'ont pu être publiés dans les pages mondaines du journal, faute de temps, et que sa dot soit essentiellement constituée du passage en bateau, du flacon de parfum et de la robe de sa mère, ce mariage demeure une bonne opération. Le mari d'Ursa est un délégué, avec dans sa poche une lettre du seigneur en personne.

Son père l'embrasse sur le front. Sa main tremble, il sent la vieille bière – la levure, l'acidité. Plus tard, c'est au même endroit, exactement, que son mari l'embrasse pour sceller leur union. Mais lui ne sent rien. Son odeur est pure comme neige.

# 9.

Il est encore tôt lorsque M. Cornet lui tient la porte de la taverne dans laquelle il a réservé un lit, avant de se diriger vers le comptoir pendant qu'Ursa se retire dans leur chambre.

Elle se prépare du mieux possible, applique de l'eau de lilas à l'intérieur de ses poignets et derrière le lobe de ses oreilles, là où son pouls bat sous sa peau fine. Elle imagine que c'est ici qu'il l'embrassera, et ses mains tremblent à cette idée. Le tissu de sa chemise de nuit lui gratte les épaules et la poitrine. Le col montant semble mal adapté pour la position allongée, mais peut-être était-ce l'idée, puisqu'il s'agit du cadeau de mariage de Siv.

Siv s'est elle-même chargée de l'amidonner, malgré le peu de temps dont elle disposait. Ursa a senti l'odeur de la fécule qui bouillait et vu Siv faire tremper la chemise pendant les trois jours qui ont séparé la demande et le mariage. Le vêtement porte encore l'odeur âcre de l'eau, en dépit des efforts de Siv, qui l'a frotté avec une pierre ; le tissu rigide craquait encore lorsque Ursa a noué pour la première fois les rubans cousus sur le devant.

Agnete lui a donné le mouchoir en soie bleue qui appartenait à leur mère, son préféré. Quelque chose a tinté à l'intérieur lorsque Ursa l'a saisi. Cinq skillings, la part qui était revenue à Agnete après la vente des effets de leur mère.

« Je ne peux accepter.

— Il ne faut pas que tu ailles si loin sans avoir de quoi rentrer.

— Absalom me donnera de l'argent.

— Tu dois avoir de l'argent à toi, a répondu Agnete, sans pourtant avoir la moindre idée du coût d'un tel voyage – pas plus qu'Ursa. Au cas où. »

Dans le reflet de la vitre noire et grasse, les yeux d'Ursa semblent minuscules, méchants. Sa lèvre tremble comme celle d'un enfant en colère. Elle tire les rideaux trop fins.

Son époux, pourtant si fier de son titre, n'est de toute évidence pas du genre grand prince. De leur chambre lui parviennent les émanations du port de commerce, continuellement empuanti par des relents de tabac et de poisson pourri. Portée par un froid lugubre, l'odeur s'infiltre à travers le cadre vermoulu de la fenêtre. Ursa presse son poignet contre son nez.

La senteur du lilas ravive le souvenir de jours plus gais, l'époque où sa mère était en vie et où la maison était illuminée comme un sapin de Noël du début à la fin des hivers glaciaux et pendant les longs étés baignés de lumière, quand toute la famille était habillée et nourrie par quatre servantes et une cuisinière. Mère et père invitaient à dîner des marchands et leurs épouses pétillantes ; Ursa était alors autorisée à rester en leur compagnie dans le salon avant qu'ils ne descendent vers les lueurs tamisées et les conversations animées de la salle à manger.

Elle n'avait rien espéré de particulier pour son petit déjeuner de mariage, mais imaginait quelque chose de semblable à ces réceptions – avec, en tout cas, d'autres invités à leur table que Siv, son père et Agnete, paralysée par l'air glacial. Elle n'avait certes pas d'amis à proprement parler, son père les ayant éloignées de la société, mais elle s'était représenté des femmes comme celles que sa mère recevait à dîner, des femmes au long cou nu souligné par un col de couleur vive, aux cheveux dorés entortillés au sommet du crâne. Des hommes élégants en costume, semblables à des volailles dodues avec leur collerette, venus avec des prunes confites et des soies en cadeau. Des effluves de pommade et de lavande dans l'air, une table étalant une oie rôtie et des épinards à la crème, un saumon entier poché et décoré de citron et de ciboulette, des carottes enrobées de beurre. Et des bougies pour apporter au tableau une touche d'or et de préciosité.

Autre chose, donc, que l'arrière-salle de la Gelfstadt Tavern, peuplée de gens de l'église et du port, une bouteille de brandy pour les hommes, le regard vitreux et nostalgique de son père. Il avait l'air vieux à la lueur des flammes de la cheminée dont le pare-feu laissait passer des escarbilles et des bourrasques glacées. Des chandelles, il ne restait plus que des morceaux brûlés par les deux bouts, creusés et jaunis.

Lorsque était venu le moment des au revoir, M. Cornet lui avait tourné le dos, comme si ses larmes étaient indécentes. Agnete s'était levée sans aide, pour montrer qu'elle le pouvait, en ne s'appuyant que très légèrement sur elle pour marcher jusqu'au fiacre. Son père avait trop bu ; leurs adieux avaient déjà eu lieu dans son cabinet d'études. Ursa ne savait pas quoi dire à Agnete, mais elles étaient restées dans les bras l'une de l'autre jusqu'à ce que Siv les sépare doucement.

« Prenez soin de vous, madame Cornet. »

Et ils étaient partis.

Elle imagine son époux, à l'étage inférieur, et l'alliance qu'elle a glissée jusqu'à la base de son doigt tintant contre son verre – tintant à sa santé, peut-être. Et puisque leur mariage fait prévaloir les coutumes de son époux, son nom sera désormais Mme Absalom Cornet. Elle, perdue à l'intérieur de ce nom.

Elle espère qu'elle le satisfera, sait que cela commencera en partie ce soir, dans cette chambre carrée au lit trop grand, dans cette taverne sur les quais de Bergen, non loin du bateau qui les emmènera à Finnmark, lequel attend dehors dans une eau si froide qu'elle entend les hommes casser la glace accumulée sur sa coque. Le feu aux joues, une Siv au ton accusateur lui avait un jour succinctement parlé des choses à faire – *chemise de nuit, lit, ne pas le regarder, tu n'es pas une dévergondée, et une fois la chose accomplie, prières*.

Elle retire de la vue le pot de chambre, fait glisser la bouillotte de l'autre côté du lit. Il y a des taches de couleur claire sur le matelas et des trous dans la paille, par endroits. L'oreiller grisonnant lui est tellement insupportable qu'elle l'enroule à l'intérieur de son ancienne chemise de nuit.

Elle s'allonge avec la plus grande précaution, s'assure que ses cheveux tombent sur ses épaules juste comme il faut, en lui donnant l'air, comme disait Agnete, d'être couchée dans un champ de blés blonds. Des quais provient par intermittence la lumière des lanternes, et à travers les murs en bois résonnent des voix caverneuses qui s'expriment en anglais, en norvégien, en français, et dans d'autres langues encore qu'elle ne reconnaît pas.

Un grincement se fait aussi entendre en bruit de fond, un peu comme celui de leurs escaliers, à la maison, ou alors comme le bruit que faisaient les genoux de son père lorsqu'il s'asseyait. Elle cherche pendant un long moment à l'identifier, se demande si son esprit ne lui joue pas des tours. Puis elle comprend : ce grincement est le bruit de la glace qui se reforme autour des bateaux.

Dans peu de temps, elle se retrouvera sur cette mer, s'éloignera encore un peu plus d'Agnete, de son père et de Siv, de leur maison de la rue Konge, de Bergen et de ses larges artères bien propres, de son port animé. Quitter la plus belle ville du monde, quitter tout ce qu'elle a jamais connu, tout ça pour quoi ? Elle n'a aucune idée de ce à quoi ressemble Vardø, n'a jamais vu ne serait-ce qu'une image de cette ville où sera désormais sa vie. Elle n'a aucune idée du genre de maison qu'ils habiteront ni des gens dont elle fera la connaissance.

La glace grince de plus en plus fort, si bien qu'elle n'entend plus rien d'autre. Elle presse contre son nez l'intérieur de son poignet imprégné de lilas et en respire le parfum, l'absorbe comme si c'était de l'eau.

Le bruit d'une porte qui racle et la lueur d'une bougie la réveillent. Elle se retourne, tend la main pour sentir Agnete. Sous sa joue, sa chemise de nuit est toute froissée, ses mains gelées au-dessus des draps. Et, dans le petit halo de lumière créé par la bougie, Absalom – son *mari* – se déshabille, offrant à sa vue le sommet brun de son crâne tandis qu'il chancelle et se débat pour défaire sa ceinture.

Elle ne fait pas un geste, respire à peine. En dormant, ses cheveux qu'elle avait si minutieusement disposés se sont décoiffés et tombent maintenant en travers de son cou comme un nœud coulant. Sa chemise de nuit remonte jusqu'à sa taille, mais elle n'ose pas la remettre en place.

Absalom Cornet a retiré son pantalon, et, à présent que ses yeux se sont accoutumés à l'obscurité, elle se rend compte qu'il a également ôté ses sous-vêtements. Sa peau est encore plus pâle à cet endroit, comme celle d'un mollusque sorti de sa coquille. Elle ferme les yeux en le voyant approcher du lit, puis une odeur de renfermé s'élève soudain de la paille lorsqu'il se laisse tomber sur le matelas.

Un courant d'air glacé s'infiltre sous les couvertures qu'il soulève, et les joues d'Ursa s'empourprent lorsqu'elle réalise la vue qu'elle doit lui offrir : celle de sa culotte à rubans, une culotte de petite fille. Une odeur piquante d'alcool et de fumée flotte dans la chambre. Rien ne lui avait laissé soupçonner qu'il buvait. Son cœur tambourine à lui faire mal aux tympans.

Pendant un long moment, rien ne se passe. Peut-être s'est-il endormi. Elle soulève une paupière, voit que ses yeux sont toujours grands ouverts, fixés sur le plafond. Sa respiration est profonde, ses mains agrippées à la couverture, jointures blêmes, et c'est alors qu'elle mesure sa nervosité, qu'elle comprend pourquoi il a tant bu et tardé à la rejoindre. Elle est très certainement sa première. Elle s'apprête à poser la main sur lui, à lui dire qu'elle est impressionnée, elle aussi, quand il tourne la tête et plante son regard sur elle.

Ce regard, Ursa le connaît, elle l'a vu chez les hommes qui arrivaient sobres, l'esprit clair, aux dîners de ses parents, et repartaient en titubant. Quelque chose de transperçant passe dans ses yeux lorsqu'il se redresse en roulant sur le côté. Ursa se rappelle la consigne de Siv : ne pas croiser son regard. Dans un élan presque douloureux, ses mains se crispent sur sa chemise de nuit et la baissent pour cacher sa chair exposée.

Brusquement, il se hisse sur elle, si lourd, si maladroit qu'il l'étouffe, lui écrase la poitrine. Ce n'est qu'au moment où son membre durci entre en contact avec sa cuisse qu'elle reprend ses esprits et sa respiration, en même temps qu'elle pousse un cri. Il lutte avec les rubans de sa culotte, puis plus bas, avec les coutures. Il tire – elles cèdent. Il s'allonge sur elle, mais le corps d'Ursa refuse de se laisser faire.

Un nouveau cri résonne, un son qu'elle n'avait jamais émis jusqu'alors. Ce son semble l'effrayer plus que lui. Il l'a coupée, pense-t-elle dans un moment de panique, l'a poignardée. Ursa vient de découvrir en elle un point central dont elle ignorait l'existence : un point de lumière vive, palpitante, si douloureux qu'elle pourrait en pleurer.

Le visage de son mari est enfoui dans l'oreiller, son haleine âcre dans son oreille, ses cheveux. Ses bras lui entourent les épaules, son torse s'abat sur elle avec une violence terrible. La conscience d'Ursa se détache de ce point brûlant au moment où il s'enfonce en elle plus profondément et où la douleur se diffuse dans ses jambes, prisonnières sous les siennes, prises de crampes. Elle tente alors de les remuer, mais il se déplace légèrement et, du plat du bras, lui barre la poitrine pour lui signifier de rester immobile.

Le lit grince bruyamment, couine comme un animal pris au piège, et des larmes chaudes finissent par couler, à cause de cette humiliation, de ce déchirement. Soudain, le corps tout entier de son mari frémit. Un gémissement lui perce les tympans.

Le sentir se retirer est presque aussi douloureux.

Il se lève et, mal assuré sur ses jambes, se tourne vers le pot de chambre pour pisser – elle entend que la cible est manquée. Quelque chose de chaud coule entre ses jambes, du sang et un autre fluide qui ne lui appartient pas.

Ce n'est qu'une fois qu'il a retiré sa chemise, passé son vêtement de nuit, soufflé la bougie et s'est écroulé à côté d'elle, sans qu'aucune des parties de leurs corps ne se frôle, qu'elle ose lui tourner le dos et relever ses jambes contre son ventre pour tenter d'apaiser la brûlure.

Jamais elle ne l'aurait soupçonné : cette chose que toutes les femmes connaissent et dont elles ne parlent jamais, le fait que leur époux transperce leur corps à un endroit précis. Est-ce réellement ainsi que sont conçus les bébés ? Ursa se mord la main pour s'empêcher de pleurer. Comment pourrait-elle le raconter à Agnete – comment pourrait-elle la prévenir que, même auprès d'un homme nommé délégué, un homme à la barbe bien taillée qui sent la neige pure et prie avec la ferveur d'un pasteur, même auprès d'un tel homme, on ne peut être en sécurité ? À quelques mètres d'elle, les premiers rayons du matin filtrent à travers les rideaux trop fins. La bouche grande ouverte, Absalom Cornet se met à ronfler.

## 10.

Il existe sur les bateaux une hiérarchie plus forte encore que dans les maisons les plus nobles. Ursa n'a certes qu'une connaissance limitée du monde, mais elle n'entrevoit aucun autre endroit régi par une organisation aussi dure, aussi stricte.

Au bas de l'échelle, on retrouve ceux qu'on appelle les singes, des garçons de douze ou treize ans chargés de grimper aux mâts et de laver le pont – même le chat du bateau reçoit un meilleur traitement. Ces mousses acceptent de se faire battre et crier après aussi passivement que des chevaux, et inspirent la même pitié. Ensuite viennent les matelots, plus âgés, plus endurcis, des hommes expérimentés, solides, œuvrant à une cadence que l'œil d'Ursa ne parvient même pas à saisir. Le capitaine, quant à lui, semble être placé plus haut que le roi – mais plus bas que Dieu. C'est la mer qui incarne Dieu, accordant sa grâce ou déchaînant sa violence. À son évocation, les voix deviennent basses, le ton révérencieux. Dans ce milieu, Ursa n'est pas sûre de savoir où se trouve sa place ni celle de son mari – à supposer qu'ils en aient une.

Qu'un homme choisisse de consacrer sa vie à la mer la dépasse. Ursa a eu envie de faire demi-tour, de redescendre à quai, dès l'instant où elle a posé les pieds à bord du *Petrsbolli*. Tout dans cette embarcation, depuis son bois sombre jusqu'à ses garde-fous collants, l'agresse, la menace.

Même à ses yeux inexpérimentés, il est évident qu'il s'agit d'un navire rudimentaire. Son père, pourtant, a pris soin d'y laisser quelques petites attentions : des draps propres ont été déposés sur la banquette – double pour faire office de lit de mariage –, et il a fait expédier un petit chiffonnier en bois de cerisier, le même bois que l'armoire de sa mère, doté d'une serrure en laiton dont elle seule possède la clé. Ursa y conserve l'eau de lilas de sa mère, son mouchoir bleu et l'argent d'Agnete. Mais, à côté de ces détails soignés, le reste lui paraît encore plus affreux : le mauvais éclairage, le sol glissant à cause d'une couche de graisse douteuse, la surface minuscule – son mari pourrait toucher les deux murs de la cabine en tendant les bras et, lorsqu'ils se couchent, leurs jambes pendent dans le vide, dépassant le rebord de la banquette.

Ursa sait néanmoins qu'ils ne pouvaient espérer mieux. Le passage à bord d'un bateau plus confortable aurait été trop coûteux. Elle se demande si Absalom regrette d'avoir accepté la proposition de son père. Leur bateau ne transporte même pas de bonnes marchandises, mais du bois récolté dans les forêts de Christiania et acheminé par les fjords vers le nord, où les arbres ne poussent pas. Cette idée semble aussi saugrenue à Ursa que le désir de vivre en mer : Bergen est entourée de forêts.

Pour la énième fois, Ursa se réjouit de ne pas être née garçon, de ne pas avoir été obligée de suivre la voie tracée par son père avec sa compagnie maritime. Elle se croirait presque en bonne société lorsqu'elle et son mari sont invités dans la cabine du capitaine à prendre le thé, malgré les lanternes en corne vacillantes et les tasses retenues à la table par de petites bagues, avant d'être rappelée à la réalité dès que le bateau tangue sur les vagues.

Et puis il y a le bruit. Pas seulement celui de la mer, qu'elle a découvert pendant sa nuit à la Gelfstadt Tavern, mais le bruit des autres, celui d'un si grand nombre d'hommes : leurs pas lourds sur le plancher, au-dessus de sa tête et sous ses pieds ; leurs éclats de rire, toujours trop forts et trop longs ; leurs grognements d'effort lorsqu'ils tirent sur des cordes, lavent le pont ou déplacent la marchandise. Face aux risques de moisissure, les troncs doivent être retournés et inspectés régulièrement, tandis que le chat du navire est lâché pour chasser les rats.

Ce bateau n'a pas été conçu pour recevoir des passagers. De l'espace a été pris sur le dortoir des matelots pour installer leur cabine, délimitée par des cloisons de fortune en bois mal raccordées, qui ne cessent de bouger. Un palier a été aménagé, réservé à la cabine, mais débouchant directement dans le dortoir des hommes. Pour sortir, Ursa attend que la majorité d'entre eux soit levée et partie travailler, mais puisque personne ne dort jamais au même moment sur un bateau, elle ne peut s'empêcher d'apercevoir, en passant, les hamacs suspendus comme de gros cocons, et toujours au moins deux ou trois matelots dormant serrés comme des chauves-souris dans le noir. Mais le pire, ce sont les bruits de la nuit, les ronflements et diverses émissions corporelles, et d'autres encore au son desquels ses joues s'empourprent et son corps se tend.

Les hommes, malgré leur rudesse, l'appellent « madame Cornet » lorsqu'ils la croisent sous le pont, mais, une fois dans son lit, Ursa connaît le traitement qui l'attend. Au départ, elle pense mal s'y prendre. Bien que son mari lui laisse désormais le temps de retirer sa culotte, et bien qu'elle ait appris à écarter les jambes afin de ne plus se sentir piégée, comme la première fois, et à relever ses cheveux pour qu'ils ne restent pas coincés sous ses mains, la douleur, elle, est toujours là. Le sang a disparu, mais une sensation désagréable la suit constamment. Trois jours après leur départ, lorsque arrivent ses menstruations, son mari lui accorde un temps de répit, mais sitôt que ses chiffons redeviennent propres, tout recommence.

Chaque matin, chaque soir et après chaque repas, il se laisse tomber à genoux et prie avec une telle ferveur qu'il serait impossible de l'interrompre, même au milieu d'un incendie. Lors de ses prières, il fait preuve d'une attention, d'une concentration qu'il ne montre jamais avec elle. Ses lèvres remuent, son front est appuyé contre ses mains jointes. Au fond d'elle, Ursa enrage en repensant aux histoires qu'adorait entendre Agnete, aux regards tendres que leur mère lançait à leur père, aux rires gras des servantes qui, à l'époque où la famille en disposait, résonnaient depuis la cuisine lorsque le jeune livreur sonnait.

Savaient-elles alors ce qu'était l'amour, et choisissaient-elles le mensonge ?

Pour survivre, elle cultive la distance. Avant même la naissance d'Agnete, Ursa avait un besoin constant de compagnie. Elle restait dans l'ombre de son père ou jouait dans la pièce où se trouvait sa mère, parlait toujours trop, au risque de se faire exclure de la salle de jeux et de se voir séparée de ses poupées et de ses cubes. Désormais, Ursa n'est plus que silence.

Elle parle à peine, ouvre tout juste la bouche pour enfourner les petits cubes de viande dure et les carottes fripées, la bouillie d'avoine ou le poisson qu'on lui donne, qu'elle parvient à avaler grâce aux herbes fraîches qui les accompagnent, même si ces herbes noircissent et se flétrissent en un rien de temps. Elle travaille à devenir invisible, reste assise sans bouger lors de leurs repas officiels avec le capitaine Leifsson, qu'ils prennent quotidiennement. Ses lèvres dessinent une ligne sombre, comme une charnière fermée. Même lorsqu'elle s'agenouille près de lui pour prier, supportant le plancher dur sous ses genoux, elle s'assure de ne pas élever la voix au-delà d'un murmure au moment de l'*amen*.

Absalom et le capitaine peuvent avoir des conversations entières sans lui adresser le moindre mot ni le moindre geste. Le capitaine parle avec un fort accent anglais qui l'oblige à tendre l'oreille tout autant qu'avec Absalom. Son mari se vante souvent de sa nomination ; ainsi en apprend-elle un peu plus sur lui : à trente-quatre ans, il s'apprête à devenir le plus jeune délégué que le seigneur Cunningham ait choisi, il est originaire de la même région d'Écosse que lui, bien que né dans une famille de moindre rang. Et son nom a été cité devant le roi en personne.

« Et pourquoi exige-t-il votre présence ? demande le capitaine. Le voyage depuis l'Écosse est extrêmement long.

— Nous allons asseoir le pouvoir de l'Église dans ces contrées, répond Absalom avec la même passion que pour ses prières. Et détruire ses ennemis.

— Je doute que vous en trouviez beaucoup », répond le capitaine en buvant sa tasse à petites gorgées. Ursa remarque le petit sourire au coin de ses lèvres. « Il n'y a pratiquement personne là-bas. »

Toutes ces informations se gravent dans sa tête. Son but est d'en découvrir le plus possible sur son mari, en en dévoilant le moins possible sur elle – quelque chose lui dit que le vent finira par tourner en sa faveur, qu'elle détiendra bientôt un certain pouvoir au sein de leur couple. Le désir qu'il éprouve pour elle est évident, mais sa tendresse lui semble aussi lointaine que leur destination. Peut-être se seront-ils rapprochés avant d'avoir atteint le bout du monde, même si Ursa n'est pas sûre, du moins plus comme avant, de le vouloir.

Ce qu'elle espère, ce qu'elle demande dans ses prières, c'est de garder une certaine forme de contrôle sur sa vie. Elle ne l'obtient que lorsqu'elle se trouve seule, dans cette cabine qui constitue son univers depuis qu'ils ont pris la mer. En sortir lui est difficile, alors même que les mouvements incessants du bateau la rendent malade, les deux premiers jours. Pendant la journée, son mari sort. Il est exactement tel que son profil le lui avait laissé imaginer dans le salon de son père : inélégant, sauvé par quelques rares manifestations de courtoisie et de raffinement.

Le voyage est ponctué de plusieurs arrêts sur la côte. La traversée doit durer un mois – « peut-être deux », dit le capitaine en haussant les épaules, indifférent à la pâleur d'Ursa à ces mots –, mais elle aurait été bien plus rapide à bord d'un navire qui n'aurait pas eu d'obligations à remplir dans chaque port. Son père, présume Ursa, ne veut manquer aucune occasion de faire commerce.

Chaque jour, bien que passant la majeure partie de son temps seule, elle s'habille soigneusement, comme Siv le lui a appris, fermant sa robe à l'aide de petites agrafes. Siv doit avoir les mêmes – à moins que ses vêtements ne se boutonnent sur l'avant ? Le nez plissé, Ursa tente de se souvenir. Aucun détail de sa maison ne doit être oublié. De temps en temps, la monotonie est brisée par un accès de nausée qu'elle repousse en s'allongeant tout en gardant un pied posé au sol.

Elle se trouve précisément dans cette position lorsque, dix jours après leur départ de Bergen, un coup résonne contre la fine porte. Derrière se trouve le capitaine, voûté sous le plafond trop bas, le sourire aux lèvres.

« Nous allons bientôt entrer dans les Christiansfjords, madame Cornet, afin d'entamer notre route vers Trøndheim. Le temps est clair, les falaises sont découvertes. Peut-être souhaiteriez-vous monter les voir ? »

Sa voix ressemble à celle d'un pasteur ou d'un juge – une voix capable de faire passer une invitation pour un ordre, une voix à laquelle on ne peut désobéir. Le capitaine mesure une tête de moins que son mari, porte une barbe moins épaisse, blonde, alors que celle d'Absalom est brune. Son regard a quelque chose de plus doux, également. C'est ainsi qu'elle aimerait qu'Absalom la regarde, et se demande si c'est à cela que l'a vouée le mariage – juger tous les hommes à l'aune de son mari.

Le capitaine attend qu'Ursa termine d'enfiler son manteau et le suive. Une grande agitation règne comme toujours dans le couloir, que les hommes traversent en courant, s'arrêtant malgré tout pour les laisser passer avant que les ombres ne les engloutissent de nouveau.

« J'espère que notre navire est suffisamment confortable, dit le capitaine.

— Parfaitement, merci, capitaine. Et j'espère que notre présence à bord n'est pas un trop lourd fardeau.

— Nous sommes sur le cargo de votre père. » Elle remarque qu'il n'a pas employé le mot « navire ». « Je suis bien content, ajoute-t-il, peut-être pour contrebalancer son propos, d'avoir une raison d'allumer les lanternes qui décorent ma cabine, et je sais que le cuisinier prend un grand plaisir à mettre à profit sa créativité pour satisfaire aux exigences d'une dame de Bergen. » Il se tourne un court instant vers elle, esquisse un sourire sous sa barbe. « Qui plus est, ma dernière expédition dans un lieu aussi reculé que Vardø remonte à l'époque où je chassais la baleine. Nous y sommes. Je vous laisse monter la première ? »

L'échelle est raide, à peine inclinée. Ursa est tentée d'accepter, rassurée de savoir quelqu'un derrière elle si elle lâchait prise, mais une telle manœuvre se révèle impossible dans cette robe. Elle lui fait signe de passer le premier. Les échelons sont lisses et froids, glissent immédiatement sous ses gants et ses semelles. Son père n'aurait-il pas pu l'équiper de bottes ?

Le capitaine l'attend en haut pour l'aider à se redresser et la rattrape lorsqu'elle manque de déraper sur le dernier échelon, couvert de givre. Son geste est délicat, mais, même à travers ses vêtements, Ursa a l'impression de sentir un bleu à l'endroit où sa main la touche : elle ne supporte plus le moindre contact physique avec les hommes, si bien intentionnés soient-ils. Le capitaine la conduit jusqu'à la proue.

Le ciel est d'une clarté presque surnaturelle, une clarté cristalline qui ne peut régner que dans ces lieux où la glace flotte jusque dans l'atmosphère. Le bateau a déjà dépassé l'étroite embouchure du fjord. Des deux côtés se dressent des falaises à pic, trente mètres de roche noire striée de gris. Sur la mer verte scintillent des amas de glace, et à l'instant où le vent lui mord le visage et en ravive les couleurs, lui glaçant les poumons, Ursa se sent mieux que jamais depuis son départ de la maison.

« N'est-ce pas magnifique ?

— Magnifique, souffle-t-elle, embarrassée par l'émotion que laisse percer sa voix. Je présume, cependant, qu'il vous est arrivé d'en voir de plus impressionnantes encore ?

— À quoi bon comparer, madame Cornet ? Suivez-moi. »

Il lui offre son bras. Ursa cherche son mari du regard, ne l'aperçoit pas. Le pont est rempli de matelots penchés sur les garde-fous de part et d'autre du bateau, répondant dans une chaîne de voix au second, Hinsson, occupé à manœuvrer la barre au fond du bateau. La voile se dresse au-dessus de l'eau comme un nuage de toile, claquant au vent ; autour, des singes montent et descendent sur les mâts, au milieu d'autres matelots plus endurcis qui, à cheval sur les poutres, ajustent la tension de la voile pour contrôler leur allure.

Se retrouver au cœur d'une telle action a quelque chose de plaisant. Ursa accepte le bras du capitaine par commodité plus qu'autre chose, et ils commencent à marcher. Ses jambes sont à la fois raides et molles, heureuses et réticentes de porter à nouveau son poids.

« Vous devriez monter plus souvent, lui dit-il. Je ne vois aucun inconvénient à ce que vous vous promeniez sur la poupe, même seule. Personne ne viendra vous importuner.

— J'y réfléchirai. » La réponse d'Ursa sort plus sèchement qu'elle ne l'aurait voulu. « Merci, capitaine, s'empresse-t-elle d'ajouter.

— Aviez-vous déjà été en mer, madame Cornet ?

— Jamais.

— C'est surprenant, répond-il. Votre père naviguait si souvent. Les voyages semblaient être sa grande passion. Même s'il n'a eu que des filles, je suis étonné qu'il ne l'ait pas partagée avec sa descendance.

— Mon père ne navigue plus depuis des années, répond-elle, stupéfaite. Il a arrêté à ma naissance, et lorsque ma mère… » Elle hésite. L'air frais invite aux confidences, et sous le vent qui emporte ses mots sitôt sortis de sa bouche Ursa ne craint pas de continuer. « Lorsque l'état de ma mère s'est fragilisé, il a préféré rester à ses côtés.

— Ah oui. J'ai entendu dire que Merida nous avait quittés. Plusieurs fois, j'ai pris la plume pour vous écrire, mais… » D'un geste, il désigne le paysage tout autour de lui, et Ursa pense comprendre ce qu'il essaie de dire. Vivre sur un bateau, c'est vivre dans un autre monde. « Cela fait six ans ?

— Neuf. Pardonnez-moi, j'ignorais que vous connaissiez si bien mes parents. »

Le capitaine se tait brusquement.

« Vous ne m'avez pas reconnu, Ursula ? »

Entendre son nom, ce nom enseveli depuis dix jours sous celui de son mari, est un choc. Mais le visage de cet homme ne lui rappelle rien. Elle secoue la tête.

« Je suis désolée, capitaine. Devrais-je me souvenir de vous ?

— Je suis venu dîner chez vous à plusieurs reprises, à l'époque où Merida était en vie. Vous étiez souvent là, à fureter au milieu des invités, à vous promener entre nos jambes. Il m'arrivait même de vous passer de la nourriture sous la table, comme à un petit chien… » De nouveau, il s'interrompt et se tourne vers elle, les yeux écarquillés. « Sans vouloir vous offusquer, bien sûr. Mais il faut dire que vous étiez espiègle, enfant. »

Son affolement fait sourire Ursa, qui, en réponse, lui serre très légèrement le bras.

« Je ne m'offusque pas, capitaine.

— Vous voilà, femme. »

Absalom Cornet est soudain apparu devant eux, surgissant comme un requin, appuyé contre le garde-fou, le visage tourné vers eux. Ainsi, il semble parfaitement présentable, mais Ursa sent la panique l'envahir. Sa paupière commence à tressauter au même rythme que son cœur.

« Le capitaine m'a invitée à monter, cher mari. Afin de me montrer les Christiansfjords. »

Le regard d'Absalom se tourne vers les falaises comme s'il ne s'était pas aperçu de leur intérêt avant.

« Un nom en hommage à votre roi, je suppose.

— Cela pourrait être l'objet d'un débat », rétorque le capitaine.

Sa voix est ferme et claire à la fois.

« Que ce nom ait été donné en hommage au roi ?

— Qu'il soit notre roi. Certains habitants rejettent toujours le traité.

— C'est pourtant la loi, répond son mari, sans relever la note d'humour dans la voix du capitaine. Qu'y a-t-il à rejeter ?

— Rien, en effet. » Le capitaine s'incline d'un geste net. Ursa se rend compte que son bras est toujours accroché au sien et desserre sa prise. Un muscle se contracte dans la mâchoire d'Absalom. « Nous nous promenions sur le pont, si vous souhaitez vous joindre à nous. »

Absalom décline la proposition en secouant sèchement la tête et se retourne vers les fjords. Ses mains, remarque-t-elle, sont crispées sur la rambarde. Elle se demande s'il était en train de prier.

Le silence retombe. Cet échange a rappelé à Ursa la crainte permanente dans laquelle elle vit désormais. Ses cheveux se dressent sur sa nuque lorsque l'odeur de la glace qui flotte dans l'atmosphère lui emplit les narines – l'odeur du vide. Le nœud qui s'était relâché dans son ventre se serre de nouveau, alors même qu'ils s'éloignent d'Absalom. L'ombre fraîche et dentelée du fjord s'étire majestueusement sur eux. Ursa s'efforce de se détendre.

« Vous ne vous en souvenez donc pas ? »

Le capitaine parle d'une voix douce, comme s'il avait décelé sa panique.

Ces grands dîners organisés par ses parents avaient duré jusqu'à ses onze ans. Même dans les moments où elle parvenait à les approcher, les visages des adultes se ressemblaient tous pour elle ; ils n'étaient que glamour, belles moustaches et grand âge. Son regard ne se posait jamais sur l'un des invités en particulier, ces gens ne lui apparaissaient que comme une masse, lui offrant un monde de rires et de fumée. Elle ne se souvient que vaguement de s'être cachée sous la table. Sans doute a-t-elle dû le faire à une ou deux reprises, à un moment où son père était trop absorbé par sa conversation et où sa mère faisait semblant de ne pas la voir.

« Je suis désolée.

— C'est inutile, vraiment. » Mais Ursa est sûre que sa réponse, d'une certaine manière, l'a déçu. Elle tente de se racheter en ravivant la conversation. « Avez-vous déjà vu la forteresse de Vardø, capitaine ? » Le capitaine répond par un bref hochement de tête. « C'est un château, à ce que l'on dit ?

— En quelque sorte. C'est en tout cas un bâtiment d'une taille suffisante pour avoir été construit loin de tout. » Le désarroi d'Ursa doit être visible, car il ajoute : « Mais j'ai entendu dire qu'il deviendrait plus luxueux sous le règne du seigneur Køning. Il a les faveurs du roi et, paraît-il, de grands projets pour le Finnmark. Que vous a dit votre époux à ce sujet ?

— Très peu de choses.

— Et votre père ? Je sais qu'il possédait des baleiniers au Spitzberg. Peut-être s'est-il aventuré plus à l'est, jusqu'à Vardø ? »

Ursa se mord l'intérieur de la joue.

« Si tel est le cas, je n'en ai pas eu vent, capitaine. »

Ils approchent de la barre, derrière laquelle Hinsson, le second, lève une large main pour les saluer. Devant lui, l'un des singes, un garçon fluet pas plus âgé qu'Agnete, s'affaire sur le gréement.

« Parlez-moi du Finnmark, capitaine.

— Je ne le connais que depuis la mer.

— Et je ne le connais pas du tout. Je n'ai jamais mis les pieds au nord de Bergen. »

Ils ont atteint la proue, où saint Pierre, en l'honneur de qui le bateau est nommé, est représenté sur une gravure grossière fixée au dernier mât. Des tas de cordes serrés, aussi gros que des tonneaux, sont entreposés par terre. Le capitaine lâche le bras d'Ursa pour s'appuyer contre l'un d'eux. Il regarde derrière lui, vers la poupe et les longues traînées d'écume que le bateau laisse dans son sillage. Il sort de sa veste une pipe tachée.

« Vous permettez ? »

Ursa acquiesce de la tête. Le capitaine sort une petite pochette de tabac, en verse à l'intérieur de sa pipe, puis allume son briquet à silex en le protégeant du vent. En voyant la flamme qui s'élève brusquement lorsque le tabac s'embrase, Ursa se rappelle que la nuit est près de tomber. Des zébrures marine commencent à envahir le ciel encore bleuté. Les premières étoiles ne tarderont pas à briller. Cela fait des semaines qu'Ursa ne les a pas vues.

Le capitaine tire longuement sur sa pipe, crache un panache de fumée blanche.

« Que vouliez-vous savoir ? »

Ursa réfléchit.

« Quel a été votre voyage le plus lointain ?

— Depuis quel port ? »

Ursa rougit.

« Depuis Bergen. »

Elle avait oublié que Bergen n'était pas le centre du monde pour tous.

« L'île du Spitzberg, comme je vous l'ai dit.

— Se trouve-t-elle très loin ? »

Le capitaine produit un gloussement rauque, adouci par une bouffée de tabac.

« On ne peut pas faire plus au nord.

— Et Vardø se situe plus bas ?

— Un peu plus bas, oui. »

Cette nouvelle la rassure légèrement.

« Qu'y a-t-il, là-bas ?

— Des baleines. De la glace. Des Samis qui traversent la banquise en hiver pour y passer l'été et repartent lorsque la mer a dégelé.

— Des Samis ? Vous voulez dire : des Lapons ?

— Non, des Samis, répète le capitaine d'un ton assuré.

— Les avez-vous déjà rencontrés ? »

Le coin de ses yeux commence à piquer.

« Certains.

— À quoi ressemblent-ils ? Sont-ils très sauvages ?

— Pas plus que les autres humains. »

Ursa sent l'atmosphère changer entre eux. Le capitaine semble agacé. Elle s'empresse de trouver d'autres questions à lui poser, de peur de perdre sa confiance.

« Y a-t-il quelque chose après l'île du Spitzberg ? »

Le capitaine renifle, se frotte le nez. Le malaise semble se dissiper. Tout le tabac de sa pipe est déjà consumé. Il vide les résidus brûlés, la remplit de nouveau. L'espace d'un instant, Ursa se demande quelle serait sa vie si elle était mariée à un homme comme celui-ci, qui lui parle avec une telle facilité, qui lui prend le bras avec une telle douceur. Le capitaine frotte son silex et, dans le puits noir formé par ses mains, le tabac s'embrase.

« Des savants prétendent qu'au-delà de l'île se trouve un rocher noir. Une montagne aussi haute que le ciel, faite de roche magnétique. Ce serait à cause d'elle que les aiguilles des boussoles pointent vers le nord. Certains disent que la mer, elle aussi, est attirée par ce rocher. Que ceux qui franchissent le golfe sont entraînés vers lui par le courant.

— Et les bateaux finissent fracassés ?

— Aspirés. » Il prend une longue bouffée de tabac. « D'après eux, la mer s'arrête avant et tombe comme une cascade jusqu'au fond de la Terre. » Puis il ajoute, en roulant les épaules vers l'arrière, le torse bombé : « Mais je ne crois pas à ces théories. Les Samis n'ont jamais parlé d'un tel phénomène, or personne ne connaît mieux le Nord qu'eux.

— Et vous, que pensez-vous ?

— Ce rocher noir existe peut-être. Les aiguilles des boussoles pointent bien vers le nord pour une raison. Mais que la mer se transforme en rivière et chute brusquement, je ne le pense pas. Je crois plutôt qu'elle contourne le rocher. » Le fourneau de sa pipe rougeoie. « Et cette idée est déjà suffisamment terrifiante comme cela. »

Le capitaine tasse le tabac, sort une autre petite bourse d'une autre poche, en ouvre les cordons.

« Anis ? propose-t-il.

— Qu'est-ce donc ?

— Les graines d'une plante que l'on trouve en Asie. Elles ont un goût sucré. » Ursa tend la main. Le capitaine y dépose une petite graine verdâtre qui se révèle amère lorsqu'elle la croque. Il éclate de rire en la voyant grimacer.

« Il faut la sucer, dit-il. Comme ça. »

Il prend une graine dans sa bouche. Ses joues se creusent. Ursa se détourne afin de cracher la graine dans sa main avant de la jeter par-dessus le bastingage.

Le capitaine lui en donne une nouvelle qu'elle suce, sentant le regard du capitaine posé sur sa bouche.

« Femme, – ce seul mot sonne comme un ordre – Capitaine, nous allons bientôt passer à table. » Son mari s'approche, la main tendue vers elle. « Venez. »

Ursa ne s'était pas rendu compte que le capitaine et elle étaient si proches l'un de l'autre. Elle s'écarte de lui.

« Merci de votre compagnie, capitaine.

— Ce fut un plaisir, madame Cornet. »

Lorsque Absalom lui prend la main, son geste est trop ferme. Sitôt qu'ils se trouvent à bonne distance, il approche sa tête tout près de la sienne et lui dit :

« Ne vous avisez plus de parler en norvégien avec lui en ma présence. Un homme doit toujours comprendre ce que sa femme dit. »

Il lui lâche la main. Ursa le suit d'aussi loin que possible, puis ils se préparent, en silence, pour le dîner.

Sa colère, cependant, n'est que de courte durée. Une fois tous les deux changés, les cheveux d'Ursa brossés et relevés par des épingles, Absalom la complimente. Sur le chemin de la cabine du capitaine, il pose sa main dans le bas de son dos, et, à table, se tient assis tout près d'elle.

« J'ai réfléchi, capitaine. J'ai décidé de faire plus d'efforts pour apprendre le norvégien. Vous massacrez suffisamment ma langue comme cela : il faut bien que je vous rende la pareille.

— Mais certainement, répond le capitaine avec humour. J'en parlerai au docteur Rivkin. Je crois savoir qu'il possède quelque expérience en matière d'enseignement. »

Cette annonce est comme une corde que l'on passe au cou d'Ursa. Bientôt, même sa langue maternelle ne pourra donc plus être un refuge. Elle s'excuse plus tôt que d'ordinaire, les laissant discuter à la lueur des lanternes, une fois de plus accablée par un lourd sentiment de solitude.

# 11.

Il fait encore nuit quand le bateau accoste à Trøndheim. Son mari s'est attardé dans la cabine du capitaine, et dans son lit vide Ursa regrette malgré elle qu'il – que personne – ne soit à ses côtés, tandis que résonnent tout autour les bruits qui agitent le port.

Elle tente de trouver le sommeil, mais abandonne avant que les premiers rayons du soleil apparaissent. Le dortoir des matelots est vide, les hamacs s'y balancent comme des sacs dans la pénombre. Les lanternes du couloir sont éteintes ; elle se souvient cependant que le capitaine avait marché tout droit pour atteindre l'échelle. Effrayée par le noir, Ursa manque de faire demi-tour, mais la voix d'Agnete résonne dans sa tête, l'encourageant à continuer.

Avançant à tâtons le long des murs en bois râpeux, elle poursuit son chemin vers ce qui devrait être la trappe, pour ensuite remonter sur le pont. Les bruits environnants la guident et, bientôt, elle se retrouve devant l'échelle. La trappe est fermée et Ursa plongée dans une obscurité presque totale, mais elle grimpe malgré tout. À mi-chemin environ, une lumière l'éclaire tout à coup, puis la trappe s'ouvre dans un grand fracas.

Un pied nu se pose sur le dernier échelon.

« Attendez, prévient-elle. Je monte. »

Un visage mince se tourne vers elle, celui du garçon qu'elle a remarqué la veille, en train de démêler des cordes.

« Pardon, mademoiselle ! »

Il s'empresse de libérer l'échelle, puis offre sa main lorsque Ursa parvient en haut. Elle l'accepte en se félicitant tout bas d'avoir pensé à enfiler ses gants.

« Merci, lui dit-elle en lissant sa jupe. Auriez-vous vu mon mari ? M. Cornet, le délégué ?

— Il est descendu à quai, mademoiselle Cornet.

— Madame Cornet », le corrige-t-elle avant de regarder aux alentours.

Trøndheim brille de mille feux et, sur le quai en pierre, on approche un treuil afin de décharger le navire. Le port s'étale tout autour d'eux. Vu d'ici, il ressemble à celui de Bergen. Ursa sent son cœur se réchauffer.

« Le capitaine est à bord ? »

Le garçon secoue la tête.

« Non, madame. À quai.

— Savez-vous où exactement ? »

Ursa est étonnée que tous deux soient descendus.

« Non.

— Dans ce cas, j'aimerais descendre, moi aussi. Pouvez-vous trouver quelqu'un pour m'escorter ? »

Le garçon hoche rapidement la tête et se sauve. Le ciel qui commence à s'éclaircir permet à Ursa de voir que les maisons bordant le port sont peintes dans des couleurs vives, comme à Bergen.

Le garçon est de retour.

« Hinsson, le second, m'a demandé de vous escorter, madame.

— N'y a-t-il personne d'autre ?

— Tous les autres sont à leur poste. »

Le garçon a un léger cheveu sur la langue. Ursa se demande s'il n'est pas plus jeune qu'Agnete, en réalité. Peut-être n'a-t-il pas encore perdu toutes ses dents de lait.

« Connaissez-vous Trøndheim ?

— Non, madame Cornet.

— Eh bien, répond-elle en résistant à l'envie de lui prendre les mains. Allons-y. »

Le garçon la conduit de l'autre côté de l'étroite passerelle, filant pieds nus devant elle. Elle aurait au moins dû lui demander de se chausser – le sol doit être glacé.

Elle le suit tant bien que mal, déstabilisée par les mouvements du navire que l'on décharge. Alors même que les matelots qui traversent la passerelle s'arrêtent pour la laisser passer, une bourrasque manque de la faire tomber au moment où son pied se pose sur le bois humide. Elle s'accroche si fort à la corde que sa main brûle, puis retrouve son équilibre. Dans l'action, ses épingles se sont défaites ; un rideau de cheveux lui fouette le visage.

Claquant des dents, elle poursuit prudemment son chemin jusqu'au bord du quai. Le sol est si stable qu'elle en chancelle, et pour la deuxième fois ce matin une petite main sale l'aide à se rattraper.

« Attention à vous, madame.

— Tout va bien ? lui demande un homme à quelques pas d'elle, la main à moitié tendue, comme s'il s'apprêtait à lui proposer son aide.

— Tout va bien, répond-elle en esquissant un sourire forcé. Y a-t-il un endroit où nous pourrions manger ? »

L'homme montre du doigt une petite baraque en bois jaune mal peinte. Une pancarte sale représentant une cloche se balance légèrement au vent. Elle remercie l'homme d'un signe de tête et, le garçon sur ses talons, avance d'un pas maladroit en direction de la porte. Une bouche d'égout ouverte, gelée, se trouve sur le chemin. Ursa traverse la planche qui la recouvre en évitant de regarder en dessous d'elle, avant de pousser la porte de la taverne.

À l'intérieur, la salle est presque pleine, malgré l'heure matinale. Le garçon parvient à leur trouver une petite table dans le coin le plus éloigné du feu. Quelques dames joliment habillées se trouvent parmi les clients, accompagnées de leur mari. Ursa sait qu'elle ne devrait pas être là sans Absalom, mais sa nuit sans sommeil l'a laissée tendue. Elle envoie le garçon au bar avec l'un des skillings que lui a donnés Agnete pour acheter une bière légère et quelque chose à manger.

Le garçon revient avec sa monnaie ainsi qu'une assiette chaude d'un *raspeball* étonnamment bon, où des morceaux de viande bien salés se mêlent à des boulettes de pomme de terre fondantes, réconfortantes. Le garçon tourne autour d'elle sans trop savoir quoi faire tandis qu'elle commence à manger. Ursa doit littéralement l'obliger à s'asseoir sur le tabouret voisin du sien et poser une boulette de pomme de terre dans sa main crasseuse pour qu'il accepte de l'avaler. Comme elle lui sourit, il semble si surpris qu'elle se demande quelle expression son visage offrait jusqu'ici. Soucieuse de le rassurer, elle lui demande son nom. Il se prénomme Casper.

« Comment en es-tu arrivé à travailler sur un bateau ? »

Il hausse les épaules sans quitter les boulettes des yeux. Ursa fait glisser l'assiette devant lui. Le silence ne la dérange pas.

Tandis qu'ils s'en vont, l'un des matelots lui ouvre la porte en faisant mine de lui adresser une révérence. Ursa ne relève pas le trait d'humour, mais franchit la porte un sourire aux lèvres.

« Tu as vu comme ils nous regardaient ? dit-elle alors à Casper. C'est à croire qu'ils n'ont jamais vu de dame de leur vie.

— Il y avait d'autres dames dans la taverne, répond Casper. Mais pas des dames comme vous.

— Comme moi ?

— De votre genre, madame. »

Ursa revoit alors leurs joues fardées, leurs robes aux couleurs vives. Elle rougit en finissant par comprendre. Elle se demande si les matelots l'ont prise pour une prostituée, elle aussi, et si ces femmes reçoivent au moins quelque chose en échange de ce qu'elles subissent.

Ils s'engagent dans la ville qui, lentement, se réveille. Les rues sont étroites et les maisons semblent penchées sur elle, comme en train de conspirer. Bien sûr, Trøndheim n'est pas aussi jolie que Bergen, bien qu'il s'agisse de la capitale du comté.

Ils trouvent un marché sur une grande place carrée. Ursa achète des bottes ainsi qu'un masque et, malgré ses protestations, une paire de gants pour Casper.

« Je t'ai vu quand tu triais ces vieux bouts de corde. Avec ça, tu n'auras plus les doigts engourdis par le froid. »

Elle tente aussi de lui payer des bottes, mais il refuse obstinément d'en essayer une paire, au grand soulagement du cordonnier, semble-t-il.

« Je préfère travailler pieds nus, madame. Je grandis encore, vous savez. Dans un mois, elles ne m'iront plus. C'est le second Hinsson qui le dit. »

De retour sur le navire, Ursa trouve son mari qui l'attend en haut de la passerelle. Absalom donne une tape sur la tête de Casper, qui disparaît au milieu de l'agitation du navire, lequel, déchargé de la majorité de son bois, flotte plus haut sur l'eau. Absalom regarde les paquets d'Ursa avec fureur.

« Nous avons pour la première fois l'occasion de nous rendre à l'église – l'église dans laquelle vos rois sont couronnés, si je ne m'abuse. Mais à la place, vous allez faire des *achats* ? » D'un geste du menton, il désigne ses bras remplis. « Où donc avez-vous trouvé de quoi payer tout cela ?

— Ma sœur m'a laissé quelques pièces.

— Un mari doit connaître l'argent que possède sa femme, dit-il en se tournant vers elle, le regard noir. Votre père aurait dû vous dire ces choses-là. » Il tend la main. Après quelques secondes d'hésitation, Ursa approche la sienne, mais Absalom s'écarte aussitôt. « L'argent, femme. »

Plus tard, alors qu'il ronflera près d'elle, Ursa enfoncera ses ongles dans la chair tendre sous son oreille et se maudira de lui avoir remis ses pièces. Car elle pourrait mentir sans peine – « Je suis désolée, cher mari, mais je n'ai plus rien » –, mais ces mots ne franchissent pas ses lèvres. Quelque chose en lui la force à agir, même si cette soumission l'horripile. Ursa glisse la main dans sa ceinture et lui remet les pièces d'Agnete.

Il se retourne et la guide en bas de l'échelle, puis dans le couloir. Ursa se demande si, comme son mari est allé à l'église, faisant de ce jour une sorte de sabbat, il s'abstiendra de la toucher le soir venu. Mais il ne s'abstient pas, et semble même vouloir la marteler cette nuit-là, afin de planter son châtiment au plus profond d'elle.

Ursa se demande souvent ce qu'elle raconterait à Agnete si elle était là. Elle n'a pas de mots pour décrire la confusion qui règne en elle : cette impression de n'être plus chez elle dans son propre corps, cette habitude nouvelle de se servir du silence comme d'une arme.

Elle prend une nouvelle fois congé du capitaine Leifsson. Il s'est pourtant montré parfaitement aimable, lui a même offert une petite bourse de graines d'anis. Elle ne peut partager ses pensées avec quiconque, malgré la crainte qu'elles lui inspirent, malgré le fait qu'il serait simple de les expliquer. Elles sont en sécurité dans sa tête, comme dans un coffre-fort plus solide encore que le meuble de son père en bois de cerisier. Ursa a besoin que chacun des mots qui les composent lui appartienne.

Puis elle finit, enfin, par trouver un endroit où se réfugier. Le lendemain de leur départ de Trøndheim, elle s'habille aussi chaudement que possible, glisse une graine d'anis sur sa langue, enfile ses bottes et, son masque sous le bras, ouvre la porte de sa cabine.

La trappe est fermée. Elle frappe jusqu'à ce qu'on lui ouvre, sans accepter la main qu'on lui tend pour l'aider à monter. Ursa cherche Casper, mais il n'est nulle part sur le pont, du moins elle ne l'aperçoit pas parmi les singes qui grimpent aux mâts du *Petrsbolli*, couvertures sur le dos, pour dérouler les voiles qui les porteront vers le nord.

Arpenter le pont du bateau sans le bras du capitaine Leifsson pour s'accrocher la désarçonne, mais elle franchit la passerelle sans trébucher. Elle retourne jusqu'à la poupe, juste derrière le mât où saint Pierre brandit son impitoyable main. Le tas de grosses cordes enroulées, formant une sorte de siège, se trouve à quelques pas de là. Après s'être assurée que personne ne se trouvait dans les parages ni ne la voyait, Ursa se hisse dessus.

Les pieds posés sur un autre tas, elle s'installe dessus, emmitouflée dans son manteau, masque baissé sur le visage, le claquement de ses dents contre le fermoir aussi réconfortant qu'un bonbon. À travers les deux fentes étroites derrière lesquelles se cachent ses yeux, le monde lui semble plus supportable. Peut-être est-ce ce que les chevaux ressentent, aveuglés qu'ils sont par leurs œillères, seulement capables de regarder droit devant ? Elle distingue Hinsson à la barre, mais sa présence ne semble guère le perturber. Et tandis que le navire les emmène, Ursa tourne ses pensées vers le nord, vers le bout du monde.

# 12.

Le petit Erik va bientôt avoir onze mois lorsque le pasteur reçoit une nouvelle lettre du seigneur lui indiquant que le délégué a entamé son voyage depuis l'Écosse et que le second hangar doit être préparé. C'est là qu'on l'installera.

À la surprise générale, le pasteur s'en va trouver Kirsten pendant le rassemblement du mercredi afin de requérir son aide.

« D'après lui, ma présence rassure les gens, explique Kirsten à Maren et Mamma en sortant de chez Mme Olufsdatter. Je me demande quelle mouche l'a piqué.

— Il cherche sans doute à se faire des alliées avant que le délégué n'arrive, répond Maren.

— C'est Toril qui va être ravie, remarque Kirsten en souriant.

— Toril ne saurait pas aménager une maison, dit Maren. Le pasteur non plus, d'ailleurs. Alors que toi, Kirsten, oui. Toril le sait parfaitement. »

Sans relever le compliment, Kirsten poursuit :

« Des hommes vont être envoyés de Kiberg pour prêter main-forte au délégué, mais il doit auparavant s'arrêter prendre une épouse à Bergen. Cette dame aura besoin d'un peu de confort. Nous disposons d'une petite somme, et le seigneur Køning a fait envoyer du bois. Je vais quant à moi abattre ce qu'il faut de bétail pour leur faire des provisions pour l'été, et j'avais dans l'idée de te donner les peaux pour confectionner quelques objets utiles. »

Maren lève les yeux, étonnée.

« L'aide de Toril serait plus appropriée, remarque Mamma.

— Peut-être, répond Kirsten. Mais ses jolies broderies seront imprégnées de venin, et si je dispose d'une pièce à donner en récompense de ce travail, j'aime autant qu'elle te revienne. »

Ainsi, la décision est prise. La semaine suivante, Maren ira chercher les peaux tandis que la viande sera salée et fumée dans le garde-manger que Dag avait construit.

« C'est entendu, dit Kirsten. Toutes ensemble, nous allons rendre ce hangar digne d'accueillir un délégué. »

Maren reçoit cette phrase comme un coup, quoique le hangar ne lui ait jamais appartenu. La mère de Dag leur avait fait une faveur en acceptant d'y accueillir les corps de leurs morts. Maren n'a aucun droit sur ce bâtiment, et pourtant, chaque fois qu'elle le peut, elle fait en sorte de passer devant, promène ses doigts sur les inscriptions gravées tout autour de la porte et sur les reliefs réalisés par M. Bjørnsson. Même après tout ce temps, c'est là-bas qu'elle se rend, lord de ces nuits où le sommeil ne vient pas parce que le petit Erik ou Mamma pleurent ou parce que le silence de Diinna lui pèse trop. Mais ces simples visites ne seront plus possibles, désormais.

« Et la pêche ? » demande-t-elle alors.

Une ombre passe sur le visage marqué de Kirsten.

« Je pense que nous allons arrêter. Le temps que les choses se tassent. »

Maren hoche la tête, réprime un soupir de déception.

« Je passerai chercher les peaux la semaine prochaine. »

Kirsten leur lance un signe de la main, puis s'en retourne chez elle.

« Nous avons oublié notre place dans le monde, remarque Mamma tandis que Maren et elle marchent dans l'autre direction. Cette Kirsten Sørensdatter devrait faire attention. Elle se prend pour notre seigneur, son arrogance crève les yeux.

— D'une certaine manière, elle en a joué le rôle, répond Maren en passant devant le second hangar. C'est grâce à elle que nous avons survécu. Elle est sans doute un meilleur seigneur que celui qui siégera bientôt à la forteresse de Vardø.

— Et pour diriger quoi ? Un village de femmes ? Nous ne valons pas mieux qu'un paquet de cartes pour cet homme. Il nous a peut-être donné le droit d'accomplir des choses dont nous ne nous pensions pas capables, mais il pourrait tout aussi vite nous le reprendre. »

Mamma n'a pas tant parlé depuis des semaines. Son deuil semble sans fin, et parfois Maren voudrait la secouer, simplement pour la faire sortir de son chagrin. Pendant les longues soirées d'hiver, heureusement derrière elles à présent, lorsque Mamma se recroquevillait contre elle comme un bébé contre sa mère, Maren brûlait d'envie de repousser ses mains, de la faire tomber du lit. Sa colère est teintée de douleur, Maren en est consciente – douleur, car sa mère ne semble pas se rendre compte que Maren a perdu tout autant qu'elle, en plus d'un homme qu'elle devait épouser et d'une maison qui allait devenir la sienne.

Elle est heureuse de la voir retrouver la parole, mais pense que ses inquiétudes sont déplacées. Leurs sorties en mer seraient restées secrètes, et quand bien même la nouvelle se serait ébruitée, personne n'aurait pu leur reprocher de chercher à se nourrir. L'arrivée précoce du délégué révèle un changement : une sorte d'investissement a été fait sur le village. Au bout du compte, les habitantes n'ont pas été oubliées ; l'avenir leur dira s'il s'agit d'un bien ou d'un mal.

Devant la maison, Diinna ponce les marches en bois du perron. Maren entend résonner les hurlements du petit Erik à l'intérieur. Brusquement, son cœur se serre de panique.

« Il pleure, s'écrie Mamma en se précipitant dans la maison.

— Il s'est planté une écharde, répond Diinna. Je la lui ai retirée.

— Mais il a encore mal, dit Mamma. Tu devrais t'occuper de lui.

— Je m'occupe de l'escalier. Pour que cela ne se reproduise pas », rétorque Diinna.

Elle parle sans même lever les yeux. Penchée sur les marches, elle poursuit son ouvrage, concentrée.

Mamma marmonne une réponse que Maren ne comprend pas, puis entre en trébuchant volontairement sur Diinna, son pied tout près de sa main. Il règne entre elles une tension à l'équilibre aussi précaire que celui d'une rame sur sa dame de nage, près de basculer. Il revient à Maren de faire le pont entre elles ; elle n'est pas loin de perdre patience avec l'une comme avec l'autre.

Mais le pire, pour elle, est de voir que la présence du petit Erik ne semble pas rendre cette douleur silencieuse plus supportable. Alors que Toril se promène avec son petit accroché à sa taille dans une écharpe aussi facilement que si elle portait un panier, Erik ressemble à un fardeau, à une excroissance sur le corps frêle de Diinna. Malgré les reproches de Mamma, Diinna persiste à prononcer son prénom « Eret », comme le font les Samis.

Il y a dans sa manière d'agir avec lui comme un manque de naturel. Maren trouve que Diinna, derrière ses yeux en amande, le regarde comme un loup regarde un autre loup : Erik fait partie des siens, mais elle s'en méfie. Comme s'il lui prenait quelque chose qu'elle ne voulait pas donner, dans ses seins, dans ses bras, lui tirant les cheveux de ses petites mains. Bien que Diinna ne le dispute jamais, elle l'observe – sans cruauté, mais sans beaucoup de chaleur non plus, à part peut-être la nuit quand, dans le silence, Maren l'entend lui chanter une berceuse, toujours la même.

« Quelle est cette berceuse ? lui a-t-elle un jour demandé.

— Ce n'est pas une berceuse, mais sa *joik*, a répondu Diinna, les yeux plissés. Une chanson que j'ai inventée pour lui.

— Tu en as une, toi aussi ?

— Nous en avons tous une.

— Moi aussi ?

— Non. »

Sa réponse s'arrête là, et pour chasser sa gêne Maren trouve une excuse. *Je ne suis pas une Samie, voilà tout*, se dit-elle. Mais l'obstination que montre Diinna à refuser tout rapprochement avec elle la blesse : Maren pensait leur lien plus fort, capable de survivre à la mort de son frère. Se rendre compte qu'elle avait tort sur de si nombreux points l'oblige chaque jour à reconsidérer sa vision de la vie tout entière. De temps en temps, Diinna attache son fils sur son dos dans une écharpe en peau de renne et s'en va – Maren la regarde partir sur la route qui mène au cap ou vers un bateau amarré au pied de la petite montagne, pour revenir imprégnée d'une odeur de bruyère et d'air frais, une odeur qui n'existe que là-bas.

L'intensité avec laquelle Maren aime ce petit garçon approche la violence. Elle s'inquiète pour lui, redoute que la manière dont elles l'élèvent ne lui fasse du tort. Erik ne sourit pas, ne pleure pas, ne jette pas d'objets lorsqu'il est en colère ou frustré. Quand Diinna le laisse à Mamma et Maren, il se contente de rester assis en silence sur ses couvertures dans le petit coin aménagé pour lui.

Erik aurait adoré son fils. Parfois, en regardant le petit faire éclater des bulles de salive entre ses lèvres roses ou lever les bras vers elle pour qu'elle le prenne, Maren laisse la douleur l'envahir.

« S'est-il fait très mal ? » demande-t-elle à Diinna en la regardant poncer l'escalier.

Les pleurs ont déjà cessé – de toute évidence, Erik pleurait davantage à cause du manque d'attention que de l'écharde.

Diinna secoue la tête.

« Une éraflure.

— Nous revenons de chez Mme Olufsdatter, annonce alors Maren.

— Je sais. Nous sommes mercredi.

— Kirsten dit que nous aurons bientôt un délégué, qu'il va s'installer à Vardø. C'est notre nouveau seigneur qui l'envoie. »

Diinna poursuit son travail. Le bruit de la pierre contre le bois semble amplifier son silence. La marche de l'escalier ploie sous sa force.

« Il va habiter dans le second hangar. Il vient de prendre une épouse. »

Diinna finit par se redresser. Elle est accroupie, dans une position que l'on jugerait indécente si sa jupe n'était pas si longue. Maren ne peut s'empêcher de regretter que Diinna donne de bonnes raisons à Magda et Toril de médire à son sujet. Avec la franchise qui la caractérise depuis toujours, Diinna demande :

« Votre maison, tu veux dire ? »

À ces mots, le cœur de Maren se serre de joie, car ils signifient, peut-être, que Diinna comprend. Diinna hoche la tête, un geste sec, et se lève brusquement.

« Cela ne m'étonne pas. Le lieu est bien choisi. Il fera une bonne maison pour eux. »

Ses cheveux lâchés lui cachent le visage. Sous le regard médusé de Maren, Diinna se penche pour passer une dernière fois sa pierre sur la marche, la ramasse et s'en va. Une fois à l'intérieur de la maison, elle se dirige vers sa porte au lieu d'aller rejoindre Mamma et son garçon.

Maren n'a plus envie de rentrer du tout. Elle avait cru un instant que Diinna lui demanderait ce qu'elle ressentait. Qu'elles parleraient comme à l'époque où Erik et elle étaient de jeunes mariés – comme des sœurs.

Elle reste sur la marche lisse pendant un long moment, laisse sa souffrance lui transpercer la poitrine et ne part pas avant que la douleur et le froid l'aient endormie, avant de ne plus rien sentir du tout.

Comme promis, Maren se rend à la ferme de Mads Petersson huit jours plus tard. C'est toujours ainsi qu'elle l'appelle, même si cela fait maintenant près d'un an et demi que Kirsten y habite. Elle sait que le temps est venu d'aller chercher les peaux, car, la nuit précédente, tandis que soufflait un vent d'est puissant, Maren a entendu les cris acérés des rennes affolés que Kirsten avait choisis pour être égorgés. Elle avait tenté de noyer les cris en fredonnant, mais Diinna était sortie au même moment avec Erik pour se percher sur les marches, tandis que les hurlements des bêtes ricochaient comme des pierres contre les fenêtres.

Maren emprunte le chemin le plus rapide, à travers le centre du village. Le temps désormais plus doux a fait sortir les femmes, assises sur des tabourets, drapées dans leur châle. À son approche, les conversations cessent. Toril renifle lorsque Maren passe devant elle, puis plante d'un geste déterminé son aiguille dans la taie qu'elle est en train de repriser. Ainsi donc, Toril a entendu parler du travail que Kirsten lui a confié. Maren prend plaisir à lui adresser un large sourire.

La ferme de Petersson est perchée de l'autre côté du village, à l'opposé de la maison de Maren, sur un terrain délimité par un mélange de terres cultivées et de broussailles tombant dans la mer. Avant de distinguer la maison, Maren voit les rennes brouter, leur fourrure blanc et gris tranchant avec l'environnement, maintenant que l'herbe est verte et que la bruyère s'apprête à fleurir. Leur odeur lui parvient également, ronde et musquée, portée par les mêmes vents que les cris de leurs compagnons égorgés la veille.

La ferme se trouve à l'écart du village, sa porte principale et ses fenêtres tournées vers la mer. Maren se demande comment Kirsten parvient à le supporter : lorsqu'elle s'approche pour frapper à la porte, Hornøya et les centaines d'oiseaux qui hurlent sur ses pics rocheux se retrouvent dans son dos. Mads Petersson disposait du meilleur point de vue possible pour apercevoir la baleine.

Quand elle lui ouvre, Kirsten a les joues rouges et dégage une odeur de sang. Maren remarque sous ses ongles une couche de crasse couleur pourpre tandis qu'elle lui fait signe d'entrer.

« J'ai presque terminé. J'en suis à six, il y en a déjà assez pour faire le lit et le sol. »

La pièce est encombrée mais lumineuse, presque aussi grande que le second hangar. Comme un mobile, plusieurs lapins écorchés, roses comme des bébés, pendent au plafond. Par une porte située sur le côté, Maren aperçoit le troupeau dans le champ et, plus près de la maison, les carcasses jaune et violacé. Elles lui rappellent les peaux de renard qu'elle trouvait sur le cap – mais il n'y a ici aucune trace de grigris comme ceux de Mme Olufsdatter.

Il y a, en revanche, Kirsten, vêtue d'un pantalon. Maren s'arrête sur le seuil de la porte, le regard braqué sur elle.

« Quoi ? » Kirsten baisse les yeux vers sa tenue. « Oh allez, Maren. Tu ne vas quand même pas tourner de l'œil !

— Bien sûr que non. »

Après tout, Maren a déjà vu des femmes samies en pantalon. Diinna en a porté toute son enfance. Mais il y a quelque chose, à voir Kirsten ainsi, jambes écartées, de dérangeant.

« C'était à Petersson, explique Kirsten en la tirant à l'intérieur pour pouvoir fermer la porte. Je ne pense pas qu'il m'en voudrait.

— Tu devrais être plus prudente, Kirsten. Et si quelqu'un d'autre que moi avait frappé à ta porte ? Toril ou le pasteur, par exemple ?

— Eux, ils auraient tourné de l'œil, répond Kirsten avec malice. Ne t'en fais pas, Maren. Que dirais-tu d'une bière ? J'ai aussi du fromage. Moulé il y a un mois. »

Maren accepte les deux et apporte son en-cas dehors pour regarder Kirsten finir de débarrasser les peaux de leur graisse en raclant les amas jaunâtres à l'aide d'un couteau à phoque.

« Pas le temps pour le tannage. »

Kirsten ne regarde même pas ce qu'elle fait. Son visage est tourné vers la mer, son profil aigu comme celui d'un faucon. Elle a le même âge que Mamma, pourtant sa peau, aussi marquée que celle d'un homme, la fait paraître à la fois plus vieille et sans âge. La vie à la ferme lui va bien, et lorsque Maren trempe ses lèvres dans la bière, le goût lui plaît – elle n'y retrouve pas l'arrière-goût amer de celle que Pappa buvait toujours.

Maren sait, d'après les rumeurs, que Kirsten a perdu quatre enfants, chaque fois nés avant terme. Mais impossible, de toute façon, de l'imaginer mère. Elle n'est pas non plus tout à fait une amie : Maren éprouve pour elle des sentiments semblables à ceux qu'elle éprouvait pour leur ancien pasteur, le pasteur Gursson, sorti en mer avec son père et son frère. Le pasteur dégageait la même énergie sereine, la même force à laquelle on s'arrime. Ses yeux bleus pénétrants aussi étaient semblables à ceux de Kirsten, que Maren ne pouvait regarder longtemps sans rougir. Si Kirsten avait été un homme, sans doute serait-elle devenue plus que la cheffe officieuse du village ; peut-être aurait-elle fait un pasteur ou un homme de loi, voire un délégué.

« Le pasteur m'a donné des nouvelles », annonce Kirsten. Maren la regarde, les sourcils levés. « Oui, je sais. Il m'a retenue après la messe. Toril nous tournait autour comme un rapace. Je crois que tu avais raison quand tu disais qu'il cherchait des alliées. Il semble redouter la concurrence du délégué.

— Tu comptes assurer ses arrières ? »

Kirsten ricane.

« Mes arrières à moi, plutôt. Et les tiens. Mais quelque chose me dit que ce délégué risque d'être plus dur que notre pasteur. C'est un Écossais, comme le seigneur Køning. Et sa femme est la fille d'un propriétaire de navires de Bergen. »

Voyant les sourcils de Maren se lever un peu plus haut encore, Kirsten éclate de rire, un rire guttural, tout en imitant son expression, tandis qu'un nouveau bourrelet de graisse se détache dans un bruit de raclement.

« Je sais bien. Les filles de propriétaire de bateaux, ça n'est pas commun au Finnmark, hein ? Ces dames-là s'arrêtent en général à Tromsø, dans le pire des cas à Alta.

— Je me demande ce que le seigneur a promis à cette dame pour qu'elle accepte d'abandonner sa vie de citadine.

— Peut-être que son mari est particulièrement beau », répond Kirsten en se retournant brièvement.

Maren s'aperçoit que son menton est moucheté de sang. « Tu trouves ça dommage, toi, qu'il vienne avec une femme ? »

Maren fronce les sourcils.

« Pourquoi donc ?

— Il aurait pu en choisir une ici. »

Se sentant rougir, Maren pose ses mains sur ses joues et les frotte, comme si ses plaques pouvaient disparaître telle une trace de sang.

« De toute manière, je n'aurais certainement pas fait partie des favorites.

— Dag Bjørnsson t'avait bien choisie, rétorque Kirsten d'une voix plus douce.

— Oui. » La gorge de Maren se serre. « Mais je présume que la plupart des hommes préfèrent les citadines.

— Tu es une bonne fille, Maren. Tu ferais une bonne épouse pour n'importe qui. »

Les joues de plus en plus chaudes, Maren ne parvient pas à croiser son regard.

« C'est un marin, comme le seigneur ?

— Un homme de Dieu.

— Un pasteur ? » Maren se mord l'intérieur des joues. « Pas étonnant que Kurtsson soit inquiet. »

Kirsten plante la lame de son couteau dans la terre, à ses pieds, et plonge les mains dans le seau posé à côté d'elle, dont l'eau a déjà viré au marron rouille.

« Il n'appartient pas à l'Église, mais il œuvre pour Dieu.

— Un homme pieux qui a le droit de se marier ? Toril va être contente. La dame aura intérêt à rester vigilante. »

Kirsten ricane puis se relève, étirant tout son corps vers le ciel.

« Ils arrivent cette semaine. Le seigneur, en revanche, a déjà été appelé à Varanger et à Alta. À Kirkenes, également. Des gens ont été arrêtés là-bas.

— Arrêtés ?

— Pour sorcellerie », ajoute Kirsten. Sa voix est soudain plus grave. « Des Samis. »

Le cœur de Maren se met à battre la chamade tandis qu'elle pense à Diinna.

« Qu'avaient-ils fait ?

— Influencé les vents, fabriqué des tambours. »

Maren déglutit.

« C'est pour les marins qu'ils influencent les vents.

— Et les tambours, alors ? » Kirsten ramasse ses peaux en les entassant fourrure contre fourrure, peau contre peau. « Ne t'inquiète pas. Je resterai sur mes gardes.

— Toril parle facilement, dit Maren. Je devrais peut-être lui demander…

— Ne lui demande rien, jamais, répond Kirsten en lui tendant le tas. On ne parle pas avec ce genre de femme. Cela passera. Le seigneur cherche seulement à asseoir son autorité. Mais restons vigilantes malgré tout.

— Toi la première », lui lance Maren en baissant le regard vers son pantalon.

Kirsten ne répond pas. Maren s'approche d'elle, mais, au lieu de prendre les peaux, ses doigts se posent sur son menton, essuient les taches de sang. Ce geste les surprend autant l'une que l'autre. Maren ne peut regarder son amie dans les yeux lorsque celle-ci lui tend les lourdes peaux, qui sentent la viande et le bon air de fin de printemps.

« Dommage que nous n'ayons pas le temps de les tanner. » Quelque chose s'écoule et tombe à ses pieds. « Je ne pouvais pas faire mieux que de les racler.

— C'est déjà bien. »

Kirsten la conduit jusqu'à la porte, de l'autre côté de la maison. La mer scintille sous la côte de rochers. Maren aimerait demander à Kirsten s'ils lui font peur, si la baleine vient lui rendre visite la nuit. Mais à la voir ainsi, les mains dans les poches de son pantalon, elle se ravise. Sans doute dort-elle à poings fermés, aussi profondément que le petit Erik.

« Tu ne devrais pas te montrer comme ça, lui répète-t-elle, et Kirsten éclate de rire, coince une mèche soulevée par le vent derrière l'oreille de Maren.

— Et tu ne devrais pas tant t'inquiéter. »

Les bras chargés de peaux, Maren sent le regard de Kirsten posé sur elle tandis qu'elle s'éloigne, semant derrière elle des taches de sang rouge vif, tel un chemin de cailloux.

# 13.

À présent qu'Ursa a trouvé sa place sur le pont, les choses qui se passent en dessous lui sont plus supportables. Elle n'aurait jamais imaginé pouvoir être heureuse dehors – elle qui a été élevée pour fréquenter les salons. Mais bien que la poupe soit une cage au même titre que sa cabine, quoique plus grande, il s'avère plus facile de s'évader de la réalité à l'air frais.

Le soleil persiste désormais longtemps dans le ciel, et Ursa perçoit sa chaleur sur sa peau laissée à nu autour de ses yeux, comme le souffle laborieux d'Agnete la nuit. Elle aimerait savoir si Absalom sent le goût du sel sur sa peau, s'il remarque le rouge sur ses poignets, là où sa manche ne rejoint pas tout à fait le haut de ses gants.

Le *Petrsbolli* poursuit sa route le long de la côte, si près que l'on distingue la terre par beau temps. Peu à peu, les plaines lisses de Trøndheim laissent place à un horizon de montagnes qui semblent se dresser sur la mer comme des vagues. Puis le navire s'engouffre dans le cercle arctique, et le paysage se transforme encore. Des arbres rabougris peuplent maintenant les embouchures des fjords, suffisamment épais, cependant, pour qu'Ursa continue à voir dans leur tronc des formes et des têtes de troll. La neige s'installe sur les cimes des montagnes. Ursa regarde défiler les îles, ces saillies de terre qui paraissent les défier.

C'est au moment où le navire bifurque vers l'est qu'elle aperçoit son premier iceberg, une masse d'un blanc si pur que s'y reflètent les bleus et les verts environnants, et aussi imposante que sa maison de Bergen, flottant, impassible, sur l'eau. Le capitaine donne l'ordre de faire décrire au navire un grand cercle afin de le contourner, en lui expliquant que le plus dangereux est la partie qui se trouve sous l'eau. Ursa imagine l'iceberg la traquer jusqu'à Vardø.

Après quelques arrêts dans différents petits ports, le navire finit par atteindre Tromsø. Elle ne descend pas à quai, cette fois, mais observe le port depuis son siège sur le pont, au milieu des bourrasques et des embruns. La petite ville s'étale sur une île rocheuse perdue comme une vague dans les flots, gris sur gris. La pause est assez longue pour que son mari ait le temps de descendre prier dans la petite église tassée sur un rocher, et pour que le navire soit réapprovisionné en vivres avant leur ultime étape vers Vardø.

Ils sont sur le point de repartir et la passerelle est près d'être relevée lorsqu'elle aperçoit Casper qui descend à quai. Le garçon se tient un peu voûté, un paquetage sur le dos, toujours pieds nus. Ursa retire son masque, se penche par-dessus le bastingage et l'appelle, mais il s'éloigne déjà. Une panique soudaine la gagne, une pointe brûlante qui lui transperce les côtes. Elle s'approche du second, lui tape sur l'épaule comme un garçon.

« Monsieur Hinsson, Casper ne se trouve pas à bord. »

Le second se retourne et la regarde d'un air surpris.

« Madame Cornet ?

— Casper, répète-t-elle. Le garçon, le garçon que l'on voyait toujours démêler des cordes.

— Je vous demande pardon, madame. De quel garçon parlez-vous ? »

Elle montre du doigt son emplacement habituel.

« Là, il était toujours assis là.

— Nos mousses vont et viennent en fonction du travail que nous leur fournissons. Nous allons bientôt arriver au Spitzberg, certains d'entre eux ne sont pas faits pour la chasse à la baleine.

— J'ignorais que ce navire servait à la chasse. »

Le second vacille de gauche à droite.

« Il sert à ce qui nous profite. Il n'y a que des cabillauds autour de Bergen. Votre père souhaite faire commerce de la baleine, qui est plus demandée. »

Quelque chose lui déplaît dans son ton, mais elle s'abstient de le lui faire remarquer.

« Casper ne voulait pas chasser la baleine ?

— Ou peut-être n'était-il pas compétent. Pas assez fort, que sais-je ? »

Il jette un coup d'œil derrière lui, en direction de ses hommes qui l'attendent.

« Mais je ne lui ai pas… »

Ses mots se perdent dans sa gorge. Hinsson n'a que faire de son désarroi. Ursa n'est même pas sûre de savoir pourquoi le départ de Casper la bouleverse à ce point ; elle revoit son air dérouté, ses pieds nus sales sur les pavés du quai ; le pauvre semblait si misérable. Le second lui a tourné le dos, mettant un terme à leur conversation. Ursa jette un dernier regard en direction du port. C'est à croire que le garçon n'a jamais existé.

Qu'il ne lui ait pas dit au revoir la désole plus qu'elle ne pourrait l'exprimer, même s'ils ne s'étaient pas adressé la parole depuis Trøndheim. Sans doute avait-elle cru, rassurée par cet espoir, que ce garçon pourrait rester à Vardø et devenir une sorte d'employé chez eux. Ursa songeait à en parler à Absalom, ou tout du moins à le lui suggérer. Mais, désormais, cela restera à jamais une idée inexprimée.

Le navire s'éloigne du port. Ursa sent le sol tanguer sous ses pieds, les hommes sont de retour à leur poste, le regard déjà tourné vers la mer. Bientôt, ils auront atteint Vardø, et ce sera son tour d'être abandonnée à quai.

Quelques jours avant la date prévue de leur arrivée, Ursa ressent une douleur dans son ventre. Elle se diffuse dans son dos, sa tête, enfonce ses griffes dans ses tempes, dans la chair à l'arrière de ses cuisses.

Son corps semble tenaillé, des filets de sueur froide coulent sur sa lèvre supérieure, sous ses bras. Elle cherche le capitaine, regrette que Casper ne soit plus là. Elle hésite à faire appeler Hinsson, mais quelque chose empêche sa voix de sortir – un instinct obscur, animal, qui lui souffle de ne pas révéler qu'elle a mal.

Elle descend de son tas de cordes, le dos parcouru par un spasme si brusque qu'elle s'en mord la lèvre. Aurait-elle été empoisonnée ? Elle se redresse, le souffle court, mais à peine est-elle parvenue à reprendre sa respiration que la douleur frappe de nouveau, s'abat sur le bas de son corps comme une vague blanche incandescente.

Cette fois, Ursa décide d'attendre. Dès qu'il redevient possible de bouger, elle entame sa lente progression sur le pont. Derrière son masque, le fermoir serré entre ses dents, personne ne peut voir qu'elle transpire, que ses yeux la brûlent et s'emplissent de larmes.

L'échelle lui semble aussi haute qu'une montagne. Elle compte à rebours, de dix à un, et recommence jusqu'à sentir le plancher sous ses pieds avant d'avancer d'un pas chancelant, les yeux fermés, dans le couloir, concentrée sur la douleur lorsqu'elle survient, s'efforçant de ne pas bloquer sa respiration.

Tout est plus précis à présent – elle parvient à tracer son origine, à dessiner la carte de la brûlure qui se diffuse dans son corps. La douleur ressemble à celle de ses menstruations, multipliée par dix, prend source dans la zone que son mari a percée à l'intérieur d'elle, envoie des ondes qui se propagent d'abord dans ses jambes, puis dans le bas de son dos avant de remonter jusqu'à sa tête. Comme si ses entrailles cherchaient à sortir de son corps, au point qu'Ursa se demande si son mari ne lui aurait pas déchiré un organe vital, à moins que les expériences culinaires du chef du navire n'aient fini par la tuer.

D'une main pressée, Ursa ouvre la porte de sa cabine, les doigts glissants de sueur, engourdis par le froid, tourne le verrou et se rend d'un pas traînant jusqu'au pot de chambre. Une flaque jaune stagne au fond ; il n'a pas été vidé de la journée. La douleur diminue, ondule, comme de l'eau fraîchement remuée.

Elle cligne des yeux, y voit clair à nouveau. Tout juste assez mince pour s'accroupir dans le petit espace entre le mur et le lit, elle pose ses genoux contre le cadre en bois. Elle retrace son arrivée dans sa tête, tente de se rappeler si ses bruits auraient pu alerter les hommes, mais impossible. Sa jupe tombe autour du pot. Sans regarder, elle s'essuie.

Le linge qu'elle jette dans le pot goutte un peu, trempé de sang. Ursa cesse de respirer, le ramasse, regarde. Sous le tissu se trouve un morceau mou. Ursa a assisté suffisamment longtemps aux dernières heures de sa mère pour savoir de quoi il s'agit.

Une idée la traverse aussitôt : recouvrir la chose, aller rouvrir la porte. Le dortoir, à cette heure, sera presque vide : Ursa pourrait se rendre jusqu'au hublot et vider le pot dehors. Son contenu plongera dans la mer sans même en affecter la surface.

Mais elle n'a pas la force de transporter le pot, ni même de le toucher ; elle le déplace dans le coin le plus sombre de la chambre, à côté de son coffre, avant de s'allonger sur sa banquette sans même prendre la peine de retirer ses vêtements, pour dormir d'un sommeil aussi agité que les flots.

À son réveil, des bruits de ronflement lui parviennent depuis l'autre côté de la mince paroi. Son mari, quant à lui, est déjà endormi à côté d'elle. Prise de panique, Ursa se redresse en prenant soin de ne pas le réveiller, puis descend du lit pour se rendre jusqu'au coffre. Le pot de chambre est vide. Son cœur tambourine dans sa poitrine. Absalom a dû trouver le linge, et l'a laissée dormir.

Une plaie béante s'ouvre dans sa poitrine. Ursa pose une main sur son cœur. Elle retourne sous les couvertures et se rapproche légèrement de la chaleur dégagée par son mari, qui roule sur le côté et glisse un bras en dessous d'elle pour la tenir aussi serrée qu'une voile enroulée sur un mât.

# L'ARRIVÉE

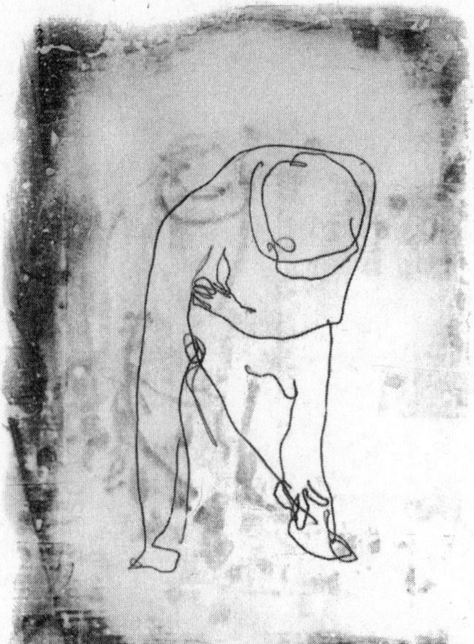

# 14.

Ils arrivent juste avant la pluie. Mamma s'en va chercher Maren pour se rendre, avec Diinna et le petit Erik, jusqu'au port, près de la maison de Magda, d'où l'on voit le navire approcher. Dans son sillage s'amoncelle un immense banc de nuages, avalant déjà l'horizon sous des nappes grises de pluie.

De son petit pied, le fils de Magda martèle le sol et, en frappant des mains, s'écrie : « Bien fait pour les chasseurs de baleine, bien fait pour eux ! » – sans penser que, dans moins d'une heure, le village essuiera aussi la pluie.

« Ils ne passeront jamais », dit Mamma, et en effet, même de si loin, le bateau paraît incroyablement large ; l'entrée du port semble rétrécir à mesure qu'il approche.

Sans prendre la peine d'acquiescer, Maren demeure le regard rivé sur l'immense amas de nuages. La dernière fois qu'elles s'étaient ainsi retrouvées à contempler la mer, plus de quarante hommes avaient été emportés. Sa mâchoire se serre.

Le vent se lève. Le bateau jette l'ancre devant l'entrée étroite du port. Le pasteur sort de l'église, tenant son chapeau noir sur sa tête. Il ressemble à une poupée, à un grigri de Mme Olufsdatter. Maren l'imagine emporté par le vent, vêtements bouffants, pour être jeté dans la mer. Kurtsson s'est trop hâté et se retrouve à présent à attendre bêtement sur le quai. Le bateau demeure immobile pendant un long moment. Mamma commence à grelotter.

« Rentre donc », lui dit Maren, sans faire le moindre geste pour l'inciter à bouger.

Elle en a honte, mais elle supporte à peine de toucher sa mère à présent. Il y a dans l'ostentation de son deuil quelque chose d'indécent, et Maren a peur d'en être contaminée chaque fois qu'elle la frôle. Elle guette désormais les moments où sa mère doit s'absenter de la maison et sort elle-même de plus en plus souvent. Si le petit Erik n'était pas là, sans doute serait-elle déjà partie loger chez Kirsten. Voir le second hangar aménagé avec soin pour accueillir le délégué et sa femme a déjà été suffisamment pénible comme cela.

Il finit par y avoir du mouvement sur le quai. Maren aperçoit des silhouettes sombres se découpant sur le ciel gris, puis, aussi incongru que le soleil en hiver, un jaune vif illumine soudain le bas du pont. C'est une couleur que Maren n'a jamais vue, et elle ne peut en détacher son regard, comme saisie par un besoin impérieux de la contempler.

Parmi les silhouettes, cinq – y compris la jaune – sont lentement descendues à bord d'un canot. Des éclaboussures blanches jaillissent à l'instant où le bateau est lâché au milieu des vagues. La personne vêtue de jaune tressaille, visiblement sur le point de perdre l'équilibre.

« Dommage », remarque Diinna.

Erik s'est assoupi sur son épaule. La main de Diinna, posée sur son dos, le caresse par intermittence.

Sur le port, le pasteur trépigne, se réchauffe les mains en soufflant dessus. Maren ressent une certaine satisfaction à le voir ainsi frissonner, lui qui leur assène toujours que l'amour de Dieu est la seule chaleur dont elles ont besoin. Kirsten le rejoint sur le quai, lui tend un manteau. Même à distance, la réticence qu'il éprouve à l'accepter se voit.

Deux hommes dans le canot ont pris les rames. L'embarcation se dirige vers la rive. La personne vêtue de jaune est assise à la poupe, ses cheveux fouettés par le vent. À présent que le canot se rapproche, il devient de plus en plus évident qu'il s'agit de la nouvelle épouse, la dame de Bergen. Sa tenue est une absurdité, surtout par si mauvais temps.

À ses côtés, l'homme qui la retient de tomber doit être son époux : le délégué. De forte carrure, la posture bien droite, il est légèrement tourné vers elle. Un autre homme se trouve entre les deux rameurs, son large dos face à la terre. Tandis que le canot approche du quai et que le pasteur lève une main pour les saluer, il se retourne, sans pourtant répondre à son geste.

Les rames se dressent comme des drapeaux. Kirsten prend l'initiative d'attraper la corde pour amarrer le canot.

Mamma se mord l'intérieur des joues.

« Quelle imprudente. »

Pour une fois, Maren l'approuve. Tous, même Kirsten, savent que les choses doivent changer à présent que l'œil de la forteresse est directement posé sur eux. La hiérarchie doit être respectée – celle qui règne dans le monde, non plus celle que s'était forgée Vardø.

Une bouffée de panique serre le cœur de Maren : elle imagine déjà Kirsten tendant la main vers les passagers pour les aider à descendre. Mais elle s'abstient, heureusement, et laisse le pasteur s'avancer, épaissi par son manteau.

D'un pas lourd, l'homme au large dos descend du canot en le laissant tanguer derrière lui. La femme s'accroche aux parois de bois. Maren se trouve trop loin pour distinguer précisément le visage de l'homme, mais ses traits, à moitié cachés sous une barbe noire, semblent réguliers. Le deuxième homme, celui qui se trouvait près de la femme, descend à son tour d'un pas mal assuré et serre la main du pasteur avant de porter assistance à la dame. Cette dernière secoue la tête en lui disant quelque chose.

« Elle veut déjà repartir, remarque sèchement Diinna. Bergen, ce n'est pas la porte à côté. »

Le pasteur fait signe à Kirsten d'approcher. La tête penchée vers lui, Kirsten l'écoute puis, soudain, lève les yeux en direction des maisons. Son regard croise celui de Maren. Bien que Toril se trouve plus près, Kirsten se met en marche vers elle.

« Qu'as-tu fait ? lui demande Mamma, mais Maren s'avance de deux pas vers Kirsten.

— Ton manteau », lâche Kirsten, sa voix portée par le vent.

Partir chercher son manteau n'aurait pas grand sens, étant donné que leur maison est la plus éloignée du port, mais le regard de Kirsten est planté sur elle avec une telle intensité que Maren se faufile à travers les femmes attroupées et part à toutes jambes jusqu'à chez elle, poussée par les bourrasques. Elle attrape son manteau d'hiver sur son crochet, celui garni de peaux de lapins attrapés sur le continent, ressort en claquant la porte derrière elle et repart tout aussi vite, luttant contre le vent, pour s'arrêter en dérapant près de Mamma, qui sursaute.

Kirsten se tient un peu à l'écart. Mamma la regarde sans cacher son mécontentement. Le manteau plié sur son bras, Maren s'écarte du groupe, sa longue jupe lui battant les chevilles.

« Qu'y a-t-il ? demande-t-elle une fois arrivée à la hauteur de Kirsten, qui tourne les talons pour repartir en direction du port.

— L'épouse a peur que sa jupe s'envole. » Il y a un sourire dans sa voix. « Et je dois dire que je la comprends. »

Depuis le canot, la femme leur décoche un regard sévère, comme si elle avait pu les entendre. C'est alors que Maren découvre un visage rond aux grands yeux marron clair, et des cheveux très blonds qui forment une auréole mousseuse autour de sa tête. Son corps semble à la fois fragile, comme prêt à se dissoudre dans les embruns, et disproportionné, engoncé dans cette robe jaune.

« Voici un manteau, madame Cornet », déclare le pasteur en attrapant le vêtement que Maren lui tend, plié sur ses deux bras. « Certes, pas aussi noble que ceux que vous portez habituellement…

— Mais il est propre », intervient Kirsten, et Maren sent ses joues brûler lorsque l'homme au large dos braque ses yeux sur elles.

Son air est menaçant, sa peau aussi mate que celle de la dame est pâle, et son corps occupe l'espace, de la même manière que Kirsten. Voûtant les épaules comme pour se protéger de son regard, Maren se sent soudain minuscule.

« Ma femme n'a pas l'habitude du froid, lance-t-il dans un norvégien teinté d'un fort accent. Et vous serez priés de vous référer à elle sous le nom de Mme Cornet. »

Cet homme est donc son mari ? Pourquoi ne se tient-il pas à côté d'elle, pourquoi ne lui offre-t-il pas sa main pour l'aider ? Tremblantes, les lèvres de la dame s'entrouvrent légèrement, comme si elle s'apprêtait à dire quelque chose à son mari, mais, au lieu de cela, son regard se pose derrière le pasteur, droit sur Maren.

« Merci. »

Sa voix est calme, et soudain la courbe de sa joue s'arrondit, un muscle se contracte.

Elle tend la main vers le manteau, et l'homme que Maren avait pris pour son mari – un homme assez âgé pour être son père, en réalité – invite Kirsten et Maren à s'avancer.

« Je vous en prie », leur dit-il.

Kirsten et Maren s'approchent du canot tandis que l'homme fait signe aux rameurs de se rapprocher du quai, qui réagissent si promptement que Maren en conclut qu'il doit être leur supérieur. Le capitaine, peut-être. Les deux matelots baissent les yeux, haletant encore à cause de l'effort. Le vent soufflera contre eux pendant le trajet du retour.

« Rendez-lui le manteau », demande le capitaine au pasteur, et Maren le récupère.

Deux ronds roses éclosent sur les joues de la dame lorsqu'elle attrape le bras du capitaine pour se stabiliser. Son autre main fermement agrippée à ses jupons, elle s'empresse de se lever. Kirsten se place devant elle pour la cacher lorsque le vent commence à faire bouffer ses vêtements. La dame s'est accrochée si fort au capitaine que sa main en est blême ; ses lèvres sont pincées de concentration.

Elle est gênée, et Maren est gênée pour elle. Jamais elle n'a vu pareille quantité de tissu. Passer ses bras tremblants de froid dans les manches du manteau, raides à cause de leur doublure en fourrure, est une véritable gageure.

La dame est plus petite que Maren, plus ronde également, le manteau trop rigide tombe mal sur elle, ses bras restent droits, le tissu tire dans le dos. À cet instant, même si cette dame a le corps d'une femme et que la coupe de sa robe mette en valeur ses formes, le désarroi qui se lit dans ses yeux pâles lui donne l'air d'une petite fille. Mais à présent que Maren a terminé de lui fermer ses boutons, la nouvelle venue peut enfin descendre du bateau, ses jupons maintenus par le manteau.

« Merci », répète-t-elle.

Son souffle chaud touche la joue de Maren. Il y a dedans quelque chose de doux, de tellement surprenant que Maren sent ses lèvres fourmiller.

Maren hoche la tête, sans desserrer les dents. Même au cours d'une pareille traversée, cette dame est parvenue à mieux prendre soin d'elle que les femmes de Vardø. C'est au tour de Maren de rougir en imaginant ce à quoi elle doit ressembler. Elle qui, quelques instants plus tôt, plaignait cette dame, a désormais honte de sa vieille jupe et du manteau de Pappa qu'elle porte sur le dos, imprégné d'une odeur encore plus forte après ces mois passés en mer.

Le mari de la dame a observé la scène sans la moindre compassion. Une fois son épouse bien arrivée sur le quai, il se tourne vers le pasteur, mais ce n'est pas sur lui que se pose son regard – il scrute les maisons collées les unes contre les autres, tout autour du port.

« Vous êtes le pasteur ? »

Maren doute que la sécheresse de son ton soit due à l'embarras de pratiquer une langue qu'il ne maîtrise pas.

« En effet, monsieur le délégué. Bienvenue dans notre…

— Merci, capitaine, de nous avoir menés à bon port. »

Il tend la main au petit homme, auquel la dame est toujours agrippée.

« Je vous en prie, monsieur Cornet. Tout le plaisir était pour moi. »

Le délégué lui répond par un hochement de tête avant de s'adresser au pasteur :

« Votre église ?

— Tout à fait. Permettez-moi de… »

Le pasteur n'a pas le temps de terminer sa phrase que l'homme a déjà brusquement tourné les talons pour partir en direction de l'église, son long manteau noir volant derrière lui comme une nuée de corbeaux. Le pasteur hésite un instant. Maren est certaine de le voir se balancer d'un pied sur l'autre, comme un enfant. Même si Kurtsson n'est pas des leurs, pas vraiment, elle se sent transpercée par une nouvelle pointe d'embarras.

« Partez en tête, dit Kirsten au pasteur. Nous accompagnerons Mme Cornet jusqu'à sa maison. »

Kurtsson redresse le dos pour tenter de montrer qu'il garde le contrôle de la situation.

« Très bien. Je m'en vais faire visiter l'église à notre délégué. Je vous laisse surveiller le déchargement des bagages. »

Là-dessus, il part à la suite du délégué, sans pour autant sembler tout à fait satisfait de sa décision. Kirsten esquisse un signe de tête et se tourne vers le capitaine.

« Il n'y a que ça, capitaine ? »

Trois caisses sont entreposées sur la proue du bateau, avec un paquet de plus petite taille et un joli coffre en bois aux reflets rouges. C'est un meuble sculpté, avec une poignée en laiton. Au moment où les rameurs commencent à décharger, la dame les suit d'un air inquiet, une main accrochée au rebord du manteau, les yeux rivés sur le coffre, le front plissé.

Avec le plus grand soin, le capitaine en personne se charge d'emporter le meuble, tandis que les rameurs transportent les trois caisses. Voyant Kirsten prendre le petit paquet, Maren reste derrière, ne sachant trop ce que l'on attend d'elle. Personne ne lui fait signe. À l'instar du pasteur, quelques instants plus tôt, son hésitation se révèle trop longue. Les cinq porteurs se sont déjà volatilisés entre les maisons de Toril et de Magda sous le regard des femmes et des enfants du village, tous tournés pour voir disparaître la jupe jaune et son va-et-vient rythmé à l'angle du second hangar.

La femme du délégué s'éloigne sans un coup d'œil derrière elle. Sans trop savoir pourquoi, Maren espérait un geste de sa part. Sous sa cage thoracique point une bouffée de panique à l'idée que Kirsten ne se montre pas suffisamment aimable.

Maren quitte le port. Ses semelles crissent sur le sol durci par le froid. Mamma est partie, mais Diinna se trouve toujours derrière la maison de Magda, tapotant du même rythme décousu le dos du petit endormi sur son épaule. Elles cheminent ensemble, mais Diinna ne dit mot avant qu'elles aient atteint la maison.

« Ils ne nous apporteront rien de bon », déclare-t-elle, les yeux rivés au-dessus du visage de Maren, vers l'horizon où le bateau amarré s'agite sur les flots.

Elle incline la tête comme si elle s'efforçait d'entendre quelque chose, puis tourne les talons pour disparaître au coin de la maison. Maren entend claquer la porte de la dépendance.

Un instant plus tard, les nuages qui suivaient le bateau s'ouvrent dans le ciel, et la pluie commence à tomber.

# 15.

Alors que Maren dispose d'une bonne raison de se rendre au hangar – la peau de renne qu'elle a cousue attend près de la porte –, elle passe les trois jours qui précèdent le sabbat à tourner dans la maison comme une bête en cage. La pluie drue a transformé la terre en boue ; elle n'ose se présenter dans des vêtements souillés pour sa première visite.

À cause du mauvais temps, tout est devenu gris et flou. Un sentiment de malaise s'est logé au fond d'elle depuis sa rencontre avec la femme du délégué, bien qu'elle en ignore la source. Une intuition l'habite : il lui faut connaître cette étrangère. Sa robe jaune hante ses pensées, son souvenir l'obsède – la douceur, la fluidité du tissu qu'elle a frôlé en refermant le manteau, son éclat, et ses plis, si nombreux qu'ils auraient pu envelopper trois personnes. Le souffle sucré de la dame, ses ongles pâles et délicats.

Ses propres vêtements lui paraissent raides et rêches, son odeur si forte qu'elle se demande comment les gens supportent de se tenir à côté d'elle. Une fois ses corvées achevées, elle se lave dans l'eau grise, tente de relever ses cheveux en une queue-de-cheval plus propre. Le trou que son aiguille avait percé entre son index et son pouce le soir de la tempête a complètement cicatrisé, mais Maren gratte la fine peau à cet endroit précis jusqu'à rouvrir la plaie, mettant la chair à nu. Ses ongles sont grisâtres, cassés, ses dents sales bien qu'elle les brosse avec une brindille de bouleau jusqu'à ce que ses gencives soient à vif et que ses crachats, dans la boue, prennent la couleur cuivrée du sang. Ne sera-t-elle jamais propre ? L'a-t-elle déjà été ? De plus en plus souvent, elle se charge également de la toilette du petit Erik, dont l'haleine est aigre à cause du lait de Diinna et dont les mains sont crottées à force de ramper par terre. Peut-être sont-ils voués à être ainsi.

Les nuages gorgés de pluie affectent la lumière dans la maison : elle devient étrangement terne, faible, l'éclat de la neige dissipé. Autrefois, Maren attendait avec impatience ces mois d'effervescence, lorsque le village tout entier s'étirait, sorti de son sommeil d'hiver, et œuvrait comme un seul homme sous le soleil qui ne se couche jamais avant de repartir dans sa lente danse au retour du froid, les habitants forcés une nouvelle fois de vivre les uns sur les autres. Mais à présent, ils lui rappellent seulement les changements survenus dans leur vie, et ceux qui adviendront bientôt avec l'arrivée du délégué. *Juste au moment où nous commencions à retrouver nos marques*, pense Maren.

Lorsque Pappa et Erik étaient en vie, ils partaient en mer pendant des jours. Maren et Mamma en profitaient pour aérer toutes les fourrures et tous les tissus de la maison, et pour nettoyer les sols avec des balais de jonc neufs. L'été d'avant, c'est Maren qui est partie, et la maison est restée fermée, calfeutrée. Une telle couche de poussière s'est accumulée sur leurs fourrures que Maren a fini par avoir l'impression de se goûter elle-même à force d'en inhaler les particules. Bientôt vont être organisées des excursions jusqu'à la petite montagne, et des marchands viendront de Varanger et de Kiberg. Mais la pluie l'a emprisonnée, et si Mamma se réjouit à l'idée que les averses prépareront les sols, permettront à la mousse et au lichen de pousser, Maren, elle, s'ennuie. Elle prend les peaux de renne et défait les coutures des rebords, les recoud avec une plus grande précision, fait brûler ses derniers brins de bruyère séchée en posant les peaux au-dessus de la fumée dans l'espoir d'en atténuer l'odeur.

La pluie s'arrête le jour du sabbat pour laisser place à un ciel presque trop lumineux. Partie devant Mamma, Maren ralentit légèrement le pas en passant devant le second hangar afin de voir si le délégué et sa femme sont présents. La maison semble calme, le soleil rasant qui se reflète sur les hautes fenêtres rend impossible de distinguer quoi que ce soit. Les pieds dans la boue, Maren reprend son rythme normal.

Un petit groupe de femmes attend déjà devant la porte de l'église. Maren distingue Kirsten, au centre, plus grande que les autres d'une tête. Elle devine sans peine qu'elles sont en train de médire, car au moment où elle s'approche toutes tournent la tête pour vérifier qui vient avant de se masser de nouveau. Le temps n'est pas chaud, et la boue les oblige à décoller leurs pieds du sol de temps en temps, mais aucune d'entre elles, pour rien au monde, n'aurait voulu manquer l'arrivée du délégué et de sa femme.

« Alors, qu'as-tu pensé d'elle ? lui demande Toril une fois que Maren a rejoint le groupe. Que t'a-t-elle dit ?

— Seulement “merci”, répond Maren. Pas de quoi se faire une idée. » Elle se tourne vers Kirsten. « Que s'est-il passé lorsque tu les as accompagnés ? »

Kirsten hausse les épaules.

« Je suis juste restée le temps de leur indiquer où se trouvait le garde-manger et comment allumer le feu. Elle n'a pas dit un mot. Le capitaine s'est montré très aimable, cependant.

— Et son mari ?

— Il n'était pas encore rentré de l'église quand je suis partie.

— D'après le pasteur, il est resté prier pendant des heures avant de gagner la forteresse, remarque Toril d'un air horriblement admiratif. Sa présence ne pourra nous être que bénéfique. »

Maren ressent une profonde pitié pour l'épouse restée seule dans cette nouvelle maison pendant que son mari priait.

« Lui as-tu apporté les peaux ? » demande Kirsten. Maren secoue la tête. « Je lui ai dit que tu passerais. »

Maren pince la peau à vif entre son pouce et son index, prête à bredouiller une excuse à propos de la pluie, de la boue ou des coutures qu'elle a reprises, quand un grand « chut » fait taire l'assemblée. Une large silhouette est apparue au loin, avançant à grands pas devant une autre plus petite, emmitouflée dans le manteau de Maren, les chevilles battues par sa jupe d'un bleu profond.

Le groupe de femmes s'écarte ; Maren baisse la tête, sans même savoir pourquoi. Les bottes boueuses du délégué passent sous ses yeux, puis les semelles glissantes de sa femme, quelques secondes plus tard.

Lorsqu'elle relève la tête, Maren a à peine le temps d'apercevoir l'auréole de cheveux pâles qui disparaît dans la pénombre de l'église, éclairée par des cierges. La dame paraît minuscule derrière la carrure si large de son mari. Maren l'imagine entrant dans le ventre d'une baleine. Kirsten leur emboîte le pas, suivie par les femmes, qui se mettent en marche dans une procession silencieuse.

Maren attend quelques minutes encore que Mamma la rejoigne. Lorsqu'elle arrive, elle est à bout de souffle, les cheveux défaits.

« Je les ai manqués ?

— Tout le monde est déjà à l'intérieur. Diinna ne vient pas ?

— Elle a dit qu'elle ne se sentait pas bien », répond Mamma avec un agacement évident.

Le pasteur a quitté sa place habituelle près de la porte. Penché en avant, il parle au délégué, assis sur le premier banc. Maren guide Mamma jusqu'au milieu de la salle, vers l'arrière, afin de les avoir en vue tous les deux. Les premiers rangs, d'ordinaire clairsemés, sont remplis. Les flammes des cierges vacillent au moment où Toril ferme la porte, sa tâche hebdomadaire, après quoi le pasteur va s'installer derrière son pupitre.

Maren entend à peine son sermon. Son regard est fixé sur le délégué et sa femme. Autour d'elle, toutes les têtes sont tournées dans la même direction, et, lorsque s'élève la prière, Maren se demande si, comme elle, les autres essaient de démêler le nœud formé par leurs voix pour distinguer celle de l'étrangère.

Un silence absolu retombe après le dernier *amen*. Les yeux de Maren sont toujours rivés sur le dos du délégué, qui demeure voûté pendant plus d'une minute à la fin de la prière.

« Il ne va quand même pas s'en aller sans rien dire ? » demande Mamma d'une voix aussi faible que le crépitement des cierges.

Le pasteur a libéré le pupitre pour se rendre auprès du délégué, devant lequel il se tient d'un air gauche. La femme de ce dernier regarde droit devant elle. Son cou pâle est entouré d'un col montant, ses joues rondes ont des reflets de cuivre à la lueur des flammes – cette peau, à n'en pas douter, doit être belle sous n'importe quelle lumière. Maren baisse les yeux vers ses mains gercées, rêches et rougeaudes, aussi abîmées que celles de Mamma, assise à côté d'elle.

Et puis, finalement, le délégué redresse le cou, se lève. Un tel silence emplit la salle que Maren entend les tissus bruire et le délégué avaler sa salive tandis qu'il se tourne vers elles pour parler. Il se tient jambes écartées, mains dans le dos. Peut-être a-t-il été marin ou soldat. De nouveau, Maren ressent cette étrange énergie qui émane de lui, la même force d'attraction qu'elle avait perçue au port, sournoise, magnétique, presque dangereuse dans ce corps si grand, si lourd.

Il porte un costume noir, pas aussi raffiné que les vêtements de sa femme mais correctement coupé – malgré ses tons sombres, l'ensemble lui donne noble allure. Il a également taillé sa barbe, révélant des lèvres régulières, parfaitement dessinées, et une mâchoire carrée.

Il doit être ce que l'on appelle un bel homme, mais il y a aussi chez lui quelque chose de féroce, de retenu, qui, dans les moments où le sang-froid lui échappe, doit lui donner un air cruel. Mamma se rapproche de Maren qui ne se décale pas sur le banc pour s'éloigner.

« Mes compétences en norvégien sont très limitées. Le pasteur traduira, si nécessaire. Mon nom est Absalom Cornet et je suis originaire du nord de l'archipel des Orcades, en Écosse. Je tiens ici (il sort de sa poche une lettre aux plis marqués à force d'avoir été lue) l'assignation du seigneur, M. Cunningham, par qui j'ai été nommé délégué de l'île de Vardø, votre délégué. »

Il poursuit en anglais. Maren n'en connaît que quelques mots, entendus dans la bouche des rares chasseurs de baleine que les vents égarent ou qui voguent vers des villes plus importantes de la région.

Elle l'écoute attentivement, attrapant des mots à la volée comme des morceaux de bois flotté emportés par le courant. Le pasteur traduit avec difficulté – sans doute son anglais n'est-il pas aussi bon que ce qu'il a laissé croire au délégué. Le front plissé de concentration, il assume sa tâche sans donner aucune emphase particulière aux mots, laissant les femmes comprendre par elles-mêmes ce qui importe ou non.

Le délégué leur dit qu'il lui incombe désormais d'être les yeux et les oreilles non seulement du seigneur, John Cunningham – le nom anglais de Hans Køning, comprend Maren –, mais aussi de Dieu.

« Cela voudrait dire que le seigneur ne nous rendra pas visite du tout ? » souffle Maren à Kirsten, qui, les yeux rivés sur le délégué, ignore sa question.

L'homme parle alors brièvement de son ancienne vie, d'abord dans les Orcades, puis dans le Caithness, deux endroits dont Maren n'a jamais entendu parler, puis évoque son rôle dans le procès d'une femme. C'est ce travail qui l'aurait mené au Finnmark, à

Vardø, dit-il, avant d'ajouter qu'il sait que le village a perdu un grand nombre de ses hommes dans une tempête. À cet instant, une onde se diffuse à travers la salle, stupeur générale des femmes mêlée de dégoût en entendant le nom de leurs hommes dans la bouche de cet étranger. Une liste qui les recensera sera dressée, annonce-t-il, afin que le seigneur sache combien d'hommes ont été perdus et connaisse leur identité.

« Cela aurait dû être fait voilà bien longtemps », traduit le pasteur d'un ton monotone, sans relever l'hypocrisie de la remarque.

Le délégué demande à sa femme de se lever, laquelle s'exécute avant de tourner son visage rond comme une lune vers l'assemblée et d'exécuter une révérence qui fait ricaner Mamma. Lorsqu'il la présente comme Mme Cornet, Maren répète ce nom tout bas, en se demandant quel peut être son nom de jeune fille.

C'est à peine si la dame lève les yeux. Sous son menton, sa peau forme des plis lorsqu'elle hoche la tête ; la pâleur de ses mains tranche avec sa robe. Bien que soigneusement maintenue à l'aide d'épingles, sa coiffure se révèle légèrement de travers. Elle devait avoir l'habitude de se servir d'un miroir – si tant est qu'elle ait eu l'habitude de se coiffer seule. Maren prie tout bas pour que l'étrangère lève les yeux, pour qu'elle la voie et la reconnaisse comme celle qui a placé le manteau sur ses épaules, mais elle obéit à l'instant où son mari lui fait signe de se rasseoir. Quelques secondes s'écoulent avant que le pasteur ne finisse de traduire.

« Considérez-moi comme une sorte de seigneur, comme un juge. Fiez-vous à moi autant qu'à votre pasteur. La présence d'un guide vous a manqué trop longtemps. Je suis ici pour tenir ce rôle, et je vous demanderai d'être vigilantes. » Puis il conclut, dans son norvégien approximatif : « Je prendrai les noms, à présent. Et j'espère être votre médiateur pour tout problème ou toute interrogation. »

Les missions qu'il décrit ressemblent fortement à celles d'un pasteur. Peut-être Køning, ayant réalisé qu'il avait envoyé un homme faible, tente-t-il de remédier à son erreur en en envoyant un fort. Quelques mains se lèvent. Le délégué désigne quelqu'un dans le fond de la salle. La voix puissante de Toril s'élève derrière elles.

« Et qu'en est-il de ceux qui ne fréquentent pas l'église ? Doit-on vous donner leur nom ? »

Le visage du délégué demeure tellement immobile que Maren se demande s'il a compris la question. Le pasteur semble faire la même supposition, car il se rapproche aussitôt pour lui murmurer quelque chose à l'oreille, mais le délégué le fusille d'un regard si sévère qu'il recule.

« Certains ici ne fréquentent pas l'église ? »

Maren remarque une auréole d'humidité sur le mur, à côté du crucifix.

« Ils ne sont pas nombreux, répond le pasteur. Quelques Lapons, ainsi qu'une vieille…

— C'en sera fini, répond le délégué en se retournant vers le fond de la salle, vers Toril. Donnez-moi leur nom. »

## 16.

Le mari d'Ursa est fou de rage. L'air de la maison en devient chargé – la tension émane de lui comme d'un nuage d'orage. Que son peuple compte des païens n'est que la touche finale : il est furieux depuis le jour de leur arrivée, quand on lui a refusé la forteresse de Vardø.

Après qu'ils avaient jeté l'ancre, Ursa avait presque eu peur de regarder en direction de la plaine. Visible depuis la mer, la forteresse en pierres grises se dressait au loin, ses murs aussi hauts et oppressants que ceux d'une prison – ce dont elle avait d'ailleurs servi à une certaine époque, à en croire le capitaine. Plus bas, le long de la côte, étaient disséminées des maisons. Ces terres dépourvues d'arbres semblaient aussi plates et vides qu'une page blanche.

Alors qu'ils ramaient au milieu de ce vent impitoyable, Ursa était au bord des larmes. Elle s'était efforcée de garder les yeux fixés sur les genoux du capitaine, assis à ses côtés, tandis que les bourrasques leur fouettaient les joues.

Absalom était aussi tendu qu'un ressort, lui qui s'était montré presque aimable avec elle ces derniers temps – non que ce changement fût tel qu'un autre aurait pu le remarquer. Il s'était mis à l'appeler Ursula plutôt que « femme », lui demandait en norvégien comment elle se sentait, avait désormais quelques gestes à son égard, peut-être même pourrait-on dire des gestes tendres. Il ne l'avait pas touchée depuis le soir où elle avait eu si mal et, tandis qu'ils approchaient de Vardø, il lui avait demandé de revêtir sa robe jaune, en posant sa main près de la sienne sur le bastingage, si près qu'Ursa avait senti à travers son gant fin la chaleur obscure de sa peau et ses poils drus.

Sur le quai, des femmes puantes et brûlées par la neige l'avaient aidée. La plus forte d'entre elles, qui s'était présentée sous le nom de Kirsten, s'était comportée comme une rustre, une effrontée. L'autre, qui devait avoir le même âge qu'Ursa, l'avait enfermée dans un manteau nauséabond. C'était une jeune femme à l'air hanté, dont les joues étaient creusées et les yeux du même bleu-gris que la mer. Néanmoins, Ursa lui avait été reconnaissante de lui avoir prêté son manteau lorsqu'ils s'étaient rendus jusqu'à leur maison.

Leur *maison*. Désormais, la simple évocation de ce mot la dévore de l'intérieur. Elle regarde son mari arpenter la pièce large de quelques pas dans laquelle ils dorment, mangent, vivent – bien qu'Ursa doute qu'on puisse appeler « vie » une existence passée ici. Elle qui croyait avoir vécu dans le dénuement à Bergen après la mort de sa mère, lorsque sa famille n'avait plus disposé que d'une seule servante et que son père avait fait condamner plusieurs portes de la maison, elle était loin d'imaginer connaître un jour une situation pareille.

Il n'y a que quatre minuscules fenêtres à travers lesquelles il est à peine possible de voir. Le lit, trop grand, occupe tout un côté de la pièce, et depuis de longues cordes enroulées aux poutres du plafond pendent de grossiers rideaux censés les isoler. Dépourvu de tapis, le sol se compose seulement de planches posées à même la terre – et que personne n'a pris la peine de clouer. Un froid mordant passe à travers, alors même que Kirsten, qui s'est chargée de faire visiter la maison à Ursa et au capitaine, leur a dit qu'ils étaient en été.

Dans le coin au fond de la pièce se trouve une autre porte. Lorsque Kirsten l'avait ouverte, Ursa avait manqué de vomir. À l'intérieur étaient pendues de longues carcasses sans tête, ouvertes du cou jusqu'au ventre et recousues.

« Avec ça, vous tiendrez tout l'hiver », avait indiqué Kirsten avant d'aller allumer le tas de mousse sèche posé sur la grille de la cheminée.

Le capitaine avait déposé le coffre d'Ursa dans un coin sans même oser la regarder.

« Madame Cornet, ce fut un plaisir », avait-il dit en s'inclinant légèrement, comme il se devait.

Ursa s'était retenue pour ne pas se jeter sur lui et le supplier de rester. Il lui avait alors tendu une petite bourse noire dont elle avait fait coulisser le cordon.

« Des graines d'anis, avait-il dit. Je sais que vous les appréciez. »

Dans la crainte de ce qu'elle pourrait dire si elle parlait, même en l'absence d'Absalom, Ursa s'était contentée d'un hochement de tête pour le remercier. L'espace d'un instant, l'espoir que le capitaine lui demanderait de venir avec lui, la ramènerait à Bergen, l'avait traversée. Mais il était sorti de la maison en même temps que Kirsten, la laissant seule dans cette pièce, devant ces minuscules fenêtres par lesquelles elle l'avait regardé s'éloigner. Il ne s'était pas retourné. En une heure à peine, le bateau avait levé l'ancre et disparu dans l'horizon brouillé par la pluie. Ursa s'était laissée tomber sur le banc trop dur installé devant la table et, les mains croisées sur ses genoux, avait attendu le retour d'Absalom.

L'absence de coucher de soleil l'avait profondément déroutée. Même avec le recul, impossible de savoir combien de temps s'était écoulé sur ce banc avant qu'Absalom ne rentre. Le feu, simple lueur, avait à peine réchauffé la pièce. Il ne le lui avait pas reproché, cependant, et avait simplement attisé les flammes avant de lui demander : « Avez-vous faim ? »

Ursa avait haussé les épaules pour lui signifier que non, tout en pensant aux carcasses derrière la porte, juste à côté. Absalom avait opiné d'un geste sec, puis regardé autour de lui.

« Ce n'est pas ce à quoi vous êtes habituée. »

Il y avait comme des excuses dans sa voix.

Ursa craignait que sa déception ne déclenche la colère de son mari, au lieu de quoi ce dernier était venu s'asseoir en face d'elle, à table.

« Je pensais que tout était arrangé », avait-il dit après avoir sorti une lettre de sa poche. Ursa avait attendu. « Je me suis rendu à la forteresse. Le seigneur n'y a pas encore pris ses quartiers. Le bâtiment est presque inhabité. J'ai parlé à un vieillard qui faisait office de garde. Personne ne semble savoir s'il viendra. Apparemment, il se pourrait même qu'il s'établisse dans un autre endroit. » Son poing s'était abattu sur la table. « Il n'a jamais été question de cela dans ses lettres. »

Absalom avait levé si soudainement les yeux vers elle qu'Ursa avait eu un mouvement de recul, et devant son visage fermé, douloureux, elle avait hésité à lui prendre les mains.

« J'ai grandi dans une maison comme celle-ci, avait-il poursuivi. Sur une île pas plus grande que Vardø. J'en suis parti dès que je l'ai pu, pour aller m'installer en ville. C'est là-bas que je suis devenu l'homme que je suis. » De nouveau, il avait frappé du poing sur la table. « Et voilà que je me retrouve ici. »

Sans savoir d'où ces mots lui venaient, Ursa avait répondu :

« Peut-être pourrez-vous accomplir de plus grandes choses encore dans cette contrée. »

L'expression d'Absalom s'était alors transformée, comme éclairée par une lumière invisible, sous sa peau. Pour la première fois, il avait semblé la voir. Ses longs bras s'étaient alors tendus au-dessus de la table, et sa main s'était posée sur celle d'Ursa.

Ils étaient restés ainsi, tous les deux, à écouter la pluie qui tambourinait sur le toit. Il devait être plus de minuit lorsqu'il l'avait appelée dans leur lit, alors que dehors régnait encore la lumière grise de ce crépuscule continu. Jamais il ne s'était montré aussi doux, et pourtant Ursa n'avait pu oublier ni les planches trop dures du lit ni la pluie qui frappait contre les murs, envoyant son esprit au loin.

# 17.

Durant les trois jours qui précèdent le sabbat, Absalom s'absente à deux reprises, quotidiennement, pendant plusieurs heures. Il revient chaque fois hors de lui.

« Il n'y a personne, dit-il. Personne à l'église, personne à la forteresse. »

Il attend du réconfort, Ursa le sait mais ne peut le lui offrir. Le regard qui avait illuminé son visage ce premier soir l'a trop effrayée. Absalom veut son approbation, la cherche à tout prix, sans qu'elle comprenne pourquoi. Elle aimerait redevenir invisible.

La mauvaise humeur de son mari ne cesse d'empirer, mais au sabbat la pluie s'arrête enfin, et Ursa y voit un signe que tout finira par s'arranger. Elle enfile sa robe la plus sombre et suit son mari dans la boue.

Pendant qu'ils marchent, Absalom lui apprend que leur voisine la plus proche se nomme Mme Olufsdatter, une femme qui, comme tant de villageoises, a perdu son mari dans la tempête. Sa maison est de loin la plus distinguée : un *stabbur* construit sur deux niveaux, aux murs recouverts d'épais bardeaux de bouleau aux reflets argentés. Le perron est entouré de piliers en bois sculpté et, à travers ses fenêtres au cadre clair, Ursa aperçoit des couleurs, du jaune et du rouge qui décorent les murs. Peut-être pourrait-elle demander à Absalom de faire de même chez eux. La vue de ces murs nus lui devient insupportable. À part cette maison, le village ne consiste que dans des habitations carrées, de plain-pied, sans fenêtres, encore plus étroites que la leur.

L'église, cependant, est de taille raisonnable, aussi haute que leur maison de Bergen et moins austère que les nouvelles églises luthériennes que l'on trouvait chez elle. Le bâtiment semble plus ancien que les autres, également, son toit en bois sombre pointé vers le ciel comme un vieux bateau abandonné à terre. Une douzaine de femmes attendent devant. À les voir se taire si soudainement et se détourner les unes des autres à leur approche, Ursa devine sans peine qu'elle et son mari sont l'objet de leurs ragots.

À l'intérieur de ce manteau qui ne lui appartient pas, sous ces regards qui la dévorent, elle se fait toute petite. Kirsten fait partie de l'attroupement, ainsi que la jeune femme qui l'avait aidée à se vêtir. Ursa hésite à leur sourire, se ravise. Elle se sent ridicule dans ses escarpins couverts de boue, furieuse contre elle-même de ne pas avoir mis ses bottes de Tromsø. Elle redresse les épaules en passant devant elles, regrette de ne pas avoir souri. Dans un endroit pareil, des amies lui seront nécessaires si elle ne veut pas perdre la tête.

Ils sont accueillis par l'obséquieux pasteur, qui les installe sur le banc du premier rang. Des auréoles claires ressortent sur le mur derrière le crucifix, comme si autre chose était autrefois accroché à cet endroit, ainsi qu'une grosse tache sombre dans laquelle Ursa imagine toutes sortes de motifs. Une douce chaleur l'envahit pendant la messe, un sentiment d'intimité dont elle sentirait presque le poids.

Le regard de son mari, intensément fixé sur le pasteur, ressemble à celui qui l'habite lorsqu'il se perd dans ses pensées. Ses mains posées sur ses genoux sont inertes ; à peine semble-t-il respirer.

Ursa tente de se donner un air plus concentré lorsqu'il se lève pour s'adresser à la congrégation. La traduction du pasteur est rudimentaire, et sa lenteur tellement agaçante qu'Ursa manque de ne pas entendre l'appel qu'on lui lance pour se lever et se montrer aux habitantes. Les regards des femmes lui tombent dessus comme des pierres. Ursa se redresse, les scrute en retour. Elle s'incline légèrement, par politesse, entend un léger ricanement dans le fond de la salle.

Elle jette un bref coup d'œil autour d'elle juste avant de se rasseoir : la jeune femme mince qui lui a prêté le manteau est assise à côté d'une autre plus âgée qui lui ressemble trait pour trait, en plus mince encore, et leur regard gris-bleu est braqué sur elle. Le rire venait-il d'elle ? Cette inconnue ne lui doit rien, et, pourtant, Ursa se sent trahie. Brusquement, alors qu'elle attend la fin du discours de son mari, ses joues et sa nuque la brûlent.

Une heure entière se révèle nécessaire pour dresser la liste de recensement, qui ne contient pourtant que peu de noms. Certaines femmes attendent avec impatience de pouvoir parler au délégué : tour à tour, celui-ci pose son regard placide sur chacune d'elles, s'autorisant même un bref sourire. Il s'est taillé la barbe pour l'occasion et a revêtu le costume qu'il portait lors de leur première rencontre, ainsi qu'à leur mariage. Le régime imposé pendant la traversée a fait fondre son ventre et sa prière du matin a adouci la courbe de sa mâchoire, qui se resserre néanmoins au moment où sont évoqués les absents, ceux qui ne fréquentent pas l'église. À la lueur des cierges, sa barbe se pare de reflets rouges et dorés.

Un instant, Ursa pense le voir comme le voient les villageoises, ces femmes qui n'ont désormais pour seuls hommes qu'un pasteur au menton fuyant, deux vieillards et quelques petits garçons. La présence d'un homme comme lui est une réjouissance. Et tandis qu'elle marche derrière lui, de retour vers leur maison, Ursa comprend que sa présence à elle, en revanche, est malvenue. Au moment de partir, les fidèles la scrutent comme une bande de corbeaux et, sitôt éloignée, Ursa les entend croasser dans son dos.

Sous la lumière crue du jour, son mari semble plus vieux, les rides plus profondes sur son front.

« Six d'entre eux ne sont pas venus, dit-il. Comment le pasteur peut-il le tolérer ? »

Ursa sent sa lèvre trembler – elle n'est jamais sûre que ces questions s'adressent à elle. En voyant son mari poursuivre son chemin sans ralentir le pas, elle présume que ce n'était pas le cas de celle-ci. Ses deux sorties quotidiennes pour prier et accomplir ses pèlerinages jusqu'à la forteresse lui ont permis d'apprendre le trajet, qui passe devant trois petites maisons trapues, collées les unes contre les autres, puis entre deux plus grandes, chaque terrain délimité par des pierres. Ursa tente de le retenir, de le graver dans sa mémoire.

Le village donne la curieuse impression d'être à la fois ramassé sur lui-même et extrêmement étendu, tantôt concentré, tantôt éparpillé, s'étalant sur une terre qui, entre ces bâtiments de bois et de pierre, entre l'herbe et la boue, semble elle-même incertaine. Absalom ne lui a pas dit un mot sur le village hormis qu'une tempête dévastatrice n'y a laissé que des femmes. De nouvelles sœurs pour elle, avait-elle imaginé, mais elle doute à présent de pouvoir tirer quoi que ce soit de sa vie auprès d'elles. Au-dessus de leurs têtes, une sterne isolée crie en s'envolant vers le ciel.

À quelques pas de leur maison, Absalom s'arrête si brusquement qu'Ursa se cogne contre lui.

« Mon cher ? »

Les yeux de l'homme sont plissés.

« Là. Voyez-vous ? »

Ursa voit quelque chose, mais n'est pas sûre de savoir quoi. Sur le linteau en bois de leur porte, des formes grossières sont gravées, un cercle entouré de traits ondulés. Un soleil ? Et, à côté, un poisson, aussi simple que si un enfant l'avait dessiné. D'autres gravures recouvrent ces représentations, comme si quelqu'un avait voulu les barrer, pense d'abord Ursa, mais les traits sont trop réguliers, trop soignés.

« Des runes », souffle Absalom.

Sa voix est teintée d'une note si étrangère qu'elle la reconnaît à peine. Ses mains se crispent sur les rebords de son manteau. La panique s'empare d'elle.

« Mon cher ?

— Ce sont des runes », répète-t-il d'une voix tremblante.

Il se retourne et scrute les maisons alentour. Ursa le regarde partir à grands pas vers la plus proche et frapper à la porte. Personne ne répond : sans doute ses habitants sont-ils encore en train de commérer à l'église. Il revient.

« Le seigneur disait vrai. Peut-être est-ce encore pire qu'il l'imaginait. »

Son regard est fiévreux à présent. La boue a commencé à engloutir les escarpins d'Ursa, mais elle ne peut se résoudre à rentrer.

Des pas mouillés résonnent alors derrière eux. Deux silhouettes s'approchent, la première épaulant la seconde. Il s'agit de la jeune femme qui lui a prêté son manteau, s'aperçoit Ursa, et de la femme plus âgée qui possède les mêmes lèvres et pommettes saillantes qu'elle : sa mère.

« Vous », leur lance Absalom. Les deux femmes, qui avançaient tête baissée, s'arrêtent en sursautant. « Ça », dit-il. Sa peur s'est muée en un sentiment dont Ursa est plus familière – la colère. « Que font-elles ici ? » Il montre du doigt les marques au-dessus de la porte. « Ce sont des runes, n'est-ce pas ? »

La jeune femme suit son doigt du regard. Elle hoche la tête.

« Qui a fait ça ?

— Diinna », répond la mère.

Ursa regarde la jeune femme.

« C'est vous, Diinna ? demande-t-elle, et la jeune femme secoue la tête, mais sans croiser son regard.

— Maren est ma fille, répond la mère à sa place. Je suis Freja, et la veuve de mon fils, Diinna, est l'auteure de ces marques. » Même de si loin, Ursa ressent l'agressivité qui la gagne à l'évocation de sa belle-fille. « Nous vous avons donné notre nom ainsi que le sien à l'instant.

— Diinna, est-ce bien celle qui ne se trouvait pas à l'église ? demande son mari. Pourquoi ?

— Elle est malade, répond la fille, Maren. Elle est mère d'un petit garçon et doit se rétablir, pour lui. »

Freja lui lance un regard sévère.

« Que font-elles ici ? demande Absalom d'une voix remplie de dégoût en agitant son doigt pointé en l'air.

— Mon père et mon frère ont reposé entre ces murs, répond Maren. Mon frère était son mari. » Elle regarde Ursa, puis Absalom, et, se rendant compte qu'ils ne comprennent pas, ajoute : « Après la tempête, c'est ici que nous les avons amenés. »

Des morts, comprend soudain Ursa, et quelque chose à l'intérieur d'elle se soulève. Des noyés, étalés dans leur maison, sur ce sol. Elle revoit les carcasses pendues dans le garde-manger ; une montée de bile lui pique la gorge. *Par pitié, mon Dieu, épargnez-moi d'être malade.*

« Pourquoi n'avons-nous pas été avertis ?

— Cela n'a été qu'un lieu de repos. » Maren doit sentir le danger, car sa stature tout entière se modifie tout à coup. Son corps élancé semble plus petit, ses épaules s'arrondissent. « Monsieur le délégué, nous ne voulions manquer de respect à personne. Ce bâtiment était un hangar à bateaux, autrefois. Il était le plus grand du village, le seul que nous avons pensé digne de vous. »

La stratégie est habile. Les traits d'Absalom se détendent devant la soumission de la jeune femme. Ursa pense tout bas qu'elle devrait en faire autant. Ellc se trouve toujours trop audacieuse ou trop docile.

« Nous aurions dû en être informés. » Il se tourne et lève la tête en direction des gravures. « Ces symboles ne sont pas chrétiens.

— Diinna est une Samie », répond Freja.

La mâchoire de Maren se serre, ses os saillent sur sa peau blanche. Ursa comprend que cette information n'aurait pas dû leur être transmise.

« Une Lapone ? » Absalom secoue violemment la tête, tel un taureau chassant une mouche. « Des rites lapons ont été pratiqués ici ?

— Non », intervient Maren. Sa réponse lui vaut un nouveau regard noir de sa mère. « Ils ont simplement veillé les corps. Ils n'ont rien fait de mal.

— Tout ce qui n'appartient pas au domaine du Tout-Puissant appartient au mal. Ils n'ont tout de même pas utilisé de tambour ?

— Non. »

Il la regarde, les yeux plissés.

« J'en informerai le seigneur. »

Là-dessus, il entre dans la maison. Une lueur intense brille dans les yeux bleu-gris de Maren, envahis par la panique. Ursa se retient de s'approcher d'elle.

« Ursula ! »

Le cri d'Absalom rompt le silence. Ursa hésite à leur dire au revoir, mais les deux femmes ont déjà disparu au coin de la maison.

La boue qui s'est infiltrée à l'intérieur de ses chaussures l'empêche de bouger. Ursa s'imagine s'enfonçant lentement dedans, jusqu'aux genoux, jusqu'à la taille, la gorge, son corps prisonnier dans le ventre de la Terre, caché dans ce lieu sûr et frais.

« Femme ? »

Absalom attend sur le pas de la porte, devant les flammes du feu fraîchement tisonné, sa large silhouette engloutie par la pénombre. Dans sa main se trouve un instrument plat, une sorte de burin, et sous son bras le banc de leur table.

« Allez préparer le dîner. »

Ursa le regarde, hébétée, avant de baisser les yeux vers ses pieds embourbés. Son mari soupire, pose le banc et le burin, glisse ses mains sous ses aisselles et la libère avant de la déposer dans l'entrée. La tête lui tourne – combien de fois a-t-elle imaginé avec Agnete un homme les soulevant dans ses bras sur le seuil de leur maison de Bergen ? Cette situation grotesque en est bien loin, cependant. Ses escarpins sont irrécupérables. Absalom ferme la porte derrière elle.

D'un pas étourdi, Ursa se dirige vers le garde-manger. Le pain et le poisson que les femmes leur ont laissés seront bientôt épuisés. Dans peu de temps, elle devra elle-même fabriquer la pâte. Les leçons que lui donnait Siv sur les tâches domestiques se sont espacées au moment où elle avait commencé à s'occuper d'Agnete pour remplacer leur servante, renvoyée. Ursa sait faire chauffer de l'huile de menthe, tenir la tête d'Agnete d'une main pour lui faire inhaler les vapeurs, mais ignore comment brasser de la bière. Elle sait comment soulever et laver la jambe infirme de sa sœur, mais pas tenir un foyer.

Et quand bien même saurait-elle faire du pain, Absalom ne serait pas satisfait. Elle espère qu'il ne s'attend pas à ce qu'elle découpe les carcasses suspendues dans le garde-manger. À cette pensée, son corps tremble. Elle se retourne, dos à la porte. Elle imaginait qu'elle disposerait au moins d'une bonne. Sans doute son père devait-il penser la même chose. Autrement, jamais il ne l'aurait envoyée si mal préparée à répondre à ses devoirs. Elle tente de rompre la miche de pain dur, mais ses doigts sont gelés.

Elle aimerait savoir écrire, pouvoir envoyer une lettre à son père. Lui dire que rien ne se passe comme prévu, que Vardø n'est qu'une île peuplée de femmes en deuil médisantes, dont certaines ne fréquentent même pas l'église. Que le temps est froid en plein été, que le soleil ne se couche jamais. Que leur maison n'est pas digne d'un délégué, ni même digne de porter le nom de « maison » ; plutôt devrait-on parler d'une salle dont la porte est couverte de gravures, de runes, parce qu'elle servait à entreposer des morts.

Elle pose une main froide contre sa bouche, souffle à l'intérieur pour la réchauffer. Que pourrait faire son père ? Pour elle, quitter son mari est impossible ; le déshonneur la suivrait jusqu'à Bergen comme un chien galeux. Se remarier ne serait pas envisageable. Elle deviendrait un fardeau, un paria. En pensant à Agnete, dont les chances de trouver un époux sont faibles, elle prononce une courte prière pour remercier Dieu.

Des bruits de raclement lui parviennent du dehors tandis qu'Absalom commence à gratter les runes. Ses dents grincent, sa vision vacille. Son poing se serre autour du couteau, jusqu'à ce que le vertige passe. Lorsque son mari revient, la vaisselle dépareillée est disposée sur la table. Leur repas se compose d'un restant de pain.

Chaque jour, il s'en va prier, apprendre le norvégien auprès du pasteur et se poster devant les portes de la forteresse dans l'espoir de glaner des nouvelles. Ursa sait qu'il attend une lettre du seigneur, une invitation. Elle aussi espère son arrivée prochaine, et pas uniquement pour que l'humeur de son mari s'égaye. Le besoin de sortir de cette maison grandit en elle, de manger autre chose que du *tørrfisk*, ces morceaux de morue séchée remplissaient leur garde-manger. Quelque chose de frais : des carottes, des fines herbes. Elle rêve de fruits, de saveurs sucrées. Les graines d'anis sont désormais rationnées. Ursa garde chacune d'elles à l'intérieur de sa joue jusqu'à ce qu'elle ait ramolli et craque à peine une fois croquée. Elle rêve d'un bon repas, qu'elle partagerait avec n'importe qui sauf son époux.

Mais lorsqu'il s'en va rendre ses visites ou guetter l'arrivée du seigneur, la situation est encore pire. Ursa se retrouve seule. Même la compagnie d'Absalom est préférable à la solitude.

# 18.

Voilà une semaine que le délégué et son épouse sont arrivés, et pourtant les peaux se trouvent toujours chez Maren, pliées par terre près de la porte. Leur échange avec M. Cornet a laissé à Maren un sentiment de malaise, même si la situation aurait pu devenir plus critique encore – si Mamma avait eu le temps de répondre au délégué à propos du tambour.

Lorsque, de retour chez elles, Maren l'avait réprimandée, sa mère s'était fermée comme une huître, au point que Maren avait fini par douter que ses révélations sur Diinna aient été une simple maladresse. Désormais, Maren va devoir garder un œil sur elles, sur ces deux femmes qu'elle appelait sa famille, qui se sont éloignées l'une de l'autre au point de lui faire peur. Presque aussi peur que le visage du délégué à l'évocation des rites samis.

Bien sûr, Maren n'est pas sans savoir que ces pratiques sont mal vues. Le pasteur avait froncé les sourcils en découvrant les linceuls en écorce de bouleau, sans pour autant les interdire. Même si ce statut n'est reconnu par personne, l'île se trouve en territoire sami. Certains marins font encore appel aux Samis pour influencer les vents, susciter la chance, et Toril, malgré ses protestations, était bel et bien allée requérir l'aide de Diinna afin de pouvoir porter un enfant. Mais l'apparent dégoût du délégué a mis en évidence des choses auxquelles Maren n'avait jamais prêté attention jusqu'ici : le fait que les Samis, qui installaient leur camp sur la pointe de l'île en été, n'étaient pas revenus depuis des années ; que Diinna soit la dernière d'entre eux à vivre à Vardø.

Maren lui parle de leur rencontre, mais Diinna se contente de hausser les épaules tandis que le bébé attrape son épaisse natte pour en mâchonner le bout afin de soulager ses gencives.

« J'ai l'habitude de tant d'ignorance », répond-elle, le regard fixé sur le dos de Mamma.

Maren regrette que ses craintes ne soient pas partagées, a l'impression d'être la seule à voir l'orage approcher.

Ce n'est qu'au moment où sa mère s'agace à force de se prendre les pieds dans les peaux et déclare qu'elle les apportera elle-même qu'elle se décide enfin à les ramasser et à prendre le chemin du second hangar.

Sa robe en laine est bien adaptée à la fraîcheur du temps. La boue a séché sur son ourlet, sous ses semelles qui lui font mal aux pieds. Toril secoue une couverture sur les marches de son perron. À son passage, elle et Maren s'ignorent parfaitement. Toril envoie dans sa direction un nuage de poussière âcre qui s'infiltre entre ses lèvres ouvertes. Maren époussette ses peaux de renne du mieux possible.

Toutes les fenêtres du second hangar sont fermées, pas un bruit n'en émane, mais de la fumée s'échappe de la cheminée et, sur le linteau où se trouvaient les runes brille une couche de peinture blanche récemment posée. Maren se demande où le délégué a pu se procurer de la peinture : à part la mère de Dag, personne sur l'île ne voit d'intérêt à enduire ses murs d'une matière qui demandera de l'entretien. Elle tend l'oreille quelques instants avant de frapper à la porte, mais n'entend toujours rien.

Une minute plus tard, la femme du délégué, Ursula, vient ouvrir. Ses cheveux lâchés encadrent son visage rond.

« Madame Cornet, bonjour.

— Maren, c'est bien cela ? »

Lorsqu'elle entend son nom dans la bouche de cette femme un frisson lui parcourt la poitrine. Elle hoche la tête.

« Maren Magnusdatter.

— Mon époux est absent. Il se trouve à l'église, en compagnie du pasteur. »

Son regard évite celui de Maren. Ses cils sont si blonds qu'ils paraissent presque blancs. Elle porte la même robe bleu sombre que lors de sa première venue à l'église. L'ourlet montre encore des traces de boue. Maren se demande pour quelle raison le vêtement n'a pas encore été lavé.

« Je vous apporte ceci. » Elle lui tend les peaux de renne. La femme semble avoir un mouvement de recul. « Le seigneur les a commandées à Kirsten en prévision de votre arrivée. Elles serviront à recouvrir votre sol.

— Oh.

— Je les ai moi-même cousues.

— Merci », répond Ursula, sans pour autant les prendre.

Elle les regarde avec méfiance, comme si de la chair fraîche se trouvait toujours à l'intérieur.

« Je peux les déposer quelque part, si vous le souhaitez. »

Ursula ouvre plus grand la porte afin de la laisser entrer. Une telle reconnaissance se lit sur son visage que Maren hausse les sourcils.

Les hommes de Kiberg ont accompli un bon travail. D'un côté de la pièce se trouve un grand lit, dissimulé derrière un rideau. La maison est également pourvue d'une table en bois épais sous laquelle sont rangées dix chaises aux pieds entourés d'osier, de plusieurs casseroles et poêles accrochées au-dessus de la cheminée et qui semblent n'avoir jamais été utilisées. Près de la grille du foyer, à l'endroit où Dag l'embrassait, une étagère en bois a été fixée au mur. Dessus sont rangées une bassine pour se laver ainsi qu'une pile d'assiettes. Sur la porte du garde-manger, où Dag lui avait pris la main pour la première fois, grandit une toile d'araignée. Maren enfonce ses ongles dans la paume de sa main. L'intérieur est certes bien aménagé, mais cette maison n'a rien d'accueillant. En dehors du crucifix accroché au-dessus de la cheminée, elle ne comporte aucun élément de décoration. Le feu, qui n'a pas été bien nourri, est en train de fumer, n'apportant que peu de chaleur et de lumière.

Le froid traverse la semelle de ses bottes. Ursula tente de ne pas le laisser paraître, mais Maren n'est pas étonnée de la voir frissonner. Une couverture en laine grossière est jetée sur le dossier de l'une des chaises. Peut-être l'avait-elle sur le dos au moment où Maren a frappé. En balayant la pièce du regard, elle s'aperçoit que l'eau dans la bassine est grise. Plusieurs autres toiles d'araignée pendent au coin des murs et au-dessus du lit. Le jonc, sous ses pieds, est couvert de boue et abîmé.

Une odeur de pourriture flotte dans la pièce, la même que celle que Maren avait sentie la dernière fois qu'elle y avait mis les pieds. Cela fait pourtant dix-huit mois que son père et son frère ont été veillés ici. Son regard se pose un instant devant la cheminée – le sol semble plus sombre à cet endroit. Ursula se tourne dans la même direction.

« C'est ici ? »

Maren hoche la tête avant même d'avoir pu réfléchir. Ursula vacille. Elle est encore plus pâle qu'avant, songe Maren. Deux ombres sont apparues sous ses yeux, même si ses joues sont toujours rondes.

« Est-ce que tout va bien ? lui demande-t-elle.

— Je suis désolée », répond Ursula. Elle pose une main sur son ventre. « Nous n'avions pas été informés. Apprendre que des morts ont été veillés ici nous a fait un choc.

— Il n'y a rien de mal à cela, répond Maren. Il n'est pas rare de veiller les morts à l'intérieur, l'hiver. En temps normal, nous les aurions laissés à la maison, mais… » Mais ils étaient deux. Les corps auraient occupé toute la pièce. « Ce bâtiment était un hangar à bateaux, autrefois. Nous ne savions pas qu'il deviendrait votre foyer. »

Jamais Maren n'aurait laissé s'installer ces toiles d'araignée au-dessus des portes, sur le plafond. Avec elle, il y aurait eu des rideaux de laine accrochés aux fenêtres, et du ragoût de renne mijotant dans la cheminée.

Brusquement, le besoin de sortir la submerge.

« Où puis-je vous laisser les peaux ? »

Ursula regarde autour d'elle, comme si elle avait égaré quelque chose.

« Je… »

Elle désigne le sol, devant la cheminée.

« Il y en a deux, remarque Maren. Peut-être pourriez-vous en mettre une ici et l'autre au pied du lit ? Il n'est pas bon de poser ses pieds chauds sur le sol froid lorsqu'on se lève. »

Ursula hoche la tête en rougissant. Maren se demande si l'évocation de son lit l'a gênée. Les gens de Bergen sont peut-être plus pudiques sur ces sujets – elle avait entendu dire que le père de Dag avait insisté pour que sa maison soit construite sur deux niveaux afin que leurs chambres soient séparées, comme dans la maison qu'il possédait à Tromsø.

Maren déplie l'un des patchworks de peau et l'étale devant la cheminée. La fourrure est belle, et Maren s'est appliquée à placer le blanc de la poitrine de chaque bête dans les coins, afin de faire apparaître une sorte de motif. Elle lisse les poils, lève la tête vers Ursula. Mais le regard de la dame semble perdu, et ses mains sont toujours posées sur son estomac.

Maren installe la seconde peau au pied du lit. Le lit est fait, mais les couvertures sont froissées. Avant de se relever, Maren, dos à la pièce, pose la main dessus : il est encore chaud.

Ursula tisonne le feu, remuant seulement des bûches fumantes. Cette maison n'est peut-être pas la sienne, mais Maren ne peut rester muette.

« Il faut changer les bûches, remarque-t-elle avant de désigner la porte de la remise. Il y en a tout un tas là-bas, Kirsten les a fait mettre pour vous.

— Oui, je… »

Ursula se lève, ses paupières papillonnent. Maren se précipite vers elle, passe son bras sous le sien, sent ses forces qui l'abandonnent. Ursula pose une main sur son épaule pour se stabiliser et, soudain, Maren est transportée quelques jours plus tôt, lors de leur première rencontre sur le quai où elle a senti cette main douce et froide sur elle.

« Tout va bien ? »

Les yeux d'Ursula sont fermés. Ses lèvres sont à peine roses, comme la nacre d'un coquillage ou les ongles d'un nouveau-né. Sa respiration est trop rapide, irrégulière – mais Maren y perçoit encore cette odeur sucrée, qui la trouble au plus haut point.

« Oui. Je suis désolée. » Elle se redresse, Maren lui lâche le bras, pose sa main dans son dos. « Je me sens un peu faible.

— Voulez-vous de l'eau ? du pain ? »

Maren la conduit avec précaution jusqu'à la chaise la plus proche, attrape le plaid pour lui couvrir les épaules. Elle se retourne avant même qu'Ursula ait pu répondre, déjà prête à la servir, mais le broc est vide.

« Vous n'avez plus d'eau.

— Plus de pain non plus. » La voix d'Ursula est monotone, abattue. « Je ne sais pas faire.

— Vous ne savez pas faire ? »

Maren se rapproche de la bassine ; une pellicule s'est formée à la surface de l'eau. Cette maison n'est pas entretenue. Pis, elle est insalubre.

« Comment faire le… »

La respiration d'Ursula s'accélère. Le point que Maren sentait dans sa poitrine pèse encore un peu plus fort en elle lorsqu'elle attrape le broc et lui dit :

« Je vais chercher de l'eau. Restez ici.

— Je suis désolée, je devrais… »

Maren entend un froissement de jupons. Ursula s'est levée en s'appuyant sur la table. Des plis marquent la peau de son poignet, les traits de son visage sont tirés. Maren détourne le regard et répète, les yeux rivés sur ses pieds :

« Rasseyez-vous. Il faut vous reposer. Je ne serai pas longue. »

Maren entend la chaise grincer derrière elle en sortant dans la lumière vive du jour, soulagée de se retrouver dehors, mais déjà pressée de retourner à l'intérieur. Elle prend une profonde inspiration, puis s'empresse de rejoindre sa maison. Toril est rentrée ; la couverture qu'elle voulait aérer en la pendant sur sa balustrade est tombée par terre. Maren passe sans prendre la peine de l'éviter.

Lorsqu'elle arrive, Mamma, qui surveille le petit Erik près du feu, la regarde d'un œil sévère.

« Cela fait un moment que tu es partie.

— Je suis entrée pour les installer.

— Est-elle délicate au point de ne pouvoir poser ses propres tapis par terre ? Comment est la maison ?

— Elle ne se sent pas bien. Elle est faible. » Maren traverse la pièce pour se rendre devant leur bassine d'eau potable, remplit le broc. « La maison est… »

Elle ne sait pas comment la décrire, ni comment exprimer la tristesse qui l'a envahie en voyant Ursula, ce sol poussiéreux, ce lit encore chaud, cette maison qui semblait plus abandonnée encore qu'à l'époque où Dag et elle y travaillaient, ou même à l'époque où Varr et Diinna y veillaient leurs hommes. Erik s'accroche à sa jupe lorsqu'elle passe devant lui pour aller chercher une miche de pain noir dans le panier.

« Que fais-tu avec ça ?

— Ils n'ont pas de pain. »

Mamma ricane.

« Le délégué n'a plus de pain ? Sa dame a tout mangé, elle est grasse comme une caille. » Ses yeux se plissent et ses pommettes saillantes ressortent encore davantage. « Nous ne pouvons pas nous permettre d'en donner.

— Il nous en reste assez pour la semaine, proteste Maren en enveloppant la miche dans un linge avant de la poser sur le broc. Ils nous en rendront une lorsqu'ils auront fait le leur.

— Sale paresseuse, crache Mamma avec une telle hargne que Maren la foudroie du regard. Qu'a-t-elle d'autre à faire de ses journées ? Elle n'est pas comme son mari, tout le temps en visite.

— En visite ?

— Toril et Magda disent qu'il a prié avec elles. Et je présume qu'il garde aussi un œil sur Diinna. » Elle se lèche la commissure des lèvres. Sa peau est sèche et craquelée. « Nous devrions peut-être nous attendre à sa venue, nous aussi.

— Peut-être, répond Maren en se couvrant avec son châle pour masquer le frisson qui la traverse. Je ne serai pas longue. »

Elle repart en prenant soin de rester à distance de la maison de Toril. Peut-être se trouve-t-il à l'intérieur, occupé à prier au lieu de tenir compagnie à sa femme. La couverture tombée de la balustrade est restée par terre. Maren passe en la piétinant à nouveau, les talons enfoncés dans le sol.

La porte du hangar est entrouverte. Un filet d'air glacé s'infiltre à l'intérieur, fait vaciller le feu déjà faible. Ursula est assise là où Maren l'a laissée, les doigts crispés sur la couverture. Maren se réprimande tout bas de s'être montrée si pressée – comment a-t-elle pu partir sans fermer la porte ?

« Tenez », dit-elle en posant le broc rempli sur la table. Ursula sursaute en entendant la porte se refermer. « De l'eau et du pain. Où sont les couteaux ?

— Ici. »

Maren nettoie la planche à découper couverte de miettes. La lame du couteau est émoussée, mais la cuisine ne semble pas contenir de pierre à aiguiser. Elle découpe tant bien que mal deux tranches, les pose sur l'assiette la plus propre qu'elle puisse trouver et les apporte, accompagnées d'une tasse en corne dont le rebord est taché.

Maren craint de devoir déposer le pain dans la main de la dame – peut-être même devra-t-elle la nourrir ? – quand cette dernière lève pour la première fois les yeux vers elle, et lui prend la main.

« Merci, lui dit-elle. Je suis désolée, je… » Sa voix se perd ; elle déglutit. « Je n'ose imaginer ce que vous devez penser de moi.

— Je n'ai pas à penser quoi que ce soit », répond Maren en sentant ses joues s'empourprer.

Sa main restée sous la couverture est chaude et si douce qu'il lui est impossible de sentir le moindre os. Maren n'a que trop conscience de sa propre main anguleuse, aussi dure et sèche que le froid et la boue, dehors.

« Ne vous inquiétez pas, lui dit-elle en la retirant.

— Je vous paierai, répond Ursula d'une voix faible. Je demanderai… à mon mari…

— J'aurai seulement besoin d'une nouvelle miche.

— Oui, bien sûr. Je vous en prie, prenez de l'eau et du pain, vous aussi. »

L'invitation est risible – partager avec cette dame de l'eau et du pain –, pourtant Maren s'installe sur la chaise à côté d'Ursula et prend une tranche.

Elle observe la dame mordre dans son pain, le picorer comme un oiseau, par minuscules bouchées. Ses dents sont très blanches, ses lèvres plus roses maintenant que la couverture l'a réchauffée.

Maren hésite à parler. Ursula prend une nouvelle bouchée de pain, une gorgée d'eau.

« Madame Cornet, si vous me permettez…

— Je vous en prie, appelez-moi Ursula. Ou Ursa.

— Ursa ?

— Appelez-moi Ursula si cela vous est plus agréable, mais ceux qui me sont proches m'appellent Ursa, et maintenant que nous avons partagé du pain… »

Un petit sourire se dessine sur son visage. Maren sent sa peau tirer en le lui rendant.

« Ursa. » Maren décide d'essayer. « Je suis navrée de vous parler franchement, mais il y a ce qu'il faut de farine, et Kirsten vous a laissé cinq carcasses dans le garde-manger. » Ursa se raidit. Maren poursuit : « Je me demandais simplement si tout se passe comme vous le souhaitez. »

Ursa mâche son pain pendant un long moment, sans doute jusqu'à le transformer en bouillie. Le bruit de sa déglutition résonne dans le silence. Son regard se pose à nouveau sur celui de Maren. Ses yeux sont d'un marron très clair, presque doré.

« Vous devez me trouver bien sotte…

— Pas du tout, je…

— Mais je ne sais pas faire le pain. »

La bouche de Maren s'arrondit d'étonnement tandis qu'Ursa ajoute :

« Ni découper de la viande. Je n'avais jamais vu de carcasse entière, je ne parviens même pas à entrer dans cette pièce. À peine suis-je capable d'entretenir le feu. Mon mari se charge de le rallumer lorsqu'il s'éteint. Je suis incapable de tenir un foyer. » Un petit rire désespéré lui échappe. Le pouls de Maren s'accélère. « Je n'ai rien d'une bonne épouse.

— Je suis certaine que ce n'est pas… que tout n'est pas si… »

Maren aimerait la rassurer, mais comment ? Pour ce qui est de la viande, soit – sa mère elle-même est une âme sensible, au point qu'elle demande souvent à Maren de vider les poissons. Mais comment peut-on ne pas savoir faire du pain ? balayer ? Ces tâches n'ont rien de compliqué.

« Je manque à mon devoir, dit-elle tout à coup, et sur son visage se lit une expression de colère dont Maren est consciente d'être la cause. Mais je ne sais pas comment y remédier. » Sa main se pose de nouveau sur celle de Maren, la serre. « J'ai besoin d'aide, cela me paraît clair. Je possède un peu d'argent. Je me demandais… Accepteriez-vous de m'aider ?

— De vous aider ?

— De m'apprendre. Pas comme une bonne, mais comme une amie, une professeure. Mais cette idée vous paraîtra peut-être idiote. »

Maren pourrait effectivement trouver cette idée insultante. Ce travail s'apparente en tout point à celui d'une bonne.

« Je ne suis moi-même pas la meilleure pour ce qui touche aux tâches domestiques.

— Les rudiments seraient déjà appréciables, vous savez. » Un nouveau sourire désolé se dessine sur son visage. Maren la regarde, ainsi que le feu sur le point de s'éteindre, les vitres grises de fumée, couvertes de toiles d'araignée. « Bien entendu, je ne vous oblige à rien. Je ne sais même pas si Absalom… »

Sa voix se perd. Son visage s'est refermé, sa main se relâche. Maren resserre ses doigts en réponse.

« D'accord », dit-elle.

Le mot s'est échappé de sa bouche avant qu'elle ait eu le temps de peser l'idée.

« Vous en êtes sûre ? » Ursa sourit. « Merci. J'en parlerai à mon mari. »

Maren se lève brusquement.

« Je dois prévenir ma mère.

— Oui.

— À bientôt, lors du prochain sabbat. Vous me donnerez la réponse du délégué.

— C'est entendu. »

Ursa la raccompagne jusqu'à la porte. Le marron de ses yeux brille de soulagement. Maren est obligée d'agripper son jupon pour ne pas succomber à la tentation d'essuyer la lèvre d'Ursa, sur laquelle une miette est restée collée.

« Merci, Maren. »

La porte se referme, mais Maren a l'impression d'être désormais celle qui se trouve prisonnière d'une pièce privée d'air.

## 19.

« Je sais que nous ne sommes pas des dames de Bergen, mais nous ne sommes pas des bonnes. » Mamma fait les cent pas dans la pièce principale de leur petite maison tout en passant la langue sur la commissure craquelée de ses lèvres et en jetant des regards noirs à Maren. « Qu'est-ce qui t'a pris d'accepter la proposition de cette pintade ? »

Maren ne saurait le dire. Elle ne peut nier que le petit Erik et Diinna les occupent déjà assez, et, en ce dernier mois de soleil, de nombreuses corvées les attendent encore pour assurer leur survie lors du prochain hiver. Il faut récolter les plantations de l'an passé, ensemencer les champs, aller à Kiberg chercher du poisson, vendre des peaux et se rendre jusqu'à la petite montagne pour ramasser de la bruyère et de la mousse pour le toit où l'humidité s'est infiltrée par les fentes que la glace a réussi à creuser l'hiver dernier.

Aussi la promesse de Maren va-t-elle obliger Diinna et Mamma à porter les peaux qu'elle aura confectionnées – Mamma qui devient de plus en plus vieille et fragile, et qui cultive au fond d'elle une colère grandissante à l'égard de Diinna, une colère qui effraie Maren chaque fois qu'elle la voit, plus encore que celle qui l'anime à cet instant.

Et tandis qu'elle lui répète à quel point cet engagement était idiot, qu'elle ne pourra désormais le rompre sans offenser Mme Cornet ou le délégué, Maren ne peut qu'approuver. Impossible d'expliquer ce qui lui est arrivé, pourquoi elle n'a pu refuser. La seule raison qu'elle entrevoit et qu'elle ne donnera jamais à Mamma tient à ce moment où Ursa a desserré sa main. À cet instant, Maren a eu l'impression que quelque chose d'important allait lui échapper, une chose qu'elle devait rattraper à tout prix. Il fallait dire « oui ». Elle n'avait pas le choix.

Même si un accord a été passé, elle ignore encore comment leur arrangement va fonctionner. Maren préférerait ne pas accepter d'argent, mais jamais sa mère ne la laissera aider Ursa gratuitement. Elle ne sait pas comment aborder le sujet, ni si elle devrait prendre l'initiative de se présenter chez Ursa. Le sabbat aura lieu le surlendemain ; sans doute lui donnera-t-on des consignes à ce moment-là.

Maren essaie de s'acquitter de ses corvées avec le même sérieux, la même attention qu'à son habitude, mais la perspective de passer du temps hors de la maison a insufflé en elle un sentiment qui fait frémir son sang, quelque chose de chaud, une effervescence presque douloureuse. Certes, il ne s'agit pas de repartir pêcher en mer, comme les femmes le faisaient avant l'arrivée du délégué, mais ce travail lui permettra de changer d'air et de retourner en ce lieu où elle a embrassé son bien-aimé et veillé son père et son frère. Dans une vie qu'il ne lui a pas été donné de vivre, cette maison est la sienne ; ce travail est l'occasion de se la réapproprier un peu.

Et puis il y a Ursa – elle aussi fait frémir quelque chose dans le corps de Maren. La sensation est proche de l'amour lancinant qui l'étreint lorsqu'elle regarde le petit Erik dormir, mais se prendre d'une telle affection pour une jeune femme, si maladroite qu'elle ressemble parfois à une enfant, frise le ridicule. Et pourtant, tout chez elle l'épate. Quel genre de vie pouvait-elle bien mener à Bergen pour arriver si démunie ? Bien que la situation soit inconcevable, comme Mamma le dit, Maren n'éprouve à son égard qu'une pitié écrasante, sans aucun mépris.

Durant toute la journée qui précède leur rendez-vous à l'église, les pensées de Maren sont traversées par des images d'Ursa, seule dans sa grande maison, assise devant la table, aussi immobile qu'une pierre, sous son plaid, ou attendant le départ de son mari pour s'étendre sur le lit. Elle voit ses orteils nus se poser sur la peau qu'elle a cousue, ses yeux briller d'une douce concentration tandis qu'elle tranche le pain qu'elle lui a apporté. Et ses lèvres qui se referment dessus comme le bec d'un petit oiseau.

Malgré son impatience, Maren prend la peine d'aller frapper à la porte de Diinna pour l'exhorter à se rendre à l'église lors du sabbat.

« Il n'apprécie guère les absents, lui dit-elle.

— Que veux-tu que cela me fasse ? »

Impossible de faire comprendre à sa belle-sœur, qui la toise de ses yeux mornes, que cet homme n'a rien de commun avec le pasteur et que, même s'il leur coûte de lui obéir, ne pas le faire pourrait leur coûter bien plus encore.

Elle n'a pas répété à Diinna ce que Mamma avait confié au délégué à propos des runes et des rites. Diinna les a peut-être entendues en discuter à travers le mur, mais elle ne le montre pas – elle ne montre aucun intérêt pour ce que les gens disent, Maren y comprise. L'animosité qui règne entre elle et Mamma palpite, bestiale. Maren lui prend la main. Sa peau est collante.

« Diinna, je t'en prie. Il faut que tu viennes. Le délégué aura sûrement des questions à propos de la liste. »

Elle hausse les épaules.

« Il sait où me trouver. »

Son regard noir glisse sur le mur. En fait, elle semble les avoir entendues, semble savoir que Toril a donné son nom et que Mamma a confirmé qu'elle vivait entre ces murs.

« Laisse-nous au moins emmener Erik », insiste Maren, impatiente de partir.

Diinna lui tend brusquement le bébé comme pour lui dire : *Prends-le*. Maren l'attrape, le pose doucement par terre. À voir comme il se tient assis avec peine, Erik passerait pour un enfant bien plus petit que ses quatorze mois. *À son âge, il devrait marcher davantage et babiller*, pense Maren. *Ou essayer, du moins*. Il a les yeux de Diinna, le visage étroit de son père et ses lèvres. Celle du bas frémit, mais il ne pleure pas.

« Erik, est-ce que cela te plairait de venir à l'église avec moi ? »

Le regard du petit garçon se pose sur son visage, puis se détourne.

Diinna referme la porte. Maren reprend Erik, l'installe sur sa hanche et retourne à l'intérieur de sa propre maison en l'embrassant sur le front. Son odeur de coton a disparu depuis longtemps : il ne sent plus que la laine mouillée, et ses cheveux sont gras pour un bébé. Elle demande à Mamma de se dépêcher, de prendre une couverture pour Erik en lui annonçant que Diinna le lui a confié. Mamma arrive en maugréant.

« Pas fichue d'emmener son propre fils à l'église. Et elle trouve normal de le faire sortir si peu vêtu ? » Elle ne prend même pas la peine de baisser la voix. « Cette femme est habitée par le diable.

— Moins fort, Mamma, répond sèchement Maren en regardant autour d'elle. Ne dis pas des choses pareilles. »

Mamma fait résonner un bruit de bouche désapprobateur avant d'emmailloter Erik comme un nouveau-né dans son lange. Le bébé se débat un instant. Mamma le couve, alors que Diinna semble déjà pressée de le voir devenir grand et quitter le foyer.

Que deviendra cet enfant ? L'enfant d'Erik, aussi sérieux que celui qui lui a donné son nom. Dès leur plus jeune âge, Maren et son frère avaient vécu des vies bien différentes, elle dans la maison, lui au grand air pour apprendre la terre et, plus tard, la mer. Ils avaient joué sur la pointe de l'île pendant une période, ces années d'entre-deux où ils étaient assez grands pour ne plus être surveillés et encore assez jeunes pour ne pas être réquisitionnés pour les travaux domestiques, que leur présence entravait. Les paysages plats de Vardø faisaient naître des univers entiers – le territoire des trolls, le royaume des fées.

En dehors des moments où il se trouvait avec elle, Erik était un garçon taiseux. Maren passait son temps à parler à la place de son petit frère, se souvient-elle.

Il n'avait appris à parler que tard, à l'âge de deux ou trois ans ; mais sans doute l'aurait-il fait plus tôt sans elle. Qui parlera pour son fils ? Adulte, Erik était resté un homme de peu de mots. Même Diinna, toujours joyeuse et prompte à rire à l'époque, ne réussissait pas à le faire parler plus que nécessaire. Mais, désormais, sa femme est aussi taciturne que lui, en plus d'être d'humeur maussade.

L'excitation provoquée par l'arrivée du délégué et de son épouse est encore suffisamment vive pour que les femmes attendent sur le perron au lieu de rentrer directement dans l'église. Kirsten se trouve parmi elles, dépassant tout le monde d'une tête, ainsi que le pasteur, M. Kurtsson. En se rapprochant, Maren s'aperçoit que les villageoises sont divisées en deux : la plupart se sont regroupées près du pasteur, mais le reste, une poignée d'entre elles, principalement les femmes qui partaient en mer, est en conversation avec Kirsten.

Mamma rejoint le groupe du pasteur, tandis que Maren se dirige vers l'autre. Elle entend les femmes s'émerveiller faussement à la vue du petit Erik, qu'elles trouvent trop gros – par ailleurs Maren sait parfaitement que la plupart d'entre elles détestent Diinna tout autant que Mamma.

« Et Diinna ? » demande Kirsten en regardant Mamma, de dos. Maren secoue la tête. « Tu aurais dû la faire venir.

— Je n'ai pas réussi.

— Tu aurais dû insister, répond Kirsten. Edne est parvenue à amener son père, alors qu'il ne voit presque plus. La liste… » Elle baisse la voix. « Il aurait été préférable qu'elle donne son nom elle-même. Étant donné les exécutions qui ont eu lieu à Alta et à Kirkenes.

— Des exécutions ? »

Maren a l'impression qu'une pièce de métal glacée a été posée sur son cou.

« Trois Samis. Tous pratiquaient la magie sur le ciel.

— Mais Diinna ne…

— Ce qui importe, ce n'est pas ce qu'elle fait, mais ce qu'elle est. Le nouveau seigneur semble bien décidé à mettre un terme aux pratiques d'autrefois.

— Il n'est même pas arrivé à la forteresse.

— Ni même à Alta, répond Kirsten. Mais il compte sur ses délégués. Il faut que Cornet voie Diinna sur les bancs de l'église. »

Maren comprend. Si ne pas se présenter à l'église représente déjà un risque, un Sami qui n'y va pas en court un bien plus grand.

« Je n'ai plus le temps de retourner la chercher.

— Il ne remarquera peut-être pas son absence », dit Kirsten, mais Maren sait comme elle que le délégué est le genre d'homme à prêter attention à ces choses.

Et c'est la raison pour laquelle, au moment où elle le voit arriver à grands pas en direction de l'église accompagné d'Ursa, vêtue d'une robe d'un bleu plus clair, Maren tente de se faire aussi petite que possible.

« Bonjour à vous », lance-t-il, et les femmes lui répondent comme un chœur de petites filles.

Kirsten grimace.

« Bonjour », fait une voix bien plus discrète, une voix que Maren entend comme si elle ne s'adressait qu'à elle.

Ursa s'est arrêtée près d'elle et de Kirsten, un sourire timide sur les lèvres. Sa coiffure est plus nette que lors du précédent sabbat ; sans doute s'est-elle habituée à l'absence de miroir.

« Bonjour, répond Kirsten.

— J'espérais que nous pourrions commencer nos affaires demain, dit Ursa.

— Bien sûr. »

Un grand sourire se dessine sur son visage, si large qu'il révèle ses dents.

« Je n'ai pas oublié que j'ai toujours votre manteau. Madame Sørensdatter, serait-il possible de vous acheter d'autres peaux ?

— Certainement, répond Kirsten. Je peux vous en apporter demain, si cela vous convient.

— Parfait. Et Maren pourrait en profiter pour vous remettre la liste de ce dont nous aurons besoin. J'ai cru comprendre que vous aviez des réserves de céréales et d'autres produits secs. Vous semblez être à la tête d'une véritable petite épicerie.

— Merci du compliment, madame Cornet.

— Je vous en prie, appelez-moi Ursula. »

Maren commence à sentir le regard des autres sur elle et l'attention de Toril qui se détache du délégué pour se porter sur la conversation que tient sa femme.

« À demain, donc, leur dit Ursa avant de s'engouffrer dans l'obscurité de l'église derrière son époux.

— Quelles affaires ? demande Kirsten d'une voix pleine de curiosité.

— Il lui faut de l'aide pour tenir sa maison », répond Maren. Quelque chose bouillonne dans son ventre, une étrange sensation de victoire. « Je lui ai proposé la mienne. » Les yeux de Kirsten sont écarquillés. « Je serai payée. Généreusement. La dame possède de l'argent de Bergen. »

Kirsten hoche la tête lentement.

« Apporte-moi la liste des produits après la messe. Et… Maren », ajoute-t-elle. Son regard est aussi franc que ses mots. « Sois prudente. »

Puis elle lui serre le haut du bras et s'éloigne avant que Maren ait eu le temps de lui demander pourquoi.

## 20.

Le lendemain, Absalom part de bonne heure pour Alta, sans laisser à Ursa le temps de lui demander la permission de recevoir Maren chez eux. Il compte expérimenter une nouvelle stratégie, lui dit-il.

« Je ne vais pas passer mon temps à attendre devant la forteresse. À partir de maintenant, je me rendrai utile jusqu'à ce que notre seigneur arrive. J'ai ouï dire que des actions ont été menées à Alta et je suis curieux d'en connaître la teneur. »

Ursa soupçonne que ce voyage sera également l'occasion de rencontrer les autres délégués afin d'apprendre quelles sont leurs relations avec le seigneur. Que certains soient en contact avec lui alors qu'Absalom se trouve abandonné à Vardø le fait bouillir de rage. Ursa espère que les autres délégués seront dans le même cas que lui, et prie pour que son époux revienne avec le cœur plus léger.

Absalom lui annonce devoir prendre un petit bateau à rames afin de suivre la côte jusqu'à Hamningberg, d'où partira un plus gros bateau, un baleinier qui l'emmènera à Alta, à deux jours de navigation à l'ouest.

Eux-mêmes ont dû y faire étape lors de leur voyage depuis Bergen, mais Ursa ne s'en souvient pas.

Le voyage et le travail à mener sur place l'éloigneront pendant une semaine au moins. Ursa ressent un mélange de soulagement et d'angoisse similaire à celui qu'elle avait éprouvé le soir où il ne l'avait pas rejointe dans leur cabine, sur le bateau. Elle commence à s'habituer à la maison, forcée qu'elle est d'y passer ses journées. La nuit, pourtant, même avec son mari qui ronfle à côté d'elle, elle pense aux carcasses pendues dans le garde-manger, aux runes gravées au-dessus de la porte, au carré de terre devant la cheminée sur lequel Maren a étalé sa peau de renne, et où gisaient des cadavres de noyés.

Bien qu'Ursa se soit abstenue de dire qui les avait confectionnées, son mari, impressionné par les peaux, lui a donné son accord pour en acheter d'autres, ainsi que les provisions que lui fournirait Kirsten. La somme pourra même lui permettre de payer Maren. Absalom aurait difficilement pu refuser : lui-même s'est rendu compte de la honte qu'il y avait à recevoir dans une maison si dépouillée. Ursa pouvait encore s'accommoder de ce taudis tant qu'elle passait ses journées enfermée, assise seule à table ; mais elle a pris conscience de ce qui l'entourait le jour où Maren a apporté les peaux qui tapissent désormais ses sols.

Elle a fait son possible, dans le peu de temps dont elle a disposé entre le départ d'Absalom et l'arrivée de Maren, pour donner un semblant d'ordre. Des moutons de poussière et de saleté se sont envolés sous les coups du balai en jonc. Elle est allée chercher de l'eau au puits, a essayé d'ôter la boue de sa robe bleue à l'aide d'une brosse. Elle imaginait tout en travaillant l'air étonné qu'Agnete aurait eu en la voyant, et repensait surtout au visage creusé de Siv, à ses traits tirés, à la peau calleuse et craquelée de ses mains, aux ongles si courts que les deux sœurs riaient en les qualifiant de mains d'homme.

Le visage d'Ursa s'empourpre à ce souvenir, à cause de sa cruauté, de sa bêtise. Ses bras lui font mal après les quelques minutes passées derrière la planche, le savon au suif a rendu ses mains grasses, les cendres ont laissé des marques sur sa peau. Elle songe à demander à Absalom d'écrire à Siv afin de la remercier de les avoir nourries, blanchies et, à sa manière, aimées. Un désir lancinant d'éprouver ces sensations d'autrefois s'empare d'elle, la baignoire devant le feu crépitant, cette douce chaleur qui la pénétrait jusqu'aux os. Le contact de la colonne vertébrale saillante de sa sœur lorsqu'elles s'asseyaient dos à dos dans l'eau, le vrombissement qu'elle faisait résonner en respirant, comme si un essaim d'abeilles était logé contre ses côtes…

Ursa n'a pas le temps d'essuyer ses larmes. Maren est apparue sur le seuil de la porte avec, entre les mains, un ballot en tissu qu'elle dépose à grand-peine par terre, au pied de la table, en se penchant avec soin. Ursa lui propose du thé.

« Du thé à quoi ? demande Maren en regardant les étagères presque vides.

— Mon mari a apporté de Bergen des feuilles de myrtille. Je suis certaine qu'il ne refuserait pas de nous en offrir quelques-unes. »

Maren hoche la tête, s'avance jusqu'à la cheminée.

« Laissez-moi faire, lui dit Ursa. Je sais préparer le thé. »

La chose la plus simple du monde, à ceci près qu'Ursa ne l'a jamais faite devant quelqu'un et qu'elle sent sur elle le regard de Maren, comme à l'église, auparavant. Elle s'adonne à sa tâche, mais se tient un peu plus droite que d'ordinaire, attrape les tasses sur l'étagère avec une plus grande précaution, adopte une certaine gestuelle pour faire tomber les feuilles dans l'eau bouillante. L'attention que lui porte la jeune femme n'a rien de désagréable, rien de scrutateur. Plutôt que de chercher à guetter ses erreurs, Maren pose sur elle un regard bienveillant, semblable à celui que lui réservait Siv lorsqu'elle supervisait ses travaux de couture.

Maren saisit la tasse entre ses doigts froids – Ursa remarque que ses ongles sont rose vif, comme tout juste brossés. La peau qui frôle la sienne est aussi calleuse que celle de son époux. Presque honteuse de ses propres mains, aussi douces, aussi neuves que celles d'un bébé, Ursa les cache dans les plis de sa jupe. Maren doit avoir le même âge qu'elle, mais ne semble pas faite du même bois ; en sa présence, Ursa se sent trop large, trop gauche, et ridicule dans ses vêtements. Maren a de grands yeux d'une couleur tendre, et pourtant son regard est aiguisé, intelligent.

Ursa attend que Maren prenne les devants, comme elle l'avait fait la première fois qu'elles s'étaient retrouvées ainsi, seule à seule, dans cette maison. Mais, cette fois, Maren semble moins sûre d'elle ; ses yeux baissés sont braqués sur la buée qui s'élève de la tasse. Une gêne, un malaise finit par gagner Ursa. Tout à coup, elle n'entend plus que sa respiration, trop forte dans ce silence. Elle tente de se faire plus discrète, mais sa poitrine se serre.

Après plusieurs secondes à rester sans mot dire, Ursa se rend compte que, même si le lien qui les unit reste flou – Maren n'est pas une bonne, Ursa n'est pas sa maîtresse, comme Siv et elle l'étaient –, c'est à elle qu'il incombe de parler, de commencer.

« Merci encore d'être venue », dit-elle. Le regard de Maren reste fixé sur la tasse. « Je suis heureuse que votre mère vous en ait donné la permission. Espérons que j'apprendrai rapidement, afin qu'elle vous récupère au plus vite. Vos étés sont si courts que les journées doivent être bien chargées. »

Maren est tellement voûtée sur sa tasse, peut-être pour se réchauffer le bout du nez, qu'Ursa parvient à distinguer les cheveux tout en haut de sa nuque, tirés par le chignon serré, les plis sur le col de sa robe usée, le relief de ses vertèbres en dessous. Le ballot forme une masse posée à ses pieds.

« Qu'avez-vous donc apporté ? »

Maren se penche, pose le ballot sur ses genoux. Les muscles de ses bras se tendent sous son poids, et les creux de ses clavicules s'accentuent. Ursa lui vient en aide en plaçant ses mains sous le paquet pour le soulever avec elle jusqu'à la table.

« Mon Dieu, mais c'est lourd comme de la pierre », remarque Ursa, debout près de sa chaise.

De ses doigts fins, Maren défait le nœud qui, lorsqu'elles ont soulevé le ballot, s'est resserré. Ses ongles abîmés s'échinent sur le tissu, en vain. Énervée, elle prend une longue inspiration par le nez.

« Voulez-vous que je le coupe ? » demande Ursa en allant chercher un couteau.

De cette façon, Maren est finalement obligée de parler.

« S'il vous plaît, non, madame. »

Ursa est étonnée par le caractère formel de sa réponse, tout comme par son ton alarmé. Les joues de Maren sont rouges. Elle décale sa chaise de manière à se placer devant le ballot comme pour protéger un enfant en danger.

« Le tissu appartient à ma mère. »

À son tour, Ursa s'empourpre. Elle retourne poser le couteau à sa place en prenant son temps, consciente que c'est elle et non Maren qui a instauré cette distance en considérant ce ballot comme un objet sans importance, jetable, remplaçable. *Ce luxe appartient à ton passé*, se dit-elle.

Lorsqu'elle se retourne, le ballot a été défait. Le carré de tissu se trouve soigneusement plié à côté de la charge qu'il contenait. Il s'avère qu'Ursa avait raison : près d'un bâton épais et lisse – elle reconnaît un pilon – se trouve une pierre grise en forme de petite montagne au sommet plat, à peu près de la taille du ventre de sa mère à l'époque où elle attendait ce frère qui n'a jamais vu le jour.

« Une pierre à lisser ? demande-t-elle, à quoi Maren répond en gloussant par le nez, si brusquement que sa main se pose aussitôt sur sa bouche pour se cacher.

— Je suis désolée, dit-elle, j'ai simplement... » Un autre gloussement lui échappe, suivi par un chapelet de petits rires. Voyant son air contrit, Ursa éclate, elle aussi, de rire. « Je suis désolée, je suis désolée.

— Ne le soyez pas, répond Ursa tout en sentant s'cffaccr la distancc qui les séparait. Seulement, expliquez-moi, je vous prie. Et dites-moi (elle sourit) en quoi cet objet diffère d'une pierre à lisser.

— Une pierre à lisser sert à défroisser ou à amidonner le linge. On la tient dans la main, comme cela. »

Maren ouvre la main et, dans un geste plus instinctif qu'intentionnel, Ursa pose sa paume contre la sienne. À peine a-t-elle le temps de sentir sa peau froide et sèche, et les callosités qui la recouvrent, que Maren s'est écartée, comme brûlée par une flamme.

« Je… »

Trois coups résonnent soudain à la porte – trois coups francs et secs qui rappellent aussitôt à Ursa l'existence d'Absalom. Son cœur se met à battre la chamade, mais Maren a reconnu le son.

« Kirsten Sørensdatter », dit-elle.

*Elle frappe comme un homme*, pense Ursa tout en ouvrant la porte. Kirsten est campée devant elle, chargée d'une pile de paquets, un seau recouvert d'un plaid à son bras, deux peaux nouées autour du cou comme des capes. Sans attendre qu'on l'y invite, elle entre pour déverser tout son paquetage sur la table.

« Bonjour, Ursula. Bonjour, Maren », dit-elle tour à tour, sourire aux lèvres, semblant avoir deviné qu'elle les dérangeait dans un moment particulier – mieux encore qu'Ursa elle-même.

Une fois de plus, Ursa ne peut s'empêcher de comparer Kirsten à son mari tant elle paraît sûre d'elle, tant sa présence s'impose dans la pièce. Ursa se prend même à imaginer l'air se déplacer contre les murs de la pièce pour mieux la laisser passer. Elle entend le cri de surprise que pousse Maren, mais n'en comprend la raison que quelques instants après : Kirsten a revêtu un pantalon.

« Kirsten, mais tu es folle ? Je t'ai dit que cela ne pouvait pas continuer. »

Depuis le seuil de la porte, Ursa ne distingue pas le visage de Maren, tourné vers son amie, mais elle entend la peur qui l'anime.

Kirsten baisse les yeux vers sa tenue.

« Je serais plutôt folle de saigner des bêtes en jupons. »

C'est alors qu'Ursa remarque les taches sombres sur ses cuisses, les mouchetures sur le bas du pantalon – un peu trop court pour elle, et serré à la taille par une corde. Elle se retourne pour regarder dehors : personne aux fenêtres voisines, personne sur les perrons. Elle referme la porte et se dirige vers la table sans mot dire. Maren articule quelque chose à Kirsten en silence, en se plaçant tout près d'elle comme pour la cacher de la vue d'Ursa. Il y a entre elles une amitié plus profonde, pense-t-elle, que celle qui lierait deux femmes se croisant à l'église une fois par semaine pour répandre des ragots.

« Il n'y a personne dehors, remarque Ursa en espérant détendre l'atmosphère.

— Quelqu'un pourrait quand même l'avoir vue, répond Maren, en joignant les mains comme pour prier. C'est impossible, ici, de passer inaperçu. Et si la rumeur arrive jusqu'aux oreilles du pasteur ou même du délégué… »

Un cri lui échappe. Maren fait volte-face vers Ursa, qui recule d'un pas, par réflexe. L'énergie qui se dégage de Maren a quelque chose de dangereux et de désespéré à la fois – comme un renard pris dans un piège.

« Madame Cornet, Ursa, ne lui dites… » Elle se reprend. « Par pitié, ne… » Elle se retourne vers Kirsten. « En pantalon, Kirsten ! Comment oses-tu te présenter dans la maison du délégué en pantalon ?

— J'ai pourtant mis le plus beau que j'avais, répond Kirsten d'une voix teintée de moquerie.

— Alors que vous saignez les bêtes avec ? » demande Ursa pour entrer dans son jeu. Elle tente alors de rassurer Maren, qui semble toujours aussi bouleversée. « Je ne dirai rien à mon mari, vous avez ma parole, madame Sørensdatter… ou devrais-je plutôt dire “monsieur” ? »

Le trait d'humour n'amuse visiblement pas Maren, contrairement à Kirsten, qui laisse échapper un rire tonitruant avant de faire semblant d'ôter de sa tête un chapeau imaginaire.

« *Milady*.

— Mais enfin, ne comprends-tu pas le danger que tu cours ? s'exclame Maren en tordant le tissu de sa jupe. T'habiller comme ça chez toi est une chose, mais…

— Ce qui est dangereux, c'est ton regard quand tu es en colère, répond Kirsten. Prends garde à ne pas te retrouver dans un courant d'air : tu pourrais rester ainsi, et même les trolls te fuiraient.

— Les trolls sont bons pour les enfants. Nous parlons d'une affaire sérieuse.

— C'est pourtant bien toi qui sèmes des miettes de pain chaque année, au cœur de l'hiver.

— Nous ne pratiquons pas ce genre de rite. »

La voix de Maren adopte des notes proches de l'hystérie, dont Ursa, une fois encore, comprend qu'elle est la cause. Maren a peur de son époux, de la réaction qu'il avait eue face aux runes et de celle qu'il aurait en entendant parler de trolls. Ursa le méprise à cet instant ; ces femmes sont loin de se douter qu'elle le craint autant qu'elles. Elle s'approche de Maren, pose une main sur son épaule.

« Maren, n'ayez aucune crainte, je vous assure. Je ne dirai rien à mon mari. Il est à Alta cette semaine –

au grand soulagement du pasteur, qui n'aura pas à lui donner ses leçons de norvégien, je présume. Et par ailleurs (un sourire hésitant se dessine sur ses lèvres) sachez que j'ai également pour habitude de déposer de la nourriture pour les trolls, au cœur de l'hiver. Pour tout vous dire, ma sœur tenait toujours à leur donner un hareng entier avec une pomme de terre, et même un gâteau.

— J'aurais bien aimé être un troll de Bergen, puisqu'ils sont si bien nourris », rétorque Kirsten.

Ursa ne peut s'empêcher de déceler une pointe d'amertume derrière son bon mot, et regrette aussitôt de s'être laissée aller à cette remarque légère.

Après avoir sondé son visage, Maren semble enfin la croire. Elle hoche la tête, lentement ; son menton pointu se défroisse.

« Merci.

— Néanmoins, Kirsten, ajoute Ursa, décidée à s'affirmer et à se montrer digne de confiance, je vous prêterai quelque chose pour rentrer. » Elle soulève le couvercle de son coffre en bois de cerisier, en sort sa jupe en laine grise. « De toute façon, elle est un peu longue pour moi. »

Elle la tend à Kirsten et voit pour la première fois son assurance vaciller.

« Je ne peux pas porter ça, dit-elle. Elle est bien trop belle.

— Ne dites pas de sottises, répond Ursa. J'insiste.

— Je risquerais de la salir avec mes bottes.

— Ce n'est pas un problème, je saurai bientôt comment enlever la boue d'un vêtement. »

Kirsten prend la jupe à contrecœur, retire ses bottes avant de l'enfiler. Elle s'avère un peu trop courte pour elle – mais moins que son pantalon.

« Tout ça pour un simple pantalon, remarque Kirsten en renouant ses lacets. Je ferai autant parler de moi dans une jupe pareille. Méfiez-vous, madame Cornet : vous vous retrouverez un jour avec toutes les fidèles de l'église à votre porte, en train de vous quémander des dentelles. » Elle se redresse. « J'ai apporté ce que vous m'avez demandé. » Puis, à Maren : « Et pour toi, de la farine. Je t'ai même trouvé des graines de fenouil sur les étagères de Mads. Prends-les, je ne les utilise pas. »

Ursa s'en va chercher de quoi payer Kirsten, qui plonge une main sous sa jupe pour ranger les pièces dans la poche de son pantalon.

« Merci. Et profitez bien de votre leçon… même si le choix de votre professeur m'échappe complètement. » Elle se retourne avec un grand sourire vers Maren, chez qui une légère inquiétude se lit toujours. « À mercredi. »

# 21.

Maren se retient pour ne pas fondre en larmes. Que Kirsten aille au diable avec son arrogance, sa bêtise, son besoin de se faire constamment remarquer. Kirsten prétend avoir revêtu cet accoutrement pour égorger les bêtes, mais Maren ne la croit pas un instant. Son but était plutôt d'attirer l'attention, de tester la femme du délégué. C'est à présent chose faite. Et Kirsten peut avoir honte.

Maren sursaute en entendant la porte se refermer bruyamment.

« Je vous en prie, lui dit Ursa. Inutile de vous inquiéter. »

Au prix d'un douloureux effort, Maren parvient à masquer sa colère. Elle n'a pas l'habitude d'être observée de cette manière. Ursa la regarde comme si elle voyait à travers elle, voyait son cœur battre la chamade à travers sa peau. Maren croise les bras sur sa poitrine, cesse de bouger.

« Je ne suis pas inquiète. » Elle s'éclaircit la gorge, se pince très fort la peau sous l'omoplate, puis retourne jusqu'à la table où se trouve la pierre.

« Voulez-vous bien m'aider à la poser dans la cheminée ?

— Vous voulez faire brûler cette pierre ?

— Les pierres ne brûlent pas », répond Maren avec précaution, avant de voir un sourire malicieux se dessiner sur les lèvres d'Ursa. Elle lui sourit en retour. « C'est une pierre pour cuire le pain. » Elle défait le ballot le plus proche et vérifie son contenu avant d'en sortir un paquet fermé par une couture serrée. Elle l'ouvre avec soin, plonge une main à l'intérieur, malaxe les grains entre ses doigts. « C'est une bonne chose que Kirsten ait apporté des graines de fenouil. Elle ne nous a donné que de la farine de pomme de terre. Nous allons préparer du *flatbrød* », ajoute-t-elle en s'époussetant les mains.

Ursa hoche la tête.

« Il me semble en avoir déjà mangé à l'occasion de Noël, avec des harengs et des oignons. »

Maren grimace. Au village, le *flatbrød* fait partie des aliments de base et n'est jamais accompagné d'oignons. Elle espère qu'Ursa appréciera – les chances sont minces qu'elle retrouve un jour dans son garde-manger le même pain que celui qu'elle mangeait à Bergen autrefois.

Maren décide de ne pas lui en dire davantage, de ne pas lui révéler qu'elle a choisi exprès cette recette pour leur première leçon. Même un enfant serait capable de la réaliser ; le pain ne peut pas ressortir brûlé ni amer. D'aussi loin que remontent ses souvenirs, Maren se revoit en train de préparer ce pain avec sa mère, bien avant que son frère s'en aille chasser ou pêcher avec Pappa. Tous les deux ou trois mois, elle et Mamma y consacrent une journée entière, Mamma au pétrissage, Maren à la cuisson.

« Et l'on cuit ce pain sur une pierre ? Pas dans une poêle ni dans un four ?

— Ce genre de pierre retient particulièrement bien la chaleur. Nous l'utilisons pour chauffer nos lits lorsque les nuits sont très froides. »

À l'époque, Maren s'en allait avec Mamma, parfois avec Pappa, jusqu'à la petite montagne pour trouver ces pierres. Des pierres de feu, comme il les appelait, car même le plus faible des rayons de soleil suffisait à les faire chauffer. Maren promène sa main dessus. Sa famille possède deux pierres. Celle-ci est la plus récente, ramassée environ dix ans auparavant. L'autre pierre, restée chez elle, est la plus efficace des deux, creusée comme un bol par les années. Maren avait l'intention de faire cadeau de la pierre à Ursa, mais elle n'ose pas. Les chances sont pourtant faibles pour que Mamma remarque sa disparition. De toute manière, Mamma ne remarque plus rien. Un film opaque semble lui avoir poussé devant les yeux, un film qui s'épaissit chaque mois.

« Comme une bouillotte ? » demande Ursa.

Maren n'a jamais entendu ce mot, mais hoche quand même la tête.

« Elle permet de garder toujours la même température et d'empêcher l'air d'entrer dans la pâte. Ce pain vous durera des mois, voire des années. »

Elles la soulèvent à deux, sous le cri de surprise d'Ursa, impressionnée que Maren soit parvenue à la porter seule jusqu'à chez elle, puis l'installent sur la grille de la cheminée.

« Il faut du temps pour la faire chauffer, mais nous pouvons commencer dès à présent. »

Elle installe sur la table les produits que Kirsten a apportés : de la farine, ainsi qu'un pot de *kjernemelk* fermé par une peau épaisse, dont la simple vue suffit à faire saliver Maren. Kirsten semble vivre encore plus confortablement maintenant qu'elle se retrouve seule, se dit-elle en sortant d'autres paquets remplis de graines, et même un petit pain de sel.

Elle s'en va chercher le pilon d'Ursa et son mortier en pierre grise, frais au toucher, avant de lui demander de moudre les graines pendant qu'elle-même se charge de mesurer la farine et de la tamiser. Les graines entières auraient une saveur trop prononcée, rompraient l'équilibre du pain, dont le goût, à certains endroits, se doit de rester neutre. À côté d'Ursa, Maren se sent un peu comme cela : aussi blanche et plate qu'un morceau de *flatbrød*.

Lorsque Ursa verse les graines dans la farine, Maren est obligée de la tamiser à nouveau, car elles ne sont pas moulues assez finement. Mais elle hoche tout de même la tête en voyant Ursa la regarder avec appréhension. Une fois l'opération terminée, un petit tas d'enveloppes de graines s'est formé sur la table à côté d'elle. La main d'Ursa se tend, prête à les balayer, mais Maren l'arrête, sans ressentir de gêne à l'idée de la toucher. Cette fois, la panique qui s'était emparée d'elle quand Ursa avait posé sa paume contre la sienne ne l'envahit pas.

« Il faut les garder. Nous allons pouvoir les utiliser. »

Ursa réagit de la manière la plus étrange. Elle se cache le visage et pousse un petit cri contrit, comme un enfant que l'on réprimande.

« Je suis désolée, dit-elle. Je me sens si bête. Vous devez me trouver navrante, à gâcher autant.

— Je ne pense rien de tel, répond Maren. Je crois que vous viviez différemment à Bergen, et j'espère simplement que vous parviendrez à aimer votre nouvelle vie. » La peau de sa nuque se met à chauffer. « Non pas que je sous-entende que votre vie ici vous pose des difficultés. »

Un rire creux s'échappe de la bouche d'Ursa, si torturé que Maren en a le cœur serré.

« Oh, mais c'est le cas. »

Cette confidence emplit Maren d'une profonde tendresse.

« Tout se passera bien, Ursa », lui dit-elle, et dans le regard qu'Ursa pose sur elle rayonne une telle reconnaissance que Maren rougit. « Vous êtes si gentille. Je suis heureuse de vous avoir rencontrée. »

Ursa s'approche d'elle. Maren n'a jamais beaucoup apprécié les étreintes – la dernière devait remonter à l'accouchement de Diinna, lorsqu'elle l'avait tenue dans ses bras, par terre, pendant que Mamma donnait naissance au petit Erik –, mais quelque chose la pousse à accueillir Ursa.

Il n'y a aucune retenue, aucune gêne dans la manière dont Ursa se blottit dans le creux de ses bras, loge sa tête sous son menton. Ses cheveux sentent le sommeil et l'eau florale. Ursa a fait allusion à une sœur ; son contact doit lui manquer, à voir la force avec laquelle elle s'accroche à Maren, comme pour combler un besoin.

Encouragée par ce geste, Maren ose refermer ses bras. Les courbes d'Ursa ressortent sous le beau tissu de sa robe, le doux renflement de ses omoplates forme comme deux petites vagues sur son dos. Elle aimerait ne plus respirer, ne plus laisser les mouvements de sa poitrine creuser l'espace qui les sépare. Mais, déjà, Ursa s'écarte, s'éloigne.

« Merci », lui dit-elle en retournant à ses graines de fenouil. Cette accolade semble l'avoir réconfortée, alors que Maren se sent perturbée. « Faut-il moudre le son des graines ? »

Deux battements résonnent dans le corps de Maren. Elle parvient à hocher la tête, puis ajoute le *kjernemelk*, retirant la couche de beurre qui s'est formée à la surface avant de verser le lait. La concentration que requiert la manœuvre l'apaise. Elle enveloppe le beurre dans le linge propre que Kirsten lui a donné à cet effet, les narines emplies de son odeur crémeuse. L'an passé, sa famille n'a pas eu de beurre. Elle se rend désormais compte combien son onctuosité lui a manqué, et les cristaux de sel que l'on y ajoute, recueillis dans le seau où de l'eau de mer s'est évaporée, avant de baratter la crème jusqu'à la rendre dorée, lisse, parfaite.

Après avoir versé le babeurre, Maren mélange la pâte avec soin, en penchant la jatte pour permettre à Ursa de la voir prendre forme, une boule consistante, ferme, presque semblable à une miniature de la pierre qui chauffe dans les flammes.

Elle saupoudre de la farine sur le dessus de la table ; Ursa lui donne le lourd pilon. La pierre dans laquelle l'outil a été taillé n'est pas la même que la pierre de cuisson ; plus fraîche au toucher, la pâte n'y adhère pas. Elle prélève entre ses mains un morceau de la boule, le dépose devant Ursa.

« Il faut l'étaler aussi finement qu'un biscuit. »

Ursa hoche la tête, mais à l'instant où elle la voit commencer à travailler, Maren comprend : elle n'a jamais fait de biscuits. La forme est tout sauf ronde. Cependant, lorsque Ursa se tourne vers elle pour chercher son approbation, une tache de farine au milieu du front, sous la racine des cheveux, elle l'encourage avec un sourire et la regarde transporter avec précaution la galette jusqu'à la pierre de cuisson. Le pain est mal centré, l'un des côtés se retrouve léché par les flammes – Maren sait d'ores et déjà qu'il sera brûlé à cet endroit et mal cuit partout ailleurs.

« Combien de temps ? demande Ursa sans quitter la pierre des yeux.

— Il faut attendre que toute l'eau se soit évaporée. La pâte doit devenir croustillante, cassante. Voulez-vous bien la surveiller ? »

Une fois Ursa occupée, Maren retourne chercher le pilon. La chaleur des mains d'Ursa s'est échappée. Elle découpe le restant de pâte pour l'étaler en disques bien nets, sans la dextérité de Mamma, mais ses galettes sont régulières et tachetées, comme les œufs qu'il leur arrive parfois de trouver dans les failles entre les rochers de la falaise derrière leur maison. Aucune d'elles n'est allée en chercher depuis la tempête. Peut-être devrait-elle le suggérer à Mamma. Après plus d'un an de tranquillité, les oiseaux ont sans doute oublié le danger que représentaient les hommes.

Après quelques tentatives, Ursa a compris à quel moment les pains doivent être retirés du feu à l'aide de la pince et mis de côté pour refroidir. Un rythme s'installe, Maren et Ursa travaillent en silence, ne communiquent plus que par des regards et des hochements de tête. Une fois toute la pâte étalée et les disques empilés, Maren va spontanément chercher la casserole et commence à préparer du thé. La cheminée est suffisamment large pour permettre à deux personnes de se tenir devant, comme Dag l'avait prévu. Épaule contre épaule, Maren et Ursa font face aux flammes. Le thé est prêt en même temps que la première fournée de petits pains.

Ursa les touche pour vérifier qu'ils sont suffisamment secs et froids.

« Sont-ils bons ?

— Il n'y a qu'un moyen de le savoir. »

Elles s'assoient ensemble autour de la table couverte de farine. Ursa commence la première : la pâte se casse facilement, parsemant ses cuisses de miettes et de graines. D'un geste de la main, elle les fait tomber par terre tout en mangeant.

« Plus ils sont vieux, plus ils sont bons, lui dit Maren.

— Ils sont déjà délicieux. » Sur les lèvres d'Ursa s'est dessiné un grand sourire que Maren lui rend. « Il n'y a pas de plus beau cadeau de Dieu que le pain.

— Comment ?

— Une phrase que Siv disait souvent.

— Votre sœur ?

— Ma bonne », répond Ursa, avant d'ajouter avec empressement : « Mais elle était aussi mon amie. Ma sœur s'appelle Agnete. » Elle cligne des yeux, ses cils pâles effleurent sa joue. « Elle est malade.

— Je suis désolée de l'apprendre.

— Très peu de temps après sa naissance, elle a failli mourir noyée. Ma mère prenait un bain avec elle. Les médecins ont dit que de l'eau était restée dans ses poumons. Je m'occupais d'elle, à la maison. »

Maren ne sait quoi répondre. Elle reprend un morceau de *flatbrød* en veillant à faire tomber les miettes dans sa main, avant de les déposer sur la table.

« Tout le monde pensait qu'elle ne verrait pas son premier anniversaire, mais elle a maintenant treize ans. Elle sera devenue une jeune femme la prochaine fois que nous nous verrons. »

Le silence s'étire. Ursa n'a pas terminé sa galette. Elle triture le morceau, le fait passer entre ses doigts, ses mains. La souffrance imprimée sur son visage est tellement évidente qu'il paraît presque indécent d'en être témoin.

« Mon frère aussi était plus jeune que moi, finit par dire Maren. D'un an seulement. Mais il s'est marié avant moi.

— Au moins, j'ai battu Agnete sur ce plan. » Lentement, le regard d'Ursa se pose sur celui de Maren. « Votre frère doit vous manquer. »

Cette fois, Maren reste muette. Une énergie obscure semble émaner de la parcelle de terre au pied de la cheminée, à l'endroit où Maren avait cru voir la peau verdâtre d'Erik se rabougrir sous ses yeux. Contrairement à sa mère, elle n'avait pu se résoudre à le toucher au cours des semaines où son cadavre avait été étendu là, encore moins à le serrer dans ses bras. L'église parlait d'âme, Varr et Diinna d'esprit, mais dès l'instant où Maren l'avait vu mort, une certitude l'avait emplie : il ne restait plus rien de lui, ni dans ce monde ni dans un autre. Il n'y avait plus qu'un corps, aussi vide que les carcasses pendues dans le garde-manger. Erik n'avait pas changé de forme, n'était pas devenu un oiseau battant des ailes à la fenêtre, pas plus qu'il n'était une partie de la mer, de la baleine ou du ciel. Erik était parti, et rien ne pouvait adoucir sa peine de l'avoir perdu.

« Je suis désolée, lui dit Ursa. Je n'aurais pas dû dire cela. Agnete et moi n'avions pas grand monde à qui parler en dehors de notre père et de Siv.

— Nous ne parlons pas beaucoup non plus dans notre maison, répond sèchement Maren. Mieux vaudrait ranger ces galettes. Avez-vous un tonneau pour ranger le pain ?

— Pas que je sache. À moins que… »

Ursa se tourne vers le garde-manger. Les toiles d'araignée ont disparu, plutôt grâce à un coup de balai qu'à force d'ouvrir la porte pour y entrer, soupçonne Maren.

« Je vais aller le chercher, propose Maren en se levant, mais Ursa l'imite aussitôt.

— Laissez-moi faire. » Sa manière d'avancer le menton lui donne le même air décidé que celui que Maren avait observé, le jour où elle l'avait vue descendre du bateau dans sa robe jaune. « Je peux y arriver. »

Elle traverse la pièce, pose la main sur le loquet. Maren remarque le mouvement à peine perceptible de ses épaules qui se soulèvent lorsqu'elle prend une inspiration avant d'entrer, laissant des traces de farine sur la porte. Une minuscule lucarne, presque réduite à une fente, dans le mur du fond laisse passer à l'intérieur un filet de lumière au milieu duquel se découpent les silhouettes des carcasses et des mèches échappées du chignon serré d'Ursa.

Elle hésite un instant avant de s'enfoncer, puis disparaît à l'intérieur. Maren ne voit plus que les carcasses des rennes qui se balancent, rouge sombre, tendons apparents. La viande doit être faisandée à présent, savoureuse, salée. Maren est tentée de lui proposer de lui apprendre à la découper, mais peut-être est-ce trop tôt. Tout à coup, un bruit de raclement s'élève, suivi d'Ursa qui ressort en faisant rouler un tonneau devant elle. Elle grimace au moment où l'une des carcasses la frôle, puis referme la porte, lèvres pincées, et pousse le tonneau jusqu'à la table, où elle se redresse et pose ses mains à plat sur le couvercle.

Une fois les galettes enveloppées, Maren et Ursa les placent à l'intérieur pour les conserver. Elles essuient la table, balaient le plancher. Maren rince les tasses dans l'eau grise de la bassine, la peau de ses mains fripée à force de frotter le rebord de la tasse d'Ursa.

Elles se servent ensuite du tisonnier pour retirer la pierre du feu.

« Laissez-la ici jusqu'à demain, lui dit Maren. Elle aura refroidi.

— Dois-je vous la rapporter ?

— Gardez-la. Ainsi que le pilon. Nous en possédons deux. »

D'un geste naturel, Ursa se rapproche d'elle et lui prend la main.

« Merci.

— Je peux encore rester », lui dit Maren, même si cela n'est pas vrai – Mamma l'attend pour préparer leur propre pain. Mais rentrer chez elle, dans cette maison où l'air saturé de silence et de chagrin commence à puer, lui semble impossible alors qu'elle se trouve dans cette pièce chaude, et que les mains douces d'Ursa sont posées sur les siennes. « Nous pourrions commencer à travailler sur ces peaux.

— Comme je suis bête, répond Ursa. Vous devez avoir besoin de votre manteau.

— En effet. » C'est un mensonge facile ; le manteau de son père est à sa disposition à la maison. « Je serais très heureuse de pouvoir le porter à nouveau.

— Mais votre mère n'a pas besoin de vous ? Je peux parfaitement me passer de manteau. Je ne sors jamais, hormis pour aller à l'église. Il reste encore plusieurs jours avant le sabbat et, par ailleurs, le temps ne cesse de se réchauffer. »

Maren commence à voir ses espoirs s'amenuiser.

« Je ne pourrais vous laisser sortir sans être couverte. Et vous aurez appris en un rien de temps, même si, bien sûr, nous serions plus rapides à deux. Nous pourrions avoir terminé avant demain. »

Pourquoi n'ose-t-elle pas simplement lui dire qu'elle souhaite rester ? Ce n'est pas ainsi qu'elle et Ursa communiquent, pas ainsi qu'elles parlent – si tant est qu'elles parlent. Leurs échanges sont comme des courants qui vont et viennent en tourbillonnant, balayés par le vent.

« Je ne vois aucun inconvénient à ce que vous restiez. À dire vrai, j'en serais même heureuse, puisque Absalom est parti à Alta. » Ses yeux brillent lorsqu'elle se tourne vers Maren. « Nous pourrions nous installer devant le feu, discuter un peu tout en cousant. À condition que vous en ayez envie, bien sûr. Vous n'êtes pas obligée de… »

De nouveau, Maren sent cette chose se soulever au fond d'elle, comme un troisième bras fantôme qui se tendrait pour attraper Ursa, la sauver de la noyade.

« Oui, parvient-elle à répondre. Oui, je peux rester. »

# 22.

Une fois les peaux étalées par terre, Maren va chercher un couteau afin de les entailler à différents endroits. Il lui faut ensuite prendre les mensurations d'Ursa à l'aide d'une corde, et à son contact elle rougit. Puis, tandis qu'elle découpe plusieurs pièces dans les peaux, elle sent au regard d'Ursa que cette dernière voudrait lui demander quelque chose.

« Votre réunion du mercredi est-elle un rendez-vous régulier ? »

Maren cesse de tailler, s'assoit sur ses talons.

« La réunion dont Kirsten a parlé », répète Ursa. Maren se souvient à peine du passage de son amie, un peu plus tôt. « Elle ne concerne que vous deux ?

— Non. Plusieurs femmes du village se retrouvent. Les rassemblements se déroulent chez Mme Olufsdatter.

— Notre voisine, c'est bien cela ? J'espérais pouvoir me joindre à vous. Je serais heureuse de rencontrer des gens en dehors de l'église. » Maren fronce le nez. « Je m'abstiendrai de leur faire part de ce que nous faisons, si vous le préférez, ajoute Ursa. Je ferai comme si je ne vous avais jamais parlé. »

Maren a beau avoir compris qu'elle plaisantait, elle ne peut cacher le mal que cette remarque lui fait.

« Faites comme bon vous semble », répond-elle.

Ursa se lève et s'en va jusqu'à son coffre en bois de cerisier.

« Anis ? » lui demande-t-elle en déposant deux minuscules graines dans le creux de sa main, avant de les lui offrir. « Il faut les poser sur la langue. Le goût est étrange, mais pas mauvais. » Ursa montre l'exemple et tire la langue pour faire voir la graine. « Si vous n'aimez pas, ajoute-t-elle en se cachant la bouche (ses mots sifflent légèrement à cause de la graine), ne vous sentez pas obligée de la garder. »

Maren prend une graine à son tour et la place dans sa bouche.

« Bon, n'est-ce pas ?

— Je n'ai jamais rien goûté de tel. Ces graines viennent de Bergen ?

— D'Asie. Le capitaine Leifsson, à la tête du navire qui m'a amenée ici, les a rapportées de voyage. Il m'en a donné quelques-unes. »

Elles se remettent au travail. Maren apporte sur la table les pièces destinées aux manches ; chacune se charge d'en coudre une. Elle perfore les peaux à l'aide d'un poinçon, montre à Ursa le point croisé qu'il faut utiliser pour rendre la couture plus solide.

« J'espère ne pas vous avoir gênée avec mes questions, dit Ursa. Je comprendrais tout à fait si je n'étais pas la bienvenue à vos réunions. Si je vous ai demandé cela, c'est simplement parce que votre compagnie m'est agréable et que j'aurais plaisir à rencontrer d'autres villageoises, si toutes sont aussi gentilles que vous. »

Maren ne saurait expliquer pourquoi un nœud lui serre la poitrine à l'idée qu'Ursa puisse se lier avec d'autres. N'est-il pas puéril de se sentir jalouse alors que leur amitié est si récente ? Elle sait qu'Ursa tiendra parole et ne parlera à personne du pantalon de Kirsten, mais redoute ce qu'elle pourrait entendre si elle l'accompagnait.

« Je sais que je suis une étrangère, déclare tout à coup Ursa. Mais j'aimerais sincèrement devenir l'une des vôtres.

— Vous pouvez vous joindre à nous, bien sûr.

— M'emmènerez-vous ? J'aime autant ne pas arriver seule la première fois. »

Maren n'a d'autre choix que d'acquiescer.

« Bien, dit Ursa en souriant. C'est entendu. » Elle retourne à son ouvrage, puis ajoute : « J'ai dû faire une erreur quelque part. »

Maren aide alors Ursa à défaire son travail avant de lui montrer plus lentement comment procéder. Le feu a été ravivé deux fois lorsque le manteau est achevé. Derrière les petites fenêtres, tout est gris et immobile, la nuit est si calme que le monde semble retenir sa respiration.

Ursa a le pouce rouge et écorché à force d'avoir poussé l'aiguille dans la peau épaisse sans dé. Maren se promet de lui donner un morceau de cuir la prochaine fois.

« Essayez-le », lui dit-elle en lui tendant le manteau.

Ursa passe le bras dans l'une des manches.

« Alors ? demande-t-elle en tournant sur elle-même. De quoi ai-je l'air ? D'une femme de Vardø ? »

Ursa est loin, bien loin de ressembler à l'une d'elles. Le ventre douloureux, Maren baisse la tête pour cacher son embarras, puis s'attelle à enrouler le fil de boyau qu'elles n'ont pas utilisé.

Ursa retire le manteau, le suspend près de la porte et attrape l'autre pour le tendre à Maren.

« Je vous rends le vôtre, merci. » Elle se dirige de nouveau vers le coffre et en revient cette fois-ci avec des pièces, en plus de deux graines d'anis. « Tenez.

— C'est beaucoup trop, murmure Maren en contemplant les pièces froides et brillantes dans le creux de sa paume.

— Pas si nous prenons en compte la pierre, la fabrication du pain et tout le reste, répond Ursa en refermant les doigts de Maren. Jamais je n'aurais pensé que nous en ferions tant. Me voilà déjà presque capable de jouer la maîtresse de maison !

— Mais les graines…

— Une pour maintenant, une pour plus tard. Alors, à mercredi ? »

Maren brûle d'envie d'entendre Ursa lui demander à nouveau de rester, de barricader cette porte, de demeurer auprès d'elle au moins jusqu'à ce que le soleil soit levé. Mais Ursa se contente de lui ouvrir la porte et de la laisser s'engouffrer dans le brouillard de la nuit crépusculaire.

Maren ne s'est pas sentie autant considérée depuis le jour où Dag, tout tremblant, est venu lui demander sa main. Même son amitié avec Kirsten, pourtant pleine de tendresse, résonne en elle différemment.

Ces pièces représentent plus d'argent qu'elle n'en a jamais vu, les échanges dans leur village reposant davantage sur le troc. Dans la poche de son jupon, elles tintent comme pour se moquer d'elle, lui dire que ces heures passées auprès d'Ursa n'ont rien été de plus pour elle qu'un simple service, qu'elle ne revêtait pas plus d'importance à ses yeux que Kirsten. Mais Maren a bien conscience que cette somme est énorme, qu'elle permettra de payer plusieurs fois leurs commandes auprès des marchands qui, chaque année au milieu de l'été, arrivent de Varanger. Et puis, si elle était rentrée les mains vides, Mamma lui aurait interdit d'y retourner.

Maren l'aurait-elle écoutée ? Elle doute qu'un refus de sa mère l'empêcherait de ressortir de cette maison, de revoir Ursa. Voilà des années qu'elle n'a pas trouvé d'amie – qui plus est préservée des souffrances qu'inflige la vie sur une île comme Vardø. Même avant la tempête, personne parmi les femmes du village n'avait un cœur si tendre.

Au moment où la maison et ses fenêtres illuminées apparaissent à sa vue comme un bateau dans le brouillard, Maren attrape dans sa poche les trois pièces les plus grosses et les plus lourdes pour les placer dans son autre poche, sous un morceau de tissu. Elle ignore quelle est leur valeur et ce que signifient les inscriptions qu'elles portent, mais quelque chose dans leur couleur et dans leur poids lui donne la certitude qu'elles sont les plus précieuses.

Ces pièces-là, Maren décide de les garder, dans un dessein qu'elle-même n'identifie pas encore bien. Peut-être s'en servira-t-elle pour se rendre à Trøndheim et acheter du lainage afin de se confectionner une robe similaire à celle d'Ursa, la bleu marine, avec un décolleté qui révélera audacieusement ses épaules et de la dentelle aux poignets. Ses courbes ne la rempliront pas aussi bien, mais il serait si bon de posséder un vêtement dont les coutures et les bords ne soient pas élimés. Maren serre les pièces dans sa main jusqu'à les réchauffer, puis lève les yeux vers le ciel. Le soleil est bas, diffus, sa lumière vacille dans les coins de son champ de vision. Peut-être utilisera-t-elle plutôt cet argent pour se faire construire une maison un jour.

Sa mère est réveillée. Maren la trouve debout près de la cheminée, devant la pierre de cuisson posée au milieu des flammes, trapue comme un crapaud, une pile de *flatbrød* à côté d'elle, de la pâte sur la table. Elle ne tourne pas la tête lorsque Maren referme la porte. La pièce semble petite après une journée passée dans la maison du délégué, et même si le sol est soigneusement balayé, il règne une odeur que Maren n'avait encore jamais remarquée : une odeur de cheveux sales et de fumée. Elle s'éclaircit la gorge, sent remonter le goût des graines d'anis.

« Mamma ? »

Sa mère attrape à mains nues le pain tout juste cuit, le tapote de tous les côtés. Le pain fume encore, mais elle prend son temps pour l'emporter jusqu'à la grille en se baissant lentement, comme pour prier. *Il n'y a pas de plus beau cadeau de Dieu que le pain*, se dit Maren en regardant sa mère ramasser une nouvelle galette et la déposer sur la pierre.

« Pardon d'être en retard », lui dit-elle en ôtant son manteau.

Soudainement, sa poitrine se serre en repensant à Ursa. À sa manière de porter son nouveau manteau, de l'embellir, de l'ennoblir, comme un oiseau avec ses plumes.

Ursa n'a pas vu les deux petites runes que Maren a cousues à l'intérieur des manches, des inscriptions que Diinna lui avait montrées à l'époque pour lui souhaiter du bien et la protéger. Cette pensée la réjouit ;

ces runes sont comme des messages écrits à l'encre invisible, et Ursa les porte contre son poignet blanc sur lequel courent des veines vertes comme l'eau de la fonte des neiges.

Mamma n'a toujours pas prononcé un mot, mais ses épaules sont tendues, haussées vers ses oreilles. Lorsqu'elle s'approche du feu, Maren voit sa mâchoire se contracter tandis qu'elle retourne la galette. Le geste lui est tellement familier qu'elle regarde devant elle, le visage parsemé de perles de sueur à cause de la chaleur du feu. Les flammes éclairent sa peau et la commissure de ses lèvres que la sécheresse fait désormais peler. Elle a l'air d'une inconnue.

« Mamma ? »

Maren lui tend les pièces. Sa mère finit par tourner son regard vers elle, vers sa main. Sans desserrer les dents, elle désigne d'un geste de la tête le pot où sont rangés leur maigre bourse, le cordon de perles donné par le père de Diinna lors de son mariage avec Erik et la perle grise que Pappa avait trouvée à l'intérieur d'un coquillage et qui devait servir de dot à Maren. Celle-ci y verse les pièces, puis rejoint Mamma près de la cheminée pour lui tendre une nouvelle galette.

Le travail s'enclenche, épaule contre épaule, dans un silence à la fois plus dur et plus facile à supporter qu'avec Ursa. Maren et sa mère sont comme les parties d'un même corps ; elles ont effectué cette tâche tant de fois.

« Comment est-elle ? »

Maren pense à la peau douce des mains d'Ursa, à la rondeur de ses joues, à la fossette qui apparaît sur son menton lorsqu'elle réfléchit ou se sent gênée. Elle pense à son haleine au parfum anisé, la même qu'elle, désormais, comme si toutes deux partageaient un secret.

« Bien différente de ce que tu pourrais croire. » Mamma pousse un ricanement. « Mais tu auras bientôt l'occasion de la connaître, ajoute Maren en lui passant le dernier disque de pâte tandis que sa mère dépose un pain sur la grille. Elle compte venir à nos rassemblements. »

En prononçant ces mots, le sentiment de malaise qu'elle avait ressenti un peu plus tôt s'éveille de nouveau. Leur amitié est encore jeune, balbutiante, pas suffisamment solide pour lui permettre de se sentir confiante. Et si Ursa se rendait compte qu'elle avait choisi une professeure très moyenne, alors que des femmes bien plus expérimentées auraient pu l'aider ? Toril est la plus douée pour les travaux de couture, Gerda baratte la crème plus vite que n'importe qui, Kirsten découpe la viande à la perfection. Sa mère cuisine et fabrique le pain mieux qu'elle – Maren n'est en fait réputée pour rien, pas même pour avoir bon caractère.

« Tiens donc, répond Mamma, les sourcils levés. Voilà qui promet. Je me demande ce que ta Kirsten aura à dire là-dessus.

— Pourquoi aurait-elle quelque chose à dire ?

— Parce qu'elle aime être au centre de l'attention et qu'il sera difficile de le rester si la femme du délégué se joint à nous.

— Kirsten n'y verra pas d'inconvénient. C'est même elle qui lui a parlé de nos rassemblements.

— Nous verrons bien », conclut Mamma avant de commencer à empiler les pains dans leur barrique.

Maren la rejoint. À travers le mur fin, elle entend que le petit Erik s'est enfin calmé. Diinna lui chante une berceuse tout bas, dans leur langue – sa *joik*.

Elles se couchent à l'heure où les premiers bruits du matin commencent à se glisser à travers la porte. Maren se retrouve obligée d'attendre que Mamma se soit endormie pour aller récupérer les pièces restantes et les graines d'anis dans sa poche. Elle les enfonce dans l'entaille de son oreiller, repositionnant les graines de manière à sentir deux petites boules dures contre sa joue ; peut-être même que leur parfum pourra lui parvenir à travers la taie grisonnante. Elle songe à profiter de ces longues journées d'été pour ramer jusqu'à la petite montagne. La bruyère, qui n'a pas été remplacée depuis la tempête, est aussi dure que du pain brûlé. Maintenant qu'Ursa possède son propre manteau, peut-être aura-t-elle envie de l'accompagner.

La voix de Diinna continue de lui parvenir à travers le mur. Erik doit être en train de se réveiller. Maren pose une main sur la paroi, laisse ses paupières se fermer dans la lumière naissante. Elle sombre, et la baleine qui a pris son père et son frère apparaît, l'appelle vers la mer.

## 23.

La veille du rassemblement du mercredi, Mamma fait travailler Maren plus dur que d'ordinaire. Elle l'envoie chez Toril chercher des manteaux d'hiver reprisés ; Toril la reçoit plus froidement que jamais. Cette dernière a toujours été difficile à apprécier, sèche même avec ceux qu'elle connaît depuis des années, mais depuis la tempête elle porte sa foi comme une armure, brandit sa piété comme une lame. Maren dénombre cinq crucifix sur l'étagère au-dessus de la cheminée, alignés comme des armes tout récemment forgées. D'autres croix sont précieusement rangées contre les murs, fabriquées à partir d'herbe de mer et de ficelle.

« Pour M. Cornet ? demande Maren en les désignant d'un geste de la tête.

— Pour célébrer Dieu. Je reçois sa visite chaque jour ou presque, répond Toril.

— La visite de Dieu ?

— De M. le délégué », rétorque Toril d'un air furieux. Maren doit se mordre l'intérieur des joues pour s'empêcher de rire. « Il n'est pas venu aujourd'hui, cependant. Il se trouve à…

— À Alta. »

Les mains de Toril pâlissent en se crispant sur les manteaux qu'elle tient dans ses bras.

« Tu es au courant ?

— Tu n'es pas la seule à savoir des choses, Toril », répond Maren, jubilant intérieurement qu'Ursa lui ait fourni l'information.

Elle tend les mains pour récupérer la pile de manteaux reprisés, mais Toril les garde contre elle.

« Il ne vous a pourtant pas rendu visite. » Maren hausse les épaules. « C'est impossible. Jamais il ne pénétrerait sous un toit abritant une Lapone et son bâtard. »

Maren sent aussitôt une bouffée de colère lui brûler la poitrine.

« Erik n'est pas un bâtard. Ils étaient mariés, tu as dansé à leur festin de noces.

— Je n'ai pas dansé. Jamais je n'aurais dansé pour une union appelée par le diable. »

Maren sent ses paumes la démanger. Elle peine à réprimer l'envie de la gifler, de lui tirer les cheveux.

« Prends garde à ce que tu dis, Toril Knudsdatter », lâche-t-elle en lui arrachant les manteaux des bras.

Toril perd l'équilibre et se cogne l'épaule contre la cheminée en vacillant. Plusieurs de ses crucifix tombent de l'étagère. Maren tourne les talons et s'en va le cœur battant, laissant Toril les ramasser à quatre pattes par terre.

Il règne dans les rues une effervescence que le village ne connaît que l'été. Les femmes sont assises dehors, devant leur maison, occupées à baratter le beurre ou à écailler les poissons rapportés de Kiberg. Pourtant, même ces odeurs et ce brouhaha familiers ne parviennent pas à apaiser Maren. D'un pas décidé, elle rentre chez elle et frappe du coude contre la porte de Diinna.

Plusieurs secondes s'écoulent. Lorsque Diinna finit par ouvrir, son teint est cireux, sa bouche pincée, ses cheveux plats et ternes, son expression semblable à celle qu'elle avait le jour où Kirsten l'a sortie de la neige, en ce premier hiver. Derrière elle, la pièce est noire, mal aérée. Une odeur de lait rance flotte dans l'atmosphère. Maren aperçoit la silhouette du petit emmitouflé dans les couvertures, les mouvements de sa respiration tout juste perceptibles.

Sans un mot, Diinna attrape sa veste, mais Maren secoue la tête avant de lui faire signe de la suivre. Diinna referme doucement la porte derrière elle, sans penser qu'il serait préférable de la laisser ouverte, d'aérer quelques instants la chambre où dort son fils.

« Je reviens tout juste de chez Toril.

— Je vois ça », répond Diinna.

À la lumière du jour, son visage semble encore plus fatigué. Son regard est mort, ses yeux gonflés. Si Maren ne tenait pas pour certain qu'il lui est impossible de s'en procurer, elle la croirait sous l'emprise de spiritueux.

« Elle a parlé de toi. T'a insultée.

— Et alors ?

— Elle a dit qu'Erik et toi n'étiez pas mariés, pas réellement. »

Le chagrin que lui cause cette annonce se lit sur le visage de Diinna. Elle attrape entre ses dents le bout d'une mèche de cheveux, la mordille.

« Elle était pourtant présente. Elle nous a vus nous marier.

— Elle a dit (Maren baisse la voix pour que Mamma ne l'entende pas) que votre union était appelée par le diable. »

Diinna hausse les épaules.

« Toril a toujours été ainsi. Même à l'époque où nous étions enfants. Un jour, elle m'a jeté une marmite d'eau bouillante dessus. » Sa main se pose sur son épaule, où la cicatrice forme comme de la dentelle sur sa peau. Maren se souvient que, effectivement, Toril en était à l'origine. « Pourquoi venir me déranger avec ces vieilles histoires ?

— Ce ne sont pas que des paroles, répond Maren. Toril a les faveurs du délégué désormais. Il lui rend visite presque chaque jour pour prier. »

Mais Diinna refuse de prendre ses mises en garde au sérieux.

« J'ai envoyé Erik à l'église pour toi, pour ta mère. N'est-ce pas assez ?

— Il ne s'agit pas de moi, rétorque Maren, animée d'une envie de la prendre, de la secouer. Il s'agit de toi, de toi et d'Erik. Le délégué a noté dans son registre que tu ne fréquentais pas l'église.

— Son registre ?

— Son livre. Il l'a écrit, et quand les choses sont écrites, il est difficile de les oublier ensuite. Et comme tu es…

— Une Lapone ? »

Les yeux de Diinna se plissent.

« Jamais je n'emploierai ce mot. Mais je te l'ai dit : Kirsten m'a raconté que plusieurs Samis ont été mis à mort à Alta, et un autre à Kirkenes.

— Ils ne faisaient qu'invoquer les vents. » L'espace d'un instant, le visage lisse de Diinna se froisse de tristesse. « Ces hommes étaient innocents.

— C'est justement pour cette raison que tu dois faire attention, reprend Maren, les dents serrées. Et lors de son premier discours, poursuit-elle alors que le souvenir lui revient tout à coup, M. Cornet a parlé du procès d'une femme dans lequel il avait été impliqué. Il n'a peut-être pas été nommé ici pour cette seule raison, mais cela a dû y participer. Il faut que tu viennes à l'église.

— Il me semble que j'aurais plutôt tout intérêt à l'éviter.

— Mais il sait qui tu es. Toril lui a donné ton nom à l'église, et j'ai bien l'impression qu'elle lui parle de toi encore aujourd'hui.

— Je regrette de ne pas m'être exécutée le jour où je l'ai menacée de lui trouer la langue, répond Diinna. Cela nous aurait rendu service à toutes. »

Maren avait oublié cet épisode, survenu en ces terribles jours qui avaient suivi la tempête. La nausée monte aussitôt.

« Il ne faut pas dire de telles choses.

— Pourquoi ? Me prends-tu, toi aussi, pour une sorcière ? »

Diinna la fixe du regard sans ciller. Maren enfonce ses ongles dans la paume de sa main, plus proche à présent de l'agacement que du désespoir.

« Tu ne viendras donc pas ? » Le regard de Diinna se détourne. « Tu pourrais au moins te mêler aux autres plus souvent. Tu aimais certaines d'entre nous, avant. »

*Tu m'aimais, moi*, pense Maren en ramassant ses manteaux. Diinna ne se baisse pas pour l'aider. Une mèche de cheveux fine et luisante pend toujours au bord de ses lèvres, et le bruit de succion qu'elle produit en la mordillant emplit la bouche de Maren d'un goût amer.

« Pourquoi ne viendrais-tu pas mercredi ? Tu te joignais à nous, avant. Toril ne participe pas à nos rassemblements, et les autres dévotes non plus.

— Ta mère y va, pourtant. Et des dévotes, il ne reste plus que ça, désormais, répond-elle d'une voix sèche.

— Je n'en fais pas partie, et tu le sais, dit Maren en se redressant et en lui tendant les manteaux. Kirsten, Edne et beaucoup d'entre nous ne sont pas comme elles.

— Très bien, répond Diinna en prenant les vêtements moelleux. Mais je ne suis pas non plus l'une des vôtres. »

À l'intérieur, les pleurs d'Erik se mettent à résonner.

« Viendras-tu au rassemblement ? » lui demande Maren, mais ses espoirs s'envolent en voyant Diinna s'engouffrer à l'intérieur et refermer la porte sans lui répondre.

Maren fait les cent pas sur le seuil. Un piège est en train de se refermer sur elles, Maren le sent depuis que Toril, à l'église, a donné le nom de Diinna. Ce que Maren a appris sur les hommes d'Alta n'a fait que l'inquiéter davantage. Le tribunal n'a pas semblé tenir compte du fait que les marins avaient recours aux amulettes des Samis depuis la nuit des temps. D'après Kirsten, un jour avait suffi pour les condamner à mort et les exécuter.

Fréquenter l'église irait à l'encontre des croyances de Diinna et des pratiques des Samis, mais Maren ne peut s'empêcher de penser que, désormais, ce qu'elles prétendent croire importe plus que ce qu'elles croient réellement. Peut-être fait-elle un peu semblant elle aussi. Le regard de Dieu ne semble plus porté sur elle depuis la tempête, et maintenant que M Cornet est là, elle le craint encore plus que le Tout-Puissant.

À l'intérieur de la maison, Mamma est occupée à emballer du poisson salé dans un linge propre. Les poissons sont étalés sur la table, éventail de formes que le sel a rendues plus ou moins blanches. Une petite pile hérissée d'arêtes est posée à côté dans l'attente d'être triée afin de récupérer celles qui pourraient servir à fabriquer des aiguilles ou des peignes, et celles qui parfumeront le bouillon.

« Que se passe-t-il encore ? »

Maren dépose les manteaux sur l'étagère avant de rejoindre Mamma à table.

« Diinna refuse de venir à l'église.

— Évidemment. » Mamma lui lance un regard en coin acéré. « À quoi bon essayer de la convaincre ? »

Maren attrape un poisson et une pince, sans aucune envie de répéter son discours.

« Ah, fait sa mère. Toril ? » Maren hoche la tête, et Mamma émet un bruit de bouche avant de poursuivre : « Quand il s'est marié, j'avais pourtant bien dit à Erik que les gens parleraient. Mais il n'est plus là pour la protéger. »

*Et tu ne fais rien non plus pour l'aider*, songe Maren en retirant les arêtes d'une rascasse volante.

« Je lui ai proposé de venir à notre rassemblement du mercredi.

— Avec la femme du délégué ? s'étonne Mamma, les sourcils levés. Tu trouves réellement que c'est intelligent ?

— Urs… Mme Cornet n'a rien à voir avec le délégué. Il n'y a aucune raison que les choses se passent mal.

— Nous verrons bien. »

Il y a dans la voix de Mamma comme une pointe d'excitation qui, une fois de plus, laisse penser à Maren que son antipathie à l'égard de Diinna se rapproche désormais de la haine. Elle qui, quelques mois plus tôt, craignait que Diinna ne se soit enfuie dans la montagne serait maintenant soulagée de la voir disparaître, tant que le petit Erik demeure dans la maison.

« De toute manière, il y a une chose dont nous pouvons être sûres : quoi qu'il arrive, c'est Diinna qui en sera tenue pour responsable. »

## 24.

Ursa n'est pas tranquille à l'idée de dormir seule, mais une telle fatigue l'accable qu'elle glisse dans un sommeil profond à l'instant où la porte se referme derrière Maren. Elle se réveille le lendemain matin, déboussolée, les tempes battantes, dans sa maison propre, son nouveau manteau occupant l'espace près de la porte comme une présence.

Elle hésite à l'enfiler, à sortir et même, pourquoi pas, à partir à la recherche de Maren. Alors qu'à Bergen il n'aurait jamais été question pour elle de se promener seule, ici, dans ce village de femmes, il ne semble pas que cela serait un sujet de commérages. Cependant, Ursa ignore comment s'orienter, hormis pour se rendre à l'église, où elle n'a aucune envie d'aller.

Dès le mercredi suivant, ses connaissances s'élargiront ; peut-être même pourra-t-elle rendre visite à certaines des villageoises. Munie de son manteau et de ses bottes, Ursa se sent plus forte. Elle se prépare un thé, mange un carré de *flatbrød* sur lequel elle étale un petit morceau du beurre que Maren a récupéré à la surface du *kjernemelk*. Il a suffi d'une journée en sa compagnie pour lui ouvrir les yeux : elle qui auparavant ne trouvait aucune tâche ménagère à accomplir se rend désormais compte que le réservoir d'huile doit être rempli pour faire démarrer le feu, et songe même à utiliser son restant de farine pour confectionner de nouveaux petits pains qu'elle pourra partager avec Absalom à son retour.

Le temps passe plus vite qu'elle ne s'y attendait. Le mercredi venu, elle se lève et s'habille de bonne heure. Elle a fait bouillir de l'eau pour le thé quand la porte s'ouvre brusquement derrière elle. Elle se retourne, s'attendant à trouver Maren venue la chercher en avance, mais découvre sur le seuil de la porte Absalom, qui ôte son chapeau noir de sa tête.

« Mon cher, dit-elle en se forçant à garder son sourire. Déjà de retour ?

— Les vents étaient contre nous. Il m'a fallu demeurer à Hamningberg, d'où j'ai pu prendre la mesure de la situation à Alta. »

Ainsi donc, Absalom n'était pas allé plus loin que le prochain village sur la côte.

Ursa scrute son visage, mais n'y décèle aucun signe de colère.

« Vous êtes-vous rendue à l'église, femme ? demande-t-il en la regardant de haut en bas.

— Pardonnez-moi, mais non, mon cher. Je souhaitais seulement me rendre présentable. »

Ses épais sourcils se soulèvent.

« Pour qui ?

— Je suis censée retrouver d'autres femmes tout à l'heure. »

Ursa craignait sa réaction, mais il se contente d'acquiescer.

« C'est une bonne chose. S'agit-il d'une invitation de Toril Knudsdatter ?

— Non, mon cher mari.

— De Sigfrid ? Elles avaient évoqué cette idée. »

Ursa secoue la tête.

« Ces femmes me sont inconnues.

— Elles aident à l'église. Je supervise leur éducation spirituelle aux côtés du pasteur. »

Ursa verse l'eau bouillante ; les feuilles de thé tourbillonnent.

En lui tendant sa tasse, Ursa voit Absalom froncer les sourcils.

« Qui vous a invitée, dans ce cas ?

— Notre voisine, Mme Olufsdatter », ment-elle, car il n'est pas question de donner le nom de Maren, et encore moins celui de Kirsten.

« Je vois. »

Il boit une gorgée de thé.

« Tout s'est donc bien passé à Hamningberg ? »

Puisque Absalom ne semble avoir aucune objection à sa participation au rassemblement, Ursa préfère porter la discussion sur un autre sujet.

« Très bien, très bien. Le délégué de Kiberg est lui aussi resté bloqué là-bas. Un dénommé Larsen. Somme toute sympathique, bien qu'un peu imbu de lui-même. Le délégué d'Alta, M. Moe, nous a fait parvenir toutes les informations nécessaires. Le procès a été expédié en un rien de temps.

— Vous vous rendiez à un procès ? Lequel ?

— Le procès avait déjà eu lieu. J'espérais simplement pouvoir comprendre où en étaient les choses. Cependant, les geôles d'Alta renferment encore deux

Lapons. Je retenterai l'expédition dès que les vents seront favorables.

— Qu'avaient donc fait ces Lapons ?

— Le problème n'est pas tant ce qu'ils ont fait que ce qu'ils sont par nature. Des magiciens.

— Des sorcières, vous voulez dire ? demande Ursa en croisant les bras.

— Tout à fait, répond-il, apparemment flatté par son intérêt.

— Comment peut-on le prouver ?

— Il existe des tests. » Il se penche vers elle, et même si dans sa voix résonne un indéniable frisson d'excitation, Ursa y décèle également de la crainte. « Notre roi, Jacques d'Écosse, a écrit un livre dans lequel il décrit la méthode permettant d'identifier et de confondre une sorcière. Mais les Lapons, eux, se reconnaissent sans peine : ils portent des tambours sur lesquels ils tendent des peaux et qu'ils frappent au rythme du démon. »

Il se signe, et Ursa sent un frisson glacé lui parcourir la peau.

« Le démon ? En êtes-vous sûr ?

— Je l'ai vu de mes yeux. » Sa voix se réduit à un murmure. Absalom semble se remémorer un souvenir qui l'effraie. « L'Écosse a connu de grands procès. Mon intention n'était pas de parcourir tout ce chemin pour en voir un nouveau, mais plutôt d'en apprendre davantage sur les méthodes employées par le délégué Moe. Il n'y a rien à tirer de Larsen. » Assis sur une chaise, il s'adosse. « Il n'avait même pas eu l'idée de tenir un registre avant que je le lui suggère.

— A-t-il déjà vu le seigneur ?

— Il l'a vu, en effet. À Alta. » Le visage d'Absalom retrouve son air impassible. « Beaucoup de délégués sont de vieux amis à lui, d'anciens camarades de mer.

— C'est donc un grand honneur, mon cher mari. » Absalom lève les yeux vers elle. « Que le seigneur vous ait fait venir d'Écosse sur votre seule réputation. »

Ses épaules se raidissent légèrement, l'ombre d'un sourire apparaît sur ses lèvres. « C'en est un, Ursula. »

Il termine sa tasse d'une traite et se lève, soudain rempli de vigueur.

« Je vais à l'église. J'espère que votre réunion vous sera agréable. Cependant, femme… » Ursa le regarde dans les yeux. « Tendez l'oreille. Et si la moindre information utile vous parvient… »

Sans prendre la peine de terminer sa phrase, il se lève et quitte la pièce, refermant la porte derrière lui.

Ursa se remet à respirer. Montrer de l'intérêt pour Alta, pour le procès – même si ces quelques minutes lui ont retourné l'estomac –, sa stratégie était la bonne. La magie noire n'était qu'une vague rumeur à Bergen, mais ici… Après tout, peut-être ces choses existent-elles. Sans attendre, elle nettoie la tasse de son mari, refait bouillir de l'eau. Pas question de boire le même thé que lui.

Lorsque Maren arrive, peu après que le soleil a atteint son zénith, Ursa la découvre accompagnée de deux autres femmes. Elle reconnaît d'abord sa mère et lui adresse une révérence à laquelle la femme ne répond pas. Son regard reste posé derrière elle, sur l'intérieur de la maison, un regard chargé d'une telle hostilité qu'Ursa préfère enfiler son manteau et sortir plutôt que de les inviter à entrer.

Toutes trois portent un ballot attaché à leur poitrine. Ursa s'aperçoit que le tissu utilisé pour le ballot de la mère est le même que celui qu'elle avait failli couper. Elle prie tout bas pour que Maren ne lui ait pas raconté l'anecdote. Leurs trois étranges silhouettes se dessinent contre le ciel gris et bleu, de la même couleur qu'une ecchymose fraîche.

« Voici Diinna », annonce Maren, visiblement gênée.

La troisième femme pose son regard sur Ursa. Le ballot qu'elle transporte occupe son torse tout entier ; son visage est large, ses pommettes hautes. Ne l'ayant jamais vue à l'église, Ursa comprend qu'il doit s'agir de la Samie que Maren cherchait à protéger lorsqu'elle a répondu aux questions de son mari. Celle qui a gravé les inscriptions au-dessus de leur porte.

La jeune femme est aussi frêle que Maren et sa mère, mais sa maigreur lui sied mieux, ses mouvements sont plus fluides, plus gracieux. Ses cheveux plats semblent ne pas avoir été lavés depuis longtemps, leurs extrémités sont remplies de nœuds. Elle repositionne le ballot attaché à sa poitrine, et c'est alors qu'Ursa se rend compte qu'un enfant s'y trouve blotti, un enfant certes jeune, mais pas au point d'être porté comme un nouveau-né.

« Voici Erik, dit Maren. Le fils de mon frère.

— Et le mien », ajoute Diinna non sans une pointe d'arrogance.

Ces femmes forment un étonnant trio. Ursa parcourt le chemin qui les sépare de la maison de leur voisine à côté de Maren.

De la porte entrouverte s'échappe un léger brouhaha, en plus de l'odeur désormais familière du pain chaud. Sans laisser le temps à Ursa de se préparer, Maren ouvre la porte en grand et s'engouffre dans la pièce jaune.

Le long des murs ont été installés des bancs sur lesquels les femmes, assises par petits groupes, travaillent à leur ouvrage posé sur leurs genoux. Sur une étagère accrochée au mur sont posés des objets ressemblant à des pierres de couleur pâle. Sur la table déplacée devant la cheminée se trouvent du pain, du poisson, des carafes d'eau et de bière légère. Peut-être Ursa aurait-elle dû apporter quelque chose ; elle hésite à retourner chercher les deux miches qu'elle a fabriquées la veille.

Au départ, les bavardages se poursuivent, mais très vite les têtes se tournent, des têtes qu'Ursa a aperçues à l'église mais sur lesquelles elle ne saurait mettre de noms. Le silence finit par se faire, seulement rompu par les voix des enfants qui jouent aux pieds de leur mère. Ursa a l'impression de revivre ce premier jour, à l'église. Ses épaules se voûtent, son regard reste fixé sur les jupes des femmes en face d'elle.

C'est finalement Kirsten qui se décide à parler la première.

« Je t'avais bien dit qu'elle viendrait, lance-t-elle en direction d'une femme aux cheveux châtain clair installée près du feu. Tu peux te réjouir d'avoir dressé une si belle table. »

La femme se lève et traverse la pièce, la main tendue vers Ursa en signe de bienvenue. Mme Olufsdatter, la propriétaire des lieux.

« Je suis ravie de vous recevoir, madame Cornet, lui dit-elle.

— Appelez-moi Ursula, je vous en prie. C'est une charmante maison que vous avez là.

— Le père de mon mari l'a construite », répond la femme en se décalant légèrement vers la droite, comme pour cacher l'étagère accrochée près de la cheminée. À côté d'Ursa, Maren se balance d'un pied sur l'autre, mais le regard de la femme reste braqué sur elle, chargé de respect. « Merci d'être venue.

— Je suis ici à l'invitation de Maren », précise Ursa, croyant toujours devoir justifier sa présence.

Mais en voyant la manière dont la femme continue délibérément d'ignorer Maren, Ursa comprend qu'une distance s'est installée entre elles.

« Je suis ravie que vous soyez là, répète-t-elle en s'avançant vers la table. Puis-je vous offrir de quoi boire ou manger ?

— J'ai un peu soif, oui », répond Ursa, sur quoi la femme se penche au-dessus de la table pour attraper une carafe.

Ursa profite de ces quelques instants pour observer l'étagère de plus près. Les objets posés dessus ne sont pas des pierres mais des figurines grossièrement taillées dans de l'os.

Mme Olufsdatter se redresse et lui apporte sa tasse. Celle-ci ne contient ni de l'eau ni du thé – les seules boissons qu'il lui ait été donné de boire depuis l'aquavit qu'elle avait goûté sur le bateau –, mais un liquide trouble. Ursa le flaire en espérant ne pas paraître impolie.

« De l'eau d'oseille, lui explique Maren. C'est un peu acide, mais je pense que vous apprécierez. »

De si près, Ursa parvient à sentir le parfum réconfortant des graines d'anis dans l'haleine de Maren. Elle boit une gorgée, se retient de plisser le nez. Le goût est très amer, mais se termine par une note sucrée, comme les pommes à cuire que Siv achetait à Noël. Agnete en raffolait avant que les médecins lui imposent un régime. Ursa revoit sa sœur, les lèvres retroussées tel un cheval lorsqu'elle croquait dans ces pommes. Son ventre se serre.

Voyant Mme Olufsdatter la regarder d'un air inquiet, Ursa sourit et hoche la tête pour lui indiquer de la resservir, même si du temps lui sera nécessaire pour s'habituer. De la place leur a été faite sur le banc à droite de la cheminée. Avec son corps si frêle, Diinna pourrait s'installer à côté d'elles, mais elle préfère rester près de la porte, même après avoir déposé Erik avec les autres enfants. Sa présence fait visiblement autant d'effet sur les autres femmes que celle d'Ursa – mais à son grand soulagement, et bien qu'elle éprouve de la peine pour Diinna, la sienne suscite davantage leur méfiance que leur animosité.

Les bavardages reprennent. Cependant, au lieu de s'apostropher à travers la pièce, les femmes parlent désormais chacune à sa voisine, en baissant la voix. Sa tasse devant les lèvres, Ursa regarde Diinna. M. Kasperson, l'employé de son père, avait vécu un temps au Spitzberg, où il travaillait comme comptable dans une station baleinière. Il leur avait décrit les Lapons comme des gens de petite taille, sauvages, aux dents minuscules et pointues comme des aiguilles, portant des queues de loup autour du cou et des chapeaux pointus sur la tête. Ursa ne constate pourtant aucune différence entre Diinna et les autres femmes, hormis sa peau plus sombre, ses pommettes plus hautes, et le traitement qu'elle reçoit de leur part. Elle repense au procès d'Alta, se demande si Diinna en a eu connaissance.

Erik aussi se tient légèrement à l'écart des autres enfants, assis par terre, les jambes tendues devant lui. Le petit possède un physique plus marqué – sa mâchoire semble lâche, tombante. Peut-être souffre-t-il d'un retard. Enfant, Agnete aussi a mis du temps à s'éveiller. Elle a pourtant fini, malgré la maladie, par développer un esprit affûté. Il pourrait en être de même pour lui.

Maren sort de son ballot un grand morceau de tissu dans lequel sont enveloppés une aiguille de bonne qualité et du fil. Kirsten, quant à elle, découpe des morceaux de fourrure pour une paire de bottes – aussi larges que des bottes d'homme – posées sur un petit tabouret devant elle. Ursa se rend compte qu'elle aussi aurait dû apporter un ouvrage sur lequel travailler.

« Puis-je vous aider ? » demande-t-elle à Maren, qui lève vers elle des yeux étonnés.

Sans doute a-t-elle à l'esprit le piètre travail qu'elle a accompli sur les manches du manteau. Mais son désir de trouver une occupation doit se lire sur son visage, car Maren lui confie un autre morceau de tissu, plus petit que le sien, peut-être une taie, ainsi qu'une aiguille plus épaisse qui glissera moins facilement entre ses doigts.

Ursa sent le regard des autres femmes peser sur elle tandis qu'elle enfile l'aiguille, cherche la partie usée du tissu et ramasse de quoi le rapiécer. Mais à l'instant où elle s'apprête à coudre le premier point, la porte s'ouvre de nouveau.

Une femme à l'air pincé entre avec deux enfants, suivie d'une autre, accompagnée d'une jeune fille avec qui elle partage les mêmes yeux bleus et lèvres fines. Le silence est encore plus dur que celui qui a accueilli l'arrivée d'Ursa. Kirsten déplace le tabouret sur lequel sont posées ses bottes et se lève, les bras croisés.

« Que fais-tu là ?

— Qui es-tu, Kirsten Sørensdatter, pour me poser cette question alors que tu n'es pas chez toi ? » L'inconnue tend l'un des deux paniers qu'elle porte à Mme Olufsdatter après avoir soulevé le linge qui le recouvrait. « Je ne suis pas venue les mains vides. »

Mme Olufsdatter ne réagit pas. Elle semble comme emportée par un courant invisible ; son visage est blême, son air apeuré. En une seconde, son regard se pose sur l'étagère où sont exposées les figurines en os et en pierre. La femme dépose le panier sur la table avec une moue. En remarquant la croix pendue autour de son cou, Ursa comprend qu'il s'agit de l'une des femmes de l'église avec lesquelles son mari s'entretient régulièrement.

« Sigfrid et moi sommes simplement venues vous tenir compagnie. Et parler à Mme Cornet. »

Le cœur d'Ursa tambourine plusieurs fois dans sa poitrine avant qu'elle ne se rende compte qu'on l'a citée. Impossible de s'y faire : ce nom est pour elle une chose tout aussi étrangère que cette aiguille dans sa main, et tout aussi piquante.

« Moi ?

— Que lui veux-tu, Toril ? »

À côté d'elle, Maren s'est raidie. Ursa la regarde du coin de l'œil : elle ne cherche même pas à masquer sa colère.

« Tu n'as rien à faire ici », ajoute Kirsten.

Ursa colle sa jambe à celle de Maren pour la rassurer avant de demander :

« En quoi puis-je vous aider, madame… ?

— Knudsdatter. » Toril fronce les sourcils. « Je pensais que votre mari vous avait parlé de moi.

— Et de moi, ajoute Sigfrid. C'est lui qui nous a demandé de nous joindre à vous afin de vous tenir compagnie.

— Madame a suffisamment de compagnie », rétorque Kirsten en désignant les femmes autour d'elle.

Les autres se regardent, incertaines. Ursa se demande si leur malaise est dû à l'irruption de Toril ou à la réaction de Kirsten. Il existe, de toute évidence, une rivalité entre elles. Ursa se rangerait du côté de Kirsten sans hésiter.

« Il espérait que sa femme serait mieux entourée », répond Toril.

Les joues d'Ursa s'enflamment à l'idée qu'Absalom soit intervenu pour elle. Lui faire part de ses projets était une terrible erreur. Toril s'avance jusqu'à Ursa, obligeant la mère de Maren à se décaler sur le banc déjà rempli. Elle pose son autre panier par terre et se glisse à côté d'Ursa.

La même détresse se lit toujours sur le visage de Mme Olufsdatter. Son corps cache de nouveau l'étagère. Ursa la voit placer l'une des carafes devant les figurines en os et en pierre.

En prenant place à son tour sur le banc, Sigfrid renverse par mégarde le panier de Toril. Des morceaux de dentelle et des bobines de fil se renversent par terre.

« Je suis désolée », dit-elle en s'accroupissant pour les ramasser.

Les claquements de langue désapprobateurs de Toril redoublent au moment où d'autres femmes se lèvent pour lui prêter main-forte. Voyant Kirsten et Maren s'abstenir, Ursa reste à sa place.

Diinna ramasse une boîte d'aiguilles qu'elle tend à Toril. Au lieu de la prendre, celle-ci darde sur elle un regard assassin.

« C'est une menace ? demande-t-elle.

— Une menace ? répond Diinna avant de ricaner et de remettre la boîte dans le panier.

— Je n'ai pas oublié le jour où tu m'as menacée de me percer la langue », crache Toril.

Une onde de murmures se diffuse dans la salle.

« Toril, lance Kirsten comme un avertissement. Elle souhaitait juste aider.

— Je n'ai pas besoin que des gens comme elle m'aident », répond Toril.

Le corps de Maren est toujours tendu. Diinna semble sur le point de rétorquer quelque chose, mais elle se ravise et se baisse pour prendre Erik avant de quitter la maison sans un mot, sans un geste d'au revoir, en laissant la porte claquer derrière elle. Maren se dresse, comme prête à partir à sa poursuite – et aussitôt Ursa se demande comment rester sans elle.

De son côté, Toril ne montre aucun effort pour engager la conversation. Assise près d'elle, un peu trop près, elle se contente de sortir un vêtement à repriser. Il apparaît très vite que la couture est sa spécialité : ses doigts fins travaillent avec adresse, referment les trous à l'aide d'un point qu'Ursa n'avait jamais vu auparavant.

« Eh bien, Ursula. » La voix de Kirsten résonne comme une cloche et replonge la pièce dans le silence. « Dites-nous ce que Maren vous a déjà appris. Je vois à votre manteau que les peaux que j'avais apportées vous ont servi. »

Sur le banc, à côté d'elle, Maren se recroqueville légèrement. Ursa a donc vu juste : Maren doit avoir honte de leur petit arrangement. Mais il est trop tard désormais.

« C'est un excellent professeur. Nous avons maintenant suffisamment de *flatbrød* pour nous nourrir pendant les dix prochaines années, je crois, et le manteau me sera d'une grande utilité.

— Toi ? Un manteau ? » s'étonne Toril en plantant son regard sur Maren, à quelques centimètres d'Ursa, qui, à cet instant, regrette que sa corpulence ne lui permette pas de se plaquer contre le mur.

Les yeux rivés sur son ouvrage, Maren ignore sa question, mais Ursa ne peut s'empêcher de remarquer le léger tremblement de ses doigts.

« Oui, reprend-elle. Maren m'a aidée à me confectionner un vêtement chaud. Je ne possédais rien d'approprié parmi ceux que j'ai apportés de Bergen.

— Madame Cornet, je serais heureuse de pouvoir vous aider. Je suis la meilleure couturière du village, tout le monde le sait. »

Personne ne confirme ses dires, sauf Sigfrid, qui se met à hocher la tête comme un laquais.

« Merci, madame Knudsdatter, mais je reçois déjà toute l'aide qu'il me faut.

— Appelez-moi Toril, je vous en prie. » Elle se rapproche encore un peu plus d'Ursa, son genou pointé vers sa cuisse. « Votre mari pense qu'il serait profitable que nous passions du temps ensemble. Il semble d'avis qu'une dame de Bergen devrait bénéficier d'une conversation plus instruite. Ma propre mère était originaire de Tromsø…

— Mme Olufsdatter est également originaire de Tromsø, l'interrompt Kirsten. Si madame veut une conversation instruite, ce n'est pas toi qu'elle doit aller voir, Toril. À moins qu'elle n'ait envie de connaître la Bible par cœur.

— Tu dis cela comme s'il s'agissait d'un mal, Kirsten, rétorque Toril avec mépris. As-tu oublié qui était notre délégué ? Un homme d'Église, du même rang que notre pasteur. Un homme d'Église qui souhaiterait une meilleure compagnie pour son épouse, et très certainement un meilleur manteau que celui taillé par Maren Magnusdatter. »

Ursa s'apprête à prendre sa défense, mais sa voix semble aussi coincée dans sa gorge que son jupon entre les genoux de Toril. Celle-ci semble néanmoins se reprendre et ajoute d'un ton mielleux écœurant :

« Faites appel à moi si vous souhaitez un jour de la compagnie. Je crois savoir que votre mari se déplace souvent à l'église ou dans la région pour ses importantes affaires…

— J'ai la compagnie qu'il me faut, merci, madame Knudsdatter. »

Elle sent le regard de Toril les transpercer, elle et Maren, laquelle n'a toujours pas ouvert la bouche pour se défendre.

« Très bien, répond Toril – mais sa voix déraille.

— Y a-t-il autre chose, Toril ? lui demande Kirsten. Ou pouvons-nous être dispensées de ta charmante compagnie ? »

Toril jette son ouvrage dans son panier puis se fige, les doigts posés sur ses coupons de tissu.

« Qui a pris mes dentelles ? »

Elle balaie la pièce du regard.

« Tes dentelles ? répète Kirsten d'une voix lasse.

— Est-ce que c'est toi ? » Toril a levé la tête vers Kirsten. Leur différence de taille lui donne l'air d'un enfant devant ses parents. « J'avais ici des coupons de dentelle. »

Ursa retient sa respiration, mais Toril semble penser que le combat n'en vaut pas la peine.

« Elsebe, Nils, nous partons », déclare-t-elle en se levant précipitamment avant d'emmener ses enfants, qui la suivent sans mot dire, aussi impeccables que ses points de couture.

En la voyant se retourner sur le seuil de la porte, Sigfrid se hâte de ramasser ses affaires et de faire sortir sa fille. « Ne croyez pas que je n'ai pas vu ce qui se trouve près de votre cheminée, madame Olufsdatter, ni la personne qui sortait à toutes jambes de chez vous lorsque nous sommes arrivés. Ces choses-là appartiennent au passé. Le délégué ne montrera aucune tolérance à leur égard. Des hommes sont morts sur le bûcher à Alta…

— Mon époux, intervient Ursa, sentant la colère monter, ne porte aucun jugement sur la manière dont les gens aménagent leur foyer. »

L'assemblée tout entière semble retenir sa respiration. Un silence absolu s'abat sur la maison tandis que Toril se tourne vers elle d'un air arrogant. Sa stature lui fait penser à celle que Siv arborait en rentrant de l'église, encore pénétrée de la pensée de Dieu, le dos droit, comme redressé par ses prières.

« C'est entendu, madame Cornet. Je lui ferai savoir que vous avez choisi votre compagnie.

— Je le ferai moi-même. » Le cœur d'Ursa bat la chamade.

Des hommes morts sur le bûcher ? Absalom semble avoir omis de lui conter cette partie de l'histoire.

Debout derrière ses enfants, Toril se tourne de nouveau vers Mme Olufsdatter.

« Garde donc ce que je t'ai apporté. » Puis elle ajoute, en désignant la table du menton : « Je récupérerai mon panier plus tard. Que Dieu vous bénisse. »

# 25.

Ce n'est qu'au moment où la porte se referme en claquant derrière Sigfrid et sa fille que Maren a l'impression de pouvoir respirer de nouveau. Kirsten frappe des mains en poussant un long cri.

« Madame Cornet, jamais je n'aurais soupçonné un tel tempérament.

— Je n'ai fait que dire ce que je pensais », répond Ursa avec calme, bien que son corps tremble. Maren aimerait la prendre dans ses bras, la bercer comme une enfant. « Ce n'est pas à elle de me dicter comment passer mon temps.

— Les figurines », intervient soudain Mme Olufsdatter. Sa voix évoque à Maren un vieux torchon usé, du même gris que son visage. « Je les avais oubliées, madame Cornet. Elles ne sont pas… Elles m'ont été offertes à la mort de mon garçon et de mon mari. Nous sommes nombreuses à en avoir reçu… » Elle regarde autour d'elle en quête d'approbation, mais les têtes se baissent vers les aiguilles et les ouvrages. « Elles ne veulent rien dire. Je vais les jeter au feu. »

Mais, plutôt que de s'exécuter, elle continue de regarder Ursa d'un air suppliant.

« Je n'ai pas à avoir d'opinion sur la manière dont vous tenez votre maison, dit Ursa, tout comme je n'apprécierais guère que vous en ayez une sur la mienne.

— On dirait pourtant que Maren a émis la sienne », rétorque Edne.

Maren la foudroie du regard.

« Je ne fais qu'aider un peu.

— Qui était cette femme ? » demande Ursa.

Maren se réjouit de l'hostilité qu'elle décèle dans sa voix.

« Elle aide notre pasteur à l'église, répond Kirsten. En plus d'être la nouvelle émissaire de votre mari, semble-t-il. »

Personne à part elle n'aurait osé une telle remarque, pourtant soudain récompensée par les éclats de rire d'Ursa, communiqués à toute la salle et déclenchant chez Maren une douloureuse piqûre de jalousie.

« Ne vous inquiétez donc pas pour vos figurines, madame Olufsdatter, dit Kirsten. Elles ne dérangent pas le moins du monde Ursula… qui connaît bien mieux le délégué que Toril Knudsdatter. »

Cette fois, Ursa ne rit pas. Un pli apparaît entre ses yeux.

« Qu'avait-elle apporté ? » demande soudain Edne.

Mais voyant que Mme Olufsdatter ne se décide pas à regarder à l'intérieur du panier, Kirsten se penche pardessus et ricane avant d'en sortir un crucifix fait de tissu et de fil, comme ceux que Maren a fait tomber de l'étagère, chez Toril.

« Il doit y en avoir au moins deux douzaines làdedans. Plus qu'il n'en faut pour nous toutes. »

Elle en lance un à Maren, qui l'attrape par réflexe, puis le range dans son ballot avec l'intention de s'en débarrasser aussi vite que possible. Pour elle, cet objet représente davantage une menace qu'un cadeau.

Alors que leur réunion se poursuit habituellement jusqu'au soir, Maren ne se sent l'envie ni de manger ni de bavarder avec les autres femmes. Le soulagement la gagne lorsque, après une longue plage de silence, Ursa commence à se tortiller de gêne sur leur banc et lui propose de s'en aller.

Elles laissent sur place Mamma, occupée à discuter avec Edne. De nouveau, le silence s'abat lorsque Maren et Ursa se lèvent, puis des murmures accompagnent leur départ. Mme Olufsdatter suit Ursa du regard comme une proie, recroquevillée sur son banc.

Arrivée devant la porte de sa maison, Ursa hésite. Sa mâchoire se serre. À l'intérieur, Maren entend un bourdonnement grave qu'elle identifie comme la voix du délégué, puis la voix d'une femme qui lui répond. Elle reconnaît aussitôt les inflexions sucrées de Toril s'adressant à l'autorité. Ursa recule de quelques pas, mais les voix s'arrêtent. L'une des marches a grincé sous son pied. Des pas lourds résonnent sur le plancher ; un instant plus tard, le délégué apparaît à la porte, sourcils froncés.

« Femme, dit-il comme si Maren n'était pas là. Entrez. »

Ursa pâlit, mais redresse les épaules pour la remercier avant de disparaître à l'intérieur. Bien que la carrure du délégué lui bloque la vue, Maren entend distinctement les salutations de Toril. Le délégué referme brusquement la porte. Maren attend. Que faire ? Entrer sans y avoir été invitée ? Écouter à la porte ? Les runes sont encore visibles au-dessus d'elle. Leur ombre est toujours présente, ressort sous la chaux comme une cicatrice.

Maren envisage la possibilité de retourner à la réunion, mais le venin que Toril a laissé dans la maison y demeure sans doute. Mamma n'a jamais aimé cette femme, mais les choses semblent avoir changé depuis quelque temps. Le regard satisfait de sa mère n'a pas échappé à Maren pendant que Toril parlait et lors du départ de Diinna. Toril est depuis toujours opposée à la présence des Samis au village ; depuis toujours, Kirsten lui tient tête. Les désaccords entre les deux femmes n'ont cessé de se creuser, au point de se muer en un gouffre immense, dangereux. L'effronterie de Kirsten agace même Maren désormais. Elle ne lui a pas pardonné son arrivée chez Ursa, vêtue de ce pantalon – qui a échappé de toute évidence à l'œil de Toril ; l'occasion de répandre ce ragot aurait été trop belle.

Maren parcourt le chemin qui la sépare de chez elle presque sans s'en rendre compte. Ses pieds la portent, son esprit se renferme, dans sa tête ne résonnent plus que ses pensées qui se heurtent, emmêlées comme un filet de pêche. Étant donné le regard de Diinna en partant, Maren pourrait croire que cette dernière lui a jeté un sort si elle écoutait les histoires que colportent certaines femmes de l'église sur les Samis. Diinna ne pense quand même pas que Maren était au courant de la venue de Toril ?

Cette question, Maren la pose à travers la porte fermée de Diinna. Aucune réponse ne lui parvient. Aucun signe d'Erik non plus. Le silence de Diinna est un mur qui ne cesse de grandir, se mue en vague, une vague qui balaie Maren hors de chez elle, la pousse jusqu'au pied de la maison de Baar Ragnvalsson avec son toit pourri, effondré, ses pierres éparpillées tout autour, comme jetées par un troll. Cette maison avait été belle, à une certaine époque, mais s'est petit à petit transformée en un lieu ponctuellement occupé plutôt qu'habité, quand son propriétaire s'étaient mis à passer ses étés auprès des Samis sur la montagne. Maren l'apercevait, vêtu de son chapeau et de sa tunique brodée, assis dehors même par les temps les plus froids, la tête penchée sur le côté, les yeux clos, comme pour écouter.

Ce souvenir la frappe telle une violente bourrasque. Son poing se serre, se pose sur sa poitrine. Elle n'a pas pleuré cet homme dont le corps a pourtant reposé près de celui d'Erik et de Pappa durant tous ces mois. Elle ne se souvient même plus de ses blessures, si tant est qu'il y en ait eu. Cela vaut peut-être mieux. Elle prononce une courte prière emportée par le vent qui commence à se lever derrière elle, et la pousse comme une main pressante dans son dos, faisant bouffer son jupon.

Elle dépasse le mur d'enceinte de la maison en ruine et se retrouve dans la plaine verte et bosselée, s'étonnant de la rapidité avec laquelle disparaît l'emprise des hommes sur la terre. Cette plaine semble ne jamais avoir été foulée, comme si Maren s'était aventurée dans le royaume des trolls. Enfants, Erik et elle avaient coutume de les chasser, prétextant partir à la recherche de plants de mélilot qu'ils trouvaient parfois là-bas, en creusant, et que leur mère faisait bouillir jusqu'à ce que les feuilles ramollies rendent un liquide laiteux capable d'apaiser les crampes causées par la faim. Grattant la mousse et l'herbe rase, ils cherchaient des marques, des cromlechs, observaient les buttes et les rochers dans l'espoir d'y trouver des portes miniatures. Quelques mots à peine leur suffisaient pour se dire qu'ils s'étaient enfoncés dans ces terres étrangères et y périraient, maudits, tandis qu'ils se perdaient dans le brouillard qui, parfois, arrivait de la mer.

Maren se souvient de ce jour où la sensation d'être seule lui était tombée dessus d'un coup, lorsqu'elle avait réalisé que les nappes grises l'avaient engloutie, que le froid avait pénétré ses os. La conduite à tenir aurait été de rester sur place, de s'accroupir pour conserver le plus de chaleur possible, mais elle avait poursuivi son chemin jusqu'au moment où son intuition lui avait dit qu'elle était sortie de ce pays. Abasourdie par la peur, elle avait fini par découvrir, lorsque le brouillard s'était levé, aussi vite que s'envole une nuée d'oiseaux, qu'elle ne se trouvait qu'à quelques mètres d'un précipice frappé par l'écume blanche des vagues. Erik était arrivé en courant sur le sol mou et humide, criant son nom – lui avait écouté les consignes, était resté au même endroit et avait attendu sans bouger. Voyant son menton trempé par la morve et ses joues boursouflées par les larmes, Maren l'avait poussé en le traitant de lâche, même si son propre visage bouleversé renvoyait la même image et que dans son torse étroit battait un cœur aussi affolé que le sien. Ce genre de bassesse faisait partie des épisodes que Maren aurait aimé pouvoir effacer, des méchancetés gratuites qu'elle avait trop souvent répétées, des actes irréfléchis seulement faits pour blesser.

Voilà où ses pieds l'ont amenée. Le ciel à présent est clair et cru, la lumière a pris cette teinte gris bleuté qui annonce que le givre pénétrera jusque derrière les portes, même si l'hiver se trouve encore à des mois de là. Maren se rapproche autant que possible du bord.

Un jour de cette terrible année où la douleur était toujours si vive qu'un couteau semblait planté dans sa poitrine à chaque moment de la journée, elle était venue à cet endroit, s'était arrêtée au bord du précipice, les orteils dans le vide, si bien qu'une seule bourrasque aurait pu la faire tomber. La mort aurait été rapide, plus encore qu'avec une lame ou un breuvage qui l'aurait emportée dans son sommeil, la nuit. Cette falaise se trouve à l'écart du village ; le courant qui, en ce point précis, empêche la formation de glace aurait emporté son corps en pleine mer. Cette remarque, les femmes se l'étaient faite – qu'il était heureux que la tempête ne se soit pas abattue de ce côté de l'île, car alors les corps des hommes ne seraient jamais revenus.

Ces instants passés au bord du précipice résonnaient en elle à la fois comme une tentation et un défi. De même que Baar Ragnvalsson, Maren attendait de recevoir un signe lui disant de rentrer chez elle, de continuer de vivre, bien qu'elle se demandât souvent si elle en avait le désir. Depuis la tempête, elle trouvait si peu d'intérêt à la vie. Mais quelque chose a fini par y remédier ; Maren le sent, aussi sûr que le changement des saisons. Quelqu'un a fini par y remédier.

À ses pieds se trouvent de petites fleurs jaunes aux tiges emmêlées. Elle en cueille une pour son père, une pour Erik, et une troisième. Et tandis que le vent emporte les deux premières dans le précipice, elle approche la troisième de son visage et la pose contre ses lèvres.

Toute la semaine, Maren redoute d'entendre des coups à la porte lui annonçant qu'Ursa n'a plus besoin d'elle, que Toril est parvenue à lui prendre sa place dans la maison du délégué. Elle doit vivre avec cette crainte en plus de l'animosité qui ne cesse de grandir entre sa mère et Diinna. Le vendredi, une discussion houleuse à propos d'Erik et de son manque de tonus prend de telles proportions que Maren s'en va avec le petit et trouve le temps de faire dix fois le tour de la maison de M. Ragnvalsson avec lui avant que le calme ne soit revenu.

Mais personne ne frappe au bout du compte, et quand vient le jour du sabbat, bien qu'Ursa demeure au bras de son mari, que Toril et Sigfrid l'accueillent à l'église en l'appelant par son prénom, c'est bien le visage de Maren qu'elle guette pendant le service, et c'est Maren encore qu'elle rejoint à la fin du sermon, pendant que son mari discute avec les autres villageoises.

« Viendrez-vous demain ? » Maren en perd les mots. « Il est habituellement absent en fin de matinée. »

Les doigts d'Ursa frôlent les siens afin de la rassurer. Maren remarque des bleus tout autour de son poignet. Ursa s'empresse de retirer sa main en la voyant regarder. Elle tire sur sa manche et retourne si vite aux côtés de son mari que Maren croit presque avoir rêvé.

Le lendemain, Maren se présente à la maison du délégué avec son petit métier à tisser sous le bras. Elle sent son corps se dénouer à l'instant où elle pénètre à l'intérieur et se retrouve seule avec Ursa. Toutes deux passent la journée à tisser une étoffe qu'elles transformeront en rideaux, lent travail semé d'erreurs, de silences paisibles et d'effleurements au contact desquels Maren a l'impression d'être aussi fragile et lâche que les mailles tissées par Ursa.

« Que voulait Toril ? » lui demande-t-elle.

Ursa fronce les sourcils devant le métier à tisser comme si celui-ci l'avait trahie ; le bout rose de sa langue dépasse de ses lèvres.

« Elle a perdu un morceau de dentelle pendant la réunion du mercredi. Elle souhaitait m'emprunter l'un des morceaux que m'a donnés Kirsten, mais j'ai bien compris qu'elle la soupçonne de le lui avoir volé. »

Maren pose son cadre.

« En a-t-elle parlé devant votre mari ? »

Ursa secoue la tête, concentrée sur son ouvrage.

« J'ai pu l'en empêcher. Je suis désolée qu'Absalom ait été si grossier avec vous.

— Ne vous inquiétez pas. » Maren n'en attendait pas moins d'un tel homme. « Lui a-t-elle parlé des figurines ?

— Possible, répond Ursa. En tout cas, il n'a pas été heureux d'apprendre la visite de Diinna. Je lui ai pourtant dit que ces réunions ne signifiaient rien, n'avaient aucune importance. » Elle pose le métier sur la table. Maren ignore si le soupir qui accompagne son geste est dû à son manque d'habileté ou à l'attitude de Toril. « Je lui ai dit que la place de Toril était auprès de lui, que le travail qu'elle fournit déjà pour les autres suffit amplement à remplir ses devoirs de chrétienne. Qu'il ne serait pas juste de la mettre à mon service. Contrairement à vous, ajoute-t-elle avec un petit sourire, qui n'êtes en rien indispensable au village et qui me coûterez bien moins et me permettrez de surcroît d'accomplir une bonne action en vous épargnant du temps passé auprès d'une Lapone. »

Le mot est laid dans la bouche d'Ursa, mais le reste de son discours est si plaisant que Maren s'abstient de lui en faire la remarque.

« De plus, mon époux a reconnu que votre présence serait nécessaire deux fois par semaine. N'est-il pas préférable de vous éloigner de cette maison et de cette mauvaise influence autant que possible ? »

Maren sourit si fort que les muscles de son visage lui font mal ; la peau de ses lèvres sèches est tendue à son maximum. Mais alors qu'Ursa s'apprête à reprendre son ouvrage, elle aperçoit de nouveau les bleus autour de son poignet, aussi sombres que la terre fraîche.

« Que s'est-il passé ? »

Ursa regarde ce poignet comme s'il n'était pas le sien.

« Rien. » Maren la dévisage. « Absalom ne se rend pas compte de sa force, parfois.

— Dites-moi que ce n'était pas à cause de Toril, ou à cause de moi.

— Non, répond Ursa en rougissant. Il n'était pas en colère, cela n'a rien à voir.

— Il ne devrait pas vous toucher ainsi », lui dit Maren en finissant par comprendre.

La rage monte en un instant, terrifiante, aussi brûlante qu'un fer.

« N'est-ce pas le devoir d'une épouse que de laisser son mari la toucher ? »

Les joues de Maren s'empourprent devant une telle franchise.

« Je ne saurais vous le dire.

— Vous n'avez jamais été mariée, même avant la tempête ? »

Maren n'a pas envie d'évoquer le souvenir de Dag, pas maintenant. Elle secoue la tête.

« Non. »

À partir de ce jour, elle commence à se rendre à la maison du délégué tous les lundis et tous les jeudis, guettant chaque fois de nouveaux bleus, sans succès. Elle imagine le corps pâle d'Ursa, se demande si sa peau est marquée à des endroits qu'elle ne pourrait voir.

Le mercredi, Ursa se joint aux rassemblements. Sa présence intrigue de moins en moins. Maren remarque que les figurines et les pierres runiques ont disparu de l'étagère de Mme Olufsdatter, remplacées par l'un des crucifix de Toril, mais aussi que les bancs sont moins remplis. Toril et Sigfrid ne se montrent plus, Edne a cessé de venir et, quelques semaines plus tard, la mère de Maren l'imite.

« Toril organise une réunion chez elle, lui apprend Mamma. Le délégué sera présent, il dirigera la prière. Viens donc, Maren. Je suis certaine que sa femme sera là également. »

Mais Maren sait déjà que sa mère se trompe. Le mercredi venu, elle se rend avec Ursa chez la mère de Dag, où Kirsten, plus déchaînée que jamais, multiplie les blagues cruelles sur les femmes de l'église. Maren n'ose imaginer ce que ces dernières doivent dire sur elles. Ursa, quant à elle, ne semble pas affectée par cette scission ; peut-être ne l'a-t-elle pas remarquée, peut-être se sent-elle au-dessus de ces querelles. Ursa ne dit aucun mal de Toril, hormis lorsqu'elle se trouve avec Maren, qui soupçonne qu'elle est la seule à connaître ses véritables pensées.

Deux visites par semaine se révèlent excessives pour une maison qui ne comporte qu'une pièce et une famille de deux personnes. Maren en arrive à produire volontairement du désordre. Elle et Ursa accomplissent leur travail lentement ; les progrès d'Ursa sont tels que la présence de Maren devient de moins en moins nécessaire, mais à aucun moment il n'est question de mettre un terme à leurs entrevues. Elles découpent la viande de deux rennes, préparent des ragoûts aux baies sauvages qu'Ursa laisse trop longtemps sur le feu, les obligeant à passer des heures à récurer les marmites avec du sable. Maren lui apprend à disposer les braises dans la cheminée pour obtenir, le lendemain matin, une croûte qui, une fois brisée, lui permettra de faire bouillir de l'eau en quelques minutes à peine.

En dehors des bleus, qui ont quasiment disparu, rien ou presque ne rappelle l'existence d'Absalom – Maren ne l'aperçoit qu'à l'église. Ursa parle peu de lui, évoque parfois sa colère croissante contre le manque de communication de ses supérieurs, mais Maren s'abstient de poser des questions, car elle n'a pas envie d'entendre les réponses. Elle change les draps, aide à laver le linge, remarque chaque mois les taches de sang laissées par Ursa, ose espérer qu'ils ne se consacrent pas trop souvent à leurs devoirs conjugaux, même si la maison ne compte qu'un lit et qu'un homme ne pourrait dormir sur les chaises qui la meublent.

Dans les moments où Maren se retrouve seule avec Ursa, elle se prend à imaginer que cette maison, au lieu d'être celle du délégué et de sa femme, au lieu d'être la sienne et celle de Dag, est la maison qu'elle habite avec Ursa. Maren sait bien que ces pensées sont mauvaises, dangereuses, et pourtant, tandis que les semaines se transforment en mois, elle laisse ce fantasme l'absorber de plus en plus souvent. Les journées s'étirent, se prolongent pendant ces nuits crépusculaires lorsque Absalom est absent, en mission à Alta ou ailleurs. L'endroit exact, Maren s'en moque – son vœu le plus cher serait qu'il n'en revienne jamais.

Dans ces moments-là, Maren et Ursa sortent ensemble, profitant de ces heures où les femmes se trouvent chez elles ou dorment pour se promener dans le village. La distance qui les sépare en marchant fait souffrir Maren comme un crochet planté dans son flanc. Elles parlent de leur enfance. Ursa lui raconte que sa famille, autrefois riche, a tout perdu ou presque, et, à l'évocation d'Agnete, la tristesse qui émane d'elle s'abat sur Maren comme un vent froid. Maren raconte quant à elle ses chasses aux trolls avec Erik, dont le récit fait rire Ursa.

Elle l'emmène jusqu'à la pointe de l'île, observe la peau fine de son cou qui change de couleur à mesure que se déploie la lumière rasante du soir, remarque ses courbes plus saillantes lorsque le vent plaque sa robe contre son corps, comme en ce jour de leur rencontre où Maren a cru voir débarquer une citadine incapable – ce qu'Ursa est encore aux yeux de Mamma.

Ursa lui parle du rocher noir du bout du monde, celui qui attire les courants.

« M. Leifsson, le capitaine du *Petrsbolli*, le bateau qui nous a amenés ici, pense que les chutes d'eau n'existent pas. D'après lui, il serait même possible que le rocher n'existe pas non plus. » Elle se tourne vers Maren, les yeux brillants. « Mais je crois qu'il se trompe. Et j'aimerais voir ce rocher une fois dans ma vie. »

Maren brûle d'envie de lui saisir la main, de la serrer dans ses bras. Cette étreinte serait différente de celle qu'elles se donnent lorsque Maren arrive ou repart. Maren aimerait sentir son corps tout entier contre elle, comme elle avait senti celui de Dag dans le second hangar.

Parfois, cette pensée l'envahit la nuit ; son bas-ventre se met alors à palpiter si fort que Maren doit se retenir pour ne pas y porter sa main. Cela lui demande un effort considérable, même lorsque sa mère ronfle à côté d'elle. Ses rêves sont remplis d'images de bouches luisantes qui gémissent son nom, parfois avec la voix de Dag mais le plus souvent avec celle d'Ursa, son visage lisse posé contre elle, sa main aux os presque invisibles si douce sur les côtes saillantes de Maren.

Ces pensées, Maren les garde pour elle, parle le moins possible d'Ursa à Mamma, encore moins à Diinna, qui, à coup sûr, lirait ses intentions dans son visage ou sa voix.

Surtout, Maren les dissimule à Ursa, consciente de l'absurdité de ses sentiments. Elle ne souhaite néanmoins jamais dans ses prières que ces pensées s'étiolent ; à l'église, Maren ne prie que pour Erik et Pappa. Et elle a le sentiment que ce secret, plutôt que de la ronger de l'intérieur, la rend plus forte, la dote de quelque chose de beau, de rare. Il ne lui vient pas à l'esprit qu'elle serait tombée amoureuse d'Ursa, mais une certitude l'étreint, celle d'éprouver pour elle le sentiment le plus proche de l'amour qu'elle ait jamais connu. Depuis qu'elle porte ce secret, Maren se sent aussi audacieuse que Kirsten dans son pantalon, même si elle sait qu'il lui est tout autant nuisible et dangereux que précieux.

# 26.

La lettre du seigneur leur parvient près de quatre mois après leur arrivée à Vardø. Le temps d'Ursa se partage désormais entre les jours où Maren se trouve auprès d'elle et les autres, où son absence l'empêche de vivre. Maren est devenue son refuge, l'image qu'elle invoque dans sa tête les soirs où son mari monte sur elle. Pendant leurs promenades, lorsque Ursa trébuche dans le vent qui souffle sur le cap, sur ce sol irrégulier, elle ne manque jamais de se raccrocher à son amie en s'esclaffant, fermement soutenue par ces mains puissantes qui s'agrippent à ses poignets, où son mari ne cesse de lui faire de nouveaux bleus.

Certes, ce changement ne rend en rien leurs rapports plus plaisants, mais les soirs où Absalom la possède, Ursa ne sent plus la même colère en lui ; même les cris qu'il poussait se sont tus. Ursa se demande si leurs unions sont devenues une corvée pour lui, si le mieux ne serait pas de porter son enfant afin de pouvoir en finir.

Elle tente d'imaginer ce que serait sa vie avec un bébé, mais impossible : ce quotidien lui semble trop étranger, aussi étranger que l'île de Vardø lorsqu'elle y a débarqué. Sans doute finirait-elle par s'adapter, comme elle s'est adaptée à ce nouveau pays, et peut-être même qu'avec l'aide de Maren les choses ne seraient pas si difficiles, mais la simple idée de voir son ventre moelleux durcir, se remplir, la met mal à l'aise au point d'en avoir le tournis.

Quant à la délivrance, le peu de connaissances qu'Ursa possède lui provient du vécu de sa mère, des enfants morts dont elle a accouché, et d'Agnete. Même en donnant naissance à un bébé en bonne santé, une mère perd tant de sang. Ursa hésite parfois à en parler à Maren, non pas par crainte de la heurter, mais à cause de la manière dont cette dernière a réagi en découvrant ses bleus. Sa vie avec Diinna et le petit Erik serait pourtant une précieuse source d'informations pour Ursa, mais l'occasion d'évoquer le sujet ne se présente jamais tant leurs conversations, leurs silences sont délicieux.

Maren n'a mentionné aucun prétendant ni le désir d'en avoir. Les jeunes femmes célibataires étaient rares à Bergen – tout comme les veuves à peine âgées de quarante ans, cela dit. Il arrive que des hommes, des marins principalement, fassent escale au port de Vardø pour vendre leur poisson, abriter leur bateau du vent ou troquer leurs possessions contre des fourrures ou des travaux de couture. Mais ces hommes restent aux frontières, ne quittent parfois même pas leur bateau – Kirsten s'en va alors à leur rencontre. Il n'est pas impossible que, dans les régions alentour, des rumeurs circulent sur Vardø et tous ces hommes morts, des rumeurs qui éloignent les vivants.

Absalom doit certainement les avoir entendues. Il voyage souvent à Alta désormais et, lorsqu'il rentre, évoque de nouveaux procès, de nouvelles arrestations de Samis, mais à présent qu'Ursa sait que cela signifie de nouveaux morts sur le bûcher, elle ne pose aucune question. Elle pourrait presque oublier que le monde existe en dehors de Vardø, surtout les jours où les vents portent les embruns de la mer et où elle et Maren se retrouvent forcées de se tenir, bras dessus bras dessous, toutes proches l'une de l'autre pour progresser d'un pas lent le long de la pointe de l'île. Même par temps clair, c'est un paysage étrange. Aucune forêt, aucun buisson ne parvient plus haut que les hanches, et, malgré le soleil de minuit, le froid l'oblige à garder son manteau la plupart des nuits.

Le changement de temps commence désormais à se faire réellement sentir ; l'hiver approche. Ursa n'a pas idée de sa brutalité, bien que les jours qui raccourcissent et le froid qui paralyse les jointures de ses doigts lui en donnent un avant-goût. À Bergen, son père aurait fermé la moitié de la maison et chauffé si fort le reste des pièces qu'Agnete et elle auraient pu ne rien porter d'autre que leur chemise de nuit, si Siv les avait laissées faire. À Vardø, elle se retrouvera bientôt obligée de porter constamment son manteau, même au lit, enfouie sous les peaux de renne à côté d'Absalom.

Aucune nouvelle de son père ni de sa sœur ne lui parvient. Ursa caresse l'idée de leur envoyer des brins de bruyère séchés récoltés sur le cap, un échantillon de broderie réalisé de sa main maladroite, ou de demander à Absalom de leur écrire quelques mots, mais elle finit toujours par se raviser. À présent que plusieurs mois se sont écoulés, elle préférerait presque avoir oublié leur visage, la sensation que lui procurait le corps de sa sœur recroquevillé contre elle, secoué par des quintes, et ses genoux qui s'enfonçaient en elle au point de lui laisser des bleus ; son lit qu'elle trouvait fait tous les soirs et ces dîners où elle mangeait du fromage et de la viande sans être obligée de la découper elle-même au préalable sur une carcasse. Sa vie à Bergen lui manque tout autant, tout aussi fort que ce paysage manque d'arbres.

Absalom écrit quant à lui de nombreuses lettres, à ses homologues délégués et au seigneur, présume-t-elle, mais il n'en reçoit que très peu. C'est la raison pour laquelle, le jour où elle le voit entrer à grands pas chez eux en brandissant un carré de parchemin, l'idée qu'il puisse s'agir d'une invitation ne l'effleure pas un seul instant.

« Le seigneur Cunningham est arrivé ! » Son visage est luisant, ses yeux brillent de joie. « Il s'est installé à la forteresse et nous convie à dîner. »

Ils y passeront au moins la nuit, seront invités à rester même si leur habitation ne se situe qu'à quelques centaines de mètres de là, lui annonce-t-il encore. Ursa, qui ne possède aucun sac permettant de transporter des affaires pour une nuit, seulement son coffre ainsi qu'une grande malle, se voit obligée de confier sa plus belle robe, son pardessus et ses sous-vêtements à Absalom. L'idée que leurs vêtements se retrouvent comprimés les uns contre les autres dans sa valise l'écœure au plus haut point. Sitôt qu'il part à l'église pour porter la nouvelle au pasteur, Ursa sort et se précipite jusque chez Maren.

Une expression agacée se lit sur le visage de cette dernière lorsqu'elle ouvre la porte, mais ses traits s'adoucissent dès l'instant où elle découvre l'identité de sa visiteuse.

« Ursa, Dieu merci. Ma mère… j'aurais parfois envie de lui rompre le cou. Allons nous promener, voulez-vous ? »

Ursa aimerait pouvoir dire oui, mais elle secoue la tête.

« Je suis seulement venue vous annoncer que nous avons été invités par le seigneur. Nous allons devoir passer la nuit chez lui.

— Dans la forteresse ? demande Maren, étonnée. Mais elle se situe juste à côté.

— Je sais. Mais Absalom est emballé par cette idée. »

Une ombre traverse le visage de Maren, comme chaque fois qu'il est question de son époux.

« Très bien, répond-elle. M'informerez-vous de votre retour ? »

Ursa hoche la tête.

« Bien entendu, je vous informerai. » Maren jette un coup d'œil derrière son épaule. Ursa ajoute alors, en lui serrant la main pour souligner l'importance de ses mots : « Allez quand même vous promener. Cela vous fera le plus grand bien. » Elle hausse les sourcils en entendant les voix fuser dans la maison devant elle. « Mieux vaut cela que de finir arrêtée pour meurtre. »

Un sourire fugace soulève les pommettes de Maren, mais son regard gris comme la mer reste impénétrable.

« Portez-vous bien, lui dit-elle.

— Vous de même. »

Le lendemain matin, Absalom lui demande de se préparer de bonne heure et d'enfiler ses bottes. Ils ne marchent en direction de la forteresse que depuis quelques secondes lorsque résonne un bruit familier, un bruit qu'Ursa n'a pas entendu depuis Bergen : celui de chevaux au pas, des roues d'un carrosse. Absalom exulte en le voyant approcher.

« Nous sommes attendus, Ursula. »

Ursa retourne à l'intérieur afin d'échanger ses bottes contre des escarpins. Les chevaux semblent à moitié affamés et ne cessent de balancer leurs harnais de gauche à droite – sans doute ont-ils mal supporté la traversée en mer. Cependant, le carrosse qui les attend, fait de bois léger et doté d'un toit, semble plus confortable qu'une simple calèche. Autour d'eux, les voisins sortent de leur maison pour regarder Absalom aider Ursa à monter à l'intérieur. Celle-ci se penche à la fenêtre dans l'espoir d'apercevoir Maren, pour que toutes deux puissent rire, après coup, de cette mise en scène ridicule pour parcourir un kilomètre à peine. Mais aucune trace d'elle. Elle tombe à la place sur Toril qui les observe d'un œil mauvais, ainsi que Mme Olufsdatter, qui a déjà fait demi-tour pour rentrer chez elle.

La forteresse apparaît dès la sortie du village, murs de pierre grise érigés sur une langue de terre et de touffes d'herbe verte au milieu d'une plaine plate et nue. Le spectacle n'a rien d'impressionnant, bien que le fort ait fait l'objet d'une brève querelle entre la république de Novgorod et le Danemark-Norvège ; c'est la raison pour laquelle le seigneur y avait été installé.

« Si les eaux n'étaient pas si poissonneuses et propices à la chasse à la baleine, je doute que le royaume en aurait fait grand cas, avait expliqué le capitaine. Mais celui qui contrôle Vardøhus contrôle aussi le passage vers la mer de Barents, un immense atout pendant les mois d'été. »

L'endroit ne semble pas fastueux – le seigneur vient tout juste de prendre ses quartiers, après tout.

Le trajet s'achève en un clin d'œil. À leur arrivée, un homme les accueille à la place du seigneur. Son époux s'abstient de tout commentaire, mais Ursa sent sa déception s'abattre sur elle comme une averse glaciale. La côte, à cet endroit, a été recouverte de pierres grises, les mêmes que celles des murs. Maren ne l'a jamais emmenée ici au cours de leurs promenades, et c'est en y pensant qu'Ursa se rend compte que ce lieu lui a fait horreur dès le moment où elle l'a aperçu depuis la mer. Un frisson la parcourt tandis qu'ils traversent les fortifications, surveillées par deux gardes. En quelques minutes, elle vient d'apercevoir plus d'hommes qu'elle n'en a vu depuis des mois. Le chemin, balisé par des drapeaux, se poursuit sur une passerelle pour franchir les douves vides, dont le fond luit bien qu'il n'ait pas plu depuis deux jours. Ursa doit s'accrocher au bras d'Absalom pour ne pas glisser.

Sur le mur en face d'eux se trouve une porte aux charnières de métal, protégée par une barre de fer. Les gardes les scrutent de la tête aux pieds avant de leur permettre de passer. Une fois à l'intérieur, la porte se referme bruyamment dans leur dos.

« On croirait une prison, dit-elle en sursautant.

— C'en est une », répond Absalom.

Le fort n'a rien du château qu'elle avait imaginé. L'enceinte renferme plusieurs bâtiments, construits le long des murs.

« Unc gcôle, n'est ce pas ? » demande Absalom en pointant du doigt l'un d'entre eux.

Leur guide répond par un hochement de tête sec.

« Le trou à sorcières.

— Des sorcières, ici ? »

Ursa contemple la structure, fascinée. Jamais elle n'avait vu de prison. La cellule est longue et exiguë. Le haut des murs est occupé par de petites fenêtres à barreaux.

Le garde hoche de nouveau la tête, mais plus lentement cette fois, en haussant les épaules. Il répond dans un anglais approximatif, celui que parlent les marins qui parcourent le monde :

« Deux sorciers. Des chamanes. Des Lapons de Varanger.

— Pourrais-je les voir ? »

Une tension est apparue dans la voix d'Absalom. De l'excitation. Le garde indique le plus grand des bâtiments.

« Le seigneur Køning souhaite vous voir. Il sera ensuite l'heure de dîner. Le seigneur aime que les horaires soient respectés. » Soudain, son ton se durcit. « Il commandait notre flotte lorsque nous avons chassé les pirates du Spitzberg.

— Nous avons correspondu, répond Absalom, sur la défensive. Je suis au courant. »

Le garde acquiesce, respectueux. Cette image rappelle à Ursa le jour où elle s'est tue devant son mari, en présence de Maren.

Les geôles dans leur dos, Ursa et Absalom traversent les dalles glissantes pour se rendre jusqu'au bâtiment principal, plus haut que les autres, construit dans un style qu'elle n'avait encore jamais vu. La porte se situe sur une large façade faite de la même pierre que le mur d'enceinte, mais dotée de fenêtres sur lesquelles on aperçoit des boiseries, et même des pignons en bois sculpté sous le toit. Sans prendre la peine de frapper, le garde ouvre la porte pour les mener le long d'un large corridor. Les environs ne donnent pas l'impression d'être restés si longtemps inhabités. Sous les pieds d'Ursa s'étale un tapis de laine aux motifs roses et jaune vif, dont le moelleux la surprend.

Emmenés par le garde, ils tournent sur la gauche, où se trouve une pièce à l'intérieur de laquelle, près du feu crépitant, ont été disposées des tasses en porcelaine sur une table basse en bois sombre. La fumée a noirci les tentures sur les murs, et les fenêtres au cadre rouge ornées de lourds rideaux tranchent avec les couleurs du tapis. Près de la théière a même été posé un vase d'où dépassent cinq brins de lilas.

« Attendez ici, je vous prie. »

Le garde referme doucement la porte derrière eux. Le fauteuil dans lequel Ursa prend place est de la même couleur que le tapis, mais son tissu est usé au point de laisser apparaître les fils et la mousse qui remplit les accoudoirs. L'assise est aussi dure que le banc d'une église.

Les lilas, à y regarder de plus près, sont en papier. Le vase ne contient pas d'eau, et de la poussière s'est accumulée dans les replis des pétales. Cet égard réchauffe néanmoins le cœur d'Ursa.

Absalom, resté debout, ne semble pas décidé à leur servir le thé. Ursa, la gorge sèche, la langue gonflée par le sel que porte l'air marin, le regarde faire les cent pas dans la pièce en faisant vaciller les flammes à chacun de ses passages.

*Il est nerveux*, pense-t-elle, hésitant à lui dire quelques mots pour le rassurer. Mais jouer ce rôle est justement ce à quoi elle n'est jamais parvenue avec son mari. Sa mère, elle, pouvait apaiser son père d'une caresse du bout du doigt ou de son souffle si doux.

Ursa le voyait se pencher vers elle comme ploie un roseau sous le vent, les traits de son visage soudain détendus. Absalom remarque son regard fixé sur lui. Il fronce les sourcils et tourne la tête.

C'est alors que la porte s'ouvre. Ursa se lève brusquement, mais il ne s'agit que du garde.

« Mes excuses, monsieur le délégué. Le seigneur sera en retard en raison d'une affaire urgente. Peut-être, ajoute-t-il en remarquant les tasses intactes, aimeriez-vous quelques biscuits pour vous permettre de patienter ?

— Non », répond Absalom.

Un muscle se contracte sous sa barbe fraîchement taillée.

« Madame ? »

Le garde se tourne vers elle. La simple idée de goûter à des biscuits remplis de beurre, de sucre et peut-être même de fruits secs lui met l'eau à la bouche.

« Non, cela ira. »

Absalom lui lance un regard dur. La porte se referme.

Existera-t-il un jour entre eux des silences sans gêne, des silences comme ceux qui flottent entre Ursa et Maren ? Absalom s'est assis et lui verse une tasse de ce thé marron clair qui sent les plantes et le bois humide. Ursa le boit à petites gorgées – le thé est déjà froid, mais le refuser serait mal vu –, pendant qu'Absalom fixe la porte avec une extrême intensité, comme si son regard avait le pouvoir de faire venir le seigneur. Elle repense aux sorcières dans les geôles, aux… qu'avait dit le garde ? Aux chamanes. Aux ensorceleurs de vent. Absalom remue sur sa chaise, avale une gorgée, grimace, pose sa tasse.

« Vous arrivez à le boire ? »

Il a parlé en norvégien ; son accent s'améliore. Ursa reçoit un choc quand son mari s'adresse à elle, son cœur bat, ses paumes sont soudain moites. Elle pose sa tasse sur la table afin qu'il ne puisse pas l'entendre trembler sur la soucoupe. *Calme-toi*, se dit-elle.

« Oui, ma foi.

— Pourquoi vous infliger cela ? » Il s'est laissé retomber contre le dossier de sa chaise, la regarde droit dans les yeux. Ursa préférerait de loin que son attention se recentre sur la porte. « Si quelque chose vous déplaît, vous n'avez aucune raison de vous forcer. »

Sa voix laisse entendre de la désapprobation. Jamais Absalom ne lui donnera raison, jamais rien de ce qu'elle fait ne sera assez bien. Elle récupère la tasse, la termine.

« Ce thé me convient tout à fait. »

Il croise les bras, se retourne vers la porte. Une nouvelle demi-heure s'écoule, peut-être – la pièce ne dispose pas d'horloge. Lorsque la porte s'ouvre, ce n'est pas le garde qui se présente, cette fois, mais une dame accompagnée par un jeune domestique.

« Monsieur le délégué, mon nom est Christin Cunningham, annonce-t-elle en inclinant la tête tandis qu'ils se lèvent tous deux. Excusez mon époux. Des ennuis avec les taxes, je suppose. C'est en général le cas. »

Elle ne s'exprime qu'avec un très léger accent – danois, d'après Ursa, comme l'ancien associé de son père, M. Brekla. Ses yeux sont immenses, cerclés de cils épais et droits. Son regard se tourne vers elle.

« Vous devez être sa charmante épouse de Bergen. » Ursa attrape les deux mains qu'elle lui tend, à la fois gênée et réconfortée par une telle spontanéité. « Pardonnez-moi, mais je ne connais pas votre nom.

— Ursula, madame Cunningham. Ursula Cornet.

— Charmante, disais-je », ajoute-t-elle en souriant.

La chaleur d'une mère émane de cette femme, qui pourtant ne doit pas avoir beaucoup plus que trente ans. Sa tête est couverte d'un bonnet blanc du même genre que celui de Siv, mais orné d'une bordure en dentelle blanche, parfaitement amidonné et porté de manière à laisser apparaître la racine de ses cheveux bruns.

« Vous avez bien choisi, délégué. » Elle se tourne vers le garçon. « Oluf va vous conduire jusqu'au cabinet d'études de John. Pendant ce temps (elle attrape la main d'Ursa et la glisse sous son bras), nous irons dans la cuisine. Il fait meilleur là-bas. »

Christin s'en retourne avec eux dans le corridor et conduit Ursa jusqu'à un petit escalier descendant vers une pièce carrée à peine moins grande que le salon, tandis que le domestique mène Absalom vers la droite. Deux femmes occupées à éplucher des carottes lèvent les yeux. Une grosse marmite de ragoût mijote sur le feu, l'air est chargé d'une odeur délicieuse, appétissante.

L'accent de Christin est plus prononcé en norvégien. Ursa se sent néanmoins soulagée de ne pas être obligée de faire appel à ses rudiments de danois, appris à l'occasion de ses brefs échanges avec l'associé de son père.

« Je suis ravie de vous voir ici. Les délégués sont très souvent des hommes d'Église, peu portés sur la gent féminine, ou dont les épouses, lorsqu'ils en ont, sont vieilles et vivent loin d'ici. »

Christin l'invite à s'asseoir sur un divan près du feu. L'une des deux femmes interrompt sa tâche pour leur servir du thé et – le ventre d'Ursa est saisi d'une crampe – plusieurs biscuits ronds, marron foncé, qu'elle pose sur la table devant elles.

« J'espère que vous ne voyez pas d'inconvénient à être descendue ici », dit Christin en ôtant son bonnet. Elle porte en dessous un beau chignon natté. « Je trouve cette pièce beaucoup plus agréable que là-haut. Nous avons demandé que le salon soit redécoré avant notre arrivée, mais il est encore un peu triste, ne trouvez-vous pas ? »

Ursa se reprend juste à temps.

« Il est tout à fait convenable, madame Cunningham. »

Christin Cunningham lève la main avec une nonchalance exagérée.

« Appelez-moi Christin. » Elle lui tend l'assiette de biscuits. « *Pepperkaker ?* Je sais qu'on les réserve habituellement pour les fêtes, mais il fait tellement froid que nous pourrions nous croire à Noël, n'est-ce pas ? Ce sont mes biscuits préférés. John est parvenu à nous approvisionner en gingembre grâce à ses relations à Bergen (Ursa sent sa poitrine se serrer à l'évocation de sa ville). Nos réserves ont diminué, cependant. Avez-vous apporté des épices de chez vous ? Non ? Quel dommage. » Elle se sert à son tour, examine scrupuleusement le biscuit. « Ils sont un peu brûlés. Fanne, faites attention la prochaine fois. »

Mais la saveur légèrement sucrée du gingembre qui se diffuse dans la bouche d'Ursa l'emplit d'un tel plaisir qu'elle en oublie l'arrière-goût amer.

« Mais parlez moi donc de vous et de votre époux. Un bel homme – une constante chez les Écossais, semble-t-il –, quoiqu'un peu… » Son nez se plisse et un petit rire aigu lui échappe. « Et vous, quelle splendeur ! Où vous a-t-il donc trouvée ?

— À Bergen.

— Oui, je le sais bien, mais où ? Comment ? »

Ursa se remémore leur rencontre.

« Vous avait-il dit à quoi ressemble la vie ici ? »

Elle secoue la tête.

« Je crois qu'il n'en savait lui-même pas grand-chose. »

Christin pousse un soupir théâtral, comme le faisait parfois Agnete en se laissant tomber en arrière, une main sur le front.

« J'avais pourtant averti John, je lui ai dit de mettre tout le monde en garde. Mais c'est un homme de la mer ; ces conditions ne sont rien pour lui. Avez-vous entendu parler du Spitzberg ? Si ce n'est pas le cas, inutile de vous en faire : il vous en parlera lui-même pendant notre dîner. »

Ses yeux noirs brillent, mais Ursa n'y voit aucune malice. Avoir trouvé une femme pareille dans un endroit si austère est un hasard des plus étranges. Il y a chez Christin Cunningham quelque chose d'intense, de féerique. Elle aurait parfaitement trouvé sa place parmi les invitées des dîners de Bergen, les amies de sa mère.

« Croyez-le ou non, John est l'un des favoris du roi. Si le roi envoie ses favoris ici, imaginez un peu où doivent finir ses ennemis… »

Ursa remarque le coup d'œil désapprobateur que se lancent les domestiques en entendant les propos de leur maîtresse.

« Depuis combien de temps êtes-vous installés ici ? demande alors Ursa, enhardie par la présence de ces femmes, par le sucre qui persiste sur sa langue. Nous ne vous avons pas vus arriver.

— Nous avons accosté de nuit il y a deux semaines, répond Christin. Vous semblez surprise. »

Ursa espère qu'Absalom n'apprendra pas que le seigneur a tant tardé à leur faire parvenir son invitation.

« Seulement de voir comme votre maison est bien aménagée.

— Notre château, la corrige Christin un peu sèchement. C'est ainsi que le roi veut qu'on l'appelle. *Vardøhus Festning.* » Son regard semble vague tout à coup. *Elle n'a pas toute sa tête*, pense Ursa. Son enthousiasme trop prononcé, presque forcé, finit par lui paraître étrange. « Nous nous sommes mariés à Copenhague. Je me disais à l'époque : "Un capitaine !"… »

Ce sentiment, Ursa le connaît pour l'avoir elle-même éprouvé. Une envie soudaine de lui prendre les deux mains, comme Christin l'a fait quelques instants plus tôt dans le salon, la saisit. Mais, tout à coup, des voix masculines résonnent depuis le couloir, et Christin revient à elle, comme si le charme était rompu.

« L'heure du dîner approche, dit-elle en se levant avant de lisser sa jupe sombre. Je dois aller poser une question à John. »

Ursa la suit dans le corridor et voit la porte principale se refermer. Absalom s'y trouve en compagnie d'un homme d'environ dix ans son aîné, au visage barbu, marqué par la mer, comme celui du capitaine Leifsson. Un grand sourire se dessine sur ses lèvres.

« Vous devez être Ursula. » Son norvégien ne porte pas le moindre accent. Absalom garde les yeux rivés sur lui, subjugué. Sans doute n'a-t-il pas eu connaissance du retard avec lequel l'invitation était arrivée. « Ravi de faire votre connaissance, ajoute-t-il avant de poursuivre en anglais. J'aimerais vous poser une question : savez-vous chanter ?

— Chanter ? »

Un rire idiot jaillit de la bouche d'Absalom. Cette réaction paraît si incongrue qu'Ursa se tourne vers lui, mais le regard de son époux est fixé sur le seigneur, qui le gratifie d'une tape dans le dos et rit à son tour.

« Qu'importe, qu'importe. Vous devez être prêts pour le dîner. J'aime passer à table à dix-neuf heures très précises, comme je le faisais avec mon équipage sur le *Katten* – mon deuxième navire, comme vous le savez sans doute. Celui qui m'a emmené au Spitzberg. Quoi de mieux que de garder les mêmes habitudes ? Fanne va vous montrer votre chambre. »

Le visage fermé, la domestique les conduit à l'étage. La chambre, à l'avant du bâtiment, se situe au-dessus du salon et possède le même charme désuet, au détail près qu'une désagréable odeur flotte dans l'air, une odeur de renfermé, de cave, derrière laquelle Ursa perçoit autre chose, comme de la vieille graisse durcie au fond d'une marmite.

Cette pièce donne l'impression d'être figée dans un autre univers, alors que leur maison se trouve à un kilomètre à peine. Un miroir terni est même posé sur la commode. Voilà bien longtemps qu'Ursa n'a pas aperçu son reflet ailleurs que dans les vitres sombres de ses fenêtres ; son visage est moins rond, et les heures passées sur le pont du bateau et dehors, à se promener avec Maren, ont fait apparaître sur son nez et ses joues une constellation de taches de rousseur que Siv aurait qualifiées de vulgaires. Son expression a changé, elle aussi – deux rides de souci se sont installées entre ses sourcils. Ursa les lisse du bout de son index, mais la marque persiste, aussi discrète qu'un murmure.

Sa robe est étendue sur le dos d'une chaise ; son sac a été vidé et posé sur la commode. Leurs affaires, pliées, ont été rangées à l'intérieur des tiroirs. Un sentiment de gêne l'envahit à l'idée que quelqu'un les ait touchées, ait vu les taches qu'elle n'est pas parvenue à enlever, elle qui autrefois se montrait si à l'aise avec leurs domestiques, elle qui se plaignait de la présence constante de Siv. L'incertitude la tenaille. *Une étrangère a vu tes vêtements souillés, tes accessoires crasseux, a deviné l'état de ta maison, de ton corps*.

Absalom, sans doute un peu éméché, semble content. Assis au bout du lit, il tient entre ses mains deux rouleaux de parchemin retenus par un ruban vert, scellés par un cachet de cire.

« Votre entrevue avec le seigneur s'est-elle bien passée, mon cher époux ?

— Il m'a montré mon objectif, femme. C'est un homme plus grand que je ne l'aurais espéré.

— J'en suis heureuse pour vous. »

C'est alors qu'Absalom répond par un geste des plus surprenants. Il se lève, prend son menton entre ses deux mains et pose ses lèvres sur les siennes, doucement, chastement.

« Ceci est le dessein de Dieu, Ursula. J'en suis maintenant convaincu. »

Ursa attend qu'il lui tourne le dos pour s'essuyer la bouche du revers de la main. Mais la sensation laissée par sa barbe piquante, par son pouce posé délicatement sous sa lèvre, ne disparaît pas.

Son geste était si tendre que les larmes lui montent aux yeux.

# 27.

Dans un coin de la chambre se trouve un paravent laqué, brillant, sur lequel sont peints des oiseaux noirs. Ursa se réfugie derrière avec sa robe au moment où Absalom commence à défaire les boutons de sa chemise. Le miroir de la chambre et sa lumière lui ont permis de s'observer comme elle ne l'avait pas fait depuis des mois. Dans le reflet de la surface vernie, elle parvient à distinguer les contours de son corps. Absalom ne se trouve qu'à quelques mètres de là, mais elle retire ses sous-vêtements et reste ainsi, à contempler ses courbes, ses tétons comme deux trous noirs au centre de ses seins, la fine toison blonde entre ses jambes, le ressaut de son ventre qui s'est à peine aplati malgré son changement de vie.

Cette image semble être celle d'un fantôme. Ursa se change à la hâte, quitte l'abri du paravent, s'arrête devant le miroir pour tenter de se coiffer et de nouer ses cheveux comme Christin. Les épingles tirent sur son cuir chevelu.

Lorsqu'ils arrivent en bas, Christin sort de la cuisine, vêtue d'une robe d'un jaune profond, taillée dans un si beau velours qu'elle semblerait presque faite d'or à la lueur des lampes. Elle remarque avec un hochement de tête la coiffure d'Ursa, pose une main sur son chignon pour souligner son approbation.

« Mes excuses pour l'odeur », dit-elle en les emmenant vers le salon. « Mon mari a accepté que les Russes paient leurs taxes avec leurs baleines. De la graisse, de l'huile. » Elle grimace. « Fétide. »

Le mot n'est pas trop fort pour qualifier l'odeur de fumée et de graisse qui flotte autour d'eux, impossible à ignorer. Les biscuits brûlés remontent dans le ventre d'Ursa. À Bergen, sa famille faisait aussi brûler de la graisse animale pour s'éclairer, mais l'odeur était masquée par des clous de girofle.

« Ce fut une sage décision », remarque le seigneur Cunningham, tout juste sorti de ce qu'Ursa présume être son cabinet. Sa tunique noire est agrémentée d'une petite collerette, légèrement trop serrée. Ursa remarque que sa pomme d'Adam monte et descend avec peine tandis qu'il déglutit. « Les prix augmentent chaque semaine à présent que les canaux sont fermés.

— C'est vous qui les avez fait fermer, répond sa femme.

— Précisément. » Le seigneur ouvre une porte, invite ses hôtes à le suivre. « Nous y voilà. »

Les murs de la salle à manger sont recouverts de lambris encore imprégnés de l'odeur de la forêt ; la table est assez grande pour recevoir trois fois plus de monde. Une rangée de chandelles a été disposée au centre, lesquelles diffusent leur douce lumière sans dégager l'odeur âcre de la graisse de baleine, constate Ursa avec soulagement. Leur lueur se pose sur eux comme une caresse, lisse la peau de ses mains sèches, adoucit les traits de son époux. Elle découvre encore sur la table deux rangées de couverts, des assiettes brillantes en porcelaine et une miche de pain noir carrée, un couteau posé à côté.

Le seigneur prend place en tête de table, dos à la grande fenêtre. Les rideaux n'ont pas été tirés ; l'ombre du crépuscule s'infiltre dans la pièce, lèche la lumière des chandelles. Les deux femmes sont assises côte à côte, en face d'Absalom.

Fanne entre avec de petits verres aux bords travaillés posés sur un plateau, emplis à mi-hauteur d'un liquide transparent. L'odeur est forte – une odeur de plante. Elle dépose sur la table, près du seigneur, la bouteille bleue à long col.

« De l'aquavit, annonce le seigneur. Je ne suis pas sans savoir qu'il se boit normalement après le repas, mais c'est une habitude que j'ai prise à bord du *Katten*. Un verre pour réveiller les papilles. *Skol !* »

Il lève son verre, le boit d'un trait. Absalom l'imite, se met à tousser. Tandis que le seigneur lui donne une tape entre les omoplates, Ursa se tourne vers Christin d'un air hésitant, mais cette dernière a déjà vidé son verre, elle aussi. Ursa se résout à boire une petite gorgée. Elle grimace. L'alcool brûle.

À côté d'Absalom se trouvent deux chaises vides.

« Attendons-nous d'autres hôtes ? » dit-il.

Ursa se demande si le seigneur entend comme elle sa déception.

« Le délégué d'Alta, M. Moe, répond le seigneur en attrapant le couteau pour trancher le pain. Vous l'avez rencontré, me semble-t-il. M. Abhorsen, un riche commerçant de Bergen, doit également se joindre à nous. » Il désigne Ursa d'un geste de la tête. « J'ai pensé que vous ne seriez pas mécontente d'entendre quelques commérages. »

Ursa répond par un hochement de tête poli. Durant toutes ses années à Bergen, elle n'a jamais entendu de ragots ou n'était pas assez âgée pour y prêter attention. Agnete et elle imaginaient parfois des choses, mais comme son père n'avait pas eu les moyens d'employer une chaperonne à la mort de leur mère, leur vie se déroulait presque exclusivement à l'intérieur de la maison.

« Je suppose qu'ils ont été retardés, car ils arrivaient d'Alta. Nous pouvons commencer sans eux. »

Il attrape la bouteille d'aquavit, mais ne remplit cette fois que son propre verre et celui d'Absalom.

« Dites-moi, Ursula, demande alors Christin en posant une main légère sur celle d'Ursa. Qu'en est-il de votre famille ? Que fait votre père ?

— Il transporte des marchandises par bateau, du bois, principalement. Récolté dans les forêts de Christiania.

— Du chêne, sans doute ? demande M. Cunningham. Le *Katten* était en pin. Plus léger, plus rapide.

— Vous avez des frères et sœurs ? » poursuit Christin comme si son mari n'avait pipé mot.

Ursa fait disparaître le goût amer qui emplit soudain sa bouche avec une gorgée d'aquavit, réconfortée par le sillon brûlant que l'alcool trace dans sa gorge et la chaleur qui lui réchauffe le ventre.

« Une sœur. » Voyant que le silence persiste, Ursa se résout à prononcer son nom. « Agnete.

— Une invalide », ajoute Absalom. Ursa fronce les sourcils. « Un problème à la jambe, ainsi qu'aux poumons.

— Mais c'est une jeune fille très vive, poursuit Ursa. Elle est âgée de treize ans, presque quatorze.

— Quelle grande différence d'âge », s'étonne Christin. Fanne entre avec un plat sur lequel trône une chose argentée et gélatineuse. Elle le dépose au centre de la table en se glissant entre le seigneur et Absalom. Le seigneur la suit du regard tandis qu'elle ressort. « Pourquoi votre mère a-t-elle attendu si longtemps ? »

Ursa jette un coup d'œil à son époux, mais le regard d'Absalom est lointain, son attention en veille tant que son maître ne s'adresse pas à lui.

« Elle a perdu plusieurs enfants, d'après ce que j'ai appris.

— Des garçons ? demande M. Cunningham en s'avançant pour piquer du bout de sa fourchette un morceau de hareng argenté.

— Je ne saurais vous dire », répond Ursa, désarçonnée d'avoir à se livrer à de telles confessions devant ces inconnus – mais refuser de leur répondre serait malvenu.

— Que pense-t-elle de votre vie ici ? »

Le seigneur écrase son morceau de hareng sur une tranche de pain avec le dos de sa fourchette. La chair se décompose, luisante. Une vague de nausée monte à la gorge d'Ursa.

« Elle est morte, intervient Absalom, davantage pour s'immiscer dans la conversation que pour venir à son secours.

— Je suis désolée, dit Christin en retirant sa main de celle d'Ursa pour attraper le plat. Prendrez-vous du hareng ? »

Ursa accepte. La gelée glisse entre les piques de sa fourchette et imbibe le pain de seigle. Tout le monde est occupé à mastiquer lorsque Fanne entre avec un petit plat rempli de tranches d'oignon.

« Vous auriez dû les apporter en même temps que le poisson », remarque Christin.

Fanne courbe la tête, puis revient avec un pichet rempli d'un liquide couleur miel dont elle sert à chacun un grand verre, bien que l'aquavit se trouve toujours sur la table. Le second verre d'Absalom est resté intact.

« Votre époux m'a fait part de ses suspicions quant à la population de l'île, lui dit alors M. Cunningham, en laissant apercevoir la nourriture qu'il mâche. Quelle est votre opinion ?

— Mon opinion ? répète Ursa.

— À propos des femmes. » Il avale. De nouveau, sa pomme d'Adam marque un temps avant de franchir sa collerette trop serrée. « Les femmes voient souvent des choses que les hommes ne remarquent pas. N'est-il pas, chère et tendre ?

— Et aussi des choses que les hommes aimeraient qu'elles ne remarquent pas, répond Christin d'une voix âpre, tout en regardant son mari suivre des yeux la domestique qui s'en va.

— Elles me paraissent… »

Ursa cherche le mot juste.

« Parlez sans crainte, madame Cornet. Je connais suffisamment le Finnmark pour savoir que les femmes y sont dures, et tout particulièrement celles de Vardø, dont la réputation n'est plus à faire. La tempête les a laissées… mais vous connaissez déjà l'histoire, j'en suis certain. »

Le seigneur a prononcé ces derniers mots en se tournant vers Absalom. Son époux ne lui a raconté aucune histoire. Le peu de chose que sait Ursa lui vient du capitaine Leifsson ou de Maren, qui a parfois évoqué son frère et son père.

« Une partie des hommes ont disparu en mer, à Kiberg. Les veuves ont fini par se remarier. Mais ici, le problème demeure. Les femmes de Vardø… » Le seigneur mastique en secouant la tête. « Environ six mois après la tempête, une lettre de leur pasteur m'est parvenue. Un certain Kurtsson – que pensez-vous de cet individu ? »

Absalom hausse ses larges épaules.

« Il a bon cœur, mais ce n'est pas un homme fort. »

M. Cunningham hoche la tête plusieurs fois d'affilée, comme entraîné dans un mouvement de balancier.

« Il souhaitait m'informer que les femmes cherchaient à s'organiser pour partir pêcher, dit-il en mordant dans son pain. N'est-ce pas incroyable ?

— Pas vraiment, intervient Christin. Les femmes d'ici sont différentes. Elles travaillent la terre, s'occupent du bétail.

— Comme des paysannes, répond Cunningham. Mais on n'a jamais vu de paysannes prendre la mer. »

Il y a dans leur échange quelque chose de désabusé, comme si ce débat les avait déjà opposés plusieurs fois.

« Qu'auraient-elles dû faire, d'après vous ? demande Christin. Se laisser mourir de faim ?

— Je leur ai donné de quoi survivre.

— Comment ?

— J'ai envoyé de l'argent à Kiberg afin qu'on leur fasse parvenir du poisson et des céréales.

— Comment être sûr qu'ils leur sont parvenus, puisque vous n'étiez pas là ?

— Ma présence n'était pas nécessaire. » Le seigneur hausse le ton. « Et en aucun cas ces villageoises n'ont à remettre en cause mon autorité. Une femme n'a pas sa place sur un bateau. Par ailleurs (il arrache un nouveau morceau de pain, se tourne vers Ursa), cette tempête n'était pas seulement le fait des caprices du ciel. »

Son cœur se met à tambouriner dans sa poitrine. Du coin de l'œil, elle aperçoit Absalom, penché en avant, les coudes sur la table.

« En êtes-vous certain ? lui demande-t-il, la respiration soudain plus courte.

— Parfaitement, répond le seigneur sans quitter Ursa des yeux. Dans ma vie, j'ai passé plus de temps en mer qu'à terre. Je sais ce que peut faire le ciel, tout comme je sais ce qu'il ne peut pas faire. Quarante hommes, morts en quelques instants ? » Il secoue la tête, incrédule. « Et compte tenu de ce que votre époux m'a appris sur ces runes… » Il se signe, le poing fermé sur son morceau de pain. Absalom l'imite aussitôt. M. Cunningham finit par se tourner vers lui, au grand soulagement d'Ursa. « Vous comprenez sans doute la raison qui m'a amené à vous poster ici ? Nous avons eu affaire à des cas dans les villes de Kirkenes et d'Alta, mais ici… »

Ursa attend la fin de la phrase, en vain. La porte de la salle à manger s'ouvre. Fanne réapparaît avec un grand plateau en métal brossé sur lequel sont posés cinq bols de ragoût, celui dont elle a senti l'odeur dans la cuisine un peu plus tôt.

« Le délégué Moe est arrivé, seigneur. Il se joindra à vous juste après s'être préparé. »

Elle place un bol devant chaque convive, puis un autre devant la chaise libre à côté d'Absalom. L'attente et l'odeur font gargouiller le ventre d'Ursa jusqu'à ce que le délégué finisse par entrer.

« Je vous demande pardon, seigneur Køning, déclare-t-il en norvégien. La traversée a été terrible. Nous attendions une accalmie, mais la situation n'a fait qu'empirer. Daniel a préféré écourter le voyage et s'est arrêté à Hamningberg. Ah, ces gens de Bergen… »

Le délégué lance un clin d'œil à Absalom, qui le regarde sans réagir. Le père d'Ursa portait la même moustache – dont l'état témoigne de la difficulté de la traversée. Il doit avoir l'âge du seigneur et faire la même taille qu'Ursa.

« Heureux de vous revoir, monsieur Cornet, dit-il en passant à l'anglais pour s'adresser à Absalom, qui esquisse en retour un hochement de tête. Et ce doit être votre charmante épouse. »

Ursa ne peut imaginer Absalom la décrire en ces termes.

« Monsieur le délégué.

— Appelez-moi Moe. Bien, dit-il en tapant dans ses mains. Qu'avons-nous ici ? »

## 28.

La conversation entre les trois hommes est si forte et animée qu'Ursa croirait entendre dix personnes parler en même temps. Christin n'a pratiquement pas touché à son assiette. Après avoir siroté lentement son verre d'hydromel en les regardant, elle finit par se pencher vers Ursa et lui souffle :

« Il ne parle pas norvégien ?

— Un peu. Notre pasteur lui donne des leçons.

— Ne pourriez-vous pas l'aider ?

— Je ne suis pas sûre que mon aide serait appréciée. »

Christin hoche la tête, comprenant ce qu'Ursa veut dire par là.

« Dites-moi, sincèrement : comment trouvez-vous le village ? Mon mari est parvenu à me dissuader d'y mettre les pieds.

— C'est un village comme un autre.

— N'avez-vous pas peur ?

— Peur de quoi ?

— Dans ses lettres, M. Cornet nous a parlé de runes, de figurines – enfin, à mon mari, mais il me lit une grande partie de ses lettres. Il aime avoir un public. »

Ursa reprend un morceau de *ptarmigan*.

« Ça ne m'effraie pas. Et qu'en est-il de vous qui vivez si près de ces geôles ?

— Ah, les geôles… » Malgré l'hydromel, la voix de Christin reste toujours aussi sèche. Tel est sans doute le secret pour survivre ici : vider son verre. « Les Lapons. Mon mari éprouve une fascination particulière pour ces gens.

— Le travail de toute une vie », fait soudain la voix tonitruante du seigneur. Ursa sursaute, surprise de voir qu'elle était écoutée. « La raison de ma présence ici. Mon prédécesseur n'a pas eu la chance de pouvoir mener sa mission à bien.

— Kofoed ? intervient le délégué Moe. Je l'ai connu tout jeune. Sale affaire.

— Que s'est-il passé ? demande Ursa.

— Les Lapons l'ont attrapé, répond le seigneur d'un ton plus sombre. L'ont ensorcelé. Les gens l'ont vu se dessécher comme une plante déracinée. En une nuit. »

Le délégué Moe fait le signe de croix.

« J'ai vu de mes yeux leur chef, Olson, sur le bûcher. Lorsque son corps s'est mis à brûler, une fumée noire comme l'enfer s'est élevée. »

Ursa pose sa fourchette, mais tous les autres continuent de mâcher, les yeux rivés sur M. Moe.

« Y avait-il eu d'autres manifestations, avant Kofoed ?

— Oh, mais oui, répond M. Moe d'un ton ténébreux. Des troupeaux décimés. On accusait les loups, puis Olson s'est dénoncé. Des jeunes filles sans époux, enceintes. Et nous qui l'avons vu brûler avons été malades pendant des jours. Comme si des pustules m'étaient poussé dans les poumons. »

Un lourd silence retombe. Ursa se sent écœurée, l'aquavit lui retourne l'estomac. Mais elle attrape son verre et boit une nouvelle gorgée.

« Et les deux ensorceleurs que vous détenez, de quoi sont-ils accusés ? demande Absalom.

— D'avoir influencé les vents », répond M. Cunningham.

À ces mots, Ursa ne peut réprimer un petit rire. Le reste de la tablée se tourne vers elle, impassible. Mais comment leur parler de son expérience, du souvenir de Maren agitant devant elle son tissage aux mailles trop lâches en lui disant que les bateaux des marins ne risquaient pas d'avancer avec une voile pareille ?

« Je vous prie de m'excuser, dit-elle. Je n'avais jamais entendu parler d'une telle pratique.

— Cela n'a rien de risible », rétorque le seigneur. Ursa se sent comme une enfant réprimandée. « Le contrôle des éléments est leur arme depuis toujours. Vous devriez le savoir, vous qui vivez à Vardø.

— Mon ignorance s'explique peut-être par le fait qu'il n'y avait pas de sorcières à Bergen.

— Peut-être, répond M. Cunningham le plus sérieusement du monde, la main étrangement crispée sur son accoudoir. J'ai néanmoins entendu dire qu'il existait un repaire de sorcières sur une colline près de Bergen. N'est-il pas, Moe ?

— Parfaitement. Je crois même que l'endroit se nomme Lyderhorn.

— J'ai lu des choses là-dessus, confirme Absalom. C'est là-bas que Storebarn et Anderson se réunissaient pour comploter contre l'Église.

— Ne vous avais-je pas dit que j'en tenais un bon, Moe ? s'exclame soudain M. Cunningham. Nous, les

Écossais, ne faisons jamais notre travail à moitié ! » Il lève son verre et trinque avec Absalom. « Cependant, les gens de cette espèce se cachent principalement dans les contrées les plus reculées. Vous en souvenez-vous, Absalom ? Je vous en avais informé. » Le seigneur se penche au-dessus de la table. « Dans nos lettres : “La lumière de la flamme porte moins dans les recoins de la pièce.” Nous sommes ici pour éclairer ces lieux, pour chasser les ténèbres et faire brûler le mal. Pour qu'il soit dévoré par le feu de l'amour de Dieu. »

Ses yeux brillent. Son regard est resté rivé sur Ursa, bien qu'il se soit adressé à Absalom. En le voyant ainsi, comme possédé, une terreur soudaine l'envahit à l'idée qu'il puisse se jeter sur elle, lui agripper le cou et le serrer, le serrer. Mais il se laisse retomber contre le dossier de sa chaise et fait signe à sa femme de lui servir un autre verre.

Dans la pièce, personne d'autre qu'elle ne semble inquiet de se retrouver enfermé avec un ours.

« C'est pour cette raison que le roi m'a placé à ce poste, moi, un étranger. » Il désigne M. Moe d'un geste de la tête. « En Écosse, nous gagnons du terrain. Mais, bien entendu, nous ne connaissons pas les difficultés que vous rencontrez avec les Lapons. Je savais que nos chemins seraient amenés à se croiser un jour ou l'autre, Absalom. Surtout après avoir reçu votre dernière lettre où il était question de cette Lapone et de ces figurines. »

Ursa sent un frisson lui parcourir la peau. Elle avait espéré que l'allusion de Christin à des figurines n'avait été qu'une coïncidence, mais les craintes de Maren se confirment : Toril a parlé. Quant à la « Lapone »… Il faut avertir Maren que Diinna a été mentionnée.

« Jusqu'à présent, notre préoccupation était les sorciers lapons, les hommes – les *noaidi*, comme ils se font appeler. Les deux que nous avons enfermés dans nos geôles sont des chamanes, comme Olson. Mais les femmes commencent également à poser des difficultés, et pas seulement les Lapones. Votre époux (de nouveau, son regard s'est posé sur Ursa, qui entend les battements de son cœur résonner dans ses oreilles) est un homme de talent, comme vous le savez sans doute. » Il hausse les sourcils devant son manque de réaction. « Le meilleur, même en Écosse. Je présume que vous savez pour quelle raison nous l'avons fait venir ici ?

— Je suis désolée », répond Ursa en se tournant vers sa voisine pour recevoir son appui, mais Christin fixe l'horizon, le regard vague, les lèvres entrouvertes.

Le seigneur se tourne alors vers Absalom d'un air interrogateur, les yeux si écarquillés que le délégué Moe ne peut s'empêcher de s'esclaffer tout en mangeant son pain.

« Absalom, ne me dites pas que votre épouse n'est pas au courant de vos exploits ? »

Absalom hausse les épaules modestement. Ursa pourrait le gifler.

« Je ne lui en ai pas parlé.

— Eh bien, je me dois de le faire pour vous. Dites-moi, Ursula, le nom d'Elspeth Reoch vous est-il familier ?

— Pardonnez-moi, mais non.

— Eh bien, à votre tour, pardonnez-moi, mais je vais vous éclairer. » Sa voix est emplie de délectation. Ursa se fait violence pour le regarder dans les yeux, pour ne pas laisser paraître sa peur. « Elle ne devait pas avoir plus de douze ans lorsqu'elle s'est vendue au diable. Confirmez-vous, Absalom ? Douze ans lorsqu'elle s'est lavé les yeux dans ses larmes pour être capable de voir des choses impies. Elle a pactisé avec lui. Vous savez ce que ce mot signifie, n'est-ce pas, madame Cornet ? Vous savez ce que doit faire une femme pour que de tels pouvoirs lui soient conférés ?

— Je suis certaine qu'elle le devine, intervient Christin. Ne soyez pas si vulgaire, John.

— Mais cette histoire *est* vulgaire. » Du plat de la main, le seigneur tape sur la table. « Cette histoire est immorale, écœurante. Elle a porté son enfant, n'est-il pas, Absalom ?

— Deux, répond solennellement ce dernier. Cependant, son secret n'a été percé qu'au moment du procès. Elle prétendait avoir perdu la voix, s'est fait passer pour muette pendant des années après son pacte. Son frère a bien tenté de la battre pour l'entendre à nouveau – un homme dévoué à Dieu, c'est d'ailleurs lui qui l'a signalée à Coltart.

— Coltart, répète le seigneur avec dégoût. Cet imposteur vous doit tout son succès, inutile de prétendre le contraire. Dans bien des cas, la modestie est un trait de caractère que l'on peut louer, mais pas dans celui-ci.

— Comment l'avez-vous poussée à parler ? demande M. Moe.

— La tête dans l'eau. Les fers.

— L'aviez-vous ligotée ?

— Attachée à la croix. Par le cou et par les bras. »

Absalom parle sans regarder Ursa, de honte, espère-t-elle, même s'il n'en montre aucun signe.

« Poursuivez.

— Elle a hurlé dans la langue du démon, puis s'est mise à chanter comme un oiseau du diable. » Ursa se sent comme à l'étroit dans sa robe en le voyant prendre ainsi plaisir à captiver l'attention du seigneur. « Puis elle a tout confessé : comment elle a séduit quatre hommes, volé et rencontré le diable près d'une demi-douzaine de fois.

— Mais le plus exceptionnel aura été son exécution – un coup de maître, remarque le seigneur.

— Vous ne l'avez pas brûlée ? demande M. Moe comme s'il s'enquérait du temps qu'il faisait ce jour-là.

— Si, répond Absalom.

— Si, répète le seigneur. Mais au préalable, pour la punir de s'être fait passer pour muette, la jeune femme a été étranglée. Est-ce bien vrai, Absalom ?

— Oui. »

Son regard se tourne vers Ursa, furtivement, comme s'il regrettait sa présence. Elle comprend alors que le pire n'a pas encore été dit. Elle agrippe la table avec force, prenant sur elle pour écouter la suite.

« Allez-y, l'encourage M. Cunningham en souriant. Racontez comment.

— Avec une corde, monsieur », répond-il.

Ursa finit par déceler la honte qu'elle voulait entendre.

« Et votre rôle, précisément ? »

La voix d'Absalom est à peine audible.

« J'ai moi-même tenu un bout de la corde, seigneur.

— Voyez, conclut M. Cunningham en se penchant pour gratifier Absalom d'une tape sur l'épaule. Un homme de talent, vous disais-je. Rares sont ceux qui auraient le courage d'infliger eux-mêmes le châtiment. Je serais prêt à parier que ce n'était pas Coltart qui tenait l'autre bout de la corde.

— En effet, seigneur. »

Au grand soulagement d'Ursa, Absalom s'abstient de la regarder de nouveau. Jamais elle ne pourrait contenir les émotions qui la traversent à cet instant.

« C'est grâce à cela que j'ai su qu'il était nécessaire de vous avoir à mes côtés, poursuit M. Cunningham, un rictus sur son visage barbu. Vous partagez la table d'un invité de choix, monsieur Moe. »

Ursa reste sans voix. Une certitude l'anime désormais : elle le hait. Les hait tous. Ce procès, Ursa en avait entendu parler lors de leur toute première sortie à l'église, mais sans se douter un seul instant que cette femme avait été condamnée à mort, qu'Absalom l'avait tuée de ses propres mains. *Attachée. Étranglée. Brûlée.* Ces mots sonnent comme le refrain d'une comptine pour enfants. Le frisson qui la parcourt n'échappe pas à l'épouse du seigneur.

« Il n'est pas aisé d'entendre ce genre de détails, mais vous n'avez aucune pitié à avoir, Ursula, lui dit-elle avec empathie. Ces créatures profitent de nos failles pour nous piéger – un cœur blessé, un esprit faible. Toutes les femmes devraient le savoir, même à Bergen, même à Tromsø.

— Vous bénéficiez néanmoins d'une protection fiable avec un tel homme pour époux », remarque le seigneur.

Ursa lève les yeux vers Absalom, assis de l'autre côté de la table. Elle n'a donc pas imaginé la fierté entendue dans son récit. Le plaisir qu'il tire à se faire admirer des autres se sent tout autant que l'alcool dans le souffle de M. Cunningham.

La conversation dévie sur les canaux et la pêche, puis sur la chasse à la baleine au Spitzberg et, pour finir, sur l'aventure du seigneur à bord du *Katten*, dont il livre un interminable récit. Le dîner s'achève par un *rømmegrøt* si large que les chandeliers doivent être déplacés pour permettre de poser le plat au centre de la table.

Ursa n'accepte que la quantité nécessaire pour rester polie, mais la crème n'a rien d'agréable dans sa bouche : après ces mois passés sur le bateau et les aliments dont elle se nourrit à Vardø, elle lui paraît trop grasse. Tout ce temps, elle aurait donné n'importe quoi pour retrouver les saveurs de Bergen, la crème, la cannelle, le sucre, mais elle peine à présent à les avaler et sent ensuite leur poids, lourd et gênant, dans son ventre.

Elle remarque qu'Absalom n'a presque rien mangé, lui non plus. Ses mains, grosses comme deux jambons, sont restées posées sur la table, les poils de ses phalanges luisant comme des toiles d'araignée à la lumière des chandelles. Ursa sent sa gorge se serrer.

Peu après, le délégué Moe met un terme au dîner, le nez rouge, en prétextant la fatigue de sa longue traversée.

« Me voilà rassasié, dit-il en attrapant la main d'Absalom. Allons, au travail. »

Près d'Ursa, Christin demeure assise dans un silence profond – l'alcool qui a rendu son époux si volubile a sans doute produit l'effet inverse chez elle. Ursa aussi a bu plus que de raison. La chair de son palais semble irritée, presque à vif à cause de l'alcool. Tandis qu'on enlève les assiettes et qu'Absalom et le seigneur se lèvent pour se retirer dans le cabinet d'études, elle frôle ses lèvres du bout des doigts. Sa peau est si douce qu'elle semble ne pas être la sienne.

« Ursula ? »

Christin se tient debout près de sa chaise rangée, le regard baissé vers elle.

« J'espère que vous ne m'en voudrez pas.

— Vous en vouloir ?

— Je me sens fatiguée. Puis-je vous raccompagner jusqu'à votre chambre ?

— Oh… » Ursa se lève, mais dans sa hâte sa robe se prend dans les pieds de sa chaise. Les réflexes du seigneur sont insuffisants pour lui venir en aide. « Merci. Merci de ce dîner. Tout était parfait.

— Nous avons trouvé Fanne à Alta, précise le seigneur en se tenant si près qu'Ursa sent l'acidité de la crème dans son haleine. C'est une bonne cuisinière.

— Je n'irais pas jusque-là, remarque sèchement Christin. Mais je suis heureuse que vous ayez apprécié ses plats.

— Avez-vous du personnel ? demande M. Cunningham en se tournant vers Absalom, les yeux plissés. Des femmes de Vardø qui vous aident ? »

En entendant son ton concupiscent, Ursa est traversée de frissons.

« Ma femme est aidée par quelqu'un, répond Absalom. Pas une personne de mon choix, cependant. Cette fille qui a dans sa famille une Lapone.

— Elles ne sont pas du même sang, intervient Ursa, soudain alarmée. Et cette fille fréquente l'église, mon cher. C'est une bonne âme. »

Absalom semble prêt à répondre, mais le seigneur l'interrompt d'un geste méprisant.

« Laissons donc ces affaires aux femmes, dit-il. Nous avons suffisamment à faire, surtout avec les questions qui nous attendent.

— Êtes-vous prête ? » demande Christin.

L'épouse du seigneur semble particulièrement nerveuse, comme si la perspective de se retirer dans sa chambre l'angoissait. Ursa, quant à elle, n'a que faire de se retrouver seule, et se réjouit même de pouvoir bientôt sombrer dans l'oubli du sommeil et se réveiller le lendemain matin en sachant qu'elle rentrera chez elle et retrouvera Maren. Dans son esprit embrumé résonne une voix qui la somme de la mettre en garde, de lui parler des allusions faites aux figurines, à Diinna. Elle plante ses ongles dans la paume de sa main pour s'assurer qu'elle n'oubliera pas.

Christin la conduit dans le couloir où toutes deux souhaitent une bonne nuit aux hommes, déjà en grande conversation. Le seigneur et Absalom ne s'interrompent qu'un bref instant, le premier pour presser sèchement sa bouche contre la haute pommette de son épouse, le second pour caresser de nouveau Ursa du bout des lèvres, cette fois sur la joue, avec une douceur déconcertante.

« Quelle fierté devez-vous éprouver d'être mariée à un tel homme », lui dit Christin en la précédant dans l'escalier.

Ursa est prise d'une envie de rire, de lui demander de quoi elle devrait être fière : du zèle immodéré qu'il déploie devant le seigneur, de son rôle primordial dans la mort d'une femme ou de la satisfaction qu'il semble en tirer ?

« Votre mari n'a donc pas eu son mot à dire quant au choix de votre bonne ? poursuit Christin.

— Il s'agit davantage d'une fille de compagnie que d'une bonne.

— Il est toujours plus prudent de garder ses distances avec ce genre de personnel. Et de tenir votre mari à distance », ajoute-t-elle tandis qu'elles atteignent la porte de la chambre d'Ursa. Christin l'ouvre, entre. Mais alors qu'Ursa passe devant elle, l'épouse du seigneur lui frôle la nuque du bout des doigts, à l'endroit où son chignon a perdu ses épingles. La chair est particulièrement tendre. « Néanmoins, avec une jeune femme si charmante, je suis certaine qu'il n'y a pas lieu de s'inquiéter. »

Ursa sent le rouge monter le long de sa gorge serrée.

« S'inquiéter ?

— La boisson, les cartes…, dit-elle clignant lentement des yeux. Les bonnes… Même les grands hommes ont leurs faiblesses. Et c'est à nous d'en porter le fardeau. »

Ursa se sent tout à coup prise d'un élan, d'une envie de se confier à elle, de lui parler de sa vie avec Absalom, de toutes les petites terreurs, les petits malentendus qui la ponctuent. Mais sa main est retombée et l'épouse du seigneur s'éloigne déjà vers l'autre bout du corridor. Cette femme n'est pas instable, simplement trop vigilante.

« Bonne nuit, Ursula. Je prierai pour vous. »

Ursa ferme la porte. Les rideaux tirés laissent apparaître deux rais de lumière sur les côtés des fenêtres, et les draps sont doux sous le couvre-lit rabattu. Peut-il être vrai que Fanne et le seigneur entretiennent une relation charnelle ? Peut-être même dans ce lit, lorsque la chambre n'accueille pas de visiteur ?

Ursa défait ses cheveux, réunissant ses épingles dans le creux de sa main tandis qu'elle traverse la pièce pour se rendre devant la fenêtre dont elle soulève d'un doigt le lourd rideau. Les autres bâtiments de la forteresse sont toujours éclairés, à l'exception des geôles. Elle écoute : est-ce le gémissement d'un homme ou seulement le vent, la mer ? Les fenêtres noires semblent planter leur regard sur elle. Elle laisse retomber le rideau, s'empresse d'achever ses ablutions, espérant être déjà endormie quand Absalom la rejoindra.

Avant de se glisser entre les draps propres, elle s'agenouille au pied du lit, comme le faisait Agnete autrefois, et prononce une prière pour la femme au regard triste qu'est Christin, pour Maren, plongée dans le noir quelque part près d'ici, et pour elle-même. Et, bien que consciente de commettre un horrible blasphème, elle prie également pour Elspeth Reoch, morte sous la main de son mari. Sorcière ou non, Ursa ne souhaite ce sort à personne.

# 29.

Ursa pensait que le pire de la soirée était derrière elle, mais une fois seule dans le lit elle ne parvient pas à trouver le sommeil. Les bruits de la forteresse sont trop étranges, la mer trop proche et le fracas des vagues sur la côte la trouble. À plusieurs reprises, elle croit entendre une main se poser sur la poignée de la porte avant que celle-ci ne s'ouvre pour de bon.

« Dormez-vous, Ursula ? »

Il ne servirait à rien de faire semblant. Ursa se redresse, ramène les draps sur son menton. Il retire ses bottes, va s'asseoir sur la chaise près du feu, un petit verre dans une main, des papiers pliés dans l'autre.

« J'espère que le dîner vous a plu.

— Je ne suis plus habituée à manger des plats si savoureux. »

Il pose son verre sur le rebord de la cheminée, penché de manière à ne laisser paraître que son profil à la lueur du feu. Ursa ne parvient pas à entendre les mots qui sortent de sa bouche tournée vers les flammes.

« Pardon ? lui demande-t-elle.

— Je ne voulais pas que vous l'appreniez comme cela », répète-t-il un peu plus fort.

Elle qui pensait avoir peur en le voyant revenir se sent finalement animée par la même colère que celle qui l'a envahie pendant le dîner.

« Apprendre que vous aviez assassiné une femme ? » demande-t-elle avec audace.

Le silence s'étire, s'agrandit comme un trou béant. Ursa entend son cœur résonner dans ses oreilles plus fort encore que la mer, regrette de ne pas avoir revêtu autre chose qu'une simple chemise de nuit en coton.

Puis, finalement, lentement, Absalom se lève, se tourne vers elle, ses jambes à présent éclairées par la lueur des flammes. Ses lèvres pincées forment une ligne mince, et, lorsque ses yeux se posent sur elle, Ursa s'aperçoit qu'ils sont vitreux, un peu hagards. Est-il aussi saoul que le seigneur ?

« Assassiné une femme ? répète-t-il comme s'il ne comprenait pas ces mots. Non, non… » Il secoue la tête, semblant chasser une mouche. « J'ai démasqué une sorcière. Elle a été condamnée à mort par la justice de mon pays. Elle était coupable aux yeux de la loi, aux yeux de Dieu. "Tu ne laisseras point vivre la sorcière." Dieu l'a dit.

— Mais vous, mon mari, fallait-il que ce soit vous qui la tuiez ? »

Une expression de douleur se lit sur son visage tandis qu'il attrape le petit verre posé sur le rebord et, les papiers toujours serrés dans sa main, se laisse lourdement retomber sur sa chaise.

« L'affaire était grave. Je n'y ai pris aucun plaisir, même si elle méritait de mourir, et ensuite j'ai prié. Dieu m'a pardonné. Je ne suis pas un homme arrogant,

Ursula. » Ursa réprime un rire. « Mais je suis fier d'être au service de Dieu. Et j'espère qu'il en est de même pour ma femme. »

La réponse à donner, Ursa la connaît – dire qu'elle est fière, comme le pense Christin. Ces simples mots dissiperaient la tension, seraient peut-être même oubliés le matin venu, si tant est qu'Absalom ait suffisamment bu. Mais Ursa se contente de le fixer sans rien dire.

Il penche la tête, s'appuie contre le dossier dur de la chaise. Ursa ne distingue plus qu'une partie de ses yeux, qui semblent presque noirs.

« La famille dont vous êtes issue est un atout que j'apprécie, Ursula. J'ai eu peine à y croire lorsque votre père m'a parlé de vous. La fille d'un propriétaire de bateaux. » Il prend une profonde inspiration. « Je me trouve mieux loti que je ne l'aurais espéré. »

Ursa aimerait pouvoir le faire taire, faire cesser ce regard posé sur elle.

« Un délégué comme vous aurait pu choisir mieux. »

Quel regret qu'il ne l'ait pas fait. À cet instant, Ursa donnerait n'importe quoi pour se trouver chez elle avec Agnete, lovée dans le lit qu'elles partageaient, célibataire, ignorant jusqu'à l'existence d'Absalom Cornet, même si cela signifierait qu'elle n'aurait jamais rencontré Maren.

« Je ne suis pas parti de si haut, répond-il. Je ne suis pas comme le seigneur, issu de bonne famille. Je suis le fils d'un berger, le saviez-vous ?

— Je l'ignorais. Vous ne me l'aviez jamais dit. »

*Prudence*, se dit-elle. *Pas si sèchement*.

« Vous ne me l'aviez jamais demandé. »

Il se tait, semblant attendre des questions, mais Ursa a trop peur des mots qui pourraient lui échapper.

« Je suis né sur une île pas plus grosse qu'un caillou, dit-il après avoir bu une gorgée. À peine plus grande que celle-ci, comme je vous l'ai raconté. Rien que des moutons alentour. Une puanteur ! Et puis, un jour, une église a été construite sur l'île voisine, une église propre où flottait l'odeur des cierges. Jamais je n'avais connu de plus bel endroit. » Ses yeux se ferment, comme s'il revivait la scène. « Le pasteur de cette église a vu quelque chose en moi. C'est lui qui m'a recommandé à Coltart lorsque la sorcière a été attrapée. »

Ursa sent la nausée monter.

« N'est-ce pas un miracle ? Le fils d'un berger devenu chasseur de sorcières, puis délégué ? »

Ses yeux noirs brillent, tournés vers elle.

« En effet, cher mari. »

Il change de position sur sa chaise.

« Pourquoi ne m'appelez-vous pas Absalom ?

— Si tel est votre souhait, je le ferai, Absalom. »

Ursa sent planer une grande menace, cherche un moyen de l'éviter.

« Savez-vous ce que mon prénom signifie ? » Elle secoue la tête. « Père de la paix. » Ursa manque d'éclater de rire, se retient à temps. « Voilà tout ce que je désire. Débarrasser le monde des sorcières pour que nous puissions tous vivre dans la paix de Dieu. Et si le seul moyen d'y parvenir est la guerre, alors ainsi soit-il. »

De nouveau, il ferme les yeux, garde le silence pendant un long moment. Le croyant endormi, Ursa sent le nœud qui lui tenaille le ventre se desserrer quelque peu. Mais la voix de son mari finit par s'élever de nouveau.

« Ceci est ma destinée, Ursula. Le seigneur a foi en moi. Il me considère comme un être particulier, comme le pasteur des Orcades avant lui. »

Il se lève si brusquement qu'Ursa ne peut s'empêcher de sursauter. Après avoir vidé son verre, il s'approche du lit et s'assoit à côté d'elle. Son souffle chaud atterrit sur sa joue.

« Me trouvez-vous exceptionnel, Ursula ? »

Ursa se tourne pour lui faire face. Ses mains serrées sur les draps tremblent.

« Oui, Absalom. »

L'une de ses mains se referme sur celles d'Ursa. Sa peau est chaude, épaisse et sèche. De l'autre, il brandit les feuilles de papier pliées.

« Le seigneur m'a remis ces lettres. Elles sont arrivées à la forteresse au cours des deux derniers mois. Des lettres, de Bergen. »

Le cœur d'Ursa cesse de battre.

« Des lettres de mon père ? » Elle voudrait les prendre, mais ses mains sont immobilisées. Absalom hoche la tête, les laisse tomber sur le lit. « Elles sont ouvertes, dit-elle en reconnaissant l'écriture de son père, sans pouvoir déchiffrer les mots.

— Un mari doit tout connaître de sa femme.

— Elles sont à moi, dit Ursa en s'efforçant de garder son sang-froid.

— Êtes-vous capable de les lire ?

— Êtes-vous capable de lire le norvégien ? » rétorque-t-elle.

Les mots se sont échappés de sa bouche avant qu'elle ait eu le temps de les retenir. La main d'Absalom lui agrippe l'épaule trop rapidement pour qu'elle puisse réagir.

« Prenez garde, femme. Elles sont en anglais.

— Je ne voulais pas… Mon père savait que vous m'en feriez la lecture, bien entendu. » La pression sur son épaule commence à devenir douloureuse. « Mais n'auriez-vous pas pu attendre que nous nous retrouvions tous les deux ?

— Il était de mon devoir de les lire. Et si votre père vous avait annoncé une mauvaise nouvelle à laquelle j'aurais dû vous préparer ? »

Ursa n'entend plus que les battements sourds de son cœur. Son dîner bouillonne dans son ventre.

« Avez-vous de mauvaises nouvelles ? »

Au lieu de répondre, Absalom lui serre l'épaule de plus belle.

« Par pitié. » Les larmes ne sont pas loin. « Absalom, s'agit-il d'Agnete ? »

Absalom lui arrache les lettres de la main, les feuillette, cherche celle qui annonce une mauvaise nouvelle à propos de sa sœur, qui annonce sa mort – Ursa en est certaine.

Les larmes roulent déjà sur ses joues lorsqu'il secoue lentement la tête.

« Rien de tel. Tout va pour le mieux. » De nouveau, il compulse la pile. « Votre sœur est suivie par un nouveau médecin. Votre père a fait l'acquisition d'un nouveau tapis pour sa chambre. Ces lettres racontent de petites choses du quotidien comme cela. Et votre famille aimerait savoir comment se déroule votre vie sur l'île. »

Ursa s'essuie le visage en tremblant.

« Pouvez-vous me les lire ?

— Il se fait tard.

— Seulement une, dans ce cas. La dernière. » Ursa est rongée de désespoir, tel un animal affamé. « Par pitié, mon cher mari – Absalom. Lisez-m'en une, par pitié. »

Absalom la considère un long moment, puis tend la main pour effleurer ses dernières larmes. Tout en les essuyant entre ses doigts, il réfléchit, puis se décide à déplier l'une des lettres. Ursa sent monter de nouveaux sanglots, de soulagement cette fois, mais elle se retient de pleurer.

« Celle-ci a été envoyée le 23 mai.

— Mais cela remonte à des mois, proteste Ursa malgré elle.

— Nous sommes à des mois de voyage de Bergen. Les lettres mettent du temps à arriver. » Son intervention ne semble pas l'avoir agacé, mais Ursa se rappelle malgré tout de rester prudente. « Voici ce que dit la lettre : "Très chère Ursa" (il s'interrompt). Est-ce ainsi qu'ils vous appellent ? »

Ursa hoche la tête.

« Quel manque d'élégance. "Très chère Ursa, tu n'es pas partie depuis longtemps, mais déjà nous ressentons cruellement ton absence. Les jours sont un peu plus mornes, la maison un peu moins baignée de lumière." »

Ursa ferme les yeux, essaie d'entendre la voix de son père.

« "Toutefois, nous nous réjouissons de savoir que tu inondes désormais le Grand Nord de ton âme solaire. Je pense que ses habitants en ont encore plus besoin que nous ici. L'état d'Agnete n'a pas empiré. Siv songe à employer une fille en cuisine, qui serait en quelque sorte sa domestique. Agnete, cependant, ne cesse de clamer que personne ne saura jamais prendre soin d'elle comme tu l'as fait. Elle me fait dire qu'elle t'aime, que son mouchoir bleu lui manque et qu'elle souhaiterait le récupérer." »

Un sourire se dessine sur les lèvres d'Ursa tandis qu'Absalom étouffe un bâillement.

« La suite est du même acabit.

— Encore un peu, je vous en supplie. » Elle pose ses mains sur les siennes, tout en se détestant de devoir implorer son aide. « Je vous en supplie, Absalom. »

Son regard se pose alors sur elle, moins vague, et Ursa reconnaît en lui la flamme du désir. Du plat de son pouce, elle lui caresse lentement la main. Mais aussitôt qu'Absalom reprend sa lecture, elle s'empresse de s'écarter.

« "J'espère que le capitaine Leifsson s'est occupé de toi comme il se devait. Nous profiterons de son retour au Finnmark, au début de l'année prochaine, pour te faire porter quelques présents. Fais-nous savoir si quelque chose en particulier t'est nécessaire. Si les affaires d'Absalom venaient à le faire voyager vers le sud, assure-toi de pouvoir l'accompagner. Ursa, je ne me rends compte que maintenant à quel point je me reposais sur toi. Sois sûre que j'aime Agnete pour nous deux, et que j'emploie tous mes efforts à être le père dont elle a besoin en l'absence de sa sœur bien-aimée." »

Cette fois, Ursa ne peut retenir ses larmes. Ces mots sont si doux que jamais Absalom ne pourrait les avoir inventés : son père est forcément l'auteur des lignes que son mari vient de lire. Le soulagement est tellement fort qu'elle s'en sentirait presque écœurée.

« Rien de bien important, comme je vous le disais. »

Absalom jette la lettre sur le lit, se penche vers elle pour la toucher, mais l'esprit d'Ursa est trop embrumé pour jouer la comédie : elle s'écarte, par réflexe, encore trop émue par les mots de son père, cet amour, cette bienveillance qui s'en dégagent. Le regard d'Absalom s'aiguise. Il ramasse les lettres, qui bruissent entre ses doigts.

« Attention ! » s'exclame-t-elle, mais d'un geste souple il se lève et traverse la chambre.

En un instant, Ursa comprend ce qu'il s'apprête à faire. Elle se lève à son tour, se précipite vers lui – mais trop tard. Les lettres ont déjà été jetées au feu.

Les doigts d'Ursa se posent sur le point douloureux qui palpite sous son sein tandis qu'Absalom se retourne vers elle. Ses mains lui attrapent la tête, si larges qu'elles englobent ses joues, et la penchent en arrière. Ursa l'imagine serrer de plus en plus fort jusqu'à lui broyer le crâne, quand soudain, les lèvres d'Absalom se rapprochent et l'embrassent si doucement que sa peau se hérisse.

« Je leur écrirai pour vous », lui dit-il.

Ses lèvres se posent une nouvelle fois sur elle ; son souffle est chaud contre sa joue. Ursa sent son excitation lorsqu'il se presse contre son ventre, sait que sa promesse ne sera exécutée qu'à une condition tacite.

Derrière lui, les lettres de son père se recroquevillent, bientôt transformées en cendres et en fumée qui s'échappe dans la nuit comme des signaux de détresse.

# LA CHASSE

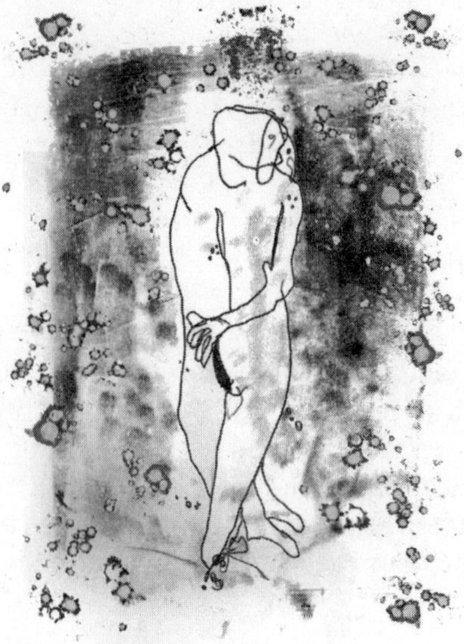

## 30.

Même si Ursa n'a passé que les journées du jeudi et du vendredi à la forteresse, son absence aura été deux fois plus longue que prévu. Maren ressent chaque instant comme un coup de couteau. Leur séjour là-bas déclenche une foule de spéculations, et tandis que tout le monde s'interroge sur le seigneur, sur les ragots que rapportera Ursa, les cheveux de Maren se dressent sur sa nuque chaque fois qu'est prononcé son nom.

Ces deux jours lui semblent si longs qu'elle s'interroge : comment avait-elle supporté une existence sans elle ? Elle devient aussi nerveuse que Mamma, aussi susceptible que Diinna, aussi taiseuse qu'Erik, enchaîne ses corvées avec une colère contenue qui rend ses gestes plus vifs, puis s'échappe de chez elle pour marcher jusqu'à la pointe, seul endroit d'où elle peut apercevoir l'intérieur du fort. Elle observe les lumières derrière les fenêtres. L'île tout entière est visible, étale devant elle ses douces vallées, ses deux moitiés se rencontrant dans une symétrie presque parfaite, comme un livre ouvert. Ces deux soirs, Maren arpente le bord de la falaise jusqu'à ce que l'herbe soit aplatie et abîmée par ses semelles.

Elle apprend leur retour le vendredi matin, lorsque Kirsten apporte du sel et du sang pour préparer les *blodplättar*, ainsi qu'un message d'Ursa. Mamma refuse de lui adresser la parole ; elle ne parle pratiquement plus à Maren non plus.

« Et fais en sorte qu'elle te dise tout, lui intime Kirsten sur le pas de la porte. Je suis curieuse de savoir quel genre d'homme est notre seigneur.

— Vous le sauriez déjà si vous assistiez aux réunions de Toril, dit Mamma à Maren tout en barattant le beurre de toutes ses forces – un beurre trop fait, Maren l'entend au bruit sourd que produit la batte. M. Cornet nous parle souvent du travail du seigneur, des projets qu'il nourrit pour nous toutes.

— Je reste intéressée de savoir ce qu'en dira Ursula, répond Kirsten. À bientôt, Maren. Nous nous verrons au prochain sabbat.

— Quels projets ? » demande Maren une fois la porte refermée et le seau de sang posé sur la table, même si la réponse lui importe peu.

Assourdie par le bruit du beurre qui claque sur le lait, elle est brusquement tentée d'arracher la batte des mains de sa mère.

« De belles choses. Des choses divines. »

L'espace d'un instant, le regard de Mamma se pose sur le crucifix en tissu de Toril, accroché à un morceau de bourrage dépassant du mur. Mamma en avait également déposé un devant la porte de Diinna, que Maren a retrouvé dans un seau d'eau, décousu, deux jours plus tard. Sans doute s'en est-elle servie comme torchon.

Comment l'antipathie que sa mère éprouvait pour Diinna a-t-elle pu devenir si monstrueuse ? Cependant, son hostilité à l'égard de Maren est pratiquement la même. Maren s'efforce de ne rien laisser paraître, mais, en la regardant, elle ne voit plus que l'affreuse crevasse qui s'est formée au coin de ses lèvres et qu'elle lèche, par réflexe, ce visage dur et émacié qui ressemble trop au sien, la sueur abondante qui traverse sa robe de travail. Est-ce là la femme qui la réconfortait quand elle avait mal, qui avait ri en la faisant tourner en l'air le jour où elle était revenue chez eux en leur annonçant la demande en mariage de Dag, la femme qui avait fait son frère et donné naissance à son neveu de ses mains si délicates, cette femme qui à présent est assise devant elle à s'acharner sur la batte ? Même le bruit de sa respiration laborieuse irrite l'oreille de Maren.

Sans poser d'autres questions, Maren s'attelle à la préparation du *blodplättar*, son cœur meurtri légèrement apaisé à l'idée qu'Ursa lui est revenue, qu'elle se trouve non loin d'elle à cet instant précis. Une fois la farine bien mélangée au sang, elle quitte la maison pour se rendre jusqu'à la falaise, équipée d'une corde qu'elle attache au piquet planté par Erik cinq ans plus tôt.

Son panier posé à terre, son regard s'attarde quelques secondes de trop sur les rochers en dessous d'elle. Ces derniers temps, les visites de la baleine se sont faites plus rares, mais c'est bien elle qu'elle aperçoit, étalée sur les roches acérées, le flanc gonflé. Une odeur de sel et de pourriture lui emplit les narines ; Maren se protège le nez, cligne des yeux : la vision disparaît.

Penchée en avant, elle attache une seconde corde à la première, tire dessus pour vérifier sa solidité. Après avoir noué l'autre extrémité à sa taille et rabattu sa jupe, elle entreprend la descente par le chemin le plus facile pour atteindre le premier nid de guillemots, l'esprit trop effervescent pour tenter un parcours plus périlleux. Elle œuvre avec méthode, prélevant cinq œufs dans trois nids, épargnant les plus petits, délicatement mouchetés ou pâles comme de la crème. Sous ses pieds, la marée basse s'étale, et cette vision lui rappelle Toril sortant son fils des vagues, ce cadavre flasque dont la chair se délitait.

L'escalade est rapide, elle remonte le panier, se remet en route vers chez elle. Un par un, elle casse les œufs sur le sang et la farine, les coquilles se brisent facilement, quelques petits morceaux tombent dans la mixture. Elle les retire du bout des ongles, sous lesquels une croûte marron ne tarde pas à se former.

Elles mangent le *blodplättar* en tête à tête pour le déjeuner, la maison emplie d'une odeur de fer et de sel. Sa mère, en mâchant, observe un silence solennel : son esprit est occupé par Erik, dont ce plat était le préféré. Lorsque Maren enveloppe une galette encore fumante dans un linge pour la porter à Diinna avant de repartir à la pointe, Mamma n'élève aucune objection.

« Il me semblait bien avoir senti l'odeur du *blodplättar* », remarque Diinna.

Elle est assise sur les marches, devant sa porte, le petit Erik à ses pieds jouant dans la terre. Elle prend le linge que Maren lui tend avec précaution.

« Je t'ai vue partir vers la falaise. As-tu vérifié les nœuds ? »

Elle déplie le linge, respire l'intérieur.

« Inutile de me remercier », dit Maren.

Son agacement est comme une bulle qui éclate. Elle tourne les talons, prête à repartir, mais de sa main musclée Diinna la retient doucement par le poignet.

« Merci, Maren. » Voir ses yeux noirs briller est un choc aussi puissant qu'une gifle. « Si tu as besoin d'aide, la prochaine fois, viens me trouver. Je suis une meilleure grimpeuse que toi. »

Maren hoche la tête, déglutit, caresse le dos de la main de Diinna.

« Je le ferai. »

Elle vient de dépasser l'ombre de la maison lorsqu'elle entend derrière elle Diinna s'adresser d'une voix douce à son fils.

« Viens, *ráhkis*. Viens me voir et goûte. Ton papa adorait ce plat. »

Pendant sa marche, elle ne pense qu'à Ursa : sera-t-elle au rendez-vous ? Que faire, sinon ? Cette alternance de joie et de panique lui coupe presque le souffle, la bouleverse tant que, lorsque la silhouette de son amie finit par apparaître sur la pointe dans une robe gris clair, sa tête se met à tourner – si fort qu'elle est obligée de ralentir le pas pour ne pas trébucher.

Pendant une fraction de seconde, la lumière du soleil qui descend sur la mer l'éblouit tellement que Maren est prise d'un doute. De loin, ce visage a l'air d'un masque, ces cheveux blond pâle fouettés par le vent ne ressemblent à rien, ces yeux noirs enfoncés dans leurs orbites sont comme deux trous sous les sourcils froncés. Mais la seconde d'après Ursa est là, souriante, redevenue elle-même, agitant une main en l'air tandis que l'autre retient ses jupons soulevés par les bourrasques, et c'est au prix d'un immense effort que Maren se retient de courir à sa rencontre, de la prendre dans ses bras et la faire tourner.

Cependant, une fois près d'elle, quelque chose la coupe dans son élan : même si un sourire s'est formé sur les lèvres d'Ursa, ses yeux sont fatigués, cernés comme par des coquards. Maren se garde de la toucher, de poser ses pouces sur son visage pour le caresser.

« Ainsi, Kirsten vous a trouvée ? J'ai cru plus prudent de ne pas me présenter chez vous, mais je n'aurais pas pu attendre le soir pour vous voir.

— Quelque chose ne va pas ?

— Cela se voit donc tellement ? Je suis restée au lit toute la journée hier. C'est pour cette raison que notre retour a été reporté. J'espère que vous ne m'avez pas attendue trop longtemps. »

Maren ne dit rien de la soirée de la veille, du temps passé à arpenter la falaise. L'herbe sous leurs pieds en porte encore les traces. Maren se déplace pour tenter de les cacher.

« Que vous est-il arrivé ?

— Une simple indigestion. Grâce à vous, j'ai désormais l'appétit d'une paysanne, dit-elle en s'efforçant de sourire. La cuisine de la forteresse ne m'a pas réussi. Et la boisson non plus, semble-t-il. »

Maren l'imagine abrutie par l'alcool, comme l'était Pappa certains soirs au cœur de l'hiver.

« Vous semblez choquée, dit Ursa. Vous en auriez fait autant si vous vous étiez trouvée à cette table.

— Votre visite ne s'est pas bien passée ?

— Mon époux ne dirait pas cela. Le seigneur compte parmi ses grands admirateurs.

— Tant mieux pour vous. Cela veut-il dire que votre séjour ici sera prolongé ? »

Ursa la regarde, le front plissé.

— Le seigneur… cet homme n'est qu'une bête. Ils l'étaient tous, même sa femme. »

Sa respiration s'accélère, sa main se pose sur ses côtes. Maren se rapproche d'elle.

« Peut-être devrions-nous aller nous asseoir ? Vous êtes très pâle.

— Mon époux est à la maison. En train d'écrire – un décret, je crois. Nous en saurons plus à l'église. Mais il faut que je vous fasse part de quelque chose : il a été question de Diinna.

— De Diinna ?

— Mon mari a parlé des runes au seigneur, que la nouvelle a fort contrarié. Des figurines, aussi. J'aimerais avertir Mme Olufsdatter également, mais il fallait que je vous parle de Diinna en premier.

— Pensez-vous que cela soit grave ? » demande Maren.

Elle connaît la réponse, mais sa question a pour but d'évaluer la situation, de comprendre ce qu'Ursa sous-entend par cette confidence.

« Mon mari a refusé de m'en dire davantage, mais il a été question de sorcellerie. Deux hommes sont emprisonnés dans la forteresse. Deux Lapons.

— Les pratiques de Diinna n'ont rien à voir avec de la sorcellerie. Les runes sont pour eux l'équivalent de nos prières.

— Je doute que cet argument suffise, répond Ursa. Mon mari n'apprécierait guère de vous entendre parler ainsi. Je lui ai pourtant dit tout le bien que je pouvais d'elle, mais le seigneur semble avoir des idées très arrêtées. J'ai par ailleurs découvert que mon mari avait déjà participé à une chasse aux sorcières par le passé.

— Diinna n'a rien d'une sorcière », répète Maren d'un ton que la panique rend plus dur qu'elle ne le voudrait.

Ursa, quant à elle, veille à garder son calme.

« Peut-être pourrait-elle se joindre à nous autres, à l'église ?

— Hélas, je ne parviendrai pas à la convaincre. » La gorge de Maren se serre. « Surtout depuis l'incident avec Toril, au rassemblement du mercredi. Diinna ne me fait plus confiance. »

Ces nouvelles ont brisé en mille morceaux la joie de leurs retrouvailles. Maren commence à faire les cent pas sur le début de sentier qui s'étire devant elle, ce sentier que ses pieds ont tracé tandis qu'elle attendait Ursa.

« Je pourrais lui parler, propose Ursa en posant une main sur son avant-bras pour l'arrêter. Je pense vraiment que cela en vaut la peine. »

Ce geste tend encore un peu plus les nerfs de Maren, déjà à fleur de peau.

« Qu'ont-ils encore dit à son sujet ?

— Rien d'autre. Mais cette discussion… cette discussion n'annonçait rien de bon. » Brusquement, Ursa se prend le visage à deux mains et poursuit, d'une voix étranglée : « Pardonnez-moi. Je ne connaissais pas l'homme que j'ai épousé. Si tel avait été le cas, je vous aurais avertie et je ne vous aurais jamais laissée vous rapprocher de moi, de nous. »

Maren prend sur elle pour ne pas exploser.

« A-t-il été question de moi ?

— Dieu soit loué, non, répond Ursa. Jamais je n'aurais permis qu'ils parlent de vous en ces termes. Jamais. » Elle attrape les deux mains de Maren entre les siennes, les serre fermement. « Vous m'êtes très chère, vous savez. Je ne pourrais laisser quiconque vous faire du mal. »

C'est à cet instant, pense Maren en voyant le beau visage d'Ursa et son regard intense planté sur elle, c'est à cet instant qu'elle devrait l'embrasser. Cette simple idée la terrifie, mais Maren en est convaincue : si elle avait été un homme, elle aurait à cet instant rapproché son visage et posé ses lèvres contre celles d'Ursa pour la faire taire avec un baiser. Mais elle se contente de hocher la tête.

« Je le sais, oui.

— Voulez-vous bien y aller, dans ce cas ? » répond Ursa. Le charme est rompu. « Voulez-vous bien que nous allions trouver Diinna ?

— Cela ne servira à rien », répond Maren dans l'espoir de prolonger un peu ce moment, de retarder son retour au village, au milieu de tous ces gens.

Pourtant, elle ne proteste pas lorsque Ursa l'emmène, la tire derrière elle, sa nuque laiteuse visible sous ses cheveux fouettés par le vent.

« Parlez-moi encore de la forteresse, de l'épouse du seigneur.

— Il n'y a rien d'autre à dire, répond Ursa. La forteresse est un endroit effroyable, bien qu'imposant. Quant à elle… » L'hésitation d'Ursa, qui semble chercher ses mots, réjouit Maren au plus haut point. L'épouse du seigneur ne semble pas lui avoir fait forte imprcssion. « C'est une femme seule, je pense. Mais je ne me suis pas souciée d'elle. »

Maren n'avait même pas envisagé la possibilité qu'Ursa puisse accorder sa confiance à l'épouse du seigneur. Une bouffée de soulagement l'envahit brusquement, comme si elle avait évité de justesse un ravin.

« Les runes ne sont-elles vraiment rien de plus que l'équivalent de nos prières ? demande Ursa. Ne servent-elles pas à appeler, à conjurer des choses ? Le seigneur disait que les chamanes pouvaient influencer les vents.

— Diinna ne fait rien de cela. Ces runes étaient inoffensives. »

Elles devaient guider l'âme de son frère et de son père vers la paix. Et Maren l'avait cru, désespérant de pouvoir se raccrocher à quelque chose durant ces mois où la tempête avait semé le chaos chez elle. Maren avait trouvé du réconfort dans ces runes, dans les rythmes du tambour de Varr. Devant un tribunal, elle l'aurait nié, mais telle était pourtant la vérité.

Le délégué a-t-il également entendu parler des pierres runiques que l'on peut voir sur le cap, des peaux de renard, des rumeurs évoquant une baleine à cinq nageoires ? Sans nul doute, étant donné sa proximité avec Toril. Maren jurerait que Diinna n'a rien à voir avec ces trois choses, mais il serait facile de l'accuser. Bien sûr, se défendre en arguant que ce sont de simples superstitions serait toujours possible, mais Maren comprend désormais à quel point les Lapons ont agi sans comprendre les risques, tout comme les femmes du village lorsqu'elles sont parties pêcher. L'arrivée du délégué lui a donné Ursa, mais elle a également arraché le voile qui les protégeait, un voile que la présence du pasteur n'avait jamais soulevé.

Diinna se trouve toujours sur les marches de la dépendance, Erik sur ses genoux. En voyant la tête du petit posée contre sa poitrine, Maren comprend soudain qu'il prend le sein de sa mère. Diinna l'arrête brusquement, coupée dans son élan, les joues rouges.

À l'instant où elle lève les yeux vers elles, Maren la voit comme doivent la voir les étrangers, comme doit la voir Ursa : jambes écartées pour supporter le poids de son fils trop grand pour être ainsi porté, son sein lourd dépassant des plis de son justaucorps ; les veines apparentes, comme des rivières sur sa peau ; les cheveux gras, plaqués sur le crâne ; une lueur arrogante dans ses yeux noirs. Assise ainsi, Erik accroché à elle, Diinna ressemble à une sorte de divinité, à la fois puissante et étrange. Maren ne peut empêcher son regard de se diriger vers ses seins. La bouche sèche, elle détourne la tête.

« Nous ne devrions pas être là, dit-elle.

— Elle ne devrait pas se livrer à cet acte en public, répond Ursa d'une voix presque tremblante. Et si Absalom la surprenait ? »

Maren regarde autour d'elles. Hormis les ruines de la maison de Baar Ragnvalsson, aucune habitation n'est visible. Les oiseaux qui tournoient sont les seuls témoins.

Diinna a décroché Erik de son sein pour le poser par terre. Elle reboutonne son justaucorps sans aucune gêne.

« Je pensais que tu t'absenterais plus longtemps », dit-elle tandis que le bébé cherche à lui attraper la poitrine. Elle repousse ses mains, se lève. « Tes escapades sur la pointe sont plus longues habituellement. »

Il y a dans sa voix un tranchant qui met Maren mal à l'aise.

« Mme Cornet souhaitait te parler », dit-elle alors. Elle sent en elle une colère, mais ne saurait dire pourquoi. « Ta porte fonctionne correctement – pourquoi ne la fermes-tu pas ?

— Qu'avez-vous donc à me dire ? demande Diinna en posant sur Ursa ses yeux aux larges paupières. Madame Cornet ?

— Je reviens tout juste de la forteresse, répond Ursa sans détour. Mon époux a été invité à dîner à la table du seigneur Cunningham. Au cours de ce dîner, il a été question de vous. »

Bien qu'elle parvienne à le cacher habilement, Diinna, de toute évidence, ne s'attendait pas à cela. Maren le voit à un mouvement de sa mâchoire à peine perceptible, qui échappe sans doute à Ursa.

« Deux Lapons étaient enfermés dans les geôles », insiste cette dernière. La mâchoire de Diinna se contracte un peu plus encore. « On les accuse d'influencer les vents.

— Je ne fais pas cela, répond Diinna.

— Mais les runes ont été évoquées au cours de la discussion, Diinna, intervient Maren. Et les figurines également.

— C'est Mme Olufsdatter qui les a fabriquées, répond Diinna. Je n'ai fait que lui indiquer les herbes qu'elle devait brûler pour honorer le souvenir des morts.

— Cela lui vaudra certainement des ennuis, reprend Maren. Mais c'est de ton sort que nous nous inquiétons.

— Je n'ai pas besoin que l'on s'inquiète pour moi. Cela fait bien longtemps que je n'ai plus besoin de ça.

— Ursa voulait te dire quelque chose, poursuit Maren en se détournant pour ne pas lui laisser voir la douleur qui s'imprime sur son visage. Quelque chose d'important, selon elle.

— Il faut que vous veniez à l'église, annonce Ursa. Je suis certaine que tout n'est pas perdu.

— Vraiment ? » rétorque Diinna avec ironie. Gênée, Ursa se balance d'un pied sur l'autre. « Vous en êtes certaine, alors que deux Lapons, comme vous dites, sont enfermés dans les geôles en attendant de finir sur le bûcher ? »

Maren s'attend à entendre les protestations d'Ursa, puis sent sa gorge se serrer lorsque cette dernière ne répond pas.

« Je ne crois pas mon époux incapable de clémence, dit-elle, mais sa voix n'a rien de convaincant.

— Je sais ce qui arrive aux miens quand des hommes comme votre époux leur accordent leur clémence, madame Cornet. » Diinna se penche en avant, attrape Erik, l'assoit sur sa hanche. « À votre place, je ne serais certaine de rien. »

Elle entre chez elle à grands pas, ferme la porte. Maren hésite quelques instants avant de la suivre, sans prendre la peine de frapper. Dans la précipitation, la porte heurte le petit Erik, qui pousse un gémissement. Maren referme en laissant Ursa dehors, puis se tourne vers la pièce. Cela fait des années qu'elle n'est pas venue ici. La dernière fois remonte sans doute à la construction de la chambre, à l'époque où Diinna et Erik venaient de se marier. Ce jour-là, Maren avait couvert la chambre de petites fleurs blanches et jaunes, les avait aidés à rapporter les morceaux de morue qu'ils avaient reçus en présent et à les suspendre au plafond comme des voiles miniatures.

Plus de fleurs, désormais. Cette pièce, qui semblait déjà étriquée pour un couple, le semble encore plus pour une mère et un enfant. Le feu est presque éteint, une épaisse couverture est accrochée devant la fenêtre. La pièce tout entière est plongée dans l'ombre. Diinna la regarde en clignant des yeux comme une chouette. Erik s'en va dans un coin où sont éparpillés de petits objets en chiffon, des brindilles, comme un nid. Une odeur de lait rance flotte dans l'air, ainsi que celle du *blodplättar*, qui vient de leur maison. Les bottes de son frère sont posées près de la cheminée, tout comme le sont celles de Pappa, à côté. L'une d'entre elles a les lacets défaits ; sous la languette béante, le trou est aussi noir que l'intérieur d'une bouche.

Maren a suivi Diinna pour lui reprocher sa conduite, pour lui dire combien il est injuste de croire qu'elle ne s'inquiète plus pour elle, mais impossible de prononcer ces mots, pas entre ces murs. Maren et Mamma n'ont pas su s'occuper d'elle, pas plus que du bébé, pas plus que de la mémoire d'Erik.

« Diinna… »

C'est alors que Maren aperçoit une poupée faite de nœuds accrochée au-dessus de la cheminée, enveloppée dans le carré de dentelle que Toril a perdu. Cette vision la fait vaciller. Une aiguille en argent est plantée sur le côté, à la hauteur du flanc.

« Qu'est-ce que c'est ? »

Diinna suit son regard, décroche la poupée.

« Rien. Un jouet pour Erik.

— Je reconnais la dentelle de Toril. »

Diinna retire l'aiguille, déplie le morceau de dentelle.

« Va donc la lui rendre. »

En voyant Maren secouer la tête, Diinna jette le morceau de tissu au feu. Par réflexe, Maren avance le bras, mais la dentelle se tortille déjà dans les flammes, se consume.

Elle balaie la pièce du regard, repère quelques pierres runiques près du lit, une poignée de vertèbres de lapin près des bottes d'Erik. Les poils se dressent sur ses bras.

« Diinna, qu'est-ce donc que tout cela ?

— Quoi : "tout cela" ? »

Diinna dépose la poupée au centre d'un grand carré de tissu étalé sur le lit. Elle jette par-dessus son écharpe en queue de renard, de grosses moufles, son couteau, une tunique.

« Que fais-tu ?

— Ne le dis à personne, répond-elle sans s'interrompre. Pas même à elle.

— Tu ne peux pas partir. » Maren sent monter la panique. « Diinna, tu n'es pas une sorcière. »

Mais il y a dans sa voix un soupçon d'incertitude.

« Tu n'as pas l'air d'en être sûre », répond Diinna en levant vers elle un regard sévère.

Ses mains tremblent ; Maren comprend qu'elle a peur.

« La figurine…

— Un jouet, affirme Diinna. Pour Erik. J'ai pris cette dentelle sans réfléchir, pour rendre la poupée moins rêche. »

Le regard de Maren se pose de nouveau sur les os, sur les pierres. Un rire triste et grave s'échappe de la bouche de Diinna.

« Je me souviens d'un temps où tu disais que les runes te réconfortaient, un temps où les marins allaient trouver mon père pour qu'il lance ces os et leur indique le moment propice pour partir en mer. Tout cela n'est qu'un langage, Maren. Que tu ne le comprennes pas n'en fait pas l'œuvre du diable. »

Maren hoche la tête, honteuse. Elle voudrait s'excuser, mais sait déjà que ses mots seront ridicules. Elle répète à la place, comme si elle se parlait à elle-même :

« Tu n'es pas une sorcière.

— Ce qui importe n'est pas ce que je suis, mais ce qu'ils croient.

— Ursa dit que les choses pourraient s'arranger, qu'il pourrait accepter de…

— Qu'en sait-elle, au juste ? » Sa voix déraille. « Et qu'en sais-tu, toi ? Je suis restée pour vous, pour qu'Erik connaisse sa famille. Mais nous ne sommes pas en sécurité ici.

— Tu ne vas pas le prendre, n'est-ce pas ?

— C'est mon fils, répond-elle. Tu ne me crois quand même pas capable de le laisser ici.

— Comment va-t-il survivre dans la montagne ?

— Nous allons devoir partir bien plus loin, répond Diinna. Mais où que nous allions, il lui sera plus facile de survivre qu'ici. » Son regard parcourt la chambre misérable. « Cet endroit n'est pas fait pour un enfant. Erik a besoin d'air, a besoin d'arbres, a besoin de gens qui le regardent autrement que comme un être cassé, comme une moitié d'humain. » Elle jette un regard venimeux en direction du mur derrière lequel Maren entend toujours sa mère s'acharner sur la batte à beurre. « Je regrette de ne pas l'avoir emmené lorsque son père a disparu. »

Maren attrape la main de Diinna, tente de la ralentir.

« Je t'en supplie, reste.

— Nous ne sommes pas en sécurité.

— Je ferai tout pour. »

Diinna secoue la tête, pose une main sur la joue de Maren.

« Nous ne sommes rien pour eux. Nous sommes ce que les hommes sont pour la mer, emportés par ses courants. » Elle pose son front contre celui de Maren. Sa peau est aussi sèche que le sable. « Viens avec nous, si tu veux. » Maren s'écarte brusquement. « Varr a installé son campement d'été derrière la petite montagne, dans les forêts du Sud. Ils ne nous suivront pas là-bas, et, si tel était le cas, nous saurions nous cacher.

— Je ne peux pas laisser Mamma. » Elle ne peut pas laisser Ursa. « Et je ne suis pas en danger ici. »

Diinna semble vouloir ajouter quelque chose, mais elle se contente de nouer son ballot, puis d'attraper une nouvelle couverture sur une étagère afin d'en préparer un second.

Maren aimerait lui dire bien des choses, mais rien ne sort à part ces quelques mots :

« Quand vas-tu partir ?

— Ce soir. Je vais prendre le bateau de Baar…

— Mais c'est une ruine. Prends celui de Kirsten. Je sais qu'elle ne t'en voudra pas. »

Diinna hoche la tête.

« Qu'elle dise que je l'ai volé. Elle pourra le récupérer sur l'autre rive. »

Maren prend dans ses bras le petit Erik, le serre contre elle, respire sa douce odeur, son parfum de lait.

« J'aimerais te donner quelque chose. Des pièces…

— Garde-les, répond Diinna. Je n'en aurai pas l'usage dans la forêt.

— Et s'ils t'attrapent…

— Ne le dis à personne », répète Diinna en s'approchant de nouveau pour les prendre tous deux dans ses bras.

Maren serre les dents si fort que sa mâchoire craque.

« Fais attention à toi, lui murmure Diinna, et son souffle lui chatouille l'oreille. Et fais attention à elle. » Elle s'écarte, pose son pouce sur le front de Maren. « Et si tu as besoin de me trouver… »

Maren ferme les yeux et se souvient de ce geste que Diinna avait imprimé sur le front de son frère en cette veille de Noël, tirant un fil invisible entre eux.

« Diinna… » Maren retient sa main avant qu'elle ne la retire. « Voudrais-tu bien me la chanter ? Sa *joik* ? »

Alors que Maren s'attend à un refus, Diinna approche sa bouche tout près de son oreille et se met à chanter. C'est un air doux et rythmé dont Maren reconnaît certaines parties qu'elle entendait à travers le mur, mais il est encore plus étrange et plus beau chanté contre sa joue. Lorsque la dernière note résonne, Maren a l'impression que quelque chose en elle lui a été pris. Dans ses bras, Erik est calme et sourit. Maren pose un dernier baiser sur la joue fraîche du petit garçon et respire encore son odeur avant de le rendre à sa mère.

Elle sort de la maison, les jambes flageolantes, comme sous l'effet d'un sort, un sanglot dans la gorge. Les cheveux d'Ursa ressortent dans la pénombre.

« Viendra-t-elle à l'église ?

— Elle viendra », répond Maren, car cette réponse est la plus facile.

Le visage d'Ursa s'illumine.

Ce soir-là, bien que couchée dans son ancien lit, son oreille collée au mur, Maren n'entend aucun bruit. Elle conclut que Diinna doit avoir changé d'avis, se rend à sa porte dès les premières lueurs du jour.

Le verrou n'est pas poussé. À peine frôlée, la porte s'ouvre. La pièce est vide à l'exception des bottes d'Erik, posées près de l'âtre où le feu est éteint. Maren s'approche du lit soigneusement fait. Le désir l'envahit d'ouvrir en grand les rideaux, de laisser pénétrer l'air, de laisser la lumière toucher ces recoins plongés pendant si longtemps dans l'obscurité. Mais elle s'abstient.

Elle se contente de refermer la porte derrière elle, de se laisser tomber sur le lit. Voilà donc où couchait son frère, où son neveu a été conçu. Elle ouvre en grand ses mains, les pose sur le cadre du lit pour tenter de conjurer un souvenir d'eux. Une solitude profonde l'accable soudain, la même qu'en ce jour où, sur la pointe, le brouillard lui a fait perdre la trace d'Erik. Mais, cette fois, le brouillard ne se lève pas. Personne ne vient à son secours. Ni son frère, son doux frère avare de mots, aux gros sourcils et au rire lent. Ni Pappa, ni même Mamma.

Son cri se coince dans sa gorge, aussi pointu qu'un crochet. Elle pose ses doigts à l'endroit où Diinna a tiré un fil imaginaire, mais quelque chose au fond d'elle lui dit que, tout comme avec son frère, ce fil s'est déjà cassé.

# 31.

Absalom passe la journée du lendemain chez eux, assis à table. Perturbée par sa présence, Ursa ne parvient à s'atteler à aucune de ses tâches. Leur séjour à la forteresse s'est révélé aussi instructif qu'horrifiant ; Ursa vit désormais avec le sentiment qu'il ne lui sera jamais possible de parvenir à apprécier son mari, sans même parler de l'aimer.

Ce dernier est profondément absorbé. Les deux lettres que le seigneur lui a remises sont étalées devant lui, leur sceau rompu, tandis qu'il déplie la liste dressée en ce premier jour, à l'église, et promène son doigt de haut en bas sur ces mots dont Ursa sait qu'ils sont des noms. Il se met à écrire sur un troisième morceau de parchemin, de son écriture minuscule et serrée.

« Sur quoi travaillez-vous, Absalom ?

— Une liste. »

Son époux est agité : son excitation transpire, tout comme transpirait celle du seigneur lors du dîner, et cela effraie Ursa. Elle donnerait n'importe quoi pour pouvoir courir jusqu'à Maren, mais impossible de prendre le risque qu'Absalom remarque leur proximité, pas alors que Diinna se trouve en si mauvaise posture. Toutes trois étaient comme au bord d'un précipice, tandis que son mari se tenait prêt à casser à la pioche la roche sous leurs pieds.

« Une liste ?

— Pour le seigneur. Vous verrez. »

Ce soir-là, Absalom la veut entièrement nue, malgré le froid mordant qui règne dans la pièce noire. Lorsqu'il se glisse en elle, ses mains se posent sous ses omoplates, ses pouces montent et descendent le long de ses os, comme s'il cherchait à ouvrir une plaie, à lui écorcher la peau. Sans doute essaie-t-il d'être tendre, mais Ursa ne parvient pas à s'ouvrir suffisamment devant lui, et se crispe encore davantage lorsqu'il la force.

Son affaire terminée, Absalom la regarde revêtir sa chemise de nuit. Au lieu de rouler sur le côté et de s'endormir, il lui prend la main, les yeux levés vers le plafond. Ursa le laisse la tenir dans sa large paume, mais détourne la tête, sentant s'échapper entre ses jambes sa semence collante.

« Allez-vous bientôt attendre un enfant ? » Sa respiration est toujours forte. « Le bateau. Le pot de chambre. Nous avons perdu celui-là, n'est-ce pas ? Êtes-vous comme votre mère ?

— J'espère que non, mon époux, répond Ursa.

— Moi aussi j'espère que non, Ursula, répète-t-il. Je voudrais des fils, cinq fils. J'ai eu quatre frères, qui tous ont vécu. Nous étions les terreurs de notre village. Ce fut une belle manière de grandir.

— Nous ne pourrions élever cinq enfants ici, proteste-t-elle mollement.

— Cela sera bientôt résolu. »

La manière dont il prononce ces mots, comme un secret qu'il détiendrait, lui déplaît.

« Y en a-t-il eu d'autres ? demande-t-il.

— D'autres ?

— Pertes. »

Les joues d'Ursa s'échauffent. Elle n'a aucun désir de parler de ces choses, pas avec lui.

« Non.

— J'espère que vous priez pour nos fils.

— Oui », répond-elle, tout en sachant au fond d'elle qu'elle ne priera pas pour en enfanter cinq.

Un seul lui suffirait, à condition qu'il ne devienne pas la terreur du village. Et devrait-elle porter l'enfant d'Absalom qu'elle espérerait une fille, avec le sourire d'Agnete et rien de lui. Certes, le monde n'est pas tendre pour les filles, mais Ursa aurait alors auprès d'elle quelqu'un qui la comprendrait comme Agnete, qui l'aimerait comme elle avait aimé sa mère.

« Priez avec moi. »

Absalom se tourne vers elle, reprend sa main dans la sienne et, les yeux fermés, commence à remuer les lèvres en silence. Ursa scrute les traits brutaux de son visage, détendus par la prière, puis répète après lui : *Amen*. Il lui sourit.

« Nous ferons en sorte que notre descendance poursuive le travail que j'amorce ici. Je vous écrirai bientôt votre lettre. Souhaitez-vous dire quelque chose de particulier à votre famille ?

— Je vous laisse la rédiger comme bon vous semble.

— Bien », répond-il avant de planter un dernier baiser sur son front.

Leurs mains se lâchent, Absalom roule sur le flanc. Ursa pose sa main sur le bas de son ventre, priant tout bas pour que sa semence la quitte.

Elle se réveille dans une maison vide. Une tasse sale est posée sur la table. Un frisson la traverse en imaginant qu'il la regardait dormir.

Elle sort du lit pour aller transvaser dans sa bassine l'eau encore chaude sur le feu et frotter son corps avec un chiffon, frotter jusqu'à son intérieur afin d'être sûre qu'il ne demeure plus aucune trace de lui. Elle s'habille à la hâte, car la pièce est froide, tout en pensant à sa promenade avec Maren, à la promesse de Diinna, quand soudain résonne dehors un cri, un cri tout proche, semble-t-il. Ursa se précipite à sa porte.

Le cri résonne de nouveau, plus fort maintenant qu'Ursa est sortie. Elle tente d'en identifier la provenance, en vain. Tout à coup, une silhouette passe devant elle en courant – Ursa ne parvient pas à se souvenir du prénom de cette femme : Eden ? Ebbe ? –, son jupon relevé, serré entre ses mains. La femme court en direction de la maison de Maren. Pendant quelques terribles instants, Ursa part à sa poursuite, mais un lourd sanglot, derrière elle, l'arrête.

La porte de Mme Olufsdatter, grande ouverte, claque contre le mur. Depuis l'endroit où elle se trouve, Ursa ne parvient pas à distinguer l'intérieur, mais tandis qu'elle s'efforce de comprendre, un homme grand et mince qu'elle ne reconnaît pas arrive sur le seuil et ferme la porte. Devant la maison, un demi-cercle de femmes s'est formé. Ursa se trouve trop loin pour lire leur expression, mais plusieurs d'entre elles ont porté la main à leur bouche.

D'autres visages apparaissent sur d'autres seuils, d'autres silhouettes se faufilant entre les maisons comme des bêtes entre les arbres, alertées par le bruit. Un instant, Ursa songe à rentrer chez elle, retourne jusqu'à sa porte. La peur paralyse l'arrière de ses genoux, rend ses jambes molles au point de l'obliger à s'accrocher quelques secondes à la poignée.

Le mouvement a attiré l'attention des femmes. Le demi-cercle se brise, plusieurs d'entre elles s'écartent, tête baissée, mais Toril, elle, s'avance vers Ursa et lui attrape fermement le bras, son visage osseux rayonnant ouvertement de joie.

« Il a agi, enfin ! s'exclame-t-elle. Madame Cornet, c'est un jour béni. »

Ursa se dégage.

« Agi ? Mais que se passe-t-il ?

— Comment ? Il ne vous l'a pas dit ? demande Toril sans même chercher à réprimer son sourire. Madame Cornet, il est ici, à l'intérieur, avec Mme Olufsdatter. Pour l'arrêter. »

Les battements de son cœur deviennent douloureux.

« Pour l'arrêter ? Quel crime a-t-elle commis ?

— Nous ne connaissons pas la raison précise », répond Sigfrid après avoir rejoint Toril. Son visage est plus pâle, son air moins triomphant, bien qu'un plaisir jouissif résonne dans sa voix. « Mais il ne fait aucun doute que ses crimes sont nombreux. Leurs manigances deviennent évidentes dès lors que l'on commence à mettre le doigt dessus. »

Toril presse l'épaule de Sigfrid.

« Tu vivras désormais en plus grande sécurité, mon amie. »

Ursa regarde les autres femmes, mais n'est proche d'aucune d'entre elles – il y en a bien une, Gerda, qui se rend au rassemblement du mercredi, mais Ursa n'a pratiquement jamais entendu le son de sa voix. Les autres doivent être des « dévotes », comme les appelle Kirsten.

La porte s'ouvre d'un coup sec, et apparaît alors Mme Olufsdatter, les poignets ligotés, escortée par l'homme mince, son tablier blanc taché de sang bien qu'elle ne semble pas blessée. Absalom arrive juste après, sa liasse de papiers serrée contre son torse. Son air est grave, ses lèvres tressautent d'excitation. Il aperçoit Ursa – elle le voit, à cet instant, étouffer une exclamation –, mais passe à côté d'elle sans lui dire un mot.

« Mon époux. Absalom, insiste-t-elle. Où l'emmenez-vous ?

— À la forteresse, répond-il en faisant résonner ses mots de manière à être entendu par les autres. Dans le trou à sorcières.

— Ce n'est pas une sorcière, proteste Ursa, désespérée, en revoyant l'image du bâtiment sordide où les Lapons étaient enfermés. Je me suis rendue à plusieurs reprises dans cette maison, j'y ai même prié…

— Je le savais », assène Toril, sa lèvre supérieure luisante de salive. Son agitation est extrême – témoin l'odeur de sueur qui se dégage d'elle. « De la sorcellerie. Cette belle maison – comment pouvait-elle la tenir, si ce n'est avec l'aide de ses comparses ? Et ces figurines…

— Et les marques sur mon bras, ajoute Sigfrid. Douze petits trous noirs, comme des traces de croc. »

Ursa les regarde, stupéfaite. Ces femmes semblent folles, mais Absalom les écoute en hochant la tête, avant de poser une main sur l'épaule de chacune, comme pour leur donner sa bénédiction.

« Vous serez appelées pour témoigner », leur dit-il avant de suivre Mme Olufsdatter, emmenée par le garde, en larmes, les mains sur le visage.

Ursa ne trouve pas le courage de partir à leur poursuite. À la place, elle se retourne vers Toril et Sigfrid.

« De quelles marques parlez-vous ? Montrez-les-moi.

— C'est indécent, répond Sigfrid en rougissant.

— Dieu punit les menteurs, madame Jonsdatter.

— Ce n'est pas une menteuse, proteste Toril.

— Est-ce vous qui avez parlé à mon mari de ces figurines ? Elles n'étaient rien de plus qu'un acte de mémoire.

— Ces figurines étaient des objets chamaniques, répond Toril. Nous les avions toutes vues et l'avions toutes compris. » L'autre femme hoche la tête. « C'est cette Lapone qui les lui a fournies. Il ne fait nul doute qu'elle sera la prochaine. »

Ursa s'enfuit en courant, son jupon relevé à hauteur des genoux. À son arrivée, la porte de Maren est ouverte, elle aussi. L'espace d'un terrible instant, Ursa pense qu'il est trop tard, que son mari et ses hommes se trouvent déjà à l'intérieur, mais, en entendant ses appels, Maren finit par sortir. Edne se trouve avec elle, le visage blême. À côté d'elle est assise la mère de Maren. Le soulagement que ressent Ursa est comme une pointe qui lui transperce le flanc.

« Elle vous l'a dit ? demande-t-elle en se tenant les côtes.

— Oui.

— Il faut avertir Diinna. J'étais certaine que l'occasion lui serait donnée de se repentir, j'étais certaine que…

— Elle est partie. »

Maren prononce ces mots tout bas, pour que personne ne les entende à part Ursa.

« Partie ? »

Maren pose un doigt sur sa bouche.

« Cette nuit. Ils ne pourront plus l'attraper maintenant. »

Ursa vacille, sa respiration demeure laborieuse. Maren place une main sous son coude pour la soutenir. Ses mots, son geste sont d'un tel réconfort qu'Ursa aimerait pouvoir prendre cette main, la baiser.

« Entrez », lui dit Maren.

Malgré leur amitié de plusieurs mois, Ursa n'est jamais entrée chez Maren. L'agencement est similaire à celui de leur maison – une seule pièce, la cheminée au fond, un grand lit contre le mur d'en face et un autre, plus étroit, poussé dans un coin –, à ceci près que la surface en représente environ le quart. Les quatre femmes trouvent à peine la place de s'asseoir autour de la table, si proches que leurs genoux se frôlent.

« Que s'est-il passé ? demande la mère de Maren. Nous n'avons pu comprendre ce que nous expliquait Edne, hormis que votre mari arrivait.

— Mme Olufsdatter a été arrêtée, répond Ursa, qui peine elle-même à croire à ces mots. Pour sorcellerie. »

La mère de Maren étouffe un cri, son souffle sifflant entre ses dents écartées.

« Toril est-elle au courant ?

— C'est elle qui l'a dénoncée. »

La mère sort sa langue de sa bouche, la passe rapidement sur le coin de ses lèvres craquelé. Ursa détourne les yeux.

« Tu savais que cela arriverait, intervient Maren, les mains agrippées au bord de la table. N'est-ce pas ? »

Le silence de sa mère ne fait que confirmer ses soupçons. Maren se lève d'un bond en renversant sa chaise. Ursa se lève à son tour, prête à s'interposer, mais Maren se contente d'arpenter la pièce en pointant un doigt accusateur sur sa mère.

« Tu les aurais donc laissés emmener Diinna, aussi ? Tu aurais laissé ton petit-fils grandir sans sa mère ?

— Mieux vaut grandir orphelin qu'avec une sorcière pour mère. »

Le coup à la porte résonne au milieu du silence abasourdi de Maren. Lorsqu'on frappe de nouveau, plus fort cette fois, personne ne bouge, à part Ursa. Derrière la porte se trouve Absalom, les sourcils levés.

« Vous ici, femme ? » Il n'attend pas la réponse pour entrer à grands pas. Le peu d'air qui demeurait dans la pièce semble brusquement happé. « Où est la Lapone ?

— À côté, répond la mère de Maren en se levant lentement. Je vais vous y conduire, monsieur le délégué. Mon petit-fils risque de pleurer, je m'occuperai de lui. »

Edne les suit dehors avant de repartir en direction des maisons voisines. Maren, quant à elle, reste pétrifiée près de la porte. Ursa entend le pas lourd d'Absalom, les coups puissants qu'il frappe contre le bois, puis la clenche qu'il soulève.

Un silence passe, puis un gémissement s'élève, aigu, rempli de colère, celui de la mère de Maren, suivi de mots qu'Ursa ne distingue que par intermittence.

Absalom revient d'un pas rapide, cette fois, l'air furieux.

« Où se trouve-t-elle ? Où est-elle partie ?

— Partie ? » répète Maren d'une voix chancelante. Ursa aurait cru à son choc si Maren ne lui avait pas murmuré la nouvelle quelques instants plus tôt. « Qu'en est-il d'Erik, le fils de mon frère ? Est-il ici ? »

Les larmes qui lui montent aux yeux semblent pourtant sincères. Ursa ne peut s'empêcher de tendre le bras au-dessus de la table pour lui prendre la main.

« Absalom, par pitié. C'est une nouvelle terrible pour elles.

— Elle ne peut pas être loin, dit-il, fulminant de rage. Nous la trouverons. »

Absalom sort en trombe de la maison, laissant la porte grande ouverte derrière lui. Ursa respire de nouveau.

Les larmes de Maren coulent pendant encore un long moment, tandis qu'à travers le mur s'élèvent des cris de lamentation aigus, semblables à ceux d'un animal blessé. Maren se couvre les oreilles, la mâchoire serrée.

« Maren, souffle Ursa. Venez. Allons-nous-en. »

Maren se laisse aider par Ursa. Son corps est aussi léger qu'une plume. Bien que plus grande qu'Ursa, elle se blottit contre elle avant de sortir d'un pas traînant, passant devant la porte ouverte derrière laquelle sa mère pleure, assise par terre.

Ursa réfléchit aux possibilités qui s'offrent à elles. Elles pourraient fuir dans les grandes plaines, derrière la maison en ruine. Mais de petites silhouettes se dessinent déjà à l'horizon, celles d'hommes vêtus de noir partis à la recherche de Diinna et de son fils. Un frisson de terreur la parcourt à la vue de ces hommes pareils à un essaim d'insectes sur une carcasse.

Cherchant un lieu calme, un lieu désert dans lequel trouver refuge, Ursa se dirige alors vers chez elle, la tête baissée, tandis que Maren se cache le visage. Mais une fois sur place, des éclats de voix à l'arrière de la maison les interpellent, ceux du groupe de femmes qui, un peu plus tôt, avait assisté à l'arrestation de Mme Olufsdatter. Avec des cris de surprise, le groupe s'écarte et se disperse tandis que le corps massif de Kirsten, reconnaissable entre tous, heurte de plein fouet un homme en noir qui s'effondre par terre.

« Kirsten ! s'écrie Maren en se redressant pour se précipiter jusqu'à elle. Que fais-tu ?

— Cette brute s'est cru permis de poser ses pattes sur moi.

— C'est un homme du délégué, un garde du seigneur !

— Et ce n'est pas mon mari, rétorque Kirsten en surplombant l'homme qui, par terre, tente de battre en retraite. Quel droit a-t-il de me toucher ? »

Le garde finit par se relever. Il mesure une tête de moins que Kirsten, que la rage semble avoir grandie. D'autres hommes encore affluent de la forteresse, plus que n'en a vu Ursa depuis sa descente du bateau. Sans doute s'agit-il d'une garnison venue d'ailleurs, d'Alta ou de Varanger.

Puis, comme sorti d'un cauchemar, apparaît alors entre deux maisons son mari, qui s'approche de Kirsten les yeux brillants de triomphe. Ursa s'étonne d'avoir un jour pu le trouver beau. Son visage est aussi fourbe et grossier que celui d'un loup.

Absalom se rapproche, suivi par d'autres hommes. Depuis combien de temps tout cela est-il planifié ? Depuis combien de temps le piège est-il en train de se refermer, sans qu'elle, pourtant si proche, parvienne à le deviner ?

« Encore un coup d'avance, femme ? lui souffle-t-il en la dépassant.

— Inutile de résister, lance le garde que Kirsten a jeté à terre en s'époussetant, enhardi par l'arrivée d'Absalom. Vous avez été dénoncée.

— Et puis-je savoir par qui ?

— Moi, Kirsten Sørensdatter, répond Toril.

— Et moi, renchérit Sigfrid.

— Et moi », fait une autre voix derrière elles. Ursa se retourne et découvre la mère de Maren, le visage ravagé par les larmes, l'index de sa main tremblante dressé. « Sorcière. »

# 32.

Maren regarde autour d'elle tandis que le mot se diffuse comme une onde parmi l'assemblée. Un par un, les doigts se lèvent, les visages animés d'une haine si visible, si claire, que Maren peine à respirer. Toutes les femmes de l'église sont présentes, Toril, Sigfrid, Lisbet, Magda, et même Edne, qui pourtant était venue l'avertir de l'arrestation de Mme Olufsdatter, et avait ramé à ses côtés dans leur bateau de pêche jusqu'à ce que ses bras endoloris finissent par se muscler.

Maren cherche à capter son regard, mais Edne reste tournée vers le groupe, vers Kirsten et Absalom. Les yeux du délégué se posent sur elle, et, à son tour, le doigt d'Edne se lève soudain, comme tiré par une corde. Kirsten se retrouve seule, debout au centre de ce cercle de mains levées. Brusquement, son courage semble fuir d'elle comme le sang d'une plaie.

« De quoi suis-je accusée ?

— Les accusations qui pèsent sur vous vous seront énoncées devant la cour, répond Absalom. Elles sont cependant des plus graves. »

Incapable de la laisser ainsi, Maren s'avance, mais Ursa la retient par le poignet, ses ongles plantés dans sa chair.

« Non, par pitié. »

Qui d'autre qu'elle aurait pu la défendre ? Mais le contact de la main d'Ursa est irrésistible, et la détresse qu'elle perçoit dans sa voix la dissuade d'agir. Le tambour de la trahison battant dans sa poitrine, ainsi regarde-t-elle, impuissante, Kirsten se faire ligoter pour être emmenée en direction de la forteresse.

Peu à peu, les mains retombent, les femmes regardent autour d'elles en clignant des yeux, comme tirées d'un mauvais rêve. Edne respire fort, pose ses mains sur ses genoux, le visage grimaçant. Toril lui masse le dos, l'air satisfait.

« Tu as fait ce qu'il fallait, ma fille. »

Edne se dégage, se redresse d'un mouvement aussi nerveux que sa main levée quelques instants plus tôt.

« Je ne suis pas une fille. Je suis une femme, au même titre que vous. »

Elle regarde autour d'elle, cherche Maren. Lorsque leurs regards se croisent, Maren voit la culpabilité qui dévore son visage. Cette image déclenche en elle une rage froide, ses mains frémissent, mais s'en prendre à elle serait trop risqué avec ces hommes qui encerclent encore le village.

« Venez », lui dit Ursa en la tirant doucement, commc si elle devinait ses pensées.

Maren la suit jusqu'au second hangar. Une fois la porte refermée, Ursa l'attire vers elle, pose son menton sur son épaule et lui murmure des paroles de réconfort, la bouche dans ses cheveux.

Toutes les deux tremblent. Maren se laisse emporter par cette vague qu'est la voix d'Ursa, lève lentement la main jusqu'aux cheveux échappés de son chignon fait à la hâte, enroulé comme une corde aussi douce qu'une étoffe précieuse sous ses doigts calleux. Elle s'imprègne de son odeur, ses lèvres ne sont plus qu'à quelques centimètres de son cou, et tandis que l'étreinte d'Ursa se desserre, Maren les laisse frôler sa peau, si légèrement qu'elle pourrait l'avoir rêvé.

Ursa ne montre aucun signe de l'avoir remarqué tandis qu'elle installe Maren sur une chaise et se met à préparer du thé. Ses mains tremblent si fort que les tasses s'entrechoquent.

« Il faut vous montrer plus prudente, Maren, lui dit-elle.

— Je dois lui parler. »

Maren prononce ces mots avant même d'avoir pu les penser.

« À qui ? » demande Ursa.

Il y a dans son ton une sorte de défi.

« Votre mari, ose répondre Maren, tandis que ses pensées s'éclaircissent. Je dois lui dire qu'il se trompe. »

Ursa se précipite vers elle en la voyant se lever, pose une main sur son épaule pour l'obliger à se rasseoir. Maren se soumet.

« Ce serait une erreur.

— Tout cela est une erreur. » Maren serre les poings pour empêcher ses doigts de trembler. « Il s'agit de Kirsten, Ursa. »

Ursa détourne la tête, fixe son regard sur la cheminée.

« Vous ne devez pas attirer l'attention sur vous. » Ses mains sont des oiseaux blancs qui volettent autour de la théière. « Ceci est un piège, et jamais je ne permettrai que vous soyez la prochaine à tomber dedans.

— Si telle est la vérité, je ne devrais pas me trouver ici, répond Maren. Dans sa maison. »

Ursa la fait taire d'un regard.

« Vous êtes ici, avec moi, plus en sécurité que nulle part ailleurs. »

Maren peine à tenir en place sur sa chaise. Sa jambe tressaute sous la table.

« Qu'allons-nous faire pour Kirsten ?

— Maren, ne m'avez-vous pas entendue ? Nous ne pouvons rien faire d'autre qu'attendre.

— Alors que toutes les femmes du village sont contre elle ? » Maren secoue la tête. « Quelqu'un doit prendre sa défense.

— Dans ce cas, je le ferai », répond Ursa en posant les tasses sur la table d'une main tremblante. Au milieu de toute cette agitation, Ursa a oublié d'ajouter les feuilles de thé. « Vous n'êtes pas en bonne posture, Maren, poursuit-elle devant sa tasse d'eau fumante. Partir, comme Diinna, serait peut-être la meilleure solution. »

Maren lui lance un regard sévère.

« Partir ?

— Pourquoi ne pas fuir jusqu'à Bergen ? Vous pourriez trouver refuge chez moi. Mon père vous accueillerait à bras ouverts. »

La peur qui envahit Maren à l'idée de quitter Ursa est plus forte encore que celle d'être arrêtée.

« Mais de quoi aurais-je l'air, en fuyant ? Je ne suis coupable de rien, Ursa.

— Parce que Kirsten et Mme Olufsdatter l'étaient ? Voyez donc où leur innocence les a menées. »

La réalité est difficile à admettre, mais Ursa a raison.

« Ils ne peuvent pas leur faire de mal, ajoute-t-elle. Pas si elles n'ont rien fait.

— Vous savez que c'est faux, répond Maren, toujours révoltée par la proposition d'Ursa. Après tout, c'est bien vous qui êtes mariée à un chasseur de sorcières. »

Maren regrette aussitôt ses mots en voyant le visage d'Ursa se figer.

« Mes rapports avec lui sont aussi distants qu'avec Toril, Sigfrid ou n'importe quelle autre de ces femmes, lâche Ursa. Je n'étais au courant de rien, croyez-moi.

— Bien sûr que non, répond Maren, le dos voûté de honte. Ma mère… (Une douleur, comme une pointe qui lui transperce la poitrine, la fait grimacer.) Oh, Seigneur, ma mère…

— Elle n'est plus elle-même, dit Ursa. Je m'en rends bien compte. Elle agit sous l'emprise de Toril. C'est elle, le diable, elle qui a tout manigancé avec mon mari. Et le seigneur. Tout cela était prévu depuis le début. C'est pour dénicher des sorcières que mon mari a été envoyé ici. À ses yeux, la région tout entière est corrompue.

— J'étais aveugle, dit Maren, perdue dans ses pensées. Je n'ai pas su voir la haine qu'elles lui vouaient.

— À Kirsten ? »

Maren hoche la tête.

« Même Edne…

— Maren, vous aviez mis Kirsten en garde, mais elle ne vous a pas écoutée.

— Et Mme Olufsdatter, poursuit Maren. Pourquoi l'a-t-on accusée ? Cette femme n'a jamais cherché à attirer l'attention.

— Les autres ont dit qu'elle les avait mordues. »

Maren la regarde avec des yeux ronds, stupéfaite.

« *Mordues ?* Mme Olufsdatter ? »

Un rire nerveux s'échappe de la bouche d'Ursa.

« Je suis désolée. Simplement, tout cela est tellement… absurde. » Elle referme ses mains autour de sa tasse. « Tout comme ces figurines, et leurs remarques sur sa maison, qu'elles jugent trop grande et trop bien tenue.

— Toril l'a toujours enviée.

— Pensez-vous que cela puisse être en réalité une affaire de jalousie ? »

Maren le pense, bien qu'elle n'ose le dire.

« Elle n'a rien d'une sorcière. Toutes ces choses que l'on raconte sur elle, ces morsures. Ce ne sont que des mensonges.

— J'ai toujours pensé qu'un différend vous opposait, vous et Mme Olufsdatter. »

Ursa la scrute attentivement.

« Un différend ? demande Maren.

— Une tension entre vous. Comme si vous ne vous appréciiez guère.

— Je l'ai toujours appréciée, répond Maren. Mais la réciproque n'est pas vraie, c'est certain.

— Pourquoi ? »

Maren soupire.

« Son fils, Dag Bjørnsson – son fils était mon prétendant. Elle ne me trouvait pas assez bien pour lui. » Son regard tombe sur l'endroit qu'occupe désormais le lit, posé sur les larges lattes de bois, et elle revoit les mains avides de Dag. « Elle s'est opposée à ce que nous habitions cette maison.

— Cette maison ? répète Ursa, bouche bée. Cette maison devait être la vôtre ? »

Maren hoche la tête.

« Comme j'ai été bête ! s'exclame Ursa en se cachant la tête dans les mains. Vous avoir fait travailler comme bonne dans une maison dont vous auriez dû être la maîtresse…

— Ces derniers temps, je pensais venir en amie, répond Maren.

— C'est le cas. » Ursa lui prend la main. « Vous êtes ma plus grande amie, la plus grande que j'aie jamais connue. »

Sa main est encore imprégnée de la chaleur de la tasse. Maren a l'impression de n'être plus qu'un bloc de glace en train de fondre. Son corps tout entier se détend tandis qu'un désir l'envahit, celui qu'Ursa la prenne dans ses bras comme elle l'a fait en entrant dans la maison. Mais Ursa retire sa main au bout de quelques instants, les yeux baissés vers sa tasse.

« Et le thé ? s'exclame-t-elle en laissant retentir un rire bref et creux. Pourquoi ne m'avez-vous rien dit ?

— Je n'avais pas remarqué, prétend Maren. Et puis, je dois avouer que je préférerais de la bière, si vous en avez. »

Ursa secoue la tête.

« Ni bière ni aquavit. »

Tout à coup, Maren se lève d'un bond, elle-même surprise par son geste.

« Kirsten en a chez elle. »

Ursa la regarde, médusée.

« Vous n'allez tout de même pas vous aventurer là-bas. Pas maintenant.

— Et pourquoi pas ? répond Maren, presque étourdie par son audace. Après tout, nous savons qu'elle n'y est pas. »

Un rire comme un hoquet s'échappe de sa bouche. À son tour, Ursa se lève, contourne rapidement la table et pose une main sur son épaule pour l'arrêter.

« Maren…

— Venez-vous ? »

Maren se dégage. Sa peau frémit. Son envie de revoir la maison de Kirsten est aussi pressante que sa soif.

« N'avez-vous rien à boire chez vous ?

— Je ne retournerai pas là-bas, répond Maren avec une étonnante véhémence. Pas tant que cette femme y sera. »

Le doigt pointé de Mamma flotte encore devant les yeux de Maren, qui se frotte le visage du dos de la main pour que cette vision disparaisse.

« Il y a des hommes dans tout le village, proteste Ursa.

— Dans ce cas, ne serait-il pas plus sûr que l'épouse du délégué m'accompagne ? »

Maren sort du second hangar sans même se retourner pour vérifier si Ursa la suit. Elle sait au fond d'elle que c'est le cas. Le bruit de ses pas finit par résonner juste derrière elle tandis qu'elle se faufile entre les maisons. La porte de Mme Olufsdatter est restée grande ouverte ; Maren aperçoit à l'intérieur des hommes qui s'affairent comme des mouches sur un cadavre.

« Ils fouillent, gronde Ursa entre ses dents. Je ne serais pas étonnée de les trouver chez Kirsten également. »

Maren a beau avoir compris que cette remarque devait la dissuader, ses pas s'accélèrent, la portent jusqu'à la maison de Toril, bruyante et illuminée. Une envie soudaine la prend de pousser cette porte, de fracasser par terre une lanterne, de projeter sous leurs pieds les escarbilles, de voir la maison tout entière s'embraser. Mais elle la dépasse, puis dépasse l'église, la maison de Sigfrid et celle de cette traîtresse d'Edne avant d'apercevoir enfin la ferme de Petersson et ses rennes errant dans les champs, aussi pâles que des esprits.

Le souffle d'Ursa est court, la distance entre elles se creuse, mais Maren ne s'arrête pas avant d'avoir atteint la porte située entre les deux fenêtres solitaires tournées vers la mer. Comme d'ordinaire, la maison est soigneusement verrouillée. Maren jette un rapide coup d'œil à l'intérieur. En dehors de la lumière brumeuse et vacillante du feu presque éteint, aucun signe de vie.

Ursa la rattrape, hors d'haleine.

« Entrons, vite. Ils en auront bientôt fini avec la maison de Mme Olufsdatter.

— Vous n'êtes pas obligée… », lui dit alors Maren, une main sur le loquet.

Furieuse, Ursa frappe le sol du pied.

« Voulez-vous vraiment me faire croire que nous sommes ici pour boire ? »

Le cœur de Maren bat la chamade. Son souffle est aussi court que celui d'Ursa, réalise-t-elle. Sous ses doigts, le loquet est froid comme de la glace.

« J'aimerais… » Elle cherche ses mots, cherche comment lui dire qu'elle souhaiterait vérifier par elle-même, mais ses idées ne se précisent qu'au moment où elle poursuit : « J'aimerais être sûre qu'il n'y a rien. Qu'ils ne trouveront rien ici. »

Ursa la regarde, les sourcils levés.

« Pensez-vous que cela soit possible ?

— Je sais que Kirsten n'est pas une sorcière », répond Maren. Elle revoit les pierres dans la chambre de Diinna, les os, l'aiguille luisante plantée dans la dentelle de Toril. « En revanche, il est possible qu'ils trouvent des choses dont ils ne comprendront pas la signification, des choses qu'ils pourraient utiliser contre elle.

— Bien, répond Ursa en hochant lentement la tête. Dans ce cas, il faut faire vite. »

Maren pénètre à l'intérieur. Ursa la suit avec précaution, comme si elle montait sur un bateau.

« Que cherchons-nous ? »

Maren se rend jusqu'à l'âtre, casse la croûte de cendres et jette un morceau de tourbe qui aussitôt ravive une langue de lumière et de chaleur.

« Tout ce qui vous semble sortir de l'ordinaire, tout ce que vous ne comprenez pas. Vous le verrez mieux que moi.

— Comme ces choses-là ? » demande Ursa en levant un doigt en direction de deux pierres runiques disposées près du lit.

Maren traverse aussitôt la pièce pour aller les ramasser. L'une porte une inscription signifiant « sécurité », l'autre « mer calme », une association utilisée par les Samis pour se protéger des cauchemars. Maren referme sa main sur les pierres, émue aux larmes en imaginant Kirsten seule dans cette pièce, noyée sous la vague des cauchemars. Elle qui semblait si solide, si forte a en réalité souffert autant que les autres. Kirsten voyait-elle la baleine, elle aussi ?

« Maren ? »

La voix d'Ursa est douce. En se retournant, Maren la voit brandissant le pantalon que Kirsten portait pour égorger les rennes, taché d'éclaboussures couleur rouille, effroyable à la lueur du feu. Elle hoche la tête.

« Emportez-le aussi.

— Qu'allons-nous faire de tout cela ? »

Le regard de Maren se tourne vers le feu. Les flammes ne sont pas assez puissantes pour consumer entièrement le tissu, ni pour noircir les pierres au point d'en effacer les marques. Elle tend la main pour qu'Ursa lui donne le pantalon. L'usure en a assoupli le tissu. Maren glisse les pierres dans l'une des poches.

Puis elle sort, Ursa sur les talons, et remplit les autres poches d'autres pierres ramassées par terre avant de jeter le pantalon dans la mer. Le vêtement tourbillonne pendant quelques instants, tombe à pic, disparaît.

« Qu'allons-nous faire, maintenant ? » demande Ursa d'une petite voix.

Maren fait rouler ses épaules en arrière. Un craquement d'os retentit.

« Nous pouvons aller chercher de la bière. »

Elles croisent un groupe d'hommes sur le chemin du retour. Maren garde la tête haute, regrettant que la chope de bière et la bouteille d'aquavit transparent qu'elle tient à la main n'aient pas encore eu le temps de la revigorer. Les regards qui tombent sur elle sont si insistants qu'elle se demande comment elle a pu les tolérer à l'époque où le village comptait autant d'hommes que de femmes.

Mais la présence d'Ursa est comme un baume, un bouclier. Elles traversent le village d'un pas rapide. De la maison illuminée de Toril s'échappe toujours un brouhaha animé, mais cette fois, Maren refuse de se faire du mal en regardant à l'intérieur. La maison de Mme Olufsdatter est quant à elle plongée dans le silence ; la porte a été laissée entrouverte, le feu s'est éteint. Maren frissonne.

« Laissez-moi vérifier qu'il n'est pas là », lui dit Ursa à quelques mètres de sa maison.

Elle ouvre la porte avec précaution, puis lui fait signe d'entrer.

« Il doit être parti à la forteresse. Si tel est le cas, il ne sera pas de retour avant longtemps. »

Maren pose la chope et la bouteille sur la table pendant qu'Ursa tisonne le feu et va chercher deux tasses rangées sur l'étagère que Dag avait installée au-dessus de la cheminée. La main de Maren se pose sur la chope, mais Ursa pointe du doigt la bouteille.

« Cela me semble mieux. »

Un sourire éclaire son visage. Ses lèvres sont d'un rose très pâle, légèrement entrouvertes, laissant apercevoir l'éclat de ses dents. Sans un mot, Maren verse dans chaque tasse un trait d'aquavit, un alcool qu'elle n'a goûté qu'une fois, à l'occasion du mariage d'Erik et Diinna. À cet instant, Maren donnerait n'importe quoi pour sentir sa gorge la brûler, ses jambes et ses paupières s'alourdir, toutes ces sensations qu'elle n'avait pas aimées autrefois. Sa tasse est vidée d'une traite. Après quelques secondes d'hésitation, Ursa l'imite.

Aussitôt, Maren la voit qui se plie en deux, disparaît sous le rebord de la table en toussant violemment. Elle se lève, inquiète, prête à aller chercher un seau, quand la main d'Ursa émerge au-dessus de la table, suivie par sa tête.

« Tout va bien », bredouille-t-elle en se frottant l'estomac. Ses joues sont aussi roses que ses lèvres. « Je ne suis guère habituée à des choses si fortes. » Elle tape deux fois sa tasse contre la table – un geste que Maren a déjà vu faire par des hommes. « Un autre. »

Maren éclate de rire, s'exécute. Ursa vient s'asseoir à côté d'elle pour boire leur deuxième verre. Déjà, Maren sent ses membres se ramollir sous la chaleur qui se diffuse en elle. La pièce semble plus étriquée qu'à l'ordinaire, et son regard ne peut s'empêcher de dériver en direction du mur, près de la cheminée, ce mur contre lequel Dag avait l'habitude de l'embrasser. Avoir révélé son existence à Ursa l'a fait revivre dans son esprit, si fort que Maren sentirait presque son souffle chaud sur son cou.

Ursa est assise toute proche. Maren ne saurait dire avec certitude si la chaleur qu'elle ressent émane du feu ou du corps de son amie. Elle s'imagine se reposant contre elle, la tête sur son épaule. Ce geste n'aurait rien de déplacé, rien de plus intime que ce qu'elles ont déjà partagé. Mais une chose la retient : Maren n'est pas sûre d'être capable de poser sa tête sur elle, de sentir son parfum suave et la douceur de sa peau contre son front sec, sans être tentée d'approcher ses lèvres des siennes.

Elle secoue la tête pour chasser ces pensées, plante ses ongles dans la chair de sa main, entre le pouce et l'index. La douleur la ramène à la réalité.

« Peut-être que Kirsten sera bientôt libérée », remarque Ursa, brisant le silence. Maren regarde sa silhouette qui se découpe de profil devant le feu. « Surtout s'ils ne trouvent rien chez elle.

— Peut-être », répond Maren sans réellement y croire.

Elle n'a pas envie d'y penser, ni de rompre ce moment de répit après toutes les horreurs de cette journée, celles qu'il reste encore à affronter. Elle reprend une gorgée d'aquavit. Ursa la suit.

Leurs mains sont posées sur la table, si proches qu'il suffirait à Maren d'étendre le petit doigt pour lui frôler le poignet. Mais l'initiative vient d'Ursa, qui prend la main de Maren sans hésiter et la serre.

« Je parlerai à Absalom, dit-elle d'un ton déterminé. Nous ramènerons Kirsten chez elle. »

Maren se sent rougir de culpabilité. Elle devrait être en train de penser au sort de Kirsten, à son retour, à ce qu'elles pourraient faire pour l'aider. Mais la main d'Ursa est si douce, si lisse, et l'aquavit est comme un feu dans son ventre, lui donnant l'impression que sa tête flotte au-dessus de ses épaules…

Brusquement, la porte s'ouvre. Deux hommes apparaissent, s'arrêtent, hésitants. Ursa retire aussitôt sa main, laissant celle de Maren seule, échouée sur la table en bois sombre.

« Mes excuses, madame Cornet. Nous pensions la maison vide. » L'homme qui vient de parler les regarde tour à tour, sans trop savoir à qui s'adresser. « M. le délégué nous a donné l'ordre de commencer à enlever vos affaires.

— Nos affaires ? »

Ursa se lève. L'attention des deux hommes se tourne vers elle. Maren profite de cet instant pour attraper la bouteille d'aquavit et la cacher par terre, près de ses jupes.

« Toutes nos excuses, madame. Oui. Votre époux souhaite en garder la plupart, mais le lit doit être brûlé.

— Le lit…, répète Ursa d'une voix tremblante. Je ne comprends pas.

— Le lit de la sorcière, explique l'autre homme. Votre époux souhaite le remplacer par le vôtre.

— Ursa, vous et votre époux allez vous installer à côté », intervient Maren. L'alcool lui donne la nausée. « Est-ce bien cela ?

— En effet, madame », répond le premier homme, sans trop savoir comment s'adresser à elle, comment la considérer.

Maren croit reconnaître en lui le garde que Kirsten avait envoyé à terre – sa culotte porte des traces de boue.

« Le délégué sera désormais établi au *stabbur*. Que la plus belle demeure lui revienne n'est que justice.

— Ainsi donc… », siffle Maren.

Aussitôt, Ursa s'avance pour détourner l'attention.

« Puis-je parler avec mon mari ?

— Il se trouve à la forteresse, madame Cornet. » Toutes ces questions commencent à agacer les deux hommes, qui regardent le lit, impatients de mener à bien leur mission. « Nous avons des ordres. »

Le lit, trop large pour passer par la porte, doit être sorti par le garde-manger, bousculant les carcasses de renne suspendues. Le coffre en bois de cerisier ainsi que leurs malles sont également emportés. Sitôt les hommes partis pour leur dernier trajet, laissant la porte grande ouverte derrière eux, Ursa va chercher un balai pour effacer les traces qu'ont laissées leurs bottes boueuses. Maren se lève pour le lui prendre des mains, mais Ursa le tient fermement.

« Nous allons nous installer dans la maison de Mme Olufsdatter, dit-elle. Elle ne reviendra pas. » Ses doigts sont exsangues. Son balai dessine des mouvements circulaires qui n'ont d'autre effet que d'éparpiller et d'étaler la boue. « Ils l'ont emmenée pour la tuer, comme ces hommes, ces Samis. »

Maren reste sans voix. À cet instant, elle ne pense ni à Mme Olufsdatter, ni même à Kirsten. Maren pense à Diinna et à Erik, déjà loin, plus loin que la montagne. *Restez cachés*, se dit-elle tout bas. *Restez en lieu sûr*.

« Comment pourrais-je vivre là-bas, Maren ? Comment peut-il… ? »

Sa respiration se bloque. Appuyée sur son balai, Ursa se plie en deux, les mains sur les côtes.

« Vous n'avez pas le choix, répond simplement Maren. Vous disiez vrai : il nous faut être prudentes désormais. »

Ursa se redresse.

« Jamais je ne passerai mes journées là-bas. Nous nous retrouverons ici, comme avant. Je suis incapable de vivre dans la maison de Mme Olufsdatter. »

Il y a dans sa voix une hargne qui ravive l'espoir de Maren.

« Peut-être… Peut-être pourrais-je venir habiter ici ? » ose-t-elle.

Ursa la regarde en clignant des yeux, comme étourdie.

« Il n'y a même plus de lit.

— Je refuse de retourner chez moi. Je refuse de coucher près de ma mère ou dans la chambre de Diinna. Qui plus est, je resterais près de vous ainsi. » Le plan prend forme. « Dites à Absalom qu'il vous faut m'avoir à portée de main, avec une si grande maison à tenir.

— Vous savoir près de moi serait d'un grand réconfort », répond Ursa. Elle lisse ses cheveux blonds. « Je doute qu'Absalom puisse me refuser cette faveur. »

En dépit de tous ces événements, songe Maren, Ursa croit toujours avoir de l'influence sur son mari. Après tout, chasseur de sorcières ou non, Absalom reste un homme.

# 33.

Bien qu'il ne manque que deux femmes à l'appel et que le dernier banc soit occupé par quatre étrangers, quand vient le jour du sabbat, l'église semble vide. Toril, Sigfrid et Edne sont installées au premier rang à côté des Cornet, et Maren sur le même banc que sa mère, mais à plusieurs centimètres d'elle. Maren a déjà investi le second hangar ; la simple vue de sa mère fait bouillir son sang. Mamma ne cesse de chercher à croiser le regard de Maren qui, délibérément, détourne la tête. L'absence de Kirsten lui est trop douloureuse.

Le pasteur paraît plus mince qu'avant. Maren se demande ce que lui inspirent ces arrestations. Sans doute doit-il se réjouir tout autant que le délégué, mais sa posture se révèle plus voûtée et son visage plus fermé que d'ordinaire tandis qu'il prie, prêchant la justice et la clémence.

Le délégué se lève à la fin du sermon. Avec sa large carrure, son corps semble gargantuesque au milieu de l'église, et malgré toute la haine qu'elle lui voue Maren est envahie par la peur. Le pasteur, quant à lui, se replie dans la pénombre.

« Vous avez sans doute entendu que Mmes Sørensdatter et Olufsdatter ont été accusées de sorcellerie. J'en possède les preuves et les fournirai. Si ces femmes vous ont prises pour victimes ou ont perpétré devant vous leurs actes maléfiques, je vous invite à venir directement me trouver à ma résidence. »

Il s'incline devant le crucifix en bois avant de repartir à grands pas, précédé par les quatre hommes qui lui ouvrent la porte de l'église. Maren rentre la tête dans les épaules en le voyant passer devant lui. Toril lui emboîte le pas, suivie par ses dévotes. À cet instant, Maren relève les yeux suffisamment longtemps pour lui faire sentir son regard.

« Votre attitude est imprudente, lui souffle Ursa en se glissant à côté d'elle sur le banc.

— Quelqu'un doit la dénoncer, répond Maren, furieuse.

— Ne vous mêlez pas de cette affaire. Je viendrai vous voir dès qu'il n'aura plus besoin de mes services. »

Après le départ d'Ursa, Maren attend que l'église se vide. Le pasteur, resté seul, sursaute légèrement en l'apercevant sur le banc lorsqu'il se retourne après avoir soufflé les cierges.

« Maren Magnusdatter. »

Le pasteur prononce son nom avec soin, comme si les syllabes étaient en verre.

« Pasteur Kurtsson. »

Tous deux se regardent pendant quelques instants. La gorge du pasteur se contracte lorsqu'il déglutit. La décision de Maren est prise. Elle se lève, traverse l'allée étroite et s'arrête à quelques pas de lui. Mais tandis qu'elle cherche ses mots, le pasteur lui dit :

« N'avez-vous aucune déclaration à faire à notre délégué ? »

Maren secoue la tête.

« Qu'en est-il de vous, pasteur ?

— Moi non plus. »

Son regard délavé semble las. Ses yeux sont creusés.

« Ne lui avez-vous pas parlé des bateaux de pêche ? »

Maren ne peut s'empêcher de laisser entendre son étonnement.

« Chercher à se nourrir n'est pas un péché », répond le pasteur.

Ses bras pendent mollement le long de son corps, ses épaules sont voûtées.

« Mais vous y étiez opposé.

— Il n'est pas convenable pour des femmes de pêcher, répond-il. Mais je ne pense pas que ce soit contraire aux lois de Dieu.

— Notre délégué vous contredirait s'il l'apprenait.

— Il ne l'apprendra pas de moi.

— Apprendra-t-il autre chose de vous ? »

Une expression contrite envahit le visage du pasteur.

« Qu'est-ce que cela signifie ? »

Maren déglutit.

« Parlerez-vous en leur faveur ? Pour Kirsten, pour Mme Olufsdatter ? »

Le pasteur soupire.

« Je ne peux dire que la vérité, celle qui m'a été prescrite par Dieu. Mais mon regard n'est pas le Sien. Dieu est seul juge, à la fin.

— Mais vous êtes Son serviteur, insiste Maren. N'avez-vous pas vu ou senti des choses ?

— Je ne connais que ce qu'Il me montre.

— Que vous a-t-Il montré ? »

Les mains du pasteur se joignent, ses doigts s'entrelacent.

« Dieu a jugé bon de vous sauver de la tempête, de vous guider à travers les épreuves que vous avez endurées ensuite. La grâce qu'Il vous a accordée montre que Son œil ne s'est pas détourné de vous. »

Maren aurait envie de poser ses mains sur son torse, de le pousser.

« Car ce qui s'est passé ici relève de la grâce, d'après vous ?

— Croire le contraire serait pécher, répond le pasteur en passant à côté d'elle. Je suis navré pour votre amie. Mais je ne puis la juger innocente. Il n'y a que Dieu qui en détienne le droit. »

*C'est pourtant un homme qui l'a emmenée*, pense Maren. *Et une femme qui l'a dénoncée*. Mais prononcer ces paroles à voix haute serait vain. Le pasteur se trouve déjà dehors. Maren part à sa suite avant de bifurquer vers le second hangar.

Une file composée de femmes serpente devant la maison de Mme Olufsdatter. Maren frémit chaque fois que l'une d'elles pénètre entre ses murs jaune soleil, comme si elles pénétraient dans leur tombe. Nombreuses sont à présent les bouches à avoir condamné Kirsten ; Maren se demande combien d'entre elles accuseront de nouveau, et combien seront accusées.

Près d'un mois s'écoule dans l'incertitude et le silence. Tandis que l'hiver se déploie et se referme sur le village, Maren passe la majeure partie de son temps chez elle, bien que ses jambes brûlent d'aller marcher sur la pointe de l'île et ses poumons de respirer l'air pur.

Le second hangar lui appartient enfin, même s'il a perdu beaucoup de son charme. Maren dort à même le sol, sous la couverture en peau faite de ses mains, et savoure les douleurs qui lui transpercent le corps au réveil – elle les accepte comme un châtiment. Elle rêve de la baleine et de Kirsten, de sa silhouette fière recroquevillée sous le plafond du trou à sorcières, et espère ainsi absorber ses tourments, l'aider à mieux les supporter.

Elle se demande comment Mamma survit avec ce temps. Mamma n'a jamais passé un hiver seule, pas plus que Maren. Est-elle, elle aussi, hantée par son propre souffle dont la vapeur sort de ses lèvres, par ce froid impitoyable qui s'infiltre dans ses os ? Maren est parvenue à éviter sa mère jusqu'ici, mais l'inquiétude la ronge – que penserait Pappa s'il la savait capable de l'abandonner ainsi, en ces jours où la nuit tombe à midi ?

Maren se dit que Mamma a de nouvelles amies. Le pouvoir que Toril détient dans le village est désormais presque aussi important que celui du délégué. À l'église, le jour du sabbat, Mamma est assise à côté des autres femmes. Elle n'a rendu aucune visite à Maren au second hangar, a cessé de chercher son regard. Mère et fille sont devenues étrangères. Pour Maren, c'est comme si sa famille tout entière était morte et que seule demeurait Ursa.

Deux ans après la tempête, une nouvelle année commence. On ne compte aucune autre arrestation, mais les hommes se sont installés dans la maison vide de Kirsten, ont encerclé Vardø comme des chauves-souris. Maren a oublié à quoi ressemblait la vie au milieu d'hommes, à quel point leurs rires étaient sonores et leurs regards dérangeants. La journée, certains se rendent au *stabbur*. Les dents serrées de rage, Maren observe la manière dont ils suivent Ursa des yeux tandis que celle-ci se rend jusqu'au second hangar.

Ursa lui rend visite aussi souvent que possible. Absalom la garde à ses côtés, comme amarrée à lui. Ursa craindrait d'attirer l'attention si elle multipliait ses visites. Mais, malgré ce nuage menaçant qui plane au-dessus d'elles toutes, Maren se sent toujours transportée de joie en sa présence, comme si elle quittait terre lorsqu'elle la touche. Cette sensation la dérange, consciente qu'elle est de tirer plaisir de son amie à son insu, d'éprouver du plaisir, quel qu'il soit, tandis que Kirsten se morfond dans le noir à seulement quelques centaines de mètres de là. Mais impossible de résister. Ses sentiments sont aussi inexorables, aussi puissants que les plus grandes vagues.

Parfois, quand leurs mains se frôlent ou que leurs regards se croisent, Maren imagine que ces sentiments sont réciproques. Qu'Ursa les lui retournerait si elle les exprimait à haute voix. Mais que faire, alors ? Qu'adviendrait-il ensuite ?

Tout en restant le plus discrète possible, Maren s'efforce de se rendre indispensable au délégué. Le second hangar lui sert désormais de cuisine, d'où elle envoie des ragoûts parfumés avec les herbes séchées qu'elle découvre dans ses bocaux. L'une de ces herbes ressemble à de la belladone, utilisée comme remède contre la fièvre, à petite dose. Le temps d'un fantasme, Maren se voit en saupoudrer tout le dîner du délégué, imaginant son visage soudain violet, le souffle coupé par sa langue noire enflant dans sa bouche.

Cette scène, Maren en rêve de plus en plus régulièrement, jusqu'à ce que survienne ce premier jour de l'an du Seigneur 1620, ce jour où Ursa arrive avec la nouvelle. Maren est assise devant sa table fraîchement récurée quand Ursa pousse la porte du hangar et va s'asseoir en face d'elle, sans oser la regarder. Un poids pèse tout à coup dans le ventre de Maren.

« Mme Olufsdatter a avoué, annonce-t-elle. Elle sera prochainement sentenciée.

— Avoué ? » Le mot résonne étrangement dans la tête de Maren. « Mais quoi donc ?

— Pratiquer la sorcellerie. Ses figurines en étaient les outils. » La gorge sèche, Ursa déglutit. « Je les soupçonne d'avoir utilisé les fers. Absalom m'a dit un jour qu'il était difficile d'obtenir des aveux sans le recours au feu.

— Et Kirsten ? » La poitrine de Maren se comprime. « Elle ne peut pas avoir… »

Ursa secoue la tête, levant enfin les yeux vers Maren. Une si grande tristesse s'y lit que le cœur de Maren se soulève.

« Kirsten refuse d'avouer.

— Vont-ils donc la relâcher ? » demande-t-elle sans se faire d'illusions.

Ursa se mord la lèvre.

« Dites-moi, lui demande Maren.

— J'aimerais de tout cœur qu'il en soit autrement. Mais elle sera soumise au plongeon.

— Au plongeon ? »

L'expression la fait presque rire, semblable à un jeu pour enfants. Mais Maren comprend au ton de son amie qu'il ne s'agit nullement d'un jeu.

« J'ignorais moi aussi cette pratique, et j'aurais préféré ne jamais la connaître, mais… il faut vous préparer au pire. » Ursa prend une inspiration profonde, tremblante. « Kirsten a refusé obstinément de passer aux aveux. Elle doit à présent subir des épreuves visant à démontrer qu'elle est une sorcière, et sera très certainement condamnée. »

Un effroyable pressentiment hérisse la nuque de Maren, comme en ce jour où l'oiseau lui était apparu à la fenêtre, juste avant la tempête.

« Quelles épreuves ?

— Ils comptent lui bander les yeux, puis la jeter à la mer.

— À la mer ? » La langue de Maren est soudain lourde. « Mais l'eau est glacée. Elle se noiera, c'est certain !

— Peut-être serait-ce le mieux. »

Maren la regarde, bouche bée.

« Comment pouvez-vous dire une chose pareille ?

— Si Kirsten remonte, ils concluront qu'elle est une sorcière. Ils disent que l'eau est pure et repousse le diable ; aussi, quiconque flotte ne peut qu'être une sorcière. »

Maren sent monter la nausée.

« Mais de qui donc parlez-vous ? De votre mari ?

— Mon mari, mais également le seigneur. Le pasteur sera présent, lui aussi, et le spectacle sera ouvert à tous. »

La bile lui pique la gorge.

« Le supplice sera public ? »

Ursa hoche la tête.

« Des témoins sont nécessaires.

— Ne pouvez-vous pas l'arrêter ? » La voix de Maren est proche de l'hystérie. « N'y pouvez-vous rien ? »

Un sanglot se coince dans la gorge d'Ursa.

« Que voulez-vous que je fasse ? Dites-le-moi, et je m'exécuterai. »

Maren lui serre la main, la presse contre la table comme pour s'ancrer à quelque chose.

« Quand cela se déroulera-t-il ?

— La semaine prochaine. » Ursa se tourne brusquement vers elle. « Vous ne songez tout de même pas à y assister ?

— Je le dois, répond Maren. Kirsten ne pourra traverser cette épreuve seule.

— La regarder n'arrangera rien, rétorque Ursa. Mieux vaut ne pas voir, quelle que soit l'issue.

— Comment peuvent-ils prétendre agir au nom de Dieu ? s'exclame Maren, les yeux brûlants de larmes. Comment peuvent-ils qualifier leur œuvre de sacrée ? »

À ces questions, Ursa ne donne aucune réponse. Maren la laisse seule à la table, forcée qu'elle est de sortir pour se vider l'estomac dans la boue, se vider jusqu'à ce qu'il ne demeure plus en elle que son cœur battant et douloureux.

# 34.

Le jour du supplice, le ciel est noir et bas. Marchant en direction du port, Maren perçoit les regards, les murmures autour d'elle ; sans la présence d'Ursa à ses côtés, elle se sent fragile. Un petit groupe s'est déjà réuni à l'endroit où la terre et la mer se rejoignent. Ursa n'en fait pas partie.

« Absalom dit que ce spectacle n'est pas pour les yeux d'une femme, lui avait-elle dit.

— A-t-il oublié que celle qu'il s'apprête à jeter à la mer en est une ? »

Ursa l'avait regardée, le front plissé.

« Pourquoi ne pas rester avec moi ? Vous n'avez rien à y gagner. »

Bien que sachant cela plus sage, Maren n'avait pu s'y résoudre. Comment pourrait-elle laisser Kirsten seule face à ces dévotes et à ces hommes venus pour la voir se noyer ou la damner ? Maren se doit d'être présente, de porter ce fardeau.

Voyant sa détermination, Ursa avait poussé un soupir avant de lui prendre la main.

« Promettez-moi de ne pas attirer l'attention sur vous. De garder le silence. »

Ces mots résonnent dans la tête de Maren, à présent. Elle s'est arrêtée un peu à l'écart des autres, veille à ne pas croiser le regard du délégué. Mamma n'est pas dans l'assemblée, Edne non plus, mais Sigfrid et Toril sont en conversation avec le pasteur, dont le visage est aussi blanc que le lait. Le port est éclairé par de faibles lanternes posées de part et d'autre du quai, et c'est également une lanterne qui signale l'arrivée de Kirsten. Maren se retourne et voit approcher sa lueur depuis la forteresse, se balançant au rythme de la charrette. Bientôt, elle aperçoit Kirsten pour la première fois depuis des mois. Elle est obligée de se mordre la langue pour ne pas pousser un cri de terreur.

La forme qu'elle distingue à l'arrière de la charrette semble aussi vide qu'un sac. Kirsten n'est vêtue que d'une simple robe en coton dont la jupe est maculée de taches sombres. Ses paupières demeurent closes, même lorsque les gardes la soulèvent en plissant le nez. L'odeur de son amie parvient jusqu'à Maren, odeur rouillée de sang et d'urine portée par le vent. Le pasteur presse son mouchoir contre son nez. Maren aimerait appeler Kirsten, lui dire qu'elle est ici, mais sa langue est fermement appuyée contre son palais, si fermement qu'elle se trouverait incapable de parler.

Une seconde charrette arrive quelques instants plus tard, un carrosse, cette fois, doté d'un toit. Maren reconnaît le véhicule qui a transporté Ursa jusqu'à la forteresse l'an passé. Des murmures circulent parmi les femmes au moment où un homme en descend – le seigneur, que Maren découvre pour la première fois, un homme râblé, enveloppé dans un beau manteau de fourrure. Son visage est assombri par une barbe aussi épaisse que celle du délégué, mais aussi blanche que la laine d'un agneau. L'homme gagne le bord du quai à grands pas, et, bien qu'elle soit animée par le désir de fuir, Maren se rapproche pour l'écouter.

« Avouez-vous, madame Sørensdatter, afin de nous épargner cette tâche ? »

Kirsten tremble si fort que les gardes peinent à la faire tenir debout.

« Avouez-vous, répète-t-il, être une sorcière et avoir apporté la tempête qui a tué votre époux et bien d'autres avec lui ? »

Le souffle de Maren se coupe. Ces hommes ne peuvent tout de même pas croire que Kirsten aurait influencé les vents ? Elle se trouvait sur le port en même temps que Maren, en même temps que toutes les autres femmes, hurlant tandis que leurs hommes étaient avalés par la mer. Ces mots, Maren devrait les prononcer, mais sa langue est toujours pétrifiée dans sa bouche.

Les cheveux de Kirsten pendent devant son visage. Sa terreur semble telle que Maren doute même de sa capacité à entendre les mots du seigneur.

« Fort bien », déclare-t-il, et Maren est sûre de déceler dans sa voix un soupçon d'excitation.

Le seigneur adresse un signe de tête aux gardes, qui, d'un coup sec, retirent sa robe à Kirsten en faisant passer sa tête par le col. Le pasteur détourne les yeux, tandis que Toril et les autres dévotes observent la scène entre leurs doigts. Mais Maren, elle, ne parvient pas à regarder ailleurs. Le corps meurtri de Kirsten est couvert d'écorchures, de bleus, de brûlures. Elle aimerait la couvrir avec son manteau, mais le resserre autour d'elle à la place.

« La corde. »

Le délégué va chercher une corde dans la charrette, l'attache autour de la taille de Kirsten, si serrée qu'elle s'enfonce dans sa peau blanche et pendante. Une boule se forme dans la gorge de Maren lorsqu'elle comprend que cette corde servira à remonter le corps, après.

Elle se tourne vers la mer. L'eau d'un gris d'ardoise ondule doucement sous l'effet des vagues. De petites plaques de glace scintillent à la surface. Kirsten mourra de froid, gèlera sans que Maren puisse y faire quoi que ce soit. Ce qui la retient d'agir n'est pas sa promesse faite à Ursa, mais la peur. Une terreur qui lui tenaille le cœur, qui lui agrippe le corps et la cloue sur place.

La corde est testée, une fois, deux fois. Kirsten chancelle sur le côté. Elle tremble, son corps tout entier tressaille, sa tête reste baissée. Le délégué s'empare de la corde, aidé par deux gardes. Le pasteur s'avance et bénit les flots. Il parle trop bas pour que Maren puisse l'entendre, mais ses mains sont jointes et ses doigts entrelacés aussi fermement que le jour où tous deux ont parlé, à l'église.

Il s'écarte alors et, tout d'un coup, si vite que Maren aurait pu rater la scène simplement en battant des cils, Kirsten est poussée dans l'eau. Le petit attroupement s'approche du bord tandis que le délégué et ses hommes, la corde à la main, se penchent vers l'arrière pour mieux prendre appui sur le sol gelé. Maren se précipite, se fraye un chemin à travers la foule.

Kirsten disparaît sous l'eau, que l'impact a rendue blanche et mousseuse. Le froid soufflé par les vagues frappe le visage de Maren comme une claque. Elle est tiraillée, espérant voir son amie émerger et priant tout à la fois pour qu'elle sombre aussi vite que son pantalon lesté de pierres runiques. Pourtant, lorsque Kirsten refait surface, ses yeux écarquillés roulant dans leurs orbites, avalant des bouffées d'air désespérées, poussant un cri aussi strident que celui des sternes tournant au-dessus d'elle dans le ciel, Maren ne peut s'empêcher de se réjouir que son amie soit vivante, même si cela la condamne.

Les gardes la hissent sur le quai, son corps nu aussi pâle que la neige. Kirsten est si maigre que Maren distingue les soubresauts de chacune de ses côtes, aussi visibles sous sa peau que les racines d'un arbre sous la terre. Maren s'avance vers elle, mais une main aussi froide que l'air lui saisit le poignet. C'est celle d'Edne, venue assister au supplice, finalement. Ses yeux sont grands ouverts. Elle secoue la tête de manière presque imperceptible en regardant Maren.

Celle-ci se dégage, se retourne vers Kirsten. Après l'avoir enveloppée dans une fourrure, les gardes se préparent à la remettre dans la charrette. Le seigneur ne voudrait pas la voir mourir de froid avant son procès. Son cou et ses poignets dépassent, aussi blancs que des os.

« Une sorcière : les accusations sont confirmées, déclare le seigneur en donnant une tape sur l'épaule du délégué, encore essoufflé d'avoir hissé Kirsten. Une date sera bientôt fixée. »

Ses mots résonnent comme des battements de tambour dans les oreilles de Maren. Trois hommes sont nécessaires pour soulever le corps trempé de Kirsten et le reposer dans la charrette. Les spectateurs commencent à se disperser avant même que les chevaux ne s'élancent. Mais, au lieu de les suivre, Maren ose s'approcher de la charrette, d'aussi près que la présence des gardes le lui permet, serrant ses mains pour les empêcher de se tendre vers son amie. Le cocher fouette les chevaux. Maren les suit du regard jusqu'à ce que la lumière de la lanterne disparaisse derrière l'enceinte de la forteresse.

Kirsten ne s'est pas rendu compte de sa venue. Le fait qu'elle la remarque aurait-il changé quelque chose ? La présence de Maren s'est avérée aussi inutile qu'une voile trouée. Elle qui pensait avoir vu le pire depuis ce port, que rien ne pouvait égaler les horreurs de la tempête, comprend à présent combien il était naïf de croire que le mal ne pouvait provenir que du dehors. Depuis le départ, le mal était ici, parmi elles, perché sur deux jambes, répandant la rumeur de sa langue humaine.

Le pasteur se trouve toujours sur le quai, son manteau serré contre lui. Maren revoit Kirsten s'avançant vers lui à grands pas pour poser son manteau sur ses épaules, en ce jour où tous attendaient l'arrivée d'Ursa. Il retire l'un de ses gants, se penche, étend une main au-dessus de l'eau puis la retire aussitôt pour la fourrer sous son manteau. Il semble alors sentir, en se redressant, le regard de Maren. Il se tourne vers elle. Ses yeux brillent dans le noir – à cause du froid, peut-être.

Lorsqu'il se retourne, Maren le laisse s'en aller sans rien dire. Le pasteur peut bien penser que leur survie après la tempête tenait du miracle, Maren est désormais persuadée que Dieu se serait montré plus clément en noyant tout le village.

Il est annoncé que la sentence sera rendue au prochain printemps, autrement dit dans deux mois. L'exécution d'une sorcière attire des gens de partout, lui explique

Ursa, et d'autres délégués, dont le déplacement nécessite un long voyage seront également présents. Dernièrement, les arrestations se concentraient sur des hommes, des Samis ; Kirsten et Mme Olufsdatter sont les premières femmes norvégiennes de l'histoire à être condamnées ; les spectateurs viendront d'aussi loin que Tromsø, peut-être même d'Écosse.

Personne parmi les connaissances de Maren n'a jamais mis les pieds à l'intérieur de la forteresse en dehors d'Ursa, et, lors de sa visite, même cette dernière n'avait pas vu son tribunal. Absalom a refusé de lui révéler quoi que ce soit à ce sujet, bien que passant l'essentiel de son temps entre ses murs, à préparer le procès.

« Mon époux semble presque le prendre comme un jeu, lui dit-elle d'un ton amer. Comme s'il cherchait à garder la surprise.

— Il s'apprête à vivre son heure de gloire, répond Maren en pétrissant de la pâte noire à grands coups de poing. Il espère vous impressionner. »

Ursa ne peut lui donner tort, car c'est incontestablement une caractéristique majeure des rapports qui l'unissent à son mari. *Comme il serait blessé de connaître le mépris que Maren lui porte*, songe Ursa. *Comme Maren se délecterait de le voir le remarquer*.

La veille de la sentence, Maren ferme à peine l'œil de la nuit. Son esprit ne peut dériver ailleurs que vers Kirsten dans son trou à sorcières. Est-elle seulement au courant de l'imminence de son jugement ? Ou l'ont-ils laissée si longtemps seule que les jours qui s'écoulent n'ont plus aucun sens pour elle ? Porte-t-elle encore les stigmates de son plongeon en mer ? Maren tente d'imaginer le froid sans y parvenir. Quelqu'un lui avait appris, enfant, que la fin de l'hiver pouvait être décrétée le jour où il devenait possible de briser la glace avec sa jambe. Être jetée à l'eau comme Kirsten, parvenir à éviter la noyade, à remonter à la surface, pour être ensuite mise à mort – tout cela est simplement monstrueux.

Maren pense également à Diinna et à Erik, prie pour qu'ils se trouvent en sécurité. Comme elle aimerait serrer le petit dans ses bras, le humer ! A-t-il appris à parler ? Diinna lui enseignera-t-elle le nom de Maren ? Maren est heureuse de le savoir loin d'ici. Peut-être ne se souviendra-t-il pas d'elle, l'oubliera-t-il. Elle-même ne garde aucun souvenir de cet âge. Cette idée lui semble aussi rassurante que terrible.

Comme Ursa doit se rendre au tribunal en compagnie de son mari, Maren se retrouve seule sur les sentiers tortueux de la plaine, au milieu de la foule qui se presse vers la forteresse. Ces femmes qui l'entourent, Maren les connaît depuis toujours, mais un masque semble être accroché sur leur visage luisant de nervosité et d'excitation. Tandis que les maisons s'éloignent et qu'au loin s'élèvent les murs de pierre grise, Maren découvre encore d'autres hommes, d'autres étrangers, qui tous bavardent avec la même ardeur. Tout se passe comme si quelque chose la séparait d'eux, l'isolait.

La foule s'engouffre à l'intérieur de l'enceinte, tenue à l'écart du plus beau bâtiment de la cour par un cordon de gardes portant un uniforme d'un bleu profond, le blason cousu sur leur poitrail montrant plusieurs couronnes et lions devant une croix.

« Les hommes du roi », entend-elle murmurer autour d'elle.

Son roi n'a jamais vraiment existé pour Maren, n'a jamais été une réalité tangible dans cette contrée si reculée qu'est Vardø, située à des jours de voyage de Christiania, de Bergen et de toutes ces autres villes dont parle Ursa, si loin que le pouvoir royal n'a jamais semblé atteindre le village, davantage gouverné par la mer et par le vent. Son regard croise celui de l'un des badauds, mais Maren détourne immédiatement les yeux, se sentant aussi ignorante qu'une enfant.

Au moment où elle réussit à y parvenir, le tribunal est déjà plein. La foule restée dehors hurle et frappe aux portes. Au milieu du chaos, Maren se maudit : pourquoi n'est-elle pas arrivée la veille ? Après tout, elle n'avait pas dormi. Refusant de rentrer et d'attendre chez elle que la nouvelle tombe, elle décide de se mettre en quête d'un endroit où se poster quand deux hommes, sur sa gauche, sortent bruyamment d'un long bâtiment bas de plafond, chargés d'un gros paquet enveloppé dans des linges.

« Sorcière ! »

Le mot vient d'un petit groupe de femmes au sein duquel se trouvent Sigfrid et Toril. À ce cri, le paquet, qui n'est autre que Kirsten, ou plutôt quelque chose qui ressemble à Kirsten – une ombre, une caricature –, lève la tête. Son visage est blême, le pourtour de ses tempes gris de crasse, ses cheveux blonds plaqués comme du foin sur sa tête. Ils ne l'ont pas laissée se laver, conclut Maren, parcourue de frissons en imaginant le sel resté collé sur sa peau pendant toutes ces semaines.

Les hommes se rapprochent, et tandis que Maren voit passer devant elle les pieds nus au bout de ce corps traîné par terre, son regard se relève. Elle ne sait plus si elle espère avoir été vue ou le contraire. Elle avance dans le sillage des deux hommes, entourée par la foule dont les crachats et les coups fusent, atterrissant parfois sur Maren, parfois sur les gardes qui emportent Kirsten, et toujours ces sifflements, ces huées, ces cris : « *Sorcière ! Sorcière ! Sorcière !* » L'assemblée est essentiellement composée d'étrangers fustigeant une personne qui leur est inconnue, qui ne leur a jamais fait le moindre mal. Leur attitude évoque à Maren un troupeau de rennes en panique.

Et puis, tout à coup, les portes du tribunal s'ouvrent, Kirsten est plongée à l'intérieur et Maren retenue dehors au milieu des autres. Elle parvient à reprendre son souffle, à remplir ses poumons d'air pour crier : « Kirsten ! » Peut-être est-ce son imagination, mais elle voit alors une tête se lever et le visage de son amie se tourner tandis que les portes se referment et que la foule l'écrase contre les panneaux de bois, la bouscule au point de la soulever de terre. Maren prie tout haut pour que Kirsten l'ait entendue, l'ait reconnue, ait reçu tout le courage qu'elle a tenté de lui envoyer.

## 35.

Absalom a fait mettre sa robe jaune à Ursa, sourd à ses protestations selon lesquelles cette tenue n'est pas appropriée aux circonstances.

« Je vous veux sous votre meilleur jour, lui dit-il. Les autres délégués seront là. »

Debout de bonne heure, il sifflote, l'aide à nouer son corset, faisant frémir la peau d'Ursa sous sa main. Sa robe paraît plus serrée qu'auparavant, alors même qu'Ursa a fini par s'habituer aux crampes de faim qu'elle ressent régulièrement.

Elle prie pour ne pas être enceinte, mais impossible de se souvenir, au milieu des terribles événements qui se sont enchaînés ces derniers mois, si ses menstruations sont arrivées comme prévu. La terreur que lui inspirent le procès et les scènes dont elle s'apprête à être témoin a inondé ses rêves de sang et d'images de sa mère. Ces confidences, Ursa ne les livre pas même à Maren, déjà suffisamment hantée par ses propres démons. *Marquée au fer. Étranglée. Brûlée*. Comment ces mains peuvent-elles être en train de la toucher, peuvent-elles avoir planté en elle un enfant ?

D'une certaine manière, les souffrances de Kirsten ont apaisé les siennes. Les préparatifs n'ont cessé de distraire Absalom, l'ont même égayé. Son pouvoir l'a rendu plus fort, a fait de lui un homme plus aimable envers elle. Absalom est heureux et souhaite partager ce bonheur avec elle. Ursa se maudit de le faire, mais elle entre dans son jeu, lui dit être fière, gémit dans le creux de son oreille lorsqu'il s'unit à elle. Elle a beau le haïr, elle entend rester dans ses bonnes grâces. Car elle doit protéger Maren.

Le fait que celle-ci la supporte encore l'étonne elle qui se trouve si proche du bourreau de Kirsten. Mais, plus que jamais, son amie semble se raccrocher à elle – et Ursa, en retour, s'accroche. La puissance de leur lien lui donne le vertige. Jamais Ursa n'a aimé personne autant qu'Agnete, mais sa relation avec Maren semble plus forte encore.

Sur le chemin du tribunal, Ursa se laisse ballotter chaque fois que le carrosse rencontre un nid-de-poule sur la terre que l'hiver a craquelée. Déjà, la foule est réunie devant les portes de la forteresse. Des visages hagards se lèvent à leur arrivée, et Ursa reconnaît au premier rang les femmes de l'église, les dévotes, ces femmes avec qui Absalom a passé tant de temps à prier en échange de leurs témoignages. La foule s'écarte pour laisser passer le carrosse. Ursa se recroqueville dans l'ombre jusqu'au moment où la porte s'ouvre, l'obligeant à sortir sur les pavés glissants, attentive à ne croiser le regard de personne.

Absalom la guide alors jusqu'au tribunal, son bras passé sous son coude, comme s'il l'emmenait au bal. L'intérieur de la salle est aussi propre et austère que celui d'une église, chaque élément convergeant vers le trône du seigneur. À ses pieds a été installé une sorte de petit enclos fermé par des barrières en bois – l'emplacement où se tiendra l'accusée, lui apprend Absalom. Plusieurs rangées de chaises se trouvent alignées derrière, comme les bancs d'une église, et une galerie surélevée est aménagée dans le fond de la salle. D'ordinaire, c'est la place des femmes, mais, étant donné la nature du public, même en tenant compte des étrangers de passage, une entorse sera exceptionnellement faite à cette règle.

Ursa est conduite jusqu'à une autre galerie, plus petite, située sur le côté, depuis laquelle elle verra les intervenants de profil et sera séparée du plus gros de… comment les qualifier ? la foule ? les témoins ?

« Christin devrait bientôt arriver, lui dit Absalom. Et peut-être d'autres épouses de délégués. » Il pose un chaste baiser sur sa joue – à son contact, Ursa a réellement l'impression d'être transportée à l'église. « Il me faut me préparer. »

Un instant, Absalom se fige comme dans l'attente d'une réponse, mais que dire ? *Bonne chance ? Bon courage ?* Ces paroles sonneraient faux. Voyant Ursa incapable de prononcer le moindre mot, Absalom s'éloigne sans sa bénédiction.

Christin arrive peu après, vêtue d'une robe violet foncé à côté de laquelle celle d'Ursa ne détonne que davantage, comme des crocus dans un champ.

« Comme ces sièges sont inconfortables, se plaint l'épouse du seigneur en guise de salutations, après lui avoir adressé une révérence et s'être assise sur le banc. Je regrette de ne pas avoir apporté de coussin. »

L'obligation de lui faire la conversation lui est épargnée par l'arrivée de deux nouvelles femmes,

Mmes Mogensdatter et Edisdatter, épouses des délégués Danielsson, de Kirkenes, et Andersson, de Kunes. Une fois les présentations faites, aucune ne semble s'intéresser à elle. Mme Mogensdatter paraît aussi écœurée qu'Ursa – mais il s'avère que sa nausée n'est due qu'à la traversée.

« Pourquoi donc le pouvoir doit-il être représenté sur cette île perdue ? Cela m'est incompréhensible, déclare-t-elle en frissonnant. Comment pouvez-vous le supporter, Christin ? »

Christin balaie sa question d'un geste de la main.

« Nous avons longtemps vécu à l'étranger avant d'atterrir ici. Nous repartirons une fois la mission de mon époux achevée. Je ne quitte la forteresse qu'en cas d'extrême nécessité. J'ai fini par m'y habituer. »

Dans la salle, les délégués sont en train de se rassembler. Absalom est le plus grand de tous, le plus jeune aussi. Christin le montre du doigt aux deux autres épouses.

« Voici le délégué Cornet, qui est à l'origine de ce procès. Un prodige. Je pressens que mon époux a déjà trouvé en lui son successeur. »

En voyant le regard qu'échangent les deux femmes, Ursa a envie de disparaître sous ses volumineux jupons.

La rumeur s'élève de plus en plus fort à l'extérieur de la salle. Lorsque sonnent les coups de dix heures, les portes s'ouvrent. Aussitôt, un flot de femmes s'engouffre à l'intérieur du tribunal tandis que les rares hommes présents dans la foule sont conduits au premier rang. Les bancs se remplissent, ainsi que la galerie du fond. Les spectateurs restants demeurent debout, serrés les uns contre les autres, lançant invectives et coups de coude, s'interpellant d'un étage à l'autre. Regroupés au même endroit, les hommes croassent comme des corbeaux, chacun la tête penchée vers son voisin.

Aucune trace de Maren, cependant. Peut-être n'a-t-elle pas réussi à entrer, songe Ursa en entendant les gens encore nombreux, semble-t-il, à l'extérieur. Elle sent la migraine s'installer derrière ses yeux, un point douloureux qui palpite au même rythme que son cœur. Sa robe lui comprime la cage thoracique.

« Est-ce que tout va bien ? » lui demande Christin d'un ton plus curieux qu'inquiet.

Ursa se rend compte que sa respiration est saccadée. Elle hoche la tête en se tortillant sur son siège.

« Il fait chaud…

— Souhaiteriez-vous quelque chose à boire ? »

Christin commence à faire signe au garde posté près de l'entrée, mais Ursa secoue la tête.

« Cela ira. »

Le fracas des portes que l'on ouvre résonne de nouveau, suivi par les cris de la foule restée dehors. Une seconde, Ursa croit entendre crier : « Kirsten ! », puis deux hommes entrent, la traînant derrière eux.

Le tableau est pire que ce qu'Ursa avait imaginé. Recroquevillée sur elle-même, crasseuse, Kirsten semble brisée. Son regard reste rivé sur le sol tandis que les sifflements commencent à fuser. Ursa ne distingue que le rideau de cheveux sales qui lui cache la figure et ses mains ligotées, agrippées à la barrière en bois. Kirsten vacille sur ses pieds.

« Pourquoi ne lui apporte-t-on pas un tabouret ? ne peut s'empêcher de murmurer Ursa à Christin, qui la regarde en fronçant les sourcils, avant de secouer la tête.

— Votre époux est arrivé », annonce Mme Edisdatter à Christin, et les épouses se penchent vers la salle pour regarder le seigneur, vêtu d'une longue robe noire, traverser à grands pas l'allée principale, suivi par un homme élancé tenant sous son bras un livre épais.

Le silence retombe au moment où il prend place sur son siège et balaie la salle du regard. Ursa se mord la langue en voyant qu'il hoche la tête en direction de la galerie et que Christin lui répond par un petit salut de la main. Il s'assure ensuite que le greffier est prêt avant de s'adresser à la cour, tandis que le regard d'Ursa demeure fixé sur Kirsten :

« Moi, seigneur Cunningham, nommé seigneur du comté de Vardø et du Finnmark par notre roi Christian IV de Danemark, je siège comme juge devant ce tribunal. En ce vingt-deuxième jour du mois de mars seize cent vingt, nous sommes ici réunis en la présence de Dieu et des délégués du Finnmark pour prononcer la sentence relative au cas de Mme Kirsten Sørensdatter, originaire de Vardø… »

Plusieurs bruits de bouche et sifflements s'élèvent au nom de Kirsten, résonnant dans les oreilles d'Ursa tandis que le seigneur poursuit :

« … accusée de crimes s'étalant sur une période de près de trois années, dont certains spécifiquement identifiés le vingt-quatrième jour de décembre seize cent dix-sept ainsi que d'autres jours antérieurs et postérieurs à cette date. Ces actes, sans conteste infâmes, tombent sous le coup du décret du roi contre la sorcellerie et ses pratiques, entré en vigueur dans notre région au quinzième jour de janvier de l'an seize cent vingt. Le délégué Cornet a procédé à l'arrestation de Mme Sørensdatter le dix-huitième jour d'octobre de l'année passée.

« Il lui a été stipulé que l'interrogatoire lui serait épargné à condition qu'elle avoue son crime sur-le-champ, mais, ayant plaidé l'innocence, Mme Sørensdatter s'est vue plongée dans l'eau le dix-huitième jour de janvier de la présente année. Elle a depuis avoué plusieurs actes de sorcellerie. Délégué Cornet, si vous voulez bien vous lever et nous lire les aveux. »

Ursa est interpellée par de petits cris, comme des gémissements de détresse. Son regard se tourne vers l'autre galerie, en contrebas, lorsqu'elle se rend brusquement compte que ces bruits émanent d'elle ; de nouveau, elle cherche Maren dans l'assemblée, en vain.

Son époux se lève, le dos droit et, dans un norvégien teinté d'un accent anglais, commence à lire les charges de sa voix claire et grave :

« Mme Sørensdatter a en effet avoué, au dix-neuvième jour de janvier de la présente année, être coupable des charges retenues contre elle. Elle a été dénoncée par le pasteur Nils Kurtsson, Toril Knudsdatter, Magda Farrsdatter, Gerda Folnsdatter, Sigfrid Jonsdatter, Edne Gunnsdatter. »

Il reprend sa respiration, prononce d'autres noms, énumérant presque toutes les femmes de Vardø. Ursa entend le nom de la mère de Maren, et même celui de Mme Olufsdatter. Peut-être sa voisine cherchait-elle à sauver sa peau en accusant Kirsten. Au bout d'un certain temps, la lecture de la liste s'achève. Absalom s'empare d'un nouveau parchemin et poursuit :

« Mme Sørensdatter a confessé que Satan était venu à elle lorsqu'elle était âgée de vingt-deux ans, un jour où elle soignait un veau. Comme elle lui demandait qui il était, il lui a répondu être le diable. Ainsi lui a-t-il offert sa main à baiser et lui a-t-il dit qu'il lui serait donné du pouvoir sur les airs et la force d'un homme si elle abjurait Dieu et son engagement baptismal.

Mme Sørensdatter a pris sa main, l'a embrassée, et s'est alors sentie très heureuse. Elle a soufflé sur le veau, et l'animal a expiré. »

La lecture se poursuit, litanie d'histoires si absurdes qu'Ursa les écoute presque avec la sensation d'être sortie de son propre corps. Le récit ressemble à une liste d'anecdotes, des ragots de village allant de querelles à propos des séchoirs à poisson aux prières de Kirsten, que certaines auraient entendu prononcer à l'envers. Mais la foule reste penchée comme un seul homme vers la femme qui chancelle derrière sa barrière, ne retenant ses cris que grâce aux admonestations du seigneur. Plus d'une fois, Ursa voit une main se glisser sous la barre pour pincer Kirsten, sans provoquer aucune réaction. Elle semble endormie, les yeux mi-clos, la bouche béante. Que lui ont-ils fait d'autre pour la diminuer ainsi ?

Absalom pose le premier parchemin, en ramasse un autre.

« Et elle a avoué s'être envolée, en cette veille de Noël seize cent dix-sept, jusqu'à la montagne de la sorcière de Ballvollen pour y retrouver cinq comparses et nouer avec elles un linge afin de déclencher la tempête qui a noyé quarante hommes, parmi lesquels son époux… »

Les sifflements se muent soudain en cris de rage qui résonnent dans tout le tribunal et que même les ordres aboyés par le seigneur ne parviennent pas à faire taire. Ce dernier se voit obligé d'envoyer ses gardes dans la salle et autour de la balustrade pour protéger Kirsten des coups qui s'abattent sur elle et des mains qui cherchent à lui tirer les cheveux. Ursa se cache le visage. Christin pose une main sur sa cuisse.

« Regardez donc, Ursula. Elle sourit. »

Mais Ursula ne voit sur le visage de Kirsten qu'une grimace.

« Leurs noms ! crie soudain quelqu'un depuis la galerie. Qu'on nous donne leurs noms ! »

Le seigneur se lève, étend les bras.

« Cessez ou je fais évacuer la salle ! »

Le silence retombe immédiatement.

« Seigneur, si je puis parler des noms… » Absalom se retourne vers l'assemblée. « Les noms de ses complices lui ont été demandés, mais l'accusée a répondu qu'elle ne pouvait voir leur visage, que la brume les lui cachait. Nous sommes parvenus à démasquer Mme Olufsdatter, dont nous avons recueilli les aveux, et travaillons à l'identification des autres sorcières. » Il lance un regard menaçant en direction de la foule, puis lève de nouveau son parchemin devant ses yeux, tandis qu'Ursa frémit. « Et je confirme ici que la tempête a été déclenchée par ces femmes dans le but de prendre possession des terres de leurs époux.

« Elle a volé le troupeau de Mads Petersson, qui ne comptait pas moins de cinquante rennes, poursuit-il, a ensorcelé Mme Gunnsdatter pour la forcer à ramer avec elle et six autres afin de partir en mer pour pêcher non pas avec des filets, mais en tuant les poissons grâce au souffle funeste de Mme Sørensdatter. Elle portait un pantalon qui lui donnait la force d'un homme, a terrifié Mme Knudsdatter et envoyé son souffle sur Mme Jonsdatter, qui peu après a souffert d'un ventre gonflé par la maladie. »

Ursa se tourne vers les femmes de l'église. Leur attention est concentrée sur son mari, qui semble être pour elles un miracle aussi beau que formidable.

Absalom roule son parchemin.

« Telles sont donc les charges retenues contre l'accusée, parmi d'autres actes caractéristiques des pratiques de sorcellerie. Ces actes, énumérés ci-contre, ont été signés d'une croix par l'accusée. Je les dépose ici, à l'intention de la cour. »

Là-dessus, Absalom place le parchemin devant le seigneur avant de s'incliner rapidement et de retourner à son siège d'un pas majestueux. Quelques applaudissements retentissent parmi les délégués, résonnant dans la salle.

« Un travail remarquable, souffle Christin à Ursa. Vous pouvez être fière de votre mari. »

Ursa répond par un hochement de tête sec tandis que le seigneur, assis sur son siège, se penche en avant et regarde droit vers la barre.

« Avez-vous quelque chose à déclarer, madame Sørensdatter ? »

Pas de réponse. L'un des gardes la bouscule, des cris fusent dans la foule.

« Avez-vous quelque chose à déclarer ? »

Le garde se rapproche d'elle, plissant le nez pendant qu'il l'écoute.

« L'accusée a dit : "Personne", seigneur Cunningham.

— "Personne" ?

— Elle a dit "Personne."

— Fort bien », répond le seigneur en s'adossant de nouveau. Puis il reprend, s'adressant cette fois à la foule : « Vous, madame Sørensdatter, avez été accusée du crime majeur qu'est la sorcellerie, pratiquée à des fins de nuire. Ayant reçu par écrit vos aveux, j'en viens à appliquer la règle édictée dans le décret du roi selon laquelle "tout sorcier ou homme de foi qui aura renoncé à Dieu et sa parole sacrée, et à sa christianité, et qui se vouera au diable devra être jeté au feu et brûlé.”

— Brûlé », répète Christin.

Les cris de la foule retentissent comme un chœur, des cris que le seigneur, cette fois, ne fait pas taire. Sa voix s'élève encore pour annoncer la date de l'exécution, fixée deux jours plus tard. Ses hommes saisissent Kirsten, dont les bras se lèvent pour la première fois, tandis qu'elle se débat.

« Que Dieu ait pitié de son âme. »

Mais alors que sa manche aux boutons défaits se relève, Ursa se rend compte que les marques qu'elle porte sur le bras ne sont pas de la terre ou de la crasse, mais des bleus, des bleus jaunes et violacés comme sa robe et celle de Christin, comme des pétales collés sur sa peau meurtrie.

Ursa décline l'invitation à s'asseoir à la table du seigneur, même si elle sait que son absence déplaira à son mari. Elle prétexte une migraine, mais c'est son corps tout entier qui la fait souffrir. Elle rentre chez Mme Olufsdatter pour se changer – cette maison, Ursa ne peut s'empêcher de l'appeler ainsi – et retire sa robe jaune pour en revêtir une plus simple avant de se rendre au second hangar. Elle frappe, mais pas de réponse. Elle décide alors d'entrer pour attendre Maren.

Le simple fait de se trouver dans cette pièce, au milieu des maigres biens de son amie, loin du vacarme qui régnait au tribunal, l'apaise déjà. Plus que jamais, cet endroit lui semble être sa maison. Elle répète dans sa tête ce qu'elle dira à Maren, à présent sûre que celle-ci ne se trouvait pas dans la salle. Mais, au moment où la porte s'ouvre et que Maren apparaît, la pâleur de son visage lui révèle que la nouvelle s'est déjà répandue.

Ursa tend la main vers elle, mais Maren refuse de l'attraper.

« Edne m'a tout dit, commence-t-elle. Ils l'accusent d'avoir déclenché la tempête. Et Kirsten a avoué.

— Elle a été battue, jetée sous l'eau, répond Ursa. Elle aurait pu avouer n'importe quel crime.

— Mais pas ça, fait Maren d'une voix monotone. Pas ça. Vous n'avez pas assisté à la tempête, Ursa. Elle était si soudaine, comme une main qui soulevait les bateaux, les écrasait. » Elle ferme les yeux. « Jamais elle n'aurait avoué cela si c'était faux. »

Ursa se retient de la contredire, ne lui parle pas des bleus.

« Ce qu'ils disent à propos du pantalon et de la pêche est également vrai, poursuit Maren. Kirsten était la seule à ne pas paraître endeuillée.

— Vous ne pouvez pas croire que ce soit une sorcière, rétorque brusquement Ursa. Vous n'êtes tout de même pas sotte.

— Mais vous n'étiez pas là, insiste Maren. La tempête. Aussi rapide qu'un souffle. Et tout ce poisson que nous attrapions, presque sans rien faire.

— Vous utilisiez des filets, cependant ? » À cette question, Maren hoche la tête. Ursa abat sa main sur la table. « Voilà donc la preuve qu'ils mentaient. Edne, Toril, tous. Et personne ne l'a défendue.

— Aurais-je dû ? »

Maren ne hausse pas la voix, mais il y a dans son ton quelque chose de glacial.

« Ce n'est pas ce que je voulais dire…

— C’est vous qui m’avez demandé de ne pas aller le trouver. Vous qui m’avez demandé de ne pas parler à M. Cornet, qui m’avez assuré que vous le feriez, et voilà où nous en sommes.

— Maren. »

Ursa ne sait que répondre. Les mots lui manquent.

« Je souhaiterais demeurer seule, si vous le permettez, madame.

— Maren, que vous arrive-t-il ? »

Ursa aimerait la secouer, mais ne parvient pas à trouver le courage de poser les mains sur elle.

« C’est donc moi qui m’en irai, dit Maren en se levant.

— Non, répond Ursa. Je m’en vais. » Elle s’arrête devant la porte. « Je viendrai assister à l’exécution de Kirsten après-demain. » Ursa ne le désire aucunement, mais elle en a pris la décision à l’instant où le jugement a été rendu. « Cela me coûtera, mais Kirsten aura besoin de voir un visage ami. J’espère que vous viendrez avec moi, Maren. »

Maren demeure impassible, comme une pierre.

« “Personne”, murmure alors Ursa, comprenant enfin. Lorsqu’ils l’ont interrogée pour connaître le nom de ses complices, telle est la réponse qu’elle a donnée. Kirsten voulait éviter que d’autres soient accusées avec elle. Cette femme a un bon cœur, et elle vous aime. »

Maren baisse les yeux vers ses doigts entrelacés.

Le lendemain, Ursa ne se rend pas au procès de Mme Olufsdatter. En la voyant gémir tout bas, la main sur le front, Absalom la prie de rester chez eux. Ce matin-là, tandis qu’il s’habille, il se montre plus volubile que jamais. Il est heureux. Au fond d’elle, Ursa le souhaiterait mort. Qu’il ne perçoive pas sa haine tient du miracle ; Ursa elle-même la ressent si fort que sa peau brûle.

Sa fureur la cloue au lit toute la journée, mais, alors qu'approche la fin de l'après-midi, les cris délirants, exaltés des femmes regagnant leur foyer lui donnent le pressentiment que Kirsten ne brûlera pas seule sur le bûcher.

## 36.

Absalom doit partir de bonne heure. Ursa refuse d'être transportée en carrosse, prétextant avoir besoin d'air après sa journée passée au lit. Il pose une main sur son front, le trouve évidemment chaud – l'anxiété ne cesse de la faire transpirer.

« J'espère que vous n'êtes pas en train de tomber malade, femme. À moins que… » Son regard descend vers son ventre. « J'ai entendu dire que la présence d'un bébé accélérait l'afflux sanguin. »

Ursa repousse doucement sa main, se force à sourire. « Possible, cher mari. »

Absalom l'embrasse au sommet de la tête, comme le jour de leur mariage.

« Le capitaine Leifsson est arrivé hier à bord du *Petrsbolli*. Peut-être pourrions-nous envoyer de bonnes nouvelles à votre père par son biais.

— Le capitaine Leifsson ? » Ursa s'efforce de ne pas laisser paraître sa joie. « Le capitaine Leifsson est ici ?

— Il séjourne à la forteresse. Ne vous l'avais-je pas dit ? »

Elle secoue la tête. Son arrivée était effectivement évoquée dans la lettre de son père qu'Absalom lui avait lue – mais ce souvenir était parti en fumée en même temps que la liasse contenant les autres missives.

« Le procès me l'avait complètement fait oublier. »

Absalom se frotte la barbe, soupire. Ursa ne l'avait jamais vu ainsi – et sa nervosité la rend à son tour encore plus inquiète.

« Je dois partir, dit-il. Veillez à ne pas marcher dans le sens contraire du vent. »

Il enfile son chapeau et s'en va à grands pas.

Ursa revêt une fois encore sa robe jaune. Elle veut être vue cette fois, veut que Kirsten la remarque et sache qu'elle ne va pas à la mort sans une amie qui l'accompagne.

Elle parcourt le chemin qui la sépare du second hangar, frappe doucement à la porte. Aucun bruit ne se fait entendre à l'intérieur pendant un long moment. Lorsque Maren ouvre enfin, son visage est bouffi. Plutôt que de l'étreindre, elle glisse son bras sous le bras d'Ursa et part avec elle. Elles marchent si près l'une de l'autre que leurs hanches se heurtent et que les doigts d'Ursa, agrippés à son amie, deviennent douloureux.

Les exécutions se déroulent sur le carré de pelouse pelée derrière la forteresse, un endroit abrité du vent, capable de contenir un grand nombre de spectateurs. La foule est déjà impressionnante. Les aveux détaillés de Kirsten se sont répandus jusqu'à Kiberg et Kirkenes, deux villes qui ont elles aussi subi des pertes humaines, bien que moindres qu'à Vardø. Les visages sont concentrés, mais les badauds s'écartent en apercevant la robe d'Ursa sur la colline.

Un poteau en bois plus haut qu'un homme a été planté à son sommet, des bûches et de la broussaille séchée répandues à la base. À ce spectacle, Maren sent ses forces l'abandonner, mais, malgré un instant d'hésitation, Ursa la tire, l'encourage à avancer jusqu'à ce que toutes deux se retrouvent à vingt mètres à peine du bûcher, nez à nez avec le cordon de gardes qui le protège. De l'autre côté se trouvent le pasteur ainsi que les délégués, son époux en tête de ligne, plongé dans une conversation avec le seigneur. À l'horizon, le *Petrsbolli* se balance doucement sur la mer calme. Ursa cherche des yeux le capitaine Leifsson dans la foule, en vain. Absalom la remarque, esquisse un sourire à son intention.

Ursa se sent flotter en dehors de son propre corps, assiste à la scène comme depuis le ciel tandis que les cris de la foule charriés par le vent lui frappent les tympans. Seule Maren demeure solide, réelle, telle une ancre au milieu de cette scène surréaliste.

Elle contemple le poteau, taillé dans un seul tronc dont le bois, débarrassé de son écorce, semble luire, pâle comme le clair de lune. Quel était donc cet arbre ? A-t-il été abattu spécialement pour l'occasion, apporté par le bateau de son père ? Sa peau frissonne. Des mois ont dû être nécessaires pour l'acheminer. Est-ce la raison pour laquelle le *Petrsbolli* s'est arrêté à Vardø ?

Horrifiée par cette idée, Ursa ferme les yeux et ne les rouvre qu'au moment où Maren lui souffle :

« Ils arrivent. »

Une charrette s'arrête à quelques mètres de la forteresse. Dedans se trouvent Mme Olufsdatter et Kirsten, ligotées dos à dos. Une torche brûle déjà dans la main de l'un des gardes qui les accompagne, la torche qui allumera le brasier. Kirsten est tournée dans leur direction ; Ursa s'aperçoit que ses cheveux ont été coiffés et sa figure lavée, et qu'elle est vêtue – le cœur d'Ursa se serre – de la jupe en laine grise qu'elle lui a donnée autrefois. Ses chevilles pâles couvertes de bleus et ses pieds sont visibles. Elle ne porte pas de chaussures.

Tandis que le cortège traverse la foule, des seaux de liquide nauséabond sont jetés sur elles. Les crachats, les hurlements fusent, mais derrière ne résonne plus l'excitation qu'Ursa avait décelée lors du procès. Ces cris qui les escortent jusqu'au poteau ne sont que pure colère. Le public bouscule Ursa et Maren, dont les bras restent soudés tandis que les condamnées passent à travers le cordon de gardes pour être descendues de la charrette.

Les hommes les déposent sur une petite estrade. Mme Olufsdatter, avachie, doit être maintenue pendant que la corde est passée autour de leur taille. Son corps reste presque plié en deux ; celui de Kirsten, en revanche, se tient droit. Elle scrute la foule alors que de nouvelles bûches et du petit bois sont apportés et éparpillés sur la partie de l'estrade restée libre. Ursa voit dans ses yeux son insolence d'antan ; elle réprime un sanglot.

Les ongles de Maren se plantent dans sa propre main. Ses dents mordent sa lèvre au point de la faire saigner. Kirsten les voit, et, bien qu'aucun signe ne soit échangé, son visage se détend légèrement avant de se tourner vers le ciel.

« Nous avons accompli notre devoir en venant, murmure Maren, plus pour elle-même que pour Ursa. Nous avons accompli notre devoir. »

Elle répète cette phrase tandis qu'on apporte le feu depuis la charrette. Personne ne leur demande leurs derniers mots, le pasteur ne prononce aucune prière. Aucune bourrasque ne vient miraculeusement éteindre la torche. Le garde l'abaisse, simplement, jusqu'à ce qu'elle entre en contact avec le bûcher et qu'Ursa voie un serpent de lumière vive commencer à se faufiler entre les brindilles, grossir au pied des bûches puis se dresser, transformé en flammes.

Comme dans une danse, un cercle s'embrase autour des pieds des femmes. Kirsten commence à se tortiller, à faire rouler sa tête alors que la fumée s'élève par vagues, les recouvre et s'envole, chassée par le vent. Ursa ne peut détacher son regard de la scène. Autour d'elle, un silence presque parfait est tombé sur la foule. Mme Olufsdatter n'a pas bougé, demeurant pliée en deux, la taille serrée par la corde, même lorsque ses cheveux commencent à prendre feu. Ursa prie pour qu'elle ait perdu connaissance, pour qu'elle soit déjà morte, peut-être, les poumons remplis de fumée.

Mais Kirsten, elle, semble de plus en plus réveillée. Sa bouche est grande ouverte, pour gémir, sans doute, mais ses mots sont avalés par le vent et les crépitements du feu. Les flammes envahissent l'estrade. Elle lève un pied, puis l'autre.

« Respire bien fort ! »

Le cri vient de derrière, solitaire, le cri d'une femme dont Ursa ne reconnaît pas la voix, mais que Kirsten perçoit. Brusquement, sa tête se tourne en direction du bruit, ses yeux écarquillés de terreur.

« Respire bien fort ! » répète la femme, et cette fois, Ursa parvient à suivre la voix – celle d'une femme de l'église.

Est-il possible qu'il s'agisse de Sigfrid, qui, seulement deux jours plus tôt, hurlait avec les autres au tribunal pendant que Kirsten était accusée de lui avoir jeté un sort ? Mais c'est bien elle qu'Ursa voit crier de nouveau, des larmes sur les joues, elle puis Toril. La phrase résonne désormais un peu partout, se transforme en un refrain scandé de plus en plus fort par une multitude de voix. Ursa se rappelle avoir prononcé cette phrase pour Agnete, sa sœur, afin de l'encourager pendant ses inhalations. Mais le but était alors de libérer ses poumons. Cette fumée-ci noiera Kirsten, l'étouffera avant que les flammes n'aient raison d'elle. Ursa se joint au chœur. Ennemis comme amis, la foule tout entière se met à crier, à clamer ce refrain.

Soudain, la poitrine de Kirsten se soulève, la fumée tourbillonne au-dessus de sa tête, les larmes et la sueur ruissellent sur son visage. Les mots qui sortent de sa bouche sont inaudibles. Ursa se sent à son tour étouffer, comme si ses propres poumons étaient assaillis par cette fumée âcre et brûlante, et l'ongle de Maren se plante dans sa chair au moment où Kirsten, après un cri étranglé, respire, respire, respire.

Le vent commence à répandre une odeur, une odeur de viande et de bois et de cheveux brûlés, quand, enfin, Kirsten s'effondre, retenue par ses cordes, immobile. La main de Maren se desserre. Privée de son soutien, Ursa vacille avant de se rendre compte que la foule a déjà avalé son amie. Elle repousse la marée humaine qui l'entoure, repousse les gens qui, à l'arrière, tentent désespérément d'apercevoir le bûcher, et sort enfin – juste à temps pour apercevoir la silhouette frêle de Maren courant au loin.

# 37.

Personne ne part à leur poursuite. Ursa court, ne cesse de trébucher en marchant sur sa robe. Maren, trop rapide pour elle, disparaît entre les maisons éparses de Vardø.

Mais son instinct lui dicte de continuer, de dépasser le *stabbur*, le second hangar et la maison en ruine, pour arriver jusqu'à la pointe de l'île. Devant elle se trouve la falaise, et, au bord, Maren, pliée en deux, hurlante, le cou strié de veines. Ursa arrive à sa hauteur quand son amie s'interrompt pour lâcher dans le vide un jet de bile blanchâtre avant de pousser de nouveaux cris.

Debout à ses côtés, Ursa lui prend la main, l'attire vers elle. Sa bouche s'ouvre toute grande et, à son tour, elle hurle, leurs deux voix amplifiées et emportées dans le vent tourbillonnant, ce vent qui avait attisé les flammes, avait fait monter la fumée, avait emporté avec lui les derniers mots de Kirsten.

Puis, au bout d'un moment, Maren finit par s'arrêter. Elle vacille sur ses pieds. Ursa la tire pour l'éloigner du bord pour de bon.

« Venez, Maren. »

Maren se laisse faire. Le village est toujours aussi désert qu'un cimetière. À l'horizon s'élève une colonne de fumée noire qui s'éloigne comme une nuée d'oiseaux chassés par la tempête. Même s'il fait plus chaud à l'intérieur du *stabbur*, Ursa préfère conduire Maren jusqu'au second hangar.

Elle l'installe sur une chaise, casse la croûte de cendres dans la cheminée, tisonne les braises, nourrit le feu. La chaleur qui s'abat sur sa joue glacée l'oblige à reculer. Penchée en avant, Maren tient à peine assise. Ursa retourne au *stabbur* pour chercher le plus de couvertures possible et les jette par terre à l'endroit où se trouvait leur lit. Elle sort de sa poche sa dernière graine d'anis et la lui tend.

« Venez, Maren. Venez vous allonger. »

Maren claque des dents. Ursa se rapproche d'elle.

« Je sens son odeur, murmure Maren. Je la sens sur moi. »

Ce qu'elle dit est vrai : le vent les a imprégnées de l'odeur de fumée et de ses notes douceâtres, atroces. Ursa la sent dans les cheveux de Maren et sur sa propre peau, grasse comme de l'huile.

« Restez ici, dans ce cas », dit-elle. Maren attrape sa main. « Tenez. » Elle lui tend la graine d'anis, la place entre ses lèvres comme l'on donne un remède à un enfant. « Je ne serai pas longue. »

La baignoire en bois pèse lourd, laisse des sillons dans la terre qui sépare leurs deux maisons. Quatre voyages sont nécessaires avant qu'Ursa ne parvienne à la remplir. Chaque fois qu'elle réapparaît dans le second hangar, Maren, qui n'a pas bougé d'un pouce, la regarde d'un air hagard tandis qu'elle remet la marmite sur le feu. Finalement, la baignoire se retrouve à moitié pleine d'une eau brûlante. Ursa s'en va chercher dans son coffre en bois de cerisier son flacon d'eau de lilas, si petit et délicat qu'elle craint de le briser en ôtant le bouchon pour en verser dans le bain.

« Vite, avant qu'elle ne refroidisse », dit-elle d'une voix éraillée.

Mais Maren croise ses mains sur ses genoux.

« Je ne peux.

— Craignez-vous mon regard ? » Ursa la dévisage avec un sourire amusé. « J'ai une sœur, vous savez.

— Je ne suis pas votre sœur, répond sèchement Maren.

— Je vous aime autant que si vous l'étiez. »

Ursa se rapproche d'elle, pose ses mains sur ses épaules. Une expression de profonde souffrance tord le visage de Maren. Du bout de ses pouces, Ursa lui masse le haut des bras pour la rassurer.

« Je veux bien m'en aller, dit-elle après avoir poussé un soupir.

— Non, répond Maren. Restez, mais sans me regarder. »

Ursa se détourne, entend le froissement du tissu tandis que Maren se dévêt. Elle aperçoit du coin de l'œil ses mouvements rapides, puis entend le doux clapotis de son corps pénétrant dans l'eau.

« J'y suis », déclare Maren.

Ursa se retourne. Maren est recroquevillée sur elle-même, genoux repliés. Ses cheveux défaits lui tombent jusqu'à la taille, recouvrent son dos et ses vertèbres.

« Tenez », lui dit Ursa en lui tendant le pain de savon. Maren sort une main de l'eau pour le prendre. « Je peux le faire, si vous le souhaitez. »

Maren hoche la tête. Ursa dégage ses cheveux et commence à savonner son dos étroit, sa nuque. Un long soupir s'échappe de la bouche de Maren pendant que sa tête se relâche, que ses épaules s'abaissent. Ursa sent son souffle anisé tandis qu'elle lui lave les cheveux et les rince à l'aide de seaux d'eau, à plusieurs reprises, jusqu'à ce que l'odeur de brûlé ait totalement disparu, masquée par celle de la vieille eau de lilas.

« Voilà », déclare-t-elle en se levant, avant de lui tendre le savon.

La tête de Maren est toujours penchée en avant, ses longs cheveux mouillés tombant comme des cordes sur son corps frêle. Sa cage thoracique se soulève, redescend. Brusquement, une envie d'y poser sa main, de sentir les mouvements de sa respiration, saisit Ursa.

« Maren ? »

Son amie lève les yeux avec une lenteur infinie. Il y a sur son visage une expression qu'Ursa n'avait jamais vue, ou peut-être jamais remarquée. Une soif. Immobile, Ursa attend que Maren accepte le pain de savon. Celle-ci décroise les bras, tend la main.

Mais, au lieu de prendre le savon, elle enroule ses doigts autour du poignet d'Ursa, délicatement, d'un geste aussi léger qu'une caresse, pose ses lèvres dessus et l'embrasse. Elle lève les yeux vers elle, qui demeure pétrifiée, à peine capable de respirer, puis change de position pour s'agenouiller dans la baignoire.

Son corps est différent de tous ceux qu'Ursa a connus jusque-là, mince, les bras et les jambes noués par les muscles, les hanches pointues, une toison noire entre les jambes et sous les bras, des seins petits, luisants à cause de l'eau. Tout en bas de son ventre, Ursa sent comme une pointe qui la transperce. Sa respiration s'accélère. Le désir qui se lit sur le visage de Maren est si flagrant qu'Ursa ne peut se refuser à elle. Est-ce donc cela qui l'a tenaillée durant tous ces mois de rapprochement ? Ursa n'avait jamais pu mettre de nom sur ce sentiment, n'est même pas sûre de pouvoir le faire à cet instant, mais c'est alors que Maren prend ses deux mains et pose dessus des baisers, de petits baisers légers. Le savon lui échappe.

Ursa se sent attrapée, ses poignets, ses jambes et sa poitrine se figent tandis que le visage de Maren descend vers elle, une fois, deux fois, avant de se poser dans le creux de sa main. Ce geste provoque un frisson dans son corps tout entier. Elle retire sa main, replie ses bras sur elle-même. Toujours à genoux, Maren reste immobile, la tête baissée, comme en prière. Ses fines épaules se soulèvent ; malgré sa grande taille, Ursa croirait voir une petite fille devant elle.

« N'ayez pas peur, lui dit Maren tout à coup, alors même qu'Ursa la pensait encore plus terrifiée qu'elle. Je ne voulais pas vous effrayer. »

Leurs regards se croisent, Ursa approche sa main. Elle la laisse en suspens non pas contre la peau de Maren, mais juste devant, au-dessus de la jonction de son cou et de son épaule. La chaleur qui se dégage d'elle est palpable. La tête penchée sur le côté, Maren guide la main d'Ursa plus haut, jusqu'à sa joue. Ursa se rapproche, ses jupes tendues autour de ses genoux. Elle caresse le visage de Maren, de haut en bas, et à son tour la main de Maren se pose sur la joue d'Ursa, imite le mouvement. La tête d'Ursa se tourne pour attraper le pouce de Maren entre ses lèvres.

Le corps tout entier de Maren répond par un frisson, si puissant qu'Ursa croit voir un courant blanc, brûlant les relier tandis que Maren se lève et sort de la baignoire. Elle aide Ursa à se relever, se glisse dans le cercle formé par ses bras, la guide jusqu'à ce que le dos d'Ursa soit arrêté par le rebord de la table.

Maren lui relève la tête pour que leurs nez se touchent. L'odeur de l'anis est toujours présente dans son haleine, et de sa peau se dégagent celles du savon au suif et du lilas, ainsi qu'une autre odeur, une odeur qui lui est propre. Son geste est alors brusque, avide, cette jambe qu'elle glisse entre celles de Maren, cette hanche qui s'avance dans un froissement de jupes. Maren s'avance à son tour pour se coller contre elle.

Ursa s'écarte tandis que Maren dénoue son corset d'une main tremblante, faisant courir sur sa peau un courant d'air froid. Sa robe est à peine tombée par terre que déjà leurs deux corps sont réunis, désormais séparés par leurs seuls sous-vêtements.

Elles s'embrassent, et bien que les lèvres de Maren soient sèches, Ursa a l'impression de n'avoir rien goûté de si doux ni de si tendre depuis des mois. Le désir qui transpire dans les gestes de Maren suffit à enflammer le sien. Ursa glisse une main au creux du dos de son amie pour la serrer contre elle. Mais Maren tremble. Ursa s'écarte, bouche ouverte, hors d'haleine, s'en va chercher des couvertures, si pressée qu'elle chancelle, et les jette sur leurs deux corps de nouveau unis.

La main de Maren glisse sur la taille incurvée d'Ursa, sur son ventre pâle, sur la toison claire qui recouvre son entrejambe.

Soudain, Ursa ne bouge plus, prise d'une hésitation. Maren commence à retirer ses doigts, mais Ursa les attrape et lui dit :

« Non. Mais lentement. Doucement. »

Son esprit ne s'évade pas. Ancrée dans son propre corps, Ursa sent la main de Maren sur elle, en elle, le cœur serré à en pleurer tant ses gestes sont tendres. *Je ne savais pas*, pense-t-elle – elle ne savait pas que cela pouvait être ainsi.

## 38.

Le soir venu, le vertige provoqué par les caresses d'Ursa s'est estompé et l'odeur de Kirsten est revenue dans ses cheveux. Maren ne parvient pas à s'endormir. De la lumière brille à l'intérieur du *stabbur* ; le délégué est peut-être rentré. À l'idée qu'il se trouve auprès d'Ursa, elle pose les paumes de ses mains sur ses yeux et appuie jusqu'à voir danser des points lumineux.

Puis elle sort et s'en va jusqu'à la pointe par le chemin habituel. Bientôt, les nuits raccourciront de nouveau, le temps sera plus chaud, mais, tandis que tout ce qui semblait mort repoussera, Kirsten, elle, ne reviendra pas. Maren s'oblige à détourner le regard de la butte où la fumée continue de s'élever du poteau toujours incandescent, luisant dans la nuit.

Mais Ursa… Maren parvient à peine à croire que cette chose a pu arriver. Leurs lèvres se touchant enfin, les gémissements qu'Ursa lui a retournés. Sa peau était aussi douce qu'elle l'avait imaginé, comme l'intérieur velouté d'une fleur. N'aurait-elle pas été sûre d'avoir senti le désir palpiter entre ses jambes, vu la robe jaune jetée par terre, que Maren aurait cru avoir rêvé.

L'animation règne dans les maisons des villageoises rentrées chez elles. Maren pense à la maison de Kirsten envahie par les hommes du seigneur, à tous ces rennes brâmant dans le noir. Elle avait écouté le récit d'Edne dans un moment de terreur, avait douté de l'innocence de Kirsten. Ces quelques heures de trahison demeurent une souffrance qu'elle ne peut encore analyser, à laquelle elle refuse de penser.

C'est alors que, passant devant la maison de sa mère, elle aperçoit une silhouette de dos, sur le perron, près de la porte ouverte.

« Mamma ? »

Sa mère sursaute – il semble qu'elle était assoupie. Maren se rapproche, la trouve adossée contre le cadre de la porte. Derrière elle, à l'intérieur, de hautes flammes brûlent dans la cheminée. Une bouteille d'aquavit de Pappa, vide, est posée à côté d'elle.

« Tu n'aurais pas dû la boire. Elle n'est plus bonne depuis des années.

— Nous devions la boire à ton mariage », répond sa mère.

Sa voix est grave et traînante. Lorsqu'elle lève la tête, Maren se rend compte qu'elle a pleuré. Sa poitrine se serre d'amertume.

« Va donc te coucher, Mamma », lui dit-elle avant de poursuivre son chemin, quand un gémissement de sa mère la retient.

« Maren. Erik est parti.

— Oui, Mamma. Et Diinna ne serait peut-être pas partie elle aussi si tu n'avais pas médit d'elle.

— Non, répond sa mère. Erik est mort. Comme ton père. Et… » Elle s'interrompt, porte une main à sa tête. « Et toi aussi, tu le seras bientôt. »

Le souffle de Maren se coupe.

« Tu es saoule.

— Telle est la vérité, ma fille. » Un nouveau sanglot la secoue. « Ton nom… Ton nom a été prononcé. »

Soudain, leur maison est un bateau dans la nuit noire : le plancher se met à tanguer sous les pieds de Maren. *La baleine*, pense-t-elle. *La baleine est revenue*. Son dos immense se tord devant elle, cherche à briser les lattes pour l'avaler dans les profondeurs.

« Kirsten ? » demande-t-elle. Sa voix n'est plus qu'un murmure. « Est-ce Kirsten qui a prononcé mon nom ? »

Mamma secoue la tête.

« Mme Olufsdatter. Toril prétend qu'elle a parlé de toi, de toi et d'Edne. Juste avant d'être emmenée sur le bûcher. Elle a dit que vous vous trouviez sur la montagne avec Kirsten.

— Quelle montagne ?

— La petite montagne. La montagne de la sorcière.

— La petite montagne, répète Maren entre ses dents. La montagne sur laquelle Erik allait cueillir de la bruyère, sur laquelle toi et Pappa partiez vous promener. D'après toi, cette colline est un repaire de sorcières ?

— Non. Oui, bafouille-t-elle, tandis que la morve lui coule du nez. Kirsten a avoué. Mme Olufsdatter a avoué.

— Crois-tu que je sois une sorcière, Mamma ? » Un calme étrange a envahi Maren. « Crois-tu que j'aie noyé Erik, Pappa, et tous ces pauvres hommes ? »

Un cri de lamentation s'échappe de la bouche de Mamma, si cru que Maren sent sa propre gorge se déchirer.

« Je ne le crois pas. Nous ne savions pas. Nous ne savions pas, et regarde à présent où nous en sommes. » Elle se prend la tête dans les mains, poursuit d'une voix étouffée : « Ces flammes sur son corps, Maren. Sa chair qui fondait. Cette odeur. Oh, mon Dieu. » Elle se recroqueville sur elle-même, commence à se balancer. « Oh, que Dieu ait pitié de nous. Car nous ne pouvons arrêter ce que nous avons pourtant initié. »

C'en est assez. Maren s'enfuit en courant, sous les cris de Mamma qui résonnent dans son dos :

« Maren, ma fille, mon amour ! Je suis désolée ! »

Mais pas un instant Maren ne compte attendre qu'ils viennent l'attraper. Elle possède encore les pièces que lui a données Ursa en échange de son aide, pourrait fuir à bord d'un bateau comme l'a fait Diinna, pourrait la retrouver dans la montagne, peut-être, ou partir vers l'une de ces villes dont elle a entendu parler, ces villes où se trouve tant de monde que l'on peut s'y perdre, s'y faire oublier.

Mais Ursa, comment partir sans elle après ce qu'elles ont partagé ? Lui demander de venir avec elle serait impossible. Elle peine à respirer, ses pensées l'ont ramenée jusqu'au second hangar. Elle se précipite à l'intérieur, referme la porte derrière elle d'un coup sec.

« Maren », fait la voix d'Ursa.

Elle est assise à sa table dans une fine chemise de nuit en coton. Debout près du feu, la robe jaune serrée dans son poing, se trouve Absalom Cornet.

## 39.

Maren est tombée droit dans son piège, exactement comme Ursa.

Absalom est rentré tard de la forteresse, imprégné d'une forte odeur d'aquavit et de chair brûlée. Ursa n'a pu supporter de sentir ses mains sur elle alors que le souvenir des caresses de Maren était encore si frais. Après avoir été repoussé, Absalom l'a observée dans l'obscurité de leur maison volée, si immobile qu'elle osait à peine respirer.

« Pourquoi refuser de vous unir à moi, Ursula ? » lui demande-t-il, mais Ursa ne trouve aucune réponse capable de le satisfaire. « M'aimez-vous ? »

Absalom est encore plus ivre qu'il ne le paraît. Il vacille sur ses jambes.

« Oui. »

Il s'agenouille, se penche jusqu'à ce que sa tête repose sur ses genoux. Ursa garde les mains en l'air afin de ne pas entrer en contact avec sa peau. Les mouvements de sa respiration soulèvent son large dos ; Ursa prie tout bas pour qu'il se soit endormi et ne se souvienne de rien à son réveil. Mais, brusquement, Absalom se redresse et lisse sa tunique nauséabonde.

« Il me faut régler une affaire. J'espère vous trouver dans de meilleures dispositions à mon retour. »

Ursa l'écoute partir, le cœur battant. Mais le bruit de ses pas ne disparaît pas au loin. Elle l'entend à la place arriver bruyamment sur le plancher du hangar à bateaux, là où habite Maren. Ursa se précipite à la fenêtre, arrive juste à temps pour le voir ouvrir la porte et disparaître à l'intérieur.

Il est impossible qu'il sache, impossible – pourtant, une montée de panique propulse Ursa dehors, à la poursuite de son mari. La porte est restée ouverte. Maren ne se trouve pas à l'intérieur. Absalom est debout près de la table, le regard fixé sur le feu.

« Que faites-vous, Absalom ?

— Je vous retourne la question, femme. » Il fait volte-face, la toise de la tête aux pieds. « Votre attitude est indécente. »

Les poings d'Ursa se serrent.

« Pardonnez-moi, mais qu'êtes-vous venu faire ici ? Rentrez donc avec moi.

— J'ai une affaire à régler. »

Une peur brûlante s'élève en elle.

« Vous êtes saoul.

— Pas tant que cela. » Il peine à articuler. « Vous le sauriez si vous m'aviez accompagné à ce dîner.

— Je suis désolée de ne pas être venue. Je vous en prie, rentrez vous coucher. »

Elle lui tend les mains, mais il reste immobile.

« Je suis venu arrêter votre amie, Ursula. Je sais l'affection que vous lui portez, et vous épargne ainsi un grand embarras.

— Maren ? » Le décor se met à tourner autour d'elle, comme si la pièce était remplie de fantômes. « Maren a été accusée ?

— Par la sorcière Olufsdatter elle-même. Son dernier aveu. Mais dites-moi, femme, que fait votre robe de mariage ici, par terre ?

— Je l'avais apportée à Maren pour qu'elle la nettoie », répond Ursa. Elle cache derrière son dos sa main qui se met à trembler. « Voyez, la baignoire a été préparée. »

Son regard dérive vers la baignoire, encore à moitié remplie d'eau grisâtre. La macabre odeur de fumée qui imprègne les vêtements d'Absalom couvre le parfum de lilas.

« Pourquoi m'avoir suivi jusqu'ici, femme ?

— Une épouse ne peut-elle pas suivre son mari lorsque celui-ci se rend de nuit chez une autre femme ?

— Dois-je penser que vous êtes jalouse ? » Ses dents brillent à la lueur du feu. « Je ne vous croyais pas ainsi. Et vous ne me paraissez pas l'être actuellement.

— Je vous ai dit la vérité.

— Asseyez-vous. » Il ramasse la robe. « Immédiatement. »

Ils n'ont pas besoin d'attendre longtemps. Ursa prie tout bas pour que Maren ne revienne pas. Son mari l'observe, posté près de l'entrée. Tout à coup, la porte s'ouvre et Maren entre. Ursa tente de l'avertir, mais trop tard.

« Bonjour, madame Magnusdatter, dit poliment Absalom. Prenez place, je vous prie. »

Maren ne bouge pas.

« Monsieur le délégué… »

Il traverse la pièce en trois pas et tire une chaise. Les genoux de Maren semblent la lâcher. Ursa sent son regard sur elle, mais n'ose le lui retourner. Absalom regarde Maren de haut, comme un accusé sur son banc. Maren semble toute petite à côté de lui, comme la flamme vacillante d'une bougie au milieu d'une étendue noire.

« Pourquoi la robe de mon épouse se trouve-t-elle sur votre sol, madame Magnusdatter ?

— Je la nettoyais, monsieur le délégué.

— Dans ce cas, pourquoi se trouve-t-elle par terre, à peine mouillée ?

— Sans doute est-elle tombée de la chaise. J'étais occupée à laver d'autres vêtements.

— Où sont ces vêtements ? »

Maren cherche une réponse quand, soudain, Absalom jette ses grandes mains sur son cou.

Ursa se lève d'un bond, renversant sa chaise.

« Absalom, non !

— Vous avez ensorcelé ma femme, dites-le ! »

De l'écume jaillit de sa bouche, la rage fait briller ses yeux. Maren pousse de petits cris étouffés, comme un oiseau mourant. Il la soulève de sa chaise, la traîne pour l'éloigner d'Ursa. « Dites-le !

— Absalom, elle ne peut pas parler ! »

Le visage de Maren devient violet, ses pieds soulevés de terre se débattent au-dessus du plancher. Ursa a l'impression d'avancer dans de la boue, ralentie dans ses mouvements, impuissante tandis qu'elle s'accroche aux mains de son mari pour lui faire lâcher prise. Absalom jette Maren par terre avant d'assener une gifle si violente à Ursa que ses tympans résonnent.

« Répondez, lâche-t-il en pointant son doigt vers le corps de Maren, soulevé par les mouvements de sa respiration. Répondez. »

Mais à peine Maren a-t-elle le temps de reprendre son souffle qu'Absalom se jette de nouveau sur elle, cette fois pour la traîner jusqu'à la baignoire. Les yeux larmoyants, Ursa le regarde projeter son amie contre le bord et lui plonger la tête sous l'eau. Les jambes de Maren battent l'air, Ursa tente de s'approcher en rampant, de faire une nouvelle fois lâcher prise à Absalom, mais il la tient ferme, sans plus rien dire, le regard rivé sur les bulles qui, à la surface, se multiplient.

« Vous allez la tuer ! »

L'eau inonde les pensées d'Ursa. Elle attrape la chaise tombée par terre, la soulève et la fracasse sur son dos. Absalom rugit, mais semble à peine sentir le coup, même si la chaise se brise en morceaux. Ursa hésite à sortir, à appeler à l'aide le voisinage. Mais quel voisinage ? Personne dans les maisons alentour ne prendrait parti pour elle contre son mari.

« Par pitié, Absalom, s'écrie-t-elle en le tirant par l'épaule de toutes ses forces. Vous ne pouvez pas la tuer. »

La main de son mari se desserre le temps de la frapper encore une fois. Sa tête cogne contre l'étagère près de la cheminée. Pendant que Maren se relève en toussant et en crachant, Absalom se tourne vers Ursa, recroquevillée par terre, encore sonnée par le choc.

« Ursula, dit-il d'une voix stupéfaite, haletant. Est-ce que tout va bien ? »

Ursa lève les yeux vers lui, abasourdie, les yeux noyés de larmes. Il tend la main vers elle ; son visage exprime de la tendresse, ainsi qu'une certaine confusion.

Mais Ursa recule, tente de ramper jusqu'à Maren, quand Absalom l'arrête en attrapant son poignet d'une main experte, l'obligeant à le regarder. Une expression calme et noire s'est installée sur son visage, et son regard est exactement le même que lorsqu'il cloue Ursa sur le lit et pénètre en elle. Il attrape Maren par les cheveux, les torsade jusqu'à la faire gémir. Ses poumons sont encore pleins d'eau.

« Avouez-vous ? demande-t-il. Avouez-vous avoir ensorcelé ma femme et provoqué la tempête avec la complicité de Kirsten Sørensdatter ?

— Non, répond Maren d'une voix étranglée. Non. »

Cette fois, en le voyant replonger la tête de son amie sous l'eau grise, Ursa sait qu'il n'y a plus rien à faire. Elle lève le bras, sa main tâtonne sur l'étagère et tombe sur un objet lisse et frais au toucher. Elle le saisit, son bras tremblant sous le poids, avant de l'abattre sur la tête d'Absalom.

Le pilon atterrit au centre de son crâne. Le bruit ressemble à celui d'une coquille d'œuf qui craque, et soudain les mains du délégué relâchent Maren, ses genoux flageolent. Ursa voit à peine Maren s'écarter en rampant tandis qu'elle frappe de nouveau, qu'un bruit plus humide résonne cette fois, moins proche d'un craquement, et que les cheveux noirs de son mari s'imbibent. Il s'effondre dans la baignoire. Elle brandit une nouvelle fois le pilon, mais Maren lui agrippe la cheville.

« Non. »

La bouche d'Absalom est plongée sous l'eau, que son sang rougit peu à peu. L'arrière de son crâne fendu laisse apparaître une matière rose et blanc. Sa main gauche se convulse, sursaute, ses doigts se tendent.

Rejoignant Maren par terre, Ursa la tire vers les couvertures sous lesquelles toutes deux se sont réfugiées quelques heures plus tôt, leurs corps alors nus et chauds. Les dents d'Ursa se mettent à claquer. Maren la prend dans ses bras et la berce, bien qu'étant celle qui a failli mourir noyée. Elle la serre contre son corps frêle en embrassant le sommet de sa tête.

« Lâchez-le, Ursa », demande Maren. Le pilon tombe avec un bruit sourd avant de rouler. Depuis l'endroit où elle se trouve, Ursa ne distingue que le dos d'Absalom. Il ne bouge plus. « Lâchez-moi aussi », ajoute Maren.

Ursa desserre alors son étreinte pour laisser Maren s'avancer, toujours au ras du sol, et contourner la baignoire.

« Est-il… ?

— Oui.

— Oh, grand Dieu. Oh, grand Dieu. Je ne voulais pas le tuer. » Son manque de conviction est évident, même si elle sait qu'elle souhaitait seulement l'arrêter. Qu'elle devait l'arrêter.

« Que vais-je faire ? »

Maren ne répond pas. Elle crache de l'eau, se remet tant bien que mal sur ses jambes, avance jusqu'à la table en chancelant. Les mains d'Ursa agrippent ses genoux. Elle voit déjà Absalom se redresser brusquement, se jeter sur elles. Le bruit de son crâne qui se fend ne cesse de résonner dans ses oreilles, puis le bruit mouillé du deuxième coup, l'eau gargouillant dans ses poumons pendant qu'il basculait dans la baignoire. Elle ferme les yeux, ramène ses genoux contre sa poitrine. Sa colonne vertébrale est appuyée le long du mur. Elle pense à Agnete, aux heures qu'elles passaient couchées dos à dos, la nuit.

Maren se tourne vers son amie. Quelque chose dans son visage a changé, s'est adouci. Ursa tend la main vers elle, qui accepte de la rejoindre, mais son étreinte semble raide. Au bout de quelques secondes à peine, Maren s'écarte. Ursa lui essuie le visage – il y a du sang sur sa joue et des traces sur sa main.

« Avez-vous confiance en moi ? » lui demande Maren au milieu de ce silence.

Ursa lève les yeux, scrute son visage anguleux.

« Oui.

— Alors, allez vous coucher. »

Ursa recule d'un pas.

« Allez vous coucher, répète Maren en prenant ce visage entre ses deux mains comme lorsqu'elle l'embrassait.

— Qu'allons-nous faire ? Pouvons-nous emporter le corps, le cacher sous le plancher ?

— Non.

— Le jeter dans la mer, comme les pierres de Kirsten ?

— Et si quelqu'un nous voyait ? Il ne sera pas facile de le transporter. »

Ursa cherche une autre solution, quand Maren poursuit :

« Et lorsque les gens se rendront compte de sa disparition, ils poseront des questions, de nombreuses questions.

— Mais que faire alors ? » L'esprit d'Ursa est embrumé, rouge de sang, assourdi par le bruit du crâne qui se brise. Le visage de Maren est si triste que la douleur lui serre la poitrine.

« Je vais devoir partir, Ursa.

— Partir ?

— Comme Diinna. Quand son corps sera retrouvé, il ne fait aucun doute qu'ils m'accuseront.

— Ils vous tueront.

— Quoi qu'il en soit, je suis déjà accusée. »

Une nouvelle vague de douleur traverse la poitrine d'Ursa. Elle avait oublié la raison initiale de la visite de son époux.

« Mais tout cela n'est que mensonges.

— Cela n'a pas dispensé Kirsten d'être condamnée. » Les paupières de Maren papillonnent, puis se ferment. Ursa aimerait pouvoir baiser leur peau fine et rose. « Il m'est impossible de rester. Mais partez, à présent, partez avant que quelqu'un ne vous voie.

— Je viendrai avec vous », dit alors Ursa.

Elle lui prend la main. Maren la regarde droit dans les yeux.

« Je refuse. » Un instant, Ursa croit sentir son cœur s'arrêter. « Rentrez chez vous, couchez-vous et, quand le jour se lèvera, allez signaler la disparition de votre mari. Vous n'avez rien vu, rien entendu. Même s'il leur faut des jours pour le trouver. Rentrez à Bergen, ensuite, rentrez auprès de votre père. Ce bateau amarré dans le port vous a conduite ici. Pourquoi ne pourrait-il pas vous ramener ? »

Maren dit vrai, force lui est de l'admettre. Quand Absalom aura été retrouvé, plus rien ne la retiendra sur cette île. La permission lui sera donnée de rentrer chez elle, ce dont le capitaine Leifsson saura s'assurer. Pourtant, Ursa reste tenaillée par l'impression que quelque chose dans sa vie a changé.

« Ma vie là-bas n'aura aucun sens sans vous, dit-elle.

— Vous retrouverez votre sœur. Ne souhaitez-vous pas la revoir ? »

Ursa ne peut répondre « non ». Agnete était son monde, mais, depuis ce baiser que Maren a posé sur son poignet, tout a basculé. Ce n'est qu'au moment où ce baiser s'est produit qu'Ursa s'est rendu compte qu'elle le désirait ; désormais, la vie sans Maren lui semble impossible. Comme si son bonheur était conditionné par la présence de son amie, comme si le fait d'être séparée d'elle reviendrait à passer le restant de ses jours sans lumière. Ursa ferme les yeux pour chasser ces pensées, sent le regard gris comme la mer de Maren posé sur elle. Elle les rouvre, cherche dans ce regard le désir qui les a réunies.

« Je viendrai avec vous.

— Il serait plus facile que vous ne veniez pas », répond Maren d'une voix presque froide à présent.

Mais alors, dans un élan de désespoir, Ursa l'embrasse. Maren reste de marbre.

« Maren, par pitié.

— Allez-vous-en, Ursa. Nous perdons du temps. Brûlez votre robe, lavez-vous le visage.

— Je vous aime. » La vérité jaillit comme la flamme d'une allumette, vive et douloureuse. « Je vous aime. Acceptez de me le dire aussi.

— Je ne peux », répond Maren.

Elle se lève, aide Ursa à se remettre debout et l'envoie, en pleurs, dans la nuit.

# 40.

La nuit est déjà trop avancée pour se laisser aller à pleurer. Les premières lueurs du matin sont proches. Maren attend de voir Ursa s'éloigner et la porte de Mme Olufsdatter se refermer. Cela est plus facile ainsi.

Elle se retourne vers le corps du délégué. Sa tête saigne toujours. Elle ramasse à ses pieds le pilon ensanglanté, puis la robe jaune d'Ursa. Aucun indice ne doit être laissé, aucune preuve évidente. Quand Ursa a levé la main pour porter le second coup, Maren a eu l'impression de sentir sa propre main s'abattre, ses propres doigts agripper le cylindre en pierre lisse. Comme si Ursa et elle avaient agi ensemble, de conserve, comme un peu plus tôt sous les couvertures.

Elle referme derrière elle la porte du second hangar, seulement munie de la robe, du pilon et de ses pièces, puis se dirige non pas vers le port, mais vers la pointe de l'île. Leur endroit à elle et à Ursa, à elle et à Erik. La robe jaune est encore imprégnée de l'odeur de Kirsten et Mme Olufsdatter brûlant sur le bûcher. Maren la respire. Cette odeur, elle la connaît. Cette odeur est celle qui flottait dans ses rêves habités par la baleine, cette baleine venue à elle la veille de la tempête.

Elle se revoit dans son rêve, couchée sur la baleine tandis que les hommes la débitent. Elle revoit sa graisse brûlant dans les lampes avant même que son corps soit devenu immobile. Se peut-il que ces visions aient été un avertissement ? Personne ne la rattrapera. Maren se l'est promis à l'instant où Mamma lui a dit que son nom avait été prononcé. Personne ne l'enverra sur le bûcher, ne lui fera subir le supplice de sentir l'odeur de son propre corps brûlé.

Le chemin familier qui serpente entre les maisons est désert. Maren sait que rares sont les gens qui, comme elle, préfèrent les longues nuits aux mois où le soleil ne se couche jamais. Ces heures interminables entre chien et loup l'ont toujours dérangée. Cette lumière lui rappelle la couleur des éclairs et des corps verdâtres des hommes noyés. Ici, au milieu de ce noir d'encre, Maren se sent en sécurité.

La maison de sa mère est silencieuse, plongée dans l'obscurité. Maren prie pour que son nom ne sorte pas de la bouche des femmes qui ont déjà dénoncé, prie pour elles toutes – pour Edne, pour Gerda et même pour Toril et Sigfrid. Ces mises à mort doivent cesser. Son nom sera le dernier à avoir été prononcé. Son nom doit être le dernier.

La tête baissée, elle dépasse la maison en ruine de Baar Ragnvalsson et le bateau, sans lever les yeux, le regard rivé sur le terrain dont le relief ne cesse de changer. Le vent qui se lève lui signale la limite. Sous ses pieds, la mer bat les rochers acérés, le goût du sel se diffuse déjà sur sa langue, se mêle à celui de l'anis, chassant l'amertume de l'eau sale dans laquelle le délégué l'a plongée. Le courant qui passe ici court jusqu'aux endroits du Nord les plus reculés, jusqu'à ce rocher noir dont Ursa lui a parlé, ce rocher vers lequel tous les courants sont attirés. Maren prie, même pour lui.

Elle pose le pilon, passe une jambe dans la robe jaune d'Ursa, ce vêtement dans lequel elle l'a pour la première fois aperçue, touchée, embrassée, sachant immédiatement que toutes deux s'appartenaient. La robe est large, même pour son corps habillé. Tandis que ses doigts se promenaient sur le ventre d'Ursa, sur ses seins, Maren avait senti, avait compris pourquoi, de jour en jour, ses lacets se desserraient. Cette chair plus dure, cet espace supplémentaire. Un bébé la protégera. C'est l'une des raisons pour lesquelles Maren n'a pu l'emmener, n'a pu concevoir d'autre dénouement que celui-ci.

Elle jette le pilon à la mer. Un seul pas lui suffirait pour le suivre. Contrairement à cette pauvre Kirsten, Maren ne remonterait pas à la surface. Elle sombrerait, comme dans son rêve, sombrerait jusqu'au fond, transpercée par les rochers qui ont déchiqueté leurs hommes avant que la mer ne l'emporte – et, si les rochers ne se chargeaient pas de l'achever, la mer le ferait, ballottant son corps jusqu'à l'autre bout du monde. Il n'y a ici que la mer, rien d'autre que la mer, Maren l'a toujours pensé.

Mais elle se souvient alors, après la baleine, après la noyade, de cette bouffée d'air à la fin de son rêve. Le fond de sa gorge est rafraîchi par le vent. Ses pièces sont lourdes dans sa poche. Elle lève les yeux vers la silhouette de la petite montagne qui se découpe à l'horizon. Tandis qu'elle avance d'un pas, l'image d'Ursa emplit ses pensées, Ursa, la première et unique personne à avoir compris qui elle était. Et cela lui suffit.

# Note historique

Le 24 décembre 1617, une tempête a frappé l'île de Vardø, à l'extrême nord-est de la Norvège, si brusquement que plusieurs témoins ont dit qu'elle semblait avoir été conjurée. En quelques minutes, quarante hommes ont péri noyés. Dans cette contrée déjà isolée et dépeuplée, cet événement fut une véritable catastrophe.

Le pays, alors appelé Danemark-Norvège, vivait à l'époque une période de profonde mutation. Le roi Christian IV, qui en était pratiquement à la moitié d'un règne qui devait durer cinquante-neuf années, cherchait un moyen de laisser son empreinte sur le monde. Après avoir remporté quelques victoires mineures aux abords de ses frontières, il décida de concentrer ses efforts sur son propre pays. Adepte d'un luthérianisme strict, il chercha à affirmer le pouvoir de l'Église, notamment en faisant abandonner leur culture traditionnelle aux Samis, un peuple des territoires de l'Extrême-Nord, et plus particulièrement du Finnmark, région immense, sauvage, qui échappait à l'autorité du gouvernement.

Cette population indigène, pour qui parler avec les esprits ou agir sur le vent constituait des pratiques courantes, refusa en grande partie de se plier à ses réformes religieuses. En réponse, le roi Christian promulgua de nouvelles lois, toujours plus répressives, qui conduisirent finalement au massacre et à la persécution, son objectif ultime étant l'instauration d'une société unique et homogène, conforme à la vision du monde que lui inculquait sa religion.

Il s'inspira tout particulièrement des mesures mises en œuvre en Écosse. Le roi Jacques VI venait alors de signer *Démonologie*, un traité dans lequel il expliquait comment « repérer, confondre et tuer une sorcière » et dont la publication avait déclenché une vague de procès pour sorcellerie sur les îles comme sur le continent. L'hystérie se répandit dans la population, qui ne fréquenta jamais autant les églises. Christian promulgua ses lois en 1618, fortement inspirées de celles du roi Jacques.

Le roi Christian comptait par ailleurs parmi ses plus proches amis un dignitaire écossais nommé John Cunningham, qui avait servi sept années dans la flotte danoise et débarrassé le Spitzberg de ses pirates. Lorsqu'il fut décidé de prendre le contrôle de la région du Finnmark, le capitaine Cunningham fut posté dans la forteresse de Vardø.

Une longue période d'une brutalité sans précédent s'ensuivit. Bien que chargé d'une mission plus vaste, le seigneur Cunningham, ou Køning, comme il se faisait appeler dans la région, ne supervisa pas moins de cinquante-deux procès pour sorcellerie, qui conduisirent à la mort quatre-vingt-onze personnes – quatorze hommes et soixante-dix-sept femmes. Mais Cunningham alla plus loin que les ordres du roi : tandis que tous les hommes condamnés étaient des Samis, des Norvégiennes figuraient parmi les femmes. Dans cette région où n'avaient jamais été dénombrés que quelques cas, dont deux seulement avaient conduit à des exécutions, cette vague de procès marqua le début d'une sombre période de changement.

Les crimes reprochés allaient des plus banals – querelles de villageois autour des séchoirs à poisson, blasphème – aux plus extrêmes. Lors du premier procès majeur, en 1621, huit femmes furent mises sur le banc des accusées pour avoir déclenché la tempête de 1617, un événement resté gravé dans les esprits, y compris chez ceux qui n'y avaient pas assisté.

Cette chasse aux sorcières perdura tout au long du XVIIe siècle et au-delà, au Finnmark comme dans plusieurs autres régions du monde. L'installation artistique de Peter Zumthor et Louise Bourgeois sur l'île de Vardø, qui commémore ces procès, a été l'élément déclencheur de ce roman. Les travaux sur le sujet et l'aide précieuse de chercheurs comme le docteur Liv Helene Willumsen, auteure de l'ouvrage *The Witchcraft Trials in Finnmark Northern Norway* (« Les procès pour sorcellerie au Finnmark dans le nord de la Norvège »), paru en 2010, ont été une source inestimable d'informations pour créer la toile de fond de ce livre, lequel, finalement, aura pris la forme d'une œuvre de fiction, permettant de comprendre non seulement les procès eux-mêmes, mais également le contexte de leur émergence. Malgré les quatre cents ans qui nous séparent de cette époque, nombreux sont les échos de la nôtre que j'y ai trouvés. Cette histoire raconte les gens et la manière dont ils ont vécu – avant qu'ils ne soient uniquement définis par les raisons et les conditions de leur mort.

Kiran Millwood Hargrave

# Remerciements

Immense reconnaissance pour ma mère, Andrea, la meilleure des femmes, à qui ce livre est dédié. Pour toutes ces femmes dont je dépends pour écrire, pour survivre, surtout lorsqu'écrire et survivre sont souvent synonymes. Pour Hellie, mon agent, qui comprend tout cela et sans qui ce livre n'aurait jamais été écrit.

Pour mon père, Martyn, à mon frère, John, à qui je sais gré d'être en tout point différents des hommes décrits dans ce roman. Pour mes grands-parents, Yvonne et John, pour leur vivacité. Pour ma famille, en particulier Debby, Dave, Louis, Rina, Sabine, Janis et Piers.

Pour mes amis, ceux qui ont lu ce livre et m'ont tenu la main pendant le voyage qui m'a conduite jusqu'au bout : Daisy Johnson, Sarvat Hasin, Lucy Ayrton, Laura Theis, Hannah Bond, Katie Webber, Kevin Tsang, Anna James, Louise O'Neill, Cat Doyle ct Elizabcth MacNeal. Pour ma communauté de passionnés d'écriture, et tout particulièrement Maz Evans, MG Leonard, Rachel Leyshon et Barry Cunningham.

Pour le docteur Liv Helene Willumsen, qui, je l'espère, ne sera pas trop horripilée par les libertés que j'ai prises en écrivant cette histoire et qui, je l'espère également, sait tout le respect et l'admiration que je lui porte.

Pour Kirby Kim et toute l'équipe de Janklow & Nesbit, au Royaume-Uni et aux États-Unis. Chaque livre est pour vous le fruit de l'amour, et je vous en remercie.

Pour Sophie Jonathan, une éditrice comme on en compte peu. Tu m'as tant appris – travailler à tes côtés m'est extrêmement précieux. Pour Judy Clain pour sa générosité et la foi qu'elle a placée en ce livre et en moi, et pour Carina Guiterman, grâce à qui cette histoire a pu prendre forme. Pour mon équipe des éditions Picador et Pan Macmillan, la meilleure maison du monde : Gillian Fitzgerald-Kelly, Paul Baggaley, Kate Green, Katie Bowden, Christine Jone, Emily Bromfield, Laura Ricchetti, Mary Chamberlain et mon incroyable graphiste, Katie Tooke. Pour Alex Hoopes, Reagan Arthur et toute la formidable équipe de chez Little, Brown, du groupe Hachette.

Pour vous, lecteurs, qui êtes entrés dans cette histoire. Pour tous ceux qu'animent la colère, l'espoir, et qui tentent de faire pour le mieux.

Pour les hommes et les femmes assassinés à Vardø.

Pour Tom, qui m'a sauvé la vie et m'a aidée à en faire quelque chose.

Imprimé en Espagne par
Liberdúplex
à Sant Llorenç d'Hortons (Barcelone)
en avril 2022

La photocomposition de cet ouvrage
a été réalisée par
GRAPHIC HAINAUT
30, rue Pierre-Mathieu
59410 Anzin

POCKET – 92, avenue de France – 75013 Paris

S29791/04